ZHONGGUO XIAOSHUO
100 QIANG

中国小说100强（1978—2022）

不　安

陈继明　著

北京联合出版公司
Beijing United Publishing Co.,Ltd.

图书在版编目（CIP）数据

不安 / 陈继明著. -- 北京 : 北京联合出版公司,
2023.9
（中国小说100强）
ISBN 978-7-5596-7142-4

Ⅰ.①不… Ⅱ.①陈… Ⅲ.①长篇小说－中国－当代
Ⅳ.①I247.5

中国国家版本馆CIP数据核字(2023)第129956号

不 安

作　　者：	陈继明
出 品 人：	赵红仕
出版监制：	张晓冬　范晓潮
责任编辑：	高霁月
特约编辑：	和庚方　刘沐雨
封面设计：	武　一

北京联合出版公司出版
（北京市西城区德外大街83号楼9层　100088）
北京兴星伟业印刷有限公司印刷　新华书店经销
字数247千字　650毫米×920毫米　1/16　28印张
2023年9月第1版　2023年9月第1次印刷
ISBN 978-7-5596-7142-4
定价：78.00元

版权所有，侵权必究
未经书面许可，不得以任何方式转载、复制、翻印本书部分或全部内容。
本书若有质量问题，请与本公司图书销售中心联系调换。
电话：010-65868687

中国小说100强（1978—2022）丛书

编委会

丛书总策划

张　明　著名出版人

张　英　资深媒体人

编委主任

吴义勤　中国作协副主席
　　　　中国小说学会会长

编　委

吴义勤　中国作协副主席、中国小说学会会长
宗仁发　《作家》杂志主编
谢有顺　中山大学教授、中国小说学会副会长
顾建平　《小说选刊》副主编
张　英　资深媒体人
文　欢　作家、出版人

总　序

"中国小说100强"（1978—2022）是资深出版人张明先生和腾讯读书知名记者张英先生共同策划发起的一套大型文学丛书。他们邀请我和宗仁发、谢有顺、顾建平、文欢一起组成编委会，并特邀徐晨亮参与，经过认真研讨和多轮投票最终评定了100人的入选小说家目录。由于编委们大多都是长期在中国文学现场与中国文学一路同行的一线编辑、出版家、评论家和文学记者，可以说都是最专业的文学读者，因此，本套书对专业性的追求是理所当然的，编委们的个人趣味、审美爱好虽有不同，但对作家和文学本身的尊重、对小说艺术的尊重、对文学史和阅读史的尊重，决定了丛书编选的原则、方向和基本逻辑。

从文学史的角度来说，1978年以后开启的新时期文学是中国当代文学的黄金时代，不仅涌现了一批至今享誉世界的优秀作家，而且创造了许多脍炙人口的文学经典，并某种程度上改写了20世纪中国文学史的版图。而在中国新时期文学的经典家族中，小说和小说家无疑是艺术成就最高、影响力最大的部分。"中国小说100强"（1978—2022）就是试图将这个时期的具有经典性的小说家和中国小说的经典之作完整、系统地筛选和呈现出来，并以此构成对新时期文学史的某种回顾与重读、观察与评判。呈现在读者面前的这套丛书是对1978—2022年间中国当代小说发展历程的一次全面、系统的整体性回顾与检阅，是中国当代文学经典化的重要成果，从特定的角度集中展示了中国新时期文学在小说创作方面的巨大成就。需要说明的是，与1978—2022年新时期文学繁荣兴盛的局面相比，100位作家和100本书还远远不能涵盖中国当代小说的全貌，很多堪称经典的小说也许因为各种原因并未能进入。莫言、苏童、余华等作家本来都在编委投票评定的名单里，但因为他们已与某些出版社签下了专有出版合同，不允许其他出版社另出小说集，因而只能因不可抗原因而割爱，遗珠之憾实难避免，而且文学的审美本身也是多元的，我们的判断、评价、选择也许与有些读者的认知和判断是冲突的，但我们绝无把自己的标准强加于别人的意思。我们呈现的只是我们观察中国这个时期当代小说的一个角度、一种标准，我们坚持文学性、学术性、专业性、民间性，注重作家个体的生活体验、叙事能力和艺术功力，我们突破代际局限，老、中、青小说家都平等对待，王蒙、冯骥才、梁晓声、铁凝、阿来等名家名作蔚为大观，徐则臣、阿乙、弋舟、鲁敏、林森等新人新作也是目不暇接，我们特别关注文学的新生力量，尤其是近10年作品多次获国家大奖、市场人气爆棚的新生代小说家，我们禀持包容、开放、多元的审美立场，无论是专注用现实题材传达个人迥异驳杂人生经验、用心用情书写和表现时代精神的现实主义作家，还是执着于艺术探索和个体风格的实验性作家，在丛书里都是一视同仁。我们坚信我们是忠实于自己的艺术理想、艺术原则和艺术良心的，但我们并不认为自己的角度和标准是唯一的，我们期待并尊重各种各样的观察角度和文学判断。

当然，编选和出版"中国小说100强"（1978—2022）这套大型丛书，除了上述对文学史、小说史成就的整体呈现这一追求之外，我们还有更深远、更宏大的学术目标，那就是全力推进中国当代文学"经典化"的历程和"全民阅读·书香中国"建设。

从 1949 年发端的中国当代文学已经有了 70 多年的发展历程，但对这 70 多年文学的评价一直存在巨大的分歧，"极端的否定"与"极端的肯定"常常让我们看不到当代文学的真相。有人认为中国当代文学达到了前所未有的高度和水平。王蒙先生在法兰克福书展上就说：中国当代文学现在是有史以来最繁荣的时期。余秋雨、刘再复甚至认为中国当代文学的成就远远超过了现代文学。也有人极端否定中国当代文学，认为中国当代文学都是垃圾。他们认为现代文学要远远超过当代文学，中国当代文学连与现代文学比较的资格都没有。比如说，相对于鲁（迅）、郭（沫若）、茅（盾）、巴（金）、老（舍）、曹（禺）这样大师级的人物，中国当代作家都是渺小的侏儒，根本不能相提并论，两者比较就是对大师的亵渎。应该说，与对中国当代文学的肯定之声相比，对当代文学的否定和轻视显然更成气候、更为普遍也更有市场。尽管否定者各自的角度和出发点不同，但中国当代作家、作品与中外文学大师、文学经典之间不可比拟的巨大距离却是唱衰中国当代文学者的主要论据。这种判断通常沿着两个逻辑展开：一是对中外文学大师精神价值、道德价值和人格价值的夸大与拔高，对文学大师的不证自明的宗教化、神性化的崇拜。二是对文学经典的神秘化、神圣化、绝对化、空洞化的理解与阐释。在此，我们看到了一个非常有趣的悖论：当谈论经典作家和文学大师时我们总是仰视而崇拜，他们的局限我们要么视而不见要么宽容原谅，但当我们谈论身边作家和身边作品时，我们总是专注于其弱点和局限，反而对其优点视而不见。问题还不在于这种姿态本身的厚此薄彼与伦理偏见，而是这种姿态背后所蕴含的"当代虚无主义"。这种"虚无主义"的最大后果就是对当代作家作品"经典化"的阻滞，对当代文学经典化历程的阻隔与拖延。一方面，我们视当下作家作品为"无物",拒绝对其进行"经典化"的工作,另一方面又以早就完全"经典化"了的大师和经典来作为贬低当下泥沙俱下的文学现实的依据。这种不在同一个层面上的比较,不仅毫无意义,而且只能使得文学评价上的不公正以及各种偏激的怪论愈演愈烈。

其实,说中国当代文学如何不堪或如何优秀都没有说服力。关键是要进行"经典化"的工作,只有"经典化"的工作完成了才有可能比较客观地对当代的作家作品形成文学史的判断。对当代的"经典化"不是对过往经典、大师的否定,也不是对当代文学唱赞歌,而是要建立一个既立足文学史又与时俱进并与当代文学发展同步的认识评价体系和筛选体系。当然,我们也要承认,"经典化"问题是一个非常复杂的问题,并不是凭热情和冲动一下子就能完成的,但我们至少应该完成认识论上的"转变"并真正启动这样一个"过程"。

现在媒体上流行一些对于中国当代文学经典化冷嘲热讽的稀奇古怪的言论,其核心一是否定中国当代文学有经典、有大师,其二是否定批评界、学术界有关"经典化"的主张,认为在一个无经典的时代,"经典"是怎么"化"也"化"不出来的,"经典化"是一个实实在在的"伪命题"。其实,对于文学,每个人有不同的判断、不同的理解这很正常,每一种观点也都值得尊重。但是,在"经典"和"经典化"这个问题上,我却不能不说,上述观点存在对"经典"和"经典化"的双重误解,因而具有严重的误导性和危害性。

首先,就"经典"而言,否定中国当代文学早就不是什么新鲜事,对当代文学的虚无主义态度在很多人那里早已根深蒂固。我不想争论这背后的是与非,也不想分析这种观点背后的社会基础与人性基础。我只想指出,这种观点单从学理层面上看就已陷入了三个巨大误区:

第一个误区,是对经典的神圣化和神秘化的误区。很多人把经典想象为一个绝对的、神圣的、遥远的文学存在,觉得文学经典就是一个绝对的、乌托邦化的、十全十美的、所有人都喜欢的东西。这其实是为了阻隔当代文学和"经典"这个词发生关系。因为经典既然是绝对的、神圣的、乌托邦的、十全十美的,那我们今天哪一部作品会有这样的特性呢?如果回顾一下人类文学史,有这样特性的作品好像也没有。事实上,没有一部作品可以十全十美,也没有一部作品能让所有人喜欢。在这个问题上,我们应该明确的是,"经典"不是十全十美、无可挑剔的代名词,在人类文学史上似乎并不存在毫无缺点并能被任何人所认同的"经典"。因此,对每一个时代来说,"经典"并不是指那些高不可攀的神圣的、神秘的存在,只不过是那些比较优秀、能被比较多的人喜爱的作品而已。从这个意义上说,当今中国文坛谈论"经典"时那种神圣化、莫测高深的乌托邦姿态,不过是遮蔽和否定当代文学的一种不自觉的方式,他们假定了一种遥远、神秘、绝对、完美的"经典形象",并以对此一本正经的信仰、崇拜和无限拔高,建立了一整套关于中国当代文学的伦理话语体系与道德话语体系,从而充满正义感地宣判着中国当代文学的死刑。

　　第二个误区,是经典会自动呈现的误区。很多人会说,是金子总是会发光的。但对文学来说,文学经典的产生有着特殊性,即,它不是一个"标签",它一定是在阅读的意义上才会产生意义和价值的,也只有在阅读的意义上才能够实现价值,没有被阅读的作品没有被发现的作品就没有价值,就不会发光。而且经典的价值本身也不是固定不变的。如果一个作品的价值一开始就是固定不变的,那这个作品的价值就一定是有限的。经典一定会在不同的时代面对不同的读者呈现出完全不同的价值。这也是所谓文学永恒性的来源。也就是说,文学的永恒性不是指它的某一个意义、某一个价值的永恒,而是指它具有意义、价值的永恒再生性,它可以不断地延伸价值,可以不断地被创造、不断地被发现,这才是经典价值的根本。所以说,经典不但不会自动呈现,而且一定要在读者的阅读或者阐释、评价中才会呈现其价值。

第三个误区，是经典命名权的误区。很多人把经典的命名视为一种特殊权力。这有两个层面的问题：一，是现代人还是后代人具有命名权；二，是权威还是普通人具有命名权。说一个时代的作品是经典，是当代人说了算还是后代人说了算？从理论上来说当然是后代人说了算。我们宁愿把一切交给时间。但是，时间本身是不可信的，它不是客观的，是意识形态化的。某种意义上，时间确会消除文学的很多污染包括意识形态的污染，时间会让我们更清楚地看清模糊的、被掩盖的真相，但是时间同时也会使文学的现场感和鲜活性受到磨损与侵蚀，甚至时间本身也难逃意识形态的污染。此外，如果把一切交给时间，还有一个前提，那就是对后代的读者要有足够的信任，要相信他们能够完成对我们这个时代文学的经典化使命。但我们对后代的读者，其实是没有信心的。我们今天已经陷入了严重的阅读危机，我们怎么能寄希望后代人有更大的阅读热情呢？幻想后代的人用考古的方式对我们这个时代的文学进行经典命名，这现实吗？我不相信后人对我们身处时代"考古"式的阐释会比我们亲历的"经验"更可靠，也不相信，后人对我们身处时代文学的理解会比我们亲历者更准确。我觉得，一部被后代命名为"经典"的作品，在它所处的时代也一定会是被认可为"经典"的作品，我不相信，在当代默默无闻的作品在后代会被"考古"挖掘为"经典"。也许有人会举张爱玲、钱钟书、沈从文的例子，但我要说的是，他们的文学价值早在他们生活的时代就已被认可了，只不过很长时间由于意识形态的原因我们的文学史不谈及他们罢了。此外，在经典命名的问题上，我们还要回答的是当代作家究竟为谁写作的问题。当代作家是为同代人写作还是为后代人写作？幻想同代人不阅读、不接受的作品后代人会接受，这本身就是非常乌托邦的。更何况，当代作家所表现的经验以及对世界的认识，是当代人更能理解还是后代人更能理解？当然是当代人更能理解当代作家所表达的生活和经验，更能够产生共鸣。因此，从这个角度来说，当代人对一个时代经典的命名显然比后代人更重要。第二个层面，就是普通人、普通读者和权威的关系。理论上，我们都相信文学权威对一个时代文学经典命名的重要性，权威当然更有价值。但我们又不能够迷信文学权威。如果把一个时代文学经典的命名权仅仅交给几个权威，那也是非常危险的。这个危险表现在什么地方呢？就是几个人的错误会放大为整个时代的错误，几个人的偏见会放大为整个时代的偏见。我们有很多这样的文学史教训。在这个问题上，我们既要相信权威又不能迷信权威，我们要追求文学经典评价的民主化、民主性。对一个时代文学的判断应该是全体阅读者共同参与的民主化的过程，各种文学声音都应该能够有效地发出。这个时代的文学阅读，最理想的状态应该是一种互补性的阅读。为什么叫"互补性的阅读"？因为一个批评家再敬业，再劳动模范，一个人也读不过来所有的作品。举个例子：现在我们一年有5000部以上的长篇小说，一个批评家如果很敬业，每天在家读二十四小时，他能读多少部？一天读一部，一年也只能读三百部。但他一个人读不完，不等于我们整个时代的读者都读不完。这就需要互补性阅读。所有的读者互补性地读完所有作品。在所有作品都被阅读过的情况下，所有的声音都能发出来的情况下，各种声音的碰撞、妥协、对话，就会形成对这个时代文学比较客观、科学的判断。因此，文学的经典不是由某一个"权威"命名的，而是由一个时代所有的阅读者共同命名的，可以说，每一个阅读者都是一个命名者，他都有对经典进行命名的使命、责任和"权力"。而作为一个文学研究者或一个文学出版者，参与当代文学的进程，参与当代文学经典的筛选、淘洗和确立过程，更是一种义不容辞的责任和使命。说到底，"经典"是主观的，"经典"的确立是一个持续不断的"过程"，"经典"的价值是逐步呈现的，对于一部经典作品来说，它的当代认可、当代评价是不可或缺的。尽管这种认可和评价也许有偏颇，但是没有这种认可和评价，它就无法从浩如烟海的文本世界中突围而出，它就会永久地被埋没。从这个意义上说，在当代任何一部能够被阅读、谈论的文本都是幸运的，这是它变成"经典"的必要洗礼和必然路径。

总之，我们所提倡的"经典化"不是要简单地呈现一种结果，不是要简单地对一个时代的文学作品排座次，不是要武断地指出某部作品是"经典"，某部作品不是"经典"，不是要颁发一个"谁是经典"的荣誉证书，而是要进入一个发现文学价值、感受文学价值、呈现文学价值的过程。所谓"经典化"的"化"实际上就是文学价值影响人的精神生活的过程，就是通过文学阅读发现和呈现文学价值的过程。可以说，文学的经典化过程，既是一个历史化的过程，更是一个当代化的过程。文学的经典化时时刻刻都在进行着，它需要当代人的积极参与和实践。因此，哪怕你是一个对当代文学的虚无主义者，你可以不承认当代文学有经典，但只要你还承认有文学，你还需要和相信文学，还承认当代文学对人的精神生活具有影响力，你就不应该否定当代文学经典化的重要性。没有这个"经典化"，当代文学就不会进入和影响当代人的生活，就失去了存在的意义。每一个人，哪怕你是权威，你也不能以自己的好恶剥夺他人阅读文学和享受文学的权利。

从这个意义上说，当代文学的经典化当然是一个真命题而不是一个伪命题。在一个资讯泛滥的时代，给读者以经典的指引是文学界、出版界共同的责任，而这也是我们编辑出版这套书的意义所在。

最后，感谢张明和张英先生为本套书付出的辛劳，感谢北京立丰天文化传播有限公司、北京金圣典文化有限公司的资金支持，感谢全体编委和北京联合出版公司各位编辑，感谢所有对本套丛书的出版给予大力支持的作家和他们的家人。

是为序。

吴义勤

2022年冬于北京

目 录
Contents

第 一 章 ___1

第 二 章 ___39

第 三 章 ___74

第 四 章 ___111

第 五 章 ___127

第 六 章 ___147

第 七 章 ___173

第 八 章 ___197

第 九 章 ___219

第 十 章 ___249

第十一章____318

第十二章____348

第十三章____379

第十四章____412

第一章

1

　　华灯初上,一俊遮百丑,夜色下的城市轮廓堪称壮丽,横成岭,竖成峰,某一处大刀阔斧,某一处又挤挤挨挨,有汉字的灯箱,也有汉字拼音或英文的霓虹,总之是一个小地方使出浑身解数,尽力趋附时代潮流的样子。可是,巴兰兰毕竟生于斯长于斯,角角落落都是熟进骨子里的,所以她的眼睛丝毫不受迷惑,一味挑剔,越过满眼的阑珊和粉饰,看见的多是荒凉,发着暗光的亲昵的荒凉。"巴总,怎么走?"小蒋问,"还用问,三江啊!"巴兰兰的语气里有一刹那的烦躁。小蒋乖巧,明白自己问错了。两人各怀心机,车内的气氛稍稍变得凝重起来。其实,刚才巴兰兰恰好也在问自己:"住家里还是外面?"在裴城她个人并没有住房,妈妈和弟弟一家挤在妈妈单位的福利房里,面积只有70多平米。以前她每次回来总是住酒店的,而且是裴城唯一的五星级酒店:三江大酒店。不过以前那是衣锦还乡,海南百川房地产开发有限公司的副总经理,住高级酒店既是身份的需要,也的确是为了出入方便，在酒店和亲朋好友酬酢往来，又体面又自由。此番却是今非昔比，海南百川房地产开发有限公司已经名存实亡，公司财产几乎在一夜之间灭失殆尽，属于她的只是后备厢里那区区三百万现金，眼下她差不多是携款潜逃的角色了——不得不辞别海南，被迫北上回到故乡裴城，以如此尴尬的身份，仍然住五星级酒店吗？

"你住我妈那儿吧。"她补充。

"嗯，好的。"小蒋答。

小蒋曾随巴兰兰多次来过裴城，熟门熟路，把车停在三江大酒店门口，替她登记好之后，小声问："东西怎么办？"她一时不甚明白，看着他，小蒋扭身做出搓钱的动作，她才说："待会儿扛家里。"小蒋帮她把随身行李拎进了房间。她说："你等等，我洗个澡，然后咱们一起回家。"小蒋说："那我先下去。"她说："你歇会儿吧，喝杯茶，我包里有茶。"小蒋坚持说："我先下去吧。"于是就下楼回车里去了。

她先和妈妈通了电话：

"妈，我待会儿回家吃饭。"

"你在哪儿？"

"我在三江，冲个澡就回去了。"

"老这样，突然袭击！"

"嘿嘿，你不是早习惯了吗？"

"这个死丫头！"

"多做点好吃的。"

"你一个人吗？"

"还有小蒋，对了，晚上小蒋住家里。"

"家里怎么住？"

"腾一个房间出来嘛。"

她脱净衣服，进卫生间开始冲澡的瞬间，脑海里闪出一个小念头：小蒋如果开车跑了，或者留下车，卷走三百万现金怎么办？

只是她并没有紧张，丝毫没有，她对小蒋的忠诚绝对有信心，她肯定，小蒋不是那种人，就算全世界的人都变成坏人，小蒋也不会，再说，这三百万现金，加上陈总拿走的那三百万，再加上救陈总出来的那一千万赎金，都是她和小蒋分头一次又一次从多家银行提出来的。小蒋如果真有歪心眼，任何一次逃走都可以。

"狗眼看人低！"她骂自己。

冲完澡，她又开始坐在镜子前化妆，拍爽肤水、上保湿美白霜、涂粉底乳液、扑粉，再打胭脂、画眉、画眼线、描眼影、装假睫毛……甚至比平常还要认真细致，似乎是故意拖延时间，暗暗对抗自己对小蒋的怀疑……

一小时之后她才下楼。

她想，妈妈的饭也该做好了。

她给小蒋打电话："我下来了。"

她走出大堂，看见了自己的车，心头一热，小蒋小跑着从车前面绕过来，替她拉开车门，她屈身坐在副驾驶座上，说："回家。"

裴城是K省的第三大城市，改革开放后的十几年里，它的发展同样惊人，街两边也是霓光闪闪、气象不俗，匀速前行的车流里，一样流淌着动人心弦的物质光辉和现代气息。巴兰兰发觉，自己用不着好好睡一觉，用不着看见新的太阳出来，就已经换了一种心情，就像在海南，每天晚上拖着疲惫的身子回家，早晨一觉醒来，又总是神清气爽，有一种发自心底的不可抑制的乐观主义气概。"哼，我还没到解甲归田的时候！我要接着做房地产！把海南做房地产的丰富经验用在裴城！"她对自己说。"我绝对不能颓废下去，我要让妈妈、弟弟、妹妹,以及所有的亲朋好友,看到一个比以往任何时候都乐观上进的巴兰兰!就算是仅仅为了跟随自己多年的,忠诚可爱的,离开家乡随着自己不远千里来到裴城的小蒋同志,我也必须重新干出一番事业来!"她继续对自己说。

几分钟后就到家门口了。

妈妈在的地方就是家,她想。

小蒋从后备厢里抱出那个硬邦邦的旧麻袋,里面正是劫后余生的三百万现金。看到它平安到家了,她不禁幽幽地长舒了一口气。

妈妈已经做好一桌子菜,全是她爱吃的家常川菜:回锅肉、蒜香带鱼、清炒鳝丝、香辣猪蹄……弟弟一家和妹妹一家也都在等她。他们各自都吃过饭了,又围在一起陪她和小蒋吃,正要动筷子,她问:"有没有酒?好想喝!"

弟弟巴东东找来一瓶白酒。

她一看是剑兰春,说:"没档次!"

这时小蒋已经起身下楼了。

没多久,小蒋从车里取回两瓶茅台。

"还是我们小蒋好!"她说。

小蒋女孩一样红了脸。

她早就注意到弟弟妹妹的两个孩子眼巴巴地望着她,她有些反感,她反感所有的孩子,她从来没有真正想过自己生个孩子,幸亏如此,在海南的那次短暂婚姻才没有留下孩子,当然也有人说:"你如果有了孩子,可能就不见得离婚。"她却不以为然,说:"以我这种风风火火的性格,看到那么一幕,无论如何都会离了的。"朋友都知道,所谓"那么一幕",其实是很多家庭都出现过的一幕:她开门回家,看见自己的丈夫和另一个女人赤条条睡在床上!她二话没说,就拉着丈夫办了离婚手续。那次婚姻留给她的遗产之一便是更加不喜欢被人们称作"爱情结晶"的孩子,越小的孩子越不喜欢。所以,此刻,她故意不理会弟弟和妹妹的孩子,况且,她现在突然变得有些吝啬了,像以前那样每人五百元的见面礼,眼下,竟然觉得,有些从身上割肉的味道了。不过几杯烧酒下肚后,情形又有不同,她装作刚刚意识到的样子,说:"哎呀,忘了给两个小地主礼物了!"妈妈说:"就是嘛,我以为你转眼变成穷光蛋了!"她让小蒋把红色坤包拿来,从包里摸出一沓钱,数了两个五百元,递给两个眼睛放光的小家伙,于是气氛立即变得情谊绵绵了。

妹妹巴梅梅问:"姐姐,这次回来带了啥项目?"

家里人早就希望她回裴城投资了。

巴兰兰扫视着桌旁的妹妹妹夫、弟弟和弟媳,说:"这次回来确实有投资意向,你们大家帮我打听打听,哪里有好地皮可以开发?"

几个人都是暗怀冲动的样子。

巴兰兰端起酒杯,说:"来,先喝酒!"

大家看到她这么爽快地喝酒,也都各尽所能地举杯痛饮,除了小蒋和妈妈——小蒋知道巴兰兰的酒量其实很一般,不过二三两而已,很容易喝醉,而且一醉就会像孩子一般号啕大哭,今天她这样贪杯,可不是好兆头,所以他坚持不碰杯子,随时准备好像在海南那样,在关键的时刻帮她揽几杯;妈妈虽然不了解女儿的酒量,可是女儿一进屋,她就看出女儿的神情有些反常,虽然笑得满脸开花,却有硬撑的痕迹,而且,有两个细节证明了她的猜测:从前回来,她总是少不了给每个人备一份礼物,给两个孩子的钱也总是事先封在红包里的,可是,今天却没有,甚至也没给妈妈带任何礼物!还有,以往回到裴城,司机小蒋也总是一并住在酒店的,这次,却要把小蒋安排在家里……

"兰兰,少喝点!"妈妈说。

"我没事,妈妈。"巴兰兰的舌头已经大了。

"听妈的!"妈妈要抢走酒杯。

巴兰兰笑着用双手护住酒杯,像老鸡护住自己的一窝鸡崽。

"妈妈,姐姐想喝就让喝嘛!"

妈妈瞪了巴梅梅一眼:"去你的!"

巴兰兰嗲声求妈妈:"让我再喝两杯好不好?"

妈妈说:"就两杯,说话算数?"

巴兰兰果真连喝两杯,仰头下酒的样子有点夸张,还故意咂着嘴,把嘴角的余酒抹了半脸,憨态可掬的样子,把全家人都惹笑了。

"看,没事吧?"巴兰兰笑着问,嗓音已然发飘。

小蒋判断,再有一杯,她就醉了。

这时,妹夫马林已经十分隐秘地悄悄给巴兰兰续了酒,并将自己的酒杯换成茶杯,加进小半杯酒,说:"姐姐,妹夫和你碰一个!"

巴兰兰说:"少来虚的,满上!"

马林果然满上了,而且迅速一饮而尽。

这样,巴兰兰的酒就没人敢挡了。

巴兰兰轻轻端起酒杯,以一种傲然的姿态灌下去。

巴兰兰的目光像花一样散开了。

"别让她喝了!"妈妈终于发怒了。

巴兰兰没说话,静静地把脑门抵在桌沿上。

"你们知道,世界上最难做的两件事是什么?"不等大家出声,巴兰兰勉强抬起头,自己作答,"一件是屎难吃,另一件是……"大家眼睁睁地等她说,她却重新埋下头,静了半分钟,抬起头说,"另一件是,钱难挣!"

大家从巴兰兰的眼眶里看见了眼泪,仿佛是"屎难吃,钱难挣"这话无力撼动别人,却独独击中了她本人内心的某一处要紧部位。

的确,一开始,大家心里都是凉飕飕的,以为她这是借着酒劲敲打家里人,提醒他们,不要老想着揩她的油,盯住她的口袋不放,她挣点钱谈何容易!可是,随即他们看到她哭了,哭得实在伤心极了,撕心裂肺的样子,绝不像是装出来的。后来被弟弟妹妹扶进屋里,爬在床上又哭了好一会儿,才终于破涕为笑。

"我要回酒店了。"她说。

"让梅梅陪你去。"妈妈不放心地说。

"好啊,我喜欢。"她说。

穿好衣服,正要出门,她突然想起了什么,让小蒋把始终立在门口的大麻袋提进妈妈的房间,把妈妈也拉进去,关上门。

"妈妈,这个帮我看好。"她低声说。

"啥东西?"妈妈问。

"钱!"她说。

"都是……钱?"

"三百万!"

"你让我放哪儿?"

"床底下呗。"

小蒋弯下腰,把麻袋放平,推入大床下。

"一分都不能少噢!"

"去你的!"妈妈戳戳她脑门。

"嘿嘿……"她傻笑。

2

海南的公司,是我和陈总两个人的,百分之六十的股份是他的,百分之四十的股份是我的,我们本来做得好好的,一个新的楼盘眼看要动工了,某一天傍晚,三个警察来到公司,神神秘秘地说,请陈总跟他们走一趟,第二天早晨我接到陈总电话,说他在市区的某个五星级宾馆里,让我马上过去,我放下电话立即赶到宾馆,敲开房间,看见先前那三个警察和他都在房间里,透出一种好生奇怪的氛围,他向他们介绍说:"这是我的副总,巴兰兰。"那三个人倒是和和气气的,有一个还冲我微微一笑。陈总看上去也是衣冠整齐,平静如常,和平时在办公室没两样,还慢条斯理地给我倒了茶,说:"先喝点茶。"就好像那三个人高马大的警察并不存在,我准备喝茶的时候,他盯着我的眼睛问我:"咱们账上那一千万还在不在?"我立即答:"还剩……五百万。"事后陈总很佩服我的反应——我知道我们账上至少还有一千六百万,陈总比我更清楚,可是他却说"一千万",显然在暗示我什么,我心领神会,而且迅速做出了合理推测:我们遇到大麻烦了,他所说的一千万,可能是人家提出的赎金数,甚至更可能是,赎金的数字大得多,陈总只承认公司账上只有一千万,主动讲出来是为了避免我说错。事实证明我的猜测完全正确。对我笑过的那个警察说:"五百万?那可能……还得公事公办。"我一听心里一惊,我明白任何一家公司都经不起"公事公办",真的到了"公事公办"那一步就得吃不了兜着走,弄不好会落个人财两失。不过我一点都没有慌乱,我从他们的口气里判断出，他们其实不想"公事公办"，那样，他们自己捞不到任何好处，就算我们的钱全是不法所得全是黑钱，也进不了他们的口袋。我用试探的口气问陈总："需要我去借钱吗？"陈总说："不用了，大不了蹲几年监狱。"刚才说话的那个人口气变硬了，说："真的？你想蹲监狱？那我回去给领导汇报！"接着又漠然地对我说："巴总，你可以走了。"我看了陈总一眼，他暗示我可以离开。我出来后，便和小蒋十万火急地分头从几家银行提出账上的大部分现金，只留下不到六百万。不敢转账，一转账就暴露资金流向了。接下来，连续三天没有陈总的任何消息。他的电话也始终打不通。第四天早晨陈总终于来了电话，直接在电话里吩咐我："你想办法再借五百万，凑够一千万现金，给我送过来。"下午，我用密码箱提着一百万到了酒店，还是那间房子，还是那三个警察，我把沉甸甸的密码箱交给陈总，说："这是一百万，其余的在车里。"陈总把箱子转给为首的那个警察，对方打开看了一眼，示意下楼，下楼后把另外九百万转入他们的车里，为首的警察对我们说："你们可以走了。"陈总问："有没有释放证？"那个警察说："这儿是五星级酒店，不是监狱。"陈总说："那好，我们走了，谢谢你们！"我们默默地离开酒店，一路上我们一句话都没说，到了我的住处，陈总才说："兰兰，实话告诉你，一千万其实是零头，没经你同意，我已经把整个公司让出去了。"我很生气，大喊："公司不是你一个人的，有我百分之四十股权在里面！"他说："我知道我知道。"我问："到底为什么？"他淡淡地说："背后有人，我们绝对惹不起的一个人。"我说："我不服，我去北京找人！"他笑了，说："咱们还剩区区六百万，够去北京找谁？"我跺着脚说："咱们都把房子抵押了，去贷款！"他大声说："别那么冲动，再说我也不想干了，那六百万咱们一人一半，我打算出国，你干脆回K省另谋发展，我有强烈的预感，我们如果继续待在海南，凶多吉少，可能引来杀身之祸！"我问："会怎么样？他们难道还不满足？"陈总说："他们担心我们说出去，所以，会在适当的时候除掉我们！"我一听，全身一下子软了，我不甘心就么离开奋斗了五年的海南，可是，我深信陈总的担心是有道理的，留得青山在，不怕没柴烧，于是我就回来了……

3

"五年三百万，不少啦，姐！"

"如果不出事，姐现在应该有三千万！"

"人好好的，比啥都强。"

"你说，我在裴城，能不能做大？"

"凭你的能力，还不是小菜一碟！不过，要是太累就算了。"

"确实累，好累好累，可我咽不了这口气。"

"咱们女人家嘛，别那么逞强。"

"我敢说，女人挣钱多半是逼出来的，当初我辞职下海，就是因为离婚的时候，那个混蛋只给了我十万元，而且是一张十万元的欠条，让我自己去要，我真的厚着脸皮去要钱，人家是因为可怜我，才把钱给我的。"

"不就是陈总吗？"

"是呀是呀，他后来问我愿不愿跟着他干？我说我什么都干不了，他说，就凭你拿着欠条追账的劲儿，没有你做不成的事儿。"

"你和人家睡在一起，他老婆没发现？"

"发现了,后来我们还成了朋友,我们两个还合伙捉过小三。"

"捉小三?那……你是什么?"

"我啊,我算是情人吧。"

"小三和情人有啥区别?"

"小三要养,情人自己会挣钱,有独立的人格。"

"你们就算是结束了?"

"是呀,他正在办出国手续。"

"带着他老婆出国?"

"肯定了,人家是糟糠之妻不下堂。"

"你呢,不想再找一个?"

"我找谁呀,你又不帮我忙!"

"裴城男人你看得上?"

"差不多就行,我还真想先结婚,再开公司。"

"结婚和开公司有何关系?"

"一个女人单独开公司麻烦很多,比如,你请人家进歌舞厅夜总会这类地方,女人就显得碍手碍脚的,另外,的确有很多事只有男人出面才好,男人无所谓,正的邪的白的黑的素的浑的,都可以来,而女人还得顾点面子,女人毕竟是女人!再说,一个有点姿色的女人在生意场上很难洁身自好,往往是,该给的一分都少不了,最后还得把自己搭上,那些当官的,常常是吃够喝够拿够,还想顺便色你一把。"

"那就色呗,省得花钱。"

"去你的,没那么简单,色是有价的,街上的妓女,操一次才一百块,漂亮一点也就几百块,最多不就是用一套房子养起来?"

"原来这样呀。"

"所以我说,屎难吃钱难挣嘛!"

"姐，我算是理解了。"

"这次重新做，更要吸取在海南的沉痛教训，得找一个大靠山，稳稳地靠在上面，要不然，挣了钱也是白挣，迟早还得吐出来。"

"靠山你自己找，男人嘛，妹妹试试，先说有啥标准？"

"我很色的，喜欢帅哥，不帅免谈！"

"这我知道，司机都要帅哥！"

…………

天快亮了，巴梅梅说："我还要上班呢，你就饶了我吧，让我多少睡一会儿。"巴兰兰说："不行，不许睡，陪我说话！"但巴梅梅已经轻轻扯起了呼。巴兰兰无奈，又打电话给陈总，听到的却是："你拨打的电话已停机。"

巴兰兰一觉醒来，已经是第二天下午了，转身一看，妹妹巴梅梅已经没影子了，枕边留着纸条：姐，我去上班，醒了给我电话。

她洗漱完，顺手打开了电视，看见省台和中央台正现场直播长江三峡顺利实现截流的实况，主持人用十分兴奋的语调说：

"现在是1997年11月8日下午3时30分，随着最后一车石料倾入江中，举世瞩目的三峡工程胜利实现大江截流！大家看，左岸总指挥和右岸总指挥，正分别跨过合龙处，两人紧紧拥抱起来了。现场气氛非常热烈，欢呼声和喝彩声响彻云天。李鹏总理宣布截流成功！紧接着三颗信号弹冉冉升起，划破长空……"

巴兰兰记得，自己五年前离开裴城下海南时，三峡工程刚刚开始，如今自己又回来了，三峡一期工程正巧结束，自己在海南的事业虽然以不愉快的方式戛然中止，但也可以视之为"一期工程"，自己不过27岁，未来的路还很长很长，海南五年的最大收获其实不是三百万现金，而是做事的经验和取胜的信心。退一步讲，这次事件其实是好事，把自己逼上梁山，站出来创立一个真正属于自己的房地产公司。

她又想写诗了，只是她有个老习惯，提笔写字必须用自己的那支钢笔，一支用了很多年的老式钢笔，墨水也必须是派克牌纯蓝墨水，否则，宁愿一个字都不写。她没有找见自己的笔，知道落在车上了，打电话让小蒋送上来。

等小蒋的时候，腹稿已经有了：

  人民开天辟地，
  英雄挥斥方遒。
  长江天堑万古，
  三峡截流千秋。

小蒋很快就来了，把钢笔和本子递给她，见她一袭睡衣，旋即又离开了。她把四句仿古诗仔细抄在已经有了半本子诗的黑皮本子上，注明日期和地点，补上两行说明文字，然后打通巴梅梅的电话，声情并茂地朗读起来。

巴梅梅自然赞不绝口。

"姐姐，晚上我给你接风。"

"老规矩，你接风，我埋单。"

"姐，这次你可千万别跟我们争，我们也该出出血了，再说，你现在是非常时期，别再像以前那样大手大脚的，花钱如流水。"

"我喜欢大把花钱的感觉！"

"三百万，经不住你那样花的！"

"放心吧，给我两三年时间，一个亿万富姐就诞生了！"

"你就吹吧——晚上吃饭就你，我和马林，还有个帅哥，和你同岁，川大化学系毕业的，现在是咱们裴城师范学院的学生科科长，和我家马林初中高中都是同班同学，家里没什么负担，父亲和母亲都不在了，有个哥哥。"

"效率好高哎。"

"姐，你的情况我高度保密，马林也不知道。"

"也别让妈妈弟弟知道。"

"那我怎么介绍你？"

"我还是海南百川房地产开发有限公司副总经理。"

"好的，巴总，六点见！"

"在哪儿？"

"明珠酒楼。"

放下电话，巴兰兰不由得嘀咕，这些人，就会打小算盘，明知道我无论如何要埋单的，嘴上说给我接风，其实是自己想吃鲍鱼了！不过，紧接着，她又感到了羞愧，并严厉地在心里谴责自己：你真他妈的像个穷光蛋了！

的确，以前巴兰兰在朋友圈里，有慷慨大方的美名，总会抢着埋单，她喜欢那种被人敬重的感觉，等于花钱买受用！而现在，听说要去以鲍鱼知名的明珠酒楼吃饭，心里竟咯噔一下，这说明自己眼下真的没底气了，也说明自己实在是不能过拮据日子的，三百万，在她眼里就和穷人眼里的三十元差不多！

穿什么衣服？先试了一件低胸的裙子，范思哲，九千多元买的，此刻怎么看都有些小姐气，她对镜自嘲：如果寻求一夜情，就穿这件了！接着又找出那件从香港买回来的紫色长裙，一万多块，是她仅有的一件圣罗兰，却显得有些老气，而且过于宽松，把她的好身材无情地淹没了，腰和胸没差别了，她自言自语：这应该是婚后十年才穿的东西！最后，她下决心不在乎什么牌子，穿一件简单的鹅黄色衬衣，加上一条普通的牛仔裤，看上去倒是温婉大方，还有亲和力，又一眼看得出傲人的身段。

坐下来准备化妆的时候，一看时间不多了，便选择了裸妆，强调了朴素自然，画了灰色的眼线之后，在下眼睑部位轻轻点了些透明的散粉，最后涂了较深的唇彩，双唇用力一抿，就可以了，一看表，仅仅用了10分钟。

她自己开车去了明珠酒楼。

在车里她已经看见了巴梅梅和妹夫马林，马林旁边站着个陌生人，应该就是那个帅哥了，看上去不止一米八零，头发向后梳，应该打过摩丝，有一点小官僚的样子，再一看，又的确蛮帅的，骨子里隐约透出一股子率真气。

"华山老师。"巴梅梅介绍。

巴兰兰笑着说："不像老师，有点官气！"

巴梅梅说："是呀，人家是科长！"

华山笑着说："不值一提。"

几个人出了电梯，来到明珠酒楼最好的包房之一，白玉兰厅。厅内很宽敞，像个小型舞厅，装饰以明黄色为主调，餐盘用杏黄色包边，餐布也是杏黄色，服务员穿着杏黄色上装，实在是处处闪光，满眼奢华。巴兰兰当仁不让走向主座，示意华山坐在自己左手，巴梅梅和马林依次坐在她的右手。一个巨大的圆桌旁，仅仅坐了四个人，实在有些冷清，巴兰兰明白，今天妹妹和妹夫看样子下决心要出点血了——豪华包房，保证了档次，四个人，限制了消费。她本来要提议，把妈妈和巴东东他们也叫来，转念一想，这次就成全他们吧。巴兰兰和巴梅梅相互推辞了一番后，还是由见多识广的巴兰兰点菜，她说："我点菜,那就是我请客了?"马林抢先大声说:"今天绝对是我们请客。"

"那好吧,成全你!"巴兰兰看了马林一眼,心里有了一点恶作剧的念头,首先便点了明珠酒楼的主打菜"鲍有赢余",其次是"翅胆忠心",然后是"恭祝发财",她心里有底,光这三样已经超过两千元了。然后又点了几样普通的,焖猪蹄、大鹅掌、蚝油生菜、清炒苦瓜什么的,最后是汤,木瓜银耳生鱼汤。

等菜的时候,巴兰兰问:"有个段子,听不听?"

巴梅梅提醒她:"姐,别太黄了啊!"

"不黄哪算段子?"巴兰兰自己先笑了,想了想,说,"一个处长,和一个漂亮的处女跳舞,跳着跳着处长有点激动,下面挺了起来,处女好奇地问,你下面是什么?处长说,我下面是副处长。处女答,官不大还挺硬的!"

华山首先出声大笑。

"我也讲一个。"华山说,"晚上,一个女的,孤孤单单走在路上,突然看见对面来了个男的,张开双臂做出拥抱状,这女的上前就是一脚,男子倒地大哭,说:都第三块了,我招谁惹谁了,带块玻璃回家就这么难吗?"

三个人都没笑,根本没听懂。

巴兰兰不客气地说:"重讲,不黄不算!"

"那好吧,讲一个关于教授的,我们学校有个老教授问学生:怀孕的女人和烂掉的萝卜有什么相同点?"华山环视另三个人,等他们都在心里想一想,然后才接着说,"一个学生抢先说:都是虫子惹的祸。老教授不温不火,只给了60分。另一个学生得了满分,另一个学生的答案是:老师,都是因为拔晚了!"

这次,大家都哈哈大笑。

在巴兰兰看来，会讲黄段子的华山，可爱指数上升了许多，她甚至肯定，自己已经爱上这个半是率真半是官气的男人了，今后的日子里，自己将不可挽回地和他做爱，和他怄气，和他相互伤害，和他相互背叛，直到和他分手……仿佛未来的生活，像卷轴一样突然神秘地打开了，一切都是一清二楚，一切都像早就定稿的剧本，自己不过是其中的一个演员，而且所有的演出都含有某种被强迫的意味……

不久开始上菜，马林问："姐，喝点酒吧？"

她有些发呆，说："随便。"

马林又问："国酒还是洋酒？"

她说："吃鲍鱼，讲究喝干白，有道是吃白肉，喝干白。"

于是，马林点了王朝干白。

马林邀大家举杯，并致辞："兰兰姐，欢迎你回家乡投资！希望你早日成为亿万富姐，成为咱们全裴城最富有最美丽的女人。"

"还要多多仰仗大家的支持！"巴兰兰说，为了让自己尽快兴奋起来，她喝了一大口，并特意对华山说，"科长，多喝点。"

华山也喝了一大口。

"鲍有赢余"来了，人人有份。葱绿鲜美的西兰花，金黄丰满的鲍肉，紫色滑嫩的花菇，貌似简单地拼在一起，却给人富丽堂皇的感觉，看一眼已经滋味无穷了。巴兰兰带头拿起刀叉，顺着鲍肉的纹理一切为二，再将其中一瓣切成两段，将一段蘸满鲍鱼汁，喂进嘴里，细咬轻嚼，淋漓尽致的香味，在她毫无掩饰的神态里已经暴露无遗了。"嗯，味道不错，喂进嘴里弹弹的！马林，要不要再来一份？"她边吃边问，马林没顾上回答，她急忙咕哝着说，"老规矩啊，实事求是，你请客，我埋单。"

于是又加了一份"鲍有赢余"。

"我就是这样,贪吃。"她笑着自嘲。

华山笑着点头,显示出略含保留的欣赏。

"来,喝酒。"华山举杯。

"来!"她和华山单独碰杯。

"姐,别把我们晾在一边哟。"巴梅梅喊。

巴兰兰大笑,说:"嫉妒了?"

巴梅梅嘟着嘴说:"就是嘛!"

巴兰兰便故意和华山再度碰杯,公然腻歪起来,马林和巴梅梅心里的确有点酸,但大体上还是乐见其成的——华山和马林小学中学都是同学,来自同一个县同一个乡,如果巴兰兰和华山真的好上了,也算妹妹和妹夫的功劳!

临近结束的时候马林突然出去了,腋下夹着包,欠着腰迈着碎步,要去外面抢先结账。他知道,留在最后肯定争不过巴兰兰的。搁在平常,他当然愿意顺水推舟了,自己和巴梅梅两人的工资加起来每月不足三千元,这样的一顿饭至少要花去两人一个月的工资,实在有些伤筋动骨。不过,这次,他和巴梅梅意见一致,无论如何要硬撑一回,原因也是不言自明:他和巴梅梅都在裴城市第一人民医院工作,他在皮肤科,她在放射科,两人都是大夫,但是,都不能说有多么喜欢自己的职业。尤其是巴梅梅,是不宜长期待在放射科的,谁都知道各种射线对人体的危害很大,所以,夫妻二人早就盼望姐姐回家乡投资,以便在姐姐麾下谋个职位,赶赶下海经商的时髦——邓小平92南方讲话激起的全民经商热潮,同样波及裴城,很多同事都辞职下海了,他们也很想试一试。

巴兰兰看见马林提着包出去,想制止却又忍了。尽管她不喜欢自己这样。她再一次相信,人穷志短,没钱的时候,人也灰溜溜的。

几分钟后，马林回来了。

"你去埋单了？"巴兰兰问。

"是呀，说好我们埋单的。"马林说。

"多少钱？"

"嘿嘿，没多少！"

巴兰兰从身后取来大红的 XL 坤包，摸出一厚沓百元的人民币，快速数起来，动作快极了，像点钞表演，在三双眼睛的注视下数够 3000 元，丢在已经回到座位上的马林面前，说："实事求是，看病找你们，埋单找我！"

"姐，别这样！"马林说。

马林把钱拣起来，掷还给巴兰兰。

"姐，给马林一点面子嘛！"巴梅梅说。

"死要面子活受罪！"巴兰兰不客气地说，把钱草草推向身旁的巴梅梅，"快收起来快收起来，你们的心意我领了，可以了吧？"

巴梅梅只好把钱推给马林。

马林摇着头把钱收起来，放回包里。

尴尬之际，巴兰兰看了看表，说："我还有点事……"

于是，四人起身离座。

巴兰兰坚持先开车送几位回家，然后再去忙自己的事。华山先到家，车停在路边后，华山问："巴总，你的电话是……？"巴兰兰从包里摸出手机说："你多少，我给你打过去。"华山念出自己的手机号，巴兰兰快速摁着键，等了好几秒钟，华山的手机才响了，巴兰兰笑着说："我的信号跨越了琼州海峡。"

华山下车，回头招招手，转身走了。

巴兰兰开车重新汇入车流。

"怎么样姐姐?"巴梅梅问。

"还行,不反感。"巴兰兰答。

"可以再交往吗?"马林问。

"关你屁事,把你急的!"巴兰兰说,并笑。

"我立功心切嘛。"马林说。

"谁要你立功了?"

"我自愿立功还不行呀!"

随即,马林说有事,也下车了。

巴梅梅要回妈妈家领孩子,没多久就到妈妈家楼下了,巴兰兰停下车说:"告诉妈妈,我明天中午回来吃饭,对了,梅梅你还得帮我个忙,在咱家附近租套房子,给小蒋住。他一个人住,小一点,三四十平米就可以了。"

巴梅梅答应着,下车了。

巴梅梅摁响妈妈家的门铃。

过了好一会儿,妈妈才来开了门。

"人呢?"

"都叫巴东东领走了。"

"小蒋呢?"

"也跟走了。"

巴梅梅斜躺在沙发上,长吁一口气。

"怎么样?"

"什么怎么样?"

"装糊涂。"

"我姐那个人,对帅哥没抵抗力的!"

"不要害你姐哟。"

"我能害她？"

"介绍个坏男人，就是害她。"

"我哪晓得谁是好男人谁是坏男人，脸上又没刻字！"

"她喜欢帅哥你就介绍帅哥，没别的标准啊？"

"人家可是大学老师，科长！"

妈妈嘟着嘴，不说话了。

"妈你怎么了？"

"我没怎么！"

"你好像不愿意我们给我姐介绍对象。"

"我就担心，你们介绍个坏人。"

"那你就告诉我姐，一辈子单身，永远别结婚。"

妈妈又不说话了，拉着脸。

"你以前不是老催我姐快结婚吗？"

"以前是以前。"

"现在，怎么就变了？"

妈妈点起一支烟，深吸一口，冷眼看着巴梅梅。

"妈，那个大麻袋呢？"

"哪个大麻袋？"

"昨晚上，小蒋扛回家的！"

"怎么了？"

"哼，整整三百万，我知道！"

"你姐告诉你了？"

"当然，姐姐和我最亲！"

"亲个屁！"

"妈，让我瞧瞧三百万有多少，好不好？"

"看眼里拔不出来怎么办?"

"求你了妈妈,让女儿开开眼界嘛。"

妈妈低头弹掉烟灰,有了一点傲然不群的味道,巴梅梅跑过去搂住妈妈,把嘴贴在妈妈耳边悄声说:"我不会让姐姐知道的。"

"你说,你姐和谁最亲?"

"当然是和妈妈你最亲喽!"

妈妈又板了几秒钟脸,才掐灭烟头,过去把家门从里面反锁了,然后才带着巴梅梅进了自己卧室,然后把卧室的门也反扣了。

妈妈指了指大床底下。

巴梅梅揭起下垂的床单,蹲下身,勾头看见了横着的麻袋,伸出胳膊用力往外拽,麻袋半显僵硬地滑行出来,鼓囊囊地停在脚边。她有些不安,求助地看了妈妈一眼。"打开呀。"妈妈柔声鼓励她。巴梅梅便重新蹲下身,摸索了好一会儿才解开麻绳扣子,然后又仰头看了妈妈一眼。妈妈微笑着用眼神继续鼓励着她,她便小心地抻开麻袋口,如愿看见了里面的东西——成捆成捆的百元大钞,"哇噻!"她不由得惊叫一声,伸手抓出一捆来,手朝上再三掂量着问:"这有多少?"妈妈波澜不惊地答:"十万!"巴梅梅说:"哎呀,足有三公斤。""傻瓜,钱是数的,不是秤的。"妈妈笑话她,她就说:"那我数数。"妈妈满怀柔情地说:"坐下慢慢数,够你数一阵子的!"巴梅梅便转身坐在了床边,把四方的被子拉在床中央,再拧身将钱墩子放在软乎乎的被子上面,朝手指上吐些唾沫,十分笨拙地数了起来,中途停下来喘了口气,抬头看了一眼妈妈,接着再数……

"是十万吧?"妈妈问。

"一千张。"巴梅梅答。

"一千张不就是十万?"

"幸亏是百元的,如果是拾元伍元的,就难数了!"

"有钱还怕数啊!"

"我姐,真的好厉害哎!"

"你和巴东东的聪明加起来,都比不上你姐!"

"巴东东也算数?"

"巴东东怎么了?"

"他呀,不惹祸就算好。"

"以我看,巴东东的聪明,比不上你姐,比你绰绰有余!"

"妈,别把我看扁了!"

"你有个优点,他们都没有。"

"啥优点?"

"比谁都孝顺!"

"这?"

巴梅梅撇着嘴,把刚刚数过的钱放回麻袋,再用麻绳缠紧麻袋口,打上结,先用手推,再用一只脚把麻袋尽可能蹬向深处。

4

巴兰兰开着车,本打算真的四处去看看,摸摸裴城房市的底,可是,当她把《图兰朵》的歌剧塞进CD,宝马车一流的音响效果,经典歌剧的华美旋律,立即让她舍不得停车,更舍不得下车了。"流走的是时间,沉淀的是心情!"她喜欢疾行的轿车里这种属于自己一个人的感觉。一方面,这种感觉暗暗提示她:自己是一个精英,一个享受时代进步和物质光辉的精英，另一方面，她的确很喜欢歌剧，喜欢歌剧中那种欧化的超尘脱俗的华丽气质。有人曾问过她："你觉得挣多少钱就算够？"她明确回答："第一，随时可以坐飞机去欧洲看一场歌剧，第二，走进上海恒隆广场那样的地方，不问价钱，看上哪件衣服，只管往筐里扔。"眼下，这样的目标在唾手可得之际，竟又意外受阻。所以刚才吃饭时她突然生出一种强烈的急迫感和不耐烦，甚至觉得谈恋爱都是浪费时间，想象一男一女，双方一点点相互试探、渐次深入的那种传统意义上的恋爱过程，竟有装腔作势和陈腐老土之感，还不如直接上床做爱来得真实又痛快。可是，这样的想法又实在是大逆不道，尤其对一个女人来说。一个女人在男女关系上稍稍随便一点任性一点，就有一大堆现成的脏话等着你：什么"裤带太松"，什么"破鞋""骚货""沙发"，什么"公共厕所""公共巴士"……而男人，几乎可以大大方方理直气壮地招妾狎妓，如果有权有势，就更是不在话下："玩个把女人，有啥了不起！"事实上，常常意识到这种深刻的不平等，也的确是她愿意多多挣钱的一个原始动力，"花自己挣的钱"，一个女人，才有真正意义上的"独立自主"！

《图兰朵》的音乐加上些许的酒精，令巴兰兰颇为兴奋，兴奋的另一极则是孤寂和孤单，是海南事件留下的挫败感，是不得已躲回故乡的凄凉感，是无底的空虚和厌倦。这种时刻她最需要的其实是一个人，一个可以交心的什么话都可以讲的人，当然最好是一个男人，一个棒男人！他又能听她诉说，又能有效地安慰她，还能给她提一些合理化建议。在海南，陈总就是这样的男人，他既是她的上司和合作伙伴，又是她的情人、她的朋友。可是，整个裴城还找不到这样一个男人。正因为如此，裴城对她来说其实是一座空城。也因为如此，屁股底下的宝马318就近似于一个男人了。她很想给刚认识的不算反感的华山打电话，又怕把"小伙子"吓着了。她已经把车开到了涪江边，又向三江口方向开去。三江：涪江、安昌江、芙蓉溪。它们分别从正北、西北和东北三面不约而同地进入裴城市区，最后又在城中心的东南角汇总，三水合流，顺势称之为"三江"。

眨眼间已经到三江口了。

这一带她实在太熟悉不过了，从出生，到小学中学，都没有离开过三江口。说实话，她对三江口并没有好印象。她的记忆里，三江口从来就没有安宁过，一半时间里是洪水泛滥，另一半时间里是没完没了的修坝筑堤。似乎防治洪水是一个永远不可以停止又永远不可能完成的鬼魅任务。然而，她离开裴城后的这五年里，情况的确发生了变化，裴城市政府投资好几个亿，在三江口下游的七公里处筑起了一座壮观的拦河大坝，围成的水面有五点零六平方公里，比杭州西湖还要大。所以，当她驱车从略显狭窄的车行道上经过时，闻到了一种在大海边才能闻到的软滑湿润的水腥味。她放慢速度，甚至又听到了手风琴的声音。她把车停在一棵矮小的柳树下面，徒步向河边走去。

裴城的冬天比海口冷了许多，人们穿着或薄或厚的冬衣，在石砌的人行道上来来往往，左顾右盼，既矜持又悠闲。巴兰兰的一身装束，相比之下就显得有些惹眼，不算露，却涉轻薄，吸引了很多怪异的目光，她知道，那些人把她看作小姐了。海口是小姐的发源地，全国各地的小姐都是海口培养出来的。她自嘲地想，我如果不搞房地产，其实可以试着做做小姐的生意，开个歌舞厅什么的，赚钱也不难。

她扶着青石栏杆，注视被宽阔水面围在中央的桃花岛，这才听出手风琴的声音是从桃花岛上传过来的。小学和中学时代，同学们的野营活动也经常会在桃花岛上。那时候的桃花岛，还是一个有些偏的桃花源式的去处，现在却几乎是城市的重要地带了。突然，她像将军一样转过身，以桃花岛为圆心，环顾四周的建筑，包括看得见的和看不见的，这一看，她身为房地产商的那种本能，便立刻被唤醒了。

她的视野中出现了一个以三江口和桃花岛为要点的，次第展开的，富有现代气息的，又绝对尊重自然的，美观和谐的新城市！

和她的想象相比，目前的三江口一带实在是大材小用了，和刚才展现在她眼前的幻象相比，眼下的裴城只算是一个集镇！

"我就是为此回来的！"

"我天生就是来干房地产的，除了房地产，我不会做别的任何生意。我要让这个城市在我手中崛起！我必将名留青史！"

她听见，她内心的声音极为洪亮。

她甚至被自己的声音感动了。

她回到车里，离开三江口，实在想马上行动起来。

她却只是来到了芙蓉溪岸边。

小时候她经常带着妹妹弟弟来芙蓉溪里摸鱼，有一次他们看见一条大鱼，几乎像乳猪一样在水面上漫步，白脊梁闪闪发亮，鳃盖一鼓一鼓的，在拼命呼吸，原来这条大鱼不小心游到浅水区了，大半个身子暴露在浅浅的水面之上，三双小手同时压在了鱼身上，又同时被巨大的冲击力打开，妹妹巴梅梅大叫一声摔倒在一旁，沾了半身泥，弟弟巴东东到底是男孩，立即捡起一颗大石头，朝目光灼灼的鱼头就是几下，鱼身子倒下后仍旧奋力翻击，水面迅速红了起来，一直红向了远处，妹妹巴梅梅吓哭了，她和弟弟两个人一人按住鱼头一人攥住鱼尾，又搏斗了好一会儿，才把大家伙制伏了……

也许和这次经历有关，她一直偏爱三江中最不起眼的芙蓉溪，每次回裴城都会抽时间来溪边走走。"芙蓉溪"这个名字很令她难忘，芙蓉溪确实是三江之中流量最小的，可是称作"溪"还是太谦虚，或

不 安

者可以说它是世界上最大的溪，半是河半是溪，亦河亦溪，这种似是而非里倒是包含着小小的诗意！尽管，从她记事起，芙蓉溪里就常常散发着刺鼻的臭味！那臭味就是从造纸厂里流出来的！造纸厂的臭水加上沿岸随时汇入的生活污水，可能比芙蓉溪原本的流量还要多。此刻她希望闻到的正是它，那种略含亲切感的臭气！她想，但愿它还在！果然，没多久她就闻到了！那是一种熟悉的酸臭味。越是接近厂区，越是接近恶臭。她想，我要做的第一件事就是收购国有造纸厂，然后在造纸厂的原址上盖房子，盖裴城最漂亮最值钱的地标式房子，名字就叫：芙蓉花园。

钱从哪儿来？三百万当然远远不够。可是，可是谁做事全靠自己掏腰包？办法自然是，从银行贷款！用什么做抵押？自然是用已经拿到手的土地使用权做抵押！有了土地，便有了一切！一个干净的没有污染的三江口，必然会带动整个三江口地区的土地升值，接下来，该做的事情，恐怕五年十年都做不完……

巴兰兰站在碗口粗的排污口旁边，拨通了华山的电话，她才不管那么多，她只想尽快把自己的宏伟计划描述给某一个人。

"喂，华山老师，是我。"

"巴总，还在忙呀。"

"我在闻一种很好闻的味道……"

"什么味道？"

"你要不要过来闻一下？"

"你在哪儿？"

"我在芙蓉溪这儿的裴城造纸厂。"

"裴城造纸厂？"

"顺着芙蓉溪，一直向北……我去接你吧？"

"我可以打车过去。"

"还是我去接你,要不然,等你来我就变成臭豆腐了。"

"我喜欢吃臭豆腐。"

"好,你等着,我给你送来。"

巴兰兰笑着,又蹲下身堵住鼻子,凝视着堤边的排污口,就像打量一个多年不见的宝贝。事实上,月光下的排污口更像一个胃口超群的大怪物,背对着芙蓉溪,一边吞食,一边排泄,排泄物源源不绝地从它巨大的屁眼里喷射出来,从距离河滩三四米的高处凶狠地砸下去,在底下打出一个大水坑,水坑上面飘着一层厚厚的白色泡沫,污水携带着白色泡沫弯弯曲曲流向河道中央的溪水,再缓缓流向三江口……

她开着车回市区去接"小伙子"。

"小伙子",她心里这样叫他。

小伙子站在刚才下车的地方,个子真的不矮,透过夜色看,还有些魁伟,别的不论,单说外形,比她的前夫和陈总都要棒些。

"棒"是她喜欢用的一个词。

她喜欢把出色的男人称作"棒男人"。

华山上车了,自觉地坐在了副驾驶座上。

"你身上的男人味好浓。"她说。

"你是说我一身汗味吧?"他做着鬼脸问。

她笑了,说:"有自知之明。"

他有些不好意思,说:"两三天没换衬衣了。"

"没人帮你洗吗?"

"有洗衣机,是自己懒。"

"衬衣用洗衣机洗不干净的,得用手洗。"

"我懒,直接扔洗衣机。"

"男人啊,都懒。"

"不过,你鼻子也太尖了。"

"女人的鼻子都尖,女人是靠鼻子生活的。"

"为什么这么说?"

"女人判断事物靠嗅觉,用鼻子闻……"

"那,男人呢?"

"男人当然是靠嘴了,男人把什么都要兑换成吃,比如秀色可餐,有一句老话还说:要想拴住男人的心,就要拴住男人的胃。"

"听上去有点道理。"

"男人在家里吃不饱,就会在外面打野食!"

巴兰兰看了华山一眼,笑起来。

"巴总对男人蛮有研究的。"华山说。

"没有没有,皮毛而已。"

这时,车已经停在了三江酒店。

华山早就发现方向出了问题,以为她不识路,转念一想,她是裴城人,应该弄不错的。于是他猜,也许,她要找个地方喝茶聊天,没想到直接来了酒店。华山的呼吸竟变得有些紧促了,似乎自己很有可能将会遭到强奸,被一个漂亮、专横而又富有的女人强奸。他实在说不清,这将是自己的幸运,还是不幸。

"楼顶有个旋转酒吧。"巴兰兰指指楼顶。

"我前些天刚来过。"华山语气恍惚。

两个人进了电梯间,和好几个人站在一起,有人用高看的眼神斜睨华山,以为他准是大款一个,所以身旁才跟着这么一位大美女,就好像这个时代的美女天经地义都该属于大款。华山只好让自己的站姿显得更挺拔一些。

电梯里最终只剩下他和她。电梯还在持续上升,稳静如一,显示出良好的工作性能,表达着五星级宾馆特有的品质,正如他身边这个有钱的女人,是由鳄鱼皮的坤包,细腻的香味,开朗的笑容和霸气的作风表达出来的。

"他们以为我是大款!"他说。

"为什么?"她问。

"因为我身边站着个美女呀。"他歪歪脖子。

"为什么不是相反呢?"她笑。

"裴城,可能还没有鸭子。"

"真的没有吗?"

"应该没有,还欠发达。"

"快了,快有了!"

电梯门轻轻一撞,打开了。

两人走进高高在上的还算安静的旋转酒吧,在一个靠边的位置坐下来,余光里便是夜色中的裴城了,近处则是涪江的潋滟波光。

服务生过来请华山点单。

华山笑着说:"那位是老板。"

巴兰兰一笑,问他:"喝点洋酒吧?"

华山默默点头。

"龙舌兰,怎么样?"

"那就尝尝吧,我没喝过。"

于是就点了龙舌兰,要求加柠檬和盐。

"刚才,在电梯里你还骂我!"

"没有啊,怎么骂的?"

"你说,裴城还没有鸭子,不是在骂我吗?"

"我，不明白。"

"鸭子反过来，不就是鸡吗？"

华山笑出了声："我确实没那么想！"

巴兰兰故作不悦："自罚，多喝两杯。"

华山心想，这个女人身上倒有些小女人气！仿佛正是因为这一点，恰好表明了，她不光是一个赚钱机器，更是一个纯美的女人。

龙舌兰酒来了，巴兰兰亲自斟好，加了柠檬和盐。

华山抿了半口，说："挺酷的。"

巴兰兰也抿，说："我觉得，龙舌兰的味道，有点江湖气。"

"江湖气？你身上也有。"

"是吗？做房地产，不能不江湖！"

"为什么？"

"你要和三教九流，各种江湖人物打交道。"

"挺不容易吧？"

"是呀，只有极端热爱钱的人，才可以做房地产。"

"那么，你也是……"

"当然，每当我心生倦意的时候，我就提醒自己：热爱钱，热爱钱！"

华山端起酒杯，邀她同饮。

她从小伙子的眼神里看到了惊讶。

她问："当官的人呢？也得热爱权力吧？"

他答："我正在想这个问题，我其实，算不上热爱权力。"

"二十几岁已经是科长，够快的。"

"是呀，还算顺。"

"一定有后台吧？"

"没有,我这个人,就是做事踏实。"

"那也难得。"

巴兰兰举杯,为他的"做事踏实"。

"你刚才在裴城造纸厂?"

"是呀,好臭好臭!"

"我知道,市民意见很大。"

巴兰兰俯身过来,压低嗓门说:"我有一个非常好的项目,绝对是千载难逢,裴城造纸厂,一个连年亏损又长期污染三江口的国企,我们可以先把它并购过来,然后把厂房拆除,把设备处理掉,在原来的厂址上做房地产!"

"收购一个国企,得多少钱?"

"无非……五六千万呗!"

"已经有五六千万了,还折腾什么呀?"

巴兰兰笑了,声音响亮而放任,邻桌的人听见后,不免朝她看看,华山注意观察他们的目光,显然,他们没有商量地把她看成鸡了,一个有些档次的鸡,他自己呢,沾她的光,持续被高看为一个艳福不浅的青年大款。

"看把你笑的。"

"你还不懂,我会慢慢给你讲的。"

"现在,就讲啊。"

"现在?现在不行。"

"为什么?"

"商业……秘密!"

他点了点头,又看看四周。

"去我房间吧!"她说。

"嗯，好的。"他答。

5

次日中午，巴兰兰回妈妈那儿吃饭，谁都看出，她累得眼睛都睁不开，甚至有黑眼圈，一进屋就去躺在了妈妈大床上。妈妈在厨房忙，妹妹巴梅梅跟进来，坐在床边盯着她眼睛看，似乎要看出什么名堂来。"好妹妹，帮我敲敲腿。"她软软地说，"怎么了？跑步了？"巴梅梅问，她笑着说："跑个屁步！"妹妹就真的帮她敲起来，她指着大腿根说："这儿是什么？好疼的！"巴梅梅说："那儿呀，淋巴结呗。""天啦，淋巴结疼，怎么回事？"她问，巴梅梅在那儿轻轻捏了两下，她立即大叫，巴梅梅问："真疼还是假疼？"她说："当然是真疼！"巴梅梅问："突然疼的？"她把巴梅梅的头扳下来，悄声说："我已经和他上床了！""和谁？"巴梅梅同样悄着声，"和华山！"她一板一眼地说，"姐——姐！"巴梅梅拉长了声音，"怎么啦？"她也拉长声音，巴梅梅毫不掩饰地说："你也太不严肃了！"巴兰兰脸红了，说："你小声点好不好？"巴梅梅却更大声了："你又不是没见过男人！""我就是没见过男人，没你见得多！"巴兰兰也喊起来，巴梅梅下床推上房门，回来继续发怒："人家会看不起咱们的，哪个男人喜欢头一次见面就上床的女人！"巴兰兰不说话了，似乎被很少发火的巴梅梅震住了，巴梅梅的声音有了些克制，但锋芒不减："你是让我自豪的企业家姐姐，不是街上的鸡！"巴兰兰目瞪口呆，终于爬在床上哇哇大哭……

有人敲门，是妈妈。

"你们怎么了？"

"妈，没事！"

"没事你姐怎么哭了？"

"她没哭，笑呢！"

巴梅梅回头给巴兰兰使鬼脸。

巴兰兰果然破涕为笑，说："你讨厌！"

巴梅梅回到姐姐身边，拉着脸重新敲她的腿。

"舒服！"她故意嚷嚷。

"谁主动？"

"我……"

"在哪儿？"

"宾馆……"

"这说明，你看不上他，是吧？"

"我觉得他挺好的。"

"挺好的，就不能忍几天？"

"有些事就那么奇怪，我们两个一进屋，相互对视了一眼，二话没说就上床了，好自然的，自然得可怕，就好像认识三年了。"

"恶心死了！"

"我不相信你只和马林睡过？"

"我对天发誓。"

"我没离婚前也一样！"

"你在报复男人，对不对？"

"不能那么说。"

"我看，差不多！"

"你是瞎胡猜。"

"姐姐，无论如何我要提醒你，你现在在裴城，在咱们家门口，和海南不一样，我可不想听人家嚼舌头，说谁谁谁裤带松……"

"不许这样跟我说话！"

"我说的是真心话。"

这时，妈妈在外面喊："出来吃饭。"

姐妹俩相互对视着，意犹未尽。

"记住，以后不许训斥我。"

妹妹看清楚，姐姐真的生气了。

"对不起！"妹妹只好说。

"听见没有？出来吃饭！"妈妈更大声地喊。

姐妹俩这才不咸不淡地出来了。

开始吃饭时，巴兰兰用有些发哑的声音说："我的公司马上要成立了，大家帮我想想，起个什么名字好？采用了有奖励啦。"

巴东东问："大姐，先说什么奖励？"

巴兰兰答："一万元人民币。"

巴东东说："太少了，十万还差不多。"

巴兰兰说："给你一百万，你也想不出来。"

巴东东说："真的吗？"

看得出，大家都在动脑筋。

巴兰兰说："妈妈，你是语文老师，你想一个嘛！"

妈妈说："就用你爸的名字吧！"

"巴……科？"

"是呀，多简练！"

"不太好吧。"

"为什么？"

"天天喊我爸的名字,别扭。"

"那就,我的名字和你爸的名字,各取一个字。"

"君……科?"

"对呀,君科,又通俗又雅气。"

"真的,还不错。"

"不错那就现场奖励呗!"巴东东起哄。

巴梅梅也帮腔:"是呀,当场兑现。"

巴兰兰的激情被煽动起来了,放下筷子,快步进了妈妈卧室,不一会儿就拎着一捆厚厚的现金出来,嗵的一声,拍在了桌上。

一片惊呼!

巴兰兰用食指勾断腰封,摸出几张递给妈妈。

"妈,你数数!"

妈妈就当众数,不多不少,刚好十张!

又是一片惊呼!

巴兰兰显出甚为滑稽的得意样子。

她说:"我在海南交行工作的时候,得过全省点钞冠军!"

巴东东说:"可是刚才你并没点呀!"

"没点也是点。"

"大姐,太玄了吧?"

"现在这是九十张钱,我用一分钟点完,你们信不信?"

"一分钟?当然不信!"

"那好,东东你看好时间……"

巴兰兰挪开眼前的碗筷,再把那一沓新葱俊逸的钞票蹾齐,再轻轻一拨,令钞票瞬间变成十分均匀的扇形,然后说:"计时开始!"只见巴兰兰右手的四指连番拨动,一组,两组,三组……如微风下的波浪，柔韧地起伏……

"少了三百。"巴兰兰说。

"不可能！"妈妈说。

"不信你自己数。"巴兰兰随手把一堆钱丢在妈妈面前，哗啦一声，满桌子都是钱了，有几张还飘在地上了，令人魂惊魄动。

妈妈身边的两个孩子急忙滑下身去。

妈妈表情凝重地看着对面。

巴梅梅说："千万别怀疑我啊！"

巴东东埋头吃饭。

"东东，你拿了多少？"妈妈问。

巴东东不吭声，只是夹菜。

妈妈目光盯着儿子，手上拣起一双筷子，砸过去！

巴东东吓了一跳，抬起头来。

"快说，拿了多少？"

"没拿多少，就一万！"

"在哪儿？拿来！"

"都花掉了。"

"买什么好东西了？"

"妈你别替他打埋伏，肯定是打麻将输了！"巴梅梅说。

妈妈狠狠瞪了巴梅梅一眼。

这时，两个孩子捡完了地上的钱，举在胖乎乎的小手上，绕了一大圈，特意来到巴兰兰旁边，一个喊"大姑"，一个喊"姨姨"……

巴兰兰接了钱，说："乖！"

两个孩子自豪地回到奶奶那边去了。

巴兰兰说："吃饭吧。"

妈妈说:"兰兰,我的奖励不要了,算东东赔上了。"

巴兰兰说:"钱倒是次要的,关键是又偷又赌,这样的行为要不得!"

妈妈眉毛一拧,问:"你不是也赌吗?"

巴兰兰说:"我那是在生意场上,专门要输的!"

妈妈小声但坚决地说:"那就不算赌啦?"

巴梅梅说:"妈,姐姐那可是工作,是故意输的,迟早能赢回来!"

妈妈的嗓门又高了:"谁赌博不是为赢?"

巴兰兰笑了,说:"梅梅,算了,妈妈是长有理,咱们说不过。"

于是,各自埋头吃饭。

饭后,妈妈郑重地求了巴兰兰三件事:"第一,快把麻袋弄走,放在床底下,我天天睡不好觉,还吃力不讨好;第二,你妹妹和马林,你得安排一个,你弟弟没正形,我就不提了;第三,婚姻大事要考虑,但要慎重!"

第二章

1

巴梅梅和马林，谁辞职下海？

"想好了吗？"巴兰兰问。

马林说："姐，我们商量过了，我们两个人，我留在岸上，梅梅辞职下海。没什么可犹豫的，跟着你干，我们一万个放心……"

巴兰兰说："那好，有几句丑话要说在前头，第一，你们是自愿丢掉铁饭碗的，开弓没有回头箭，做生意当然有盈有亏，风险很大，弄不好还有家破人亡的可能，你们要有足够的思想准备；第二，公司法规定，注册公司至少要有两名股东，那么，巴梅梅你就是除了我之外的另一名股东，我占百分之九十五，你占百分之五，不过，你只是公司的普通一员，和其他所有的员工没有区别，多劳多得，按劳取酬；第三，来了之后要遵守公司的一切规章制度，一旦出了麻烦，该炒鱿鱼，照炒不误！"

巴梅梅说："姐，没问题，请多多栽培！"

巴兰兰说:"那好,现在我任命你为君科公司办公室主任,当务之急是公司注册,我只给你一百万,但是,注册资本至少要写到一千万,如何通过验资这一关?是你要解答的第一道难题,注册成功后,我奖你五万。"

巴梅梅红着脸说:"好吧。"

下了开公司的决心后,巴兰兰心里幽怨丛生:所有的人都在逼我,妈妈要我赶紧弄走麻袋是逼我,妹妹急着要下海是逼我,弟弟又偷又赌又懒又馋是逼我,小侄子和小外甥女捡起钱递给我的可怜样子是逼我,小蒋不回五指山、坚持给我开车是逼我,我自己——那个随时随地藏在我背后的贪婪的女鬼,也在逼我!人人都在逼我逼我!逼我到另一种生存逻辑里,去做一个内心布满丘壑的狗屁女企业家。

"紧张的日子又开始了,夜夜睡不好觉的日子开始了,天天念叨地皮、楼盘、贷款、批文、营销的日子,又他妈的开始了!"

巴兰兰一边听着图兰朵,一边驱车去找华山,仿佛要请他救自己于水深火热之中,然后和他谈传统的恋爱,隔三岔五地做爱,一年一年地变老!车流忽急忽缓,巴兰兰的脸上委实挂满了哀伤,好像她是世界上最可怜的人。

华山在学林小区大门口等她。

她停下车,等他坐在她旁边。

"小伙子!"她嬉笑着喊。

他不知道如何还嘴,除了"巴总",他还没学会喊别的。

"累不累?"

"你呢?你累不累?"他反问。

"我不累!"

"声音都哑了,不累?"他笑。

"看把你得意的！"

这到底是学林小区了，进了小区大门，最明显的一个感觉是，戴眼镜的人陡然增多了，人们的举手投足里除了书卷气，还有一点"不知有汉，无论魏晋"的味道，而她的小伙子，更像大红人，连小屁孩们都会向他招手。

进了华山的家，二楼，这显然是被优待的楼层，面积虽然不大，七八十平米，但一个单身汉，已经预先分到了一套楼房，并不多见。她不由自主地嗅着房间里的味道，他问："闻到了什么？"她说："闻到了一种单身汉的味道。"他也依样嗅了嗅，说："是蓬荜生辉的味道。"他的巧对令她舒服，甚至是心热。接下来，她进了厨房。她知道，这个家里缺不缺女人，一看厨房就清楚。然而，厨房里的简陋合乎她的期望，却远远超出了她的想象，锅盖上蒙着一层油渍，墙角的垃圾桶里扔着吃空的泡面盒子，抽油烟机的集油盒里只有浅浅一点污油，橱柜里空空荡荡，散发出缕缕寒意。

然后又到了他的卧室，一张大床扑面而来，床单还算干净，被子叠得四四方方，枕边堆着七八本书，她自然地坐下来翻那些书，拿在手上的，是当地一个诗人的油印诗集，扉页上用故作随便的语气写着：华山先生看看。她忍不住打开诗集看里面的诗句，华山就在她前面说："80年代诗人多，90年代总经理多！"

"你又骂我！"她扔下诗集。

"噢，我忘了身边就有个总经理。"他说。

"你呀，一肚子坏水！"

"昨晚上不是都倒光了吗？"

他的机智几乎让她有受挫之感，她一直觉得，很少有人比她反应还快，如今遇到了一个，但是，她天生喜欢聪明人，这没办法。

"有本事你再倒啊!"她说。

他向她走去,赴汤蹈火的样子。

她眼前一黑,感觉自己变成一株柔弱的小草,被一头牛吃进肚了。但是,她仍然有工夫开小差:我说话这等口气,像不像鸡?

她和他好像只是为了做爱才遇见的,而且就像所有美妙的相遇一样,相遇的美妙,使此前所有的曲折都成为必要,所有的等候都含上了神性,比如,她的第一次婚姻,她和陈总之间的有缘没分,甚至她的被迫回到故乡……

> 如何让你遇见我
> 在我最美丽的时刻　为这
> 我已在佛前求了五百年
> 求佛让我们结这一段尘缘
> 佛于是把我变成一棵树
> 长在你必经的路边

她推开了心急的小伙子,为他念了上面的诗。

小伙子说:"席慕容的,我也能背。"

> 阳光下慎重地开满花朵
> 朵朵都是我前世的企盼
> 当你走近　请你细听
> 那颤抖的叶是我等待的热情

最后的四句,是两人不约而同合着朗诵的:

不 安

> 而当你终于无视地走过
> 在你身后落了一地的
> 朋友啊 那不是花瓣
> 是我凋零的心

　　她竟然眼泪汪汪的，这是他万万想不到的！他想，她这个样子哪像一个打算拿出几千万收购造纸厂的老总？倒像一个女大学生！

　　但是，正因为如此，她在他眼里变得"小"了，可以"吃"了！于是，他在她身上调动所有的经验和潜能，用吃细粮的感觉吃着她。通过她叫床的声音，他再一次高高在上地确认着她的"小"，她"可品尝"的一面，她微微发苦的味道，梦一样的气质——他想，她叫床的声音，简直是一本书呀，一本字里行间弥漫着哀苦和柔媚的书。她叫床的声音让他不费吹灰之力地成为世界上最受拥戴的暴君。昨晚上是这样，现在又是这样。他甚至想，下次要把她叫床的声音录下来，让她听，让她知道，做爱的时候，她多么"小女人"，多么像一个宫中怨妇，而不是一个腰缠万贯的女强人！

　　她立即就去冲澡。卫生间里的水声噼啪作响，似乎异常遥远。没多久她回来了，提着一块热毛巾。她揭过他下身的被子，用热毛巾包住了他的下体，还将小巧的双手环抱在毛巾上，由外向内微微用着力，他心里暗怀忐忑，有种无功受禄的感觉，还无端想起了"男宠"那个词，但是，他依然感动，真的感动！

　　她回到被窝的时候，热水留在身上的热量已经不多了，她从后面抱住他，发现他眼珠子一转一转，问他："小伙子，你想什么？"

　　"我在想，用什么办法爱你。"

"那么，你爱我吗？"

"我爱你！"他转过身，与她合抱起来，以此来掩盖口气的勉强。

"你爱我就够了！"

"可是，我觉得，我没法爱你！"

"为什么？"

"你那么有钱，又那么漂亮，还那么温柔！"

"我只要你认真爱我！"

"我是男人，我们要是换过来，就好了。"

"传统！大男子主义！"

"没办法，没办法。"

"好了，别乱想，好好做你的大学老师。"

他没说话，一脸不以为然。

过了好一会儿，他说："我不能仅仅和你做爱。"

她扑哧大笑，笑出了泪花。

笑完后，她拍着他的脸说："小伙子呀小伙子……"

她看见，他的脸微微红了一下。

她心想，看来我要好好爱这个小伙子了！看得出来，小伙子是一个好男人！好男人就像好地皮一样，要果断出手，据为己有！

2

华山的确在认真考虑，自己能为巴兰兰做点什么？几天后便有了成果，经打听，裴城师院的吴江副院长和裴城市副市长魏卓然是高中同学，两人私交甚好，吴江随时都可以约魏卓然出来吃饭。不过遗憾的是：魏在四个副市长里排名第四，不是常委，分管文教、卫生、计生、双拥什么的，和房地产不沾边。好在巴兰兰听了后，并没有丧气，而是给小伙子布置了一个任务：问问目前这套班子何时换届。

任务很快就完成了：春节后，也就是下一年的五月份，将召开裴城市第五届人大会议，届时将选出新的市长和副市长。据消息灵通人士透露，现任市长的后台很大，几乎铁定了会调离，出任更重要的一个职务，而新市长的热门人选，大家公认是现任的第一副市长，排名最后、资历最浅的魏卓然则肯定没戏。

华山想不到，巴兰兰并不丧气，而是说："这样也好，可以想办法把魏卓然打造成一匹黑马，让他出人意料地成为市长人选。"

"太困难了吧？"华山问。

巴兰兰笑了，如一个身经百战的女将军一样，答："正因为困难，才有投资价值，一旦他顺利当选，就会对我们感激不尽！"

华山真心诚意地显出弱智的样子。

巴兰兰指指他脑袋，说："你这个科长怎么当上的？"

华山答："我是学生科科长，完全靠踏实肯干干上来的，任何上司都需要老老实实干活的人。说实话，我一点都不懂官场。"

巴兰兰说："那就好好跟我学！如果没有亲爹亲妈这样的铁后台，就得靠投资打造，而投资是需要智慧和勇气的，我们可以把魏卓然看成一只跌到谷底的股票，有一个规律叫跌深反弹，跌得最深的股票，常有最强的反弹力！"

"你准备怎么做？"

"我是商人，我的方法就是一个：投资！"

"敢问，投资方向？"

"去D市或北京，找一个能一锤定音的主。"

"有……吗？"

"有，当然有！"

在海南，她早就学会了毫不脸红地"说空话、讲大话"。当初她大学毕业，放弃学校分配的正式工作，独闯海南，由一个朋友牵线应聘海南省交行，所递的简历，在朋友的指点下修改过三遍才合乎要求。每次修改，唯一要修改的，就是尽可能"自我吹嘘"。比如，曾获全国大学生演讲二等奖，曾获全校优秀团干部称号，等等，奖状都是从海口著名的彩虹天桥上花钱买来的，上面的图章清清楚楚，和真的没有两样。每一次修改，自以为已经脸皮厚到极点了，朋友仍然不满意，笑话她"太老实"。"露馅了怎么办？"她问，朋友说："傻瓜，谁吃饱了撑的，会去查呀。"两年后她辞了职跟着陈总做房地产，和三教九流打交道，进一步明白，官员和商人才是最能吹牛和摆谱的，个个都是胆大谱大，能吹就吹，能摆多大谱就摆多大谱。一个小商人，宁可举债，也要打肿脸充胖子，开一辆豪华轿车，一个贫困小县的七品县官，常常显得比一个总统还牛逼。公然声称认识当今总理，至少是总理秘书的人，并不鲜见。认识部长级司局级干部的，更是比比皆是。能吹牛，会摆谱，实在是官员和商人们的基本素养……不过，应该说，"有，当然有！"巴兰兰的这个回答，同时也显示了她的信心和气概，是空话，却是一句有信心有气概的空话！她的确百分之百相信，只要想办法，肯花钱，总能找到一个"能一锤定音的主"。

在吴江副院长的办公室，吴副院长当着华山和巴兰兰的面给魏卓然打电话，说："老同学，好久不见了。"魏卓然说："是呀，你又不想见我。"吴副院长问："今晚有时间吗？"魏卓然答："时间当然有。"吴副院长回头和巴兰兰、华山一笑，再说："那就说定了，六点半在明珠酒楼吃鲍鱼，不见不散啊。"

随后，巴兰兰提前去明珠酒楼预订房间，给吴江副院长留下一个包装精美的茶叶盒，上面写着烫金的"观音王"三个字。

办公室里只剩下吴江副院长和华山，华山说："吴院长，晚上我就不去了，人多了谈话可能不方便。"吴江副院长想了想，说："华科长，如果你真的想和她结婚，那还是一起去吧，到时候我就介绍，你是她的未婚夫。要不然，那么漂亮的一个女子，我可不敢保证魏副市长不动心思。"华山有些为难，说："说实话，我们还没到那个份上。"吴副院长点上了烟，很认真地说："我还是希望你也去。"

华山回到自己的办公室，心情意外地沉重起来，甚至有些痛苦，到底去不去？这似乎是一个天大的难题，甚至是一个重大考验！

"干脆让她决定吧！"这个想法，似乎一下子把自己解放了，等于巧妙地把考验推给了她，"是呀，让她决定，看她怎么说？"

不久她来电话说："订好了，还是白玉兰厅。"

他说："好的，我告诉吴院长。"

她说："我刚才给吴院长的茶叶盒里，有三万块钱。"

他说："哎哟，多了吧？"

她笑了，说："舍不得老婆，抓不住流氓！"

他一愣，没回应。

她说："那我先回去了，晚上见。"

他问："晚上我也去吗？"

她说："当然去呀，为什么不去？"

他说："要不，我就不去了。"

她的语气是坚决的："去，一定去！"

他还在纠缠："我是想，多一个人……"

她说:"你以为,我和魏卓然一见面也会上床呀。"

他说:"不是不是,你别误会!"

她像是生气了,挂了电话。

他抓着话筒,眼圈微微发湿了,有些惊喜,有些欣慰,也有些自责——自己真他妈的,狗眼看人低,把事情想得太赤裸裸了。

巴兰兰回到宾馆,倒在床上,突然也觉得很悲凉,甚至是辛酸,原本是故意用浑话逗逗小伙子的,不料却伤着了自己,不由得顺着小伙子的思路想象:"生意场上的女人,没一个干净的。"反躬自问,尽管自己的确算不上干净,却仍然觉得,这实在是巨大的误解,在海南跟着陈总干的时候,自己身为女人,尤其是身为一个还算漂亮还算聪明的女人,的确是沾了不少便宜,业绩斐然,可是,自己真的总是尽可能不脱裤子的。回到裴城,自己为什么急着找男人?为什么第一次和小伙子见面就上了床?还不是为了有个男人在身边,免得别人有非分之想!准备和魏卓然见面,自己敢向天保证,绝对没打算过给他松裤带!最多就是钱,钱是什么?钱是屎!在钱上我可以毫不吝啬,宁可多掏一些,要喂就喂饱,然而,奶奶的身体可不是砧板上的肉,想怎么搞就怎么搞。

"小伙子呀,你气死我了!"

她狠狠地砸了一拳酒店的大床。

然后,她坐起来,迅速调整好心态,一秒钟内就将晦气一扫而光,摸出手机给巴梅梅打过去:"巴主任,手续办得怎么样了?"

"我都想跳楼了!"

"怎么了?"

"你在哪儿?我去找你。"

"我在三江。"

"好的,我马上到。"

妹妹的口气把她惹笑了。她知道，公司注册，尤其是验资这一关，巴梅梅是绝对搞不定的。为了显示公司实力，注册资本最少也要写到一千万，事实上却没那么多钱，怎么办？这并不是一个新鲜的问题，也不是什么了不得的秘密——全国有几家公司，账面上有多少注册资本，就真的有那么多钱在账户里？通常不过是一个骗人的数字而已！要么在银行想办法，从银行取得"过桥贷款"，验完资再退回去，或者根本用不着借款，请银行出具一个股东缴费单并在征询单上盖上章，然后拿到会计事务所完成验资；要么直接打通会计事务所，请对方出具虚假的资产评估报告和验资文件，会计事务所当然是吃信誉饭的，信誉和尽职是这类中介机构的生命，可是，只要有足够铁的关系或足够大的好处，所谓信誉和尽职，便会立刻变得一文不值；最简单的办法则是向熟人借钱，等验完资，再把钱打回原来的账户。没错，虚报注册资本，骗取公司登记，是违法行为，但是，这是太普通太常见的一种违法行为，很多地方政府，为了局部利益，甚至会默许这种行为。反过来，这又是很多公司的"狐狸尾巴"，始终给你留着，成为无形的威慑，需要的时候就会逮住不放。公司开始运行之后，类似的尾巴就更多，都给你留着，不是不察，时候未到。她和陈总的公司，就是这样被抓住尾巴的。好在，人家到底手下留情了，把你放生了。

巴梅梅灰头土脸地进来了。

她把一大堆材料扔在床上，说："我不活了！"

巴兰兰从冰箱里取了瓶饮料给她。

她把饮料也扔在床上，说："你还笑！"

"知道有多难了吧？"

"姐，这活，我恐怕干不了。"

"怎么，打退堂鼓了？"

"我想做一点简单具体的事情,领一份工资就行了!"

"本事都是练出来的。"

"太难了太难了!"

巴梅梅把脸贴在床上,哀哀地哭起来。

巴兰兰不理她,任她哭,自己进卫生间打开水龙头冲澡——这是在海南养成的习惯,一天要冲数次澡,每每有应酬则一定会先冲澡,再化妆,否则就不出门的。其情形,倒像是进入某种战备状态那样,紧凑、细致、高效。

巴兰兰光着身子出来了。

巴梅梅觉得眼前一亮,抬起头来。

"姐,你身材好好哟。"

"真的好吗?"

"简直就是魔鬼身材!屁股上能卧一只猫了!"

"去你的!"

"好让人嫉妒的。"

"你呀,减减肥吧。"

"我这两天倒是瘦了一圈,你没看出来?"

"有吗?像个肥婆似的。"

"我不服气,你酒呀肉呀的样样都吃,身材还这么好,我哪怕喝凉水也会长肉的,老天爷真是不公平,把样样好东西都给你了。"

"我多忙呀,整天马不停蹄。"

"那倒是,我天天给病人做B超,从早到晚屁股都不挪一下,有时候我还想,放射线也许有一个特殊功能,相当于催肥药!"

"你也洗个澡,晚上有活动。"

"啥活动?"

"请魏卓然吃饭。"

"魏卓然是谁?"

"裴城市副市长,你都不知道?"

"说实话,市长是谁,我也不知道。"

"所以你要加紧学习,官场商场是不分家的。"

"真的好难哟。"

"少废话,快去。"

巴梅梅就躲在姐姐身后脱衣服,却没有像姐姐那样脱个精光,留下贴身的线衣线裤,神态慌张地进了卫生间,快速关上了门。

巴兰兰笑着喊叫:"哈哈!"

不一会儿巴梅梅出来了,还是那样肉色的线衣线裤,由于含上了热热的蒸汽,身上的水也未必擦干净了,于是更显出包裹之势。

"好丰满呀!"正在化妆的巴兰兰歪过头故意说。

"去,不理你了!"巴梅梅嘟着嘴。

巴梅梅坐在床边闷声不响,忽然,她看见了姐姐的蓝色围巾,又见姐姐那么专注于化妆,于是起身悄悄把围巾抓过来,再蹑脚向姐姐走去,爬在姐姐背上,说:"你还化什么妆呀,快成狐狸精了,我们这些丑女人还活不活?"巴兰兰把眉笔拿向远处,说:"走开走开!"巴梅梅却把围巾提起来,盖在了巴兰兰头上。

"我的妆我的妆!"巴兰兰尖叫。

"就让你变成丑八怪!"巴梅梅也尖叫。

"我生气了!"

"不管,谁让你比我漂亮的!"

"我真生气了!"

"说,我漂亮还是你漂亮?"

"当然是你了，你比我漂亮，就是身材……"

"什么？"

"你比我漂亮，身材也比我好！"

"骗人！"

巴梅梅揭开围巾，把围巾扔在了地上。

"捡起来！"

"就不！"

"捡起来，听见没有？"

巴梅梅只好伸手去捡。

3

魏卓然的黑尼桑准时到了明珠酒楼门口，吴江副院长迎了过去，两人一见面就拍拍打打，显然不是寻常关系。随后，魏卓然对司机耳语些什么，司机便开车离开了。魏卓然和吴江手拉手向门厅走来，巴兰兰这时迎过去，吴江介绍说："这是我学生，巴兰兰，现在已经是总经理了，今天是她请客。"魏卓然用一种见惯不惊的样子和巴兰兰握了手，说："好年轻的总经理哟。"巴兰兰答："不年轻了，奔三十的人了。"魏卓然并不接茬，接下来就看见了避在稍远处的华山和巴梅梅，吴江就接着介绍："这是巴总的未婚夫，这是巴总的妹妹。"魏卓然和他们分别握手时，神态里现出些疑虑。

进了有些晃眼的白玉兰厅，魏卓然和吴江谦让了一番，最终撤掉了主桌，再将两侧的椅子向中央移了移，两个人才一左一右坐下来。

不 安

由吴江安排，巴兰兰坐在魏卓然旁边，巴梅梅坐在自己旁边，华山坐在两姐妹之间。

吴江给魏卓然递了烟，再给他点着。巴兰兰目示华山，意思是：还不快去点烟！却已经来不及了，搞得华山有些坐立不安。魏卓然吐出第一口烟后，目光不自觉地落在巴兰兰身上，问："巴总，贵公司做什么业务啊？"巴兰兰回头从包里取出名片，双手递给魏卓然，魏卓然仔细看，并读出声："海南百川房地产开发有限公司副总经理……"吴江就斜过身子说："人家可是第一夫人的座上客。"魏卓然随口问："第一夫人？哪国的第一夫人？"吴江笑眯眯地说："不远不近，咱们省上的第一夫人！"魏卓然神色明显一振，毫不掩饰地说："好家伙，你有这么牛逼的学生，我怎么不知道。"吴江说："我也是才听说，这不，赶紧请你出来吃饭！"魏卓然笑着说："这还差不多。"

服务员把菜谱递给巴兰兰，巴兰兰含笑转递给魏卓然，魏卓然并不推辞，却不看菜谱，直接对服务员唱出几个标准的菜名："来明珠，当然要吃明珠鲍鱼，再来一个生炊龙虾，再来一个芙蓉蟹，还有，黑椒铁板牛柳、香酥凤腿、白灼芥兰、苦瓜片，差不多了，说好我请客，第一夫人的座上客，咱们可不敢怠慢。"

"哪敢让大市长请客！"巴兰兰说。

魏卓然公然自嘲："狗屁大市长，排名第四的副市长！"

吴江拍着老同学的肩膀说："你可千万不能不求上进哟，我早就眼巴巴等着你窃居大位，把我身上的这个'副'字也一笔勾销！"

魏卓然颓丧说："难啦！"

吴江指指巴兰兰，说："包在她身上！"

魏卓然故意睁圆眼睛："真的？"

巴兰兰笑了一下，说："我试试看。"

魏卓然缩缩肩膀说:"可是我能做什么呢?房地产我一点都插不上手呀。"

吴江说:"都是自家人,何必客气。"

魏卓然表情认真地说:"最近,三峡移民的安置工作,倒是归我分管了,只可惜,这项工作政策性非常强,没油水可捞呀。"

巴兰兰一听,毫不迟疑地说:"魏市长,我们很愿意为三峡移民做点事情,贴点钱都没所谓,只要有助于提升您的政绩……"

吴江及时插话:"具体是……?"

魏卓然说:"最近咱们刚刚接受了一个四百户村民的安置任务,是一个大型村庄的整体搬迁,市政府决定在国拨移民经费的基础上,地方财政再拿一些,争取把这个村子建成一个二十年不落后的有示范作用的移民新村,除了房屋建设,还包括学校、道路、桥梁、供电等配套项目,总投资很可怜的,只有一个亿。"

巴兰兰说:"魏市长,这个项目我很感兴趣!听您说的时候,我心里已经有一个美丽村庄了,红砖青瓦,静卧在蓝天白云之下……"

"像个诗人哟!"魏卓然说。

"我姐前两天还写过一首诗呢。"巴梅梅首次开口。

"真的?朗诵一下嘛。"

经不住吃喝,巴兰兰站起来,面向魏吴二人,说:"是三峡一期工程顺利实现大江截流那天写的,先说好,不许你们见笑的。"

魏卓然带头鼓掌。

巴兰兰运足气,大声朗读起来:

  人民开天辟地,
  英雄挥斥方遒。

不 安

> 长江天堑万古，
> 三峡截流千秋。

巴兰兰用力过度，没把握好，令声音有些变形，几个人有限的叫好后，魏卓然主动站起来，说："这首诗，还是应该由男人朗诵……"

果真是男性才有的雄放声音，令人耳膜发麻，又准确，诗中那种大时代的味道和英雄主义的气概，被表达到无以复加的程度。

巴兰兰开车送魏卓然回家，坐在后座的魏卓然说："今天我算知道什么是香车美女了！"巴兰兰自然地接茬说："车可能是香车，人，只是不丑而已！"魏卓然笑了，说："鲁迅先生的书法也很好，有人就夸他，文章一流，书法也是一流，你猜他怎么回答的？他说：我的字不过是没毛病而已，和你刚才的话有异曲同工之妙！"巴兰兰一听就明白，主动说出魏卓然的弦外之音："魏市长你在批评我，意思是，我的话看上去很谦虚，其实很不谦虚，是不是？"有些醉意的魏卓然本来是靠在椅背上的，此时突然坐起来，把身子探向巴兰兰，说："你太聪明了！太聪明了！简直吓我一跳！"巴兰兰由于计划要开车送魏卓然，因而没多喝酒，此刻便闻到了从魏卓然口腔里喷出的浓烈的酒味，要接茬说话，却急忙闭紧了嘴。魏卓然就压低身子，继续说："不过，说我在批评你，就冤枉我了，其实我是在欣赏，我从小练字，知道书法要做到没毛病，难乎其难，鲁迅说自己的字没毛病，更体现了鲁迅的清醒、谦逊之辞，透出的却是傲骨；再说你，说自己只是不丑而已，同样耐人寻味，以我看，一个女人，漂亮容易，不丑难呀，有的女人虽丑而不丑，有的女人虽然漂亮，却是丑的。"巴兰兰侧一下头，说："魏市长很懂女人哟。"魏卓然答："没有没有，只是一点肤浅的认识罢了。"巴兰兰立即用魏卓然自己的理论反驳："你的话也像鲁迅，是行家才有的谦虚！"魏卓然哈哈大笑，而且伸手拍拍巴兰兰的肩膀，说："服你啦！"

不久，魏卓然该下车回家了。

巴兰兰把车停在一棵高大的桂花树下。

魏卓然并没有立即下车，而是变得忧心忡忡，用一种直白的语气说："巴总，第一夫人那儿需要花钱，就通知我一声啊。"

巴兰兰回头答："魏市长你放心，包在我身上。"

"哎呀，多不好意思！"

"我和她是好几年的关系，不用白不用，她早就对我说，K省有事吭声啊，我自己一直没碰到要紧事，昨天见了吴老师，本打算替吴老师求求情的，想不到吴老师说，求大人物办事，就应该求一件更值得的事情……"

"谢谢，谢谢！"

魏卓然准备下车，又坐回来，问："移民新村，你真有兴趣？"

巴兰兰说："就看魏市长是否方便。"

"最近正在搞公开招标，资格预审刚刚结束，我会想办法把你加进去，竞标日程也可以往后推一推，让你有时间做好准备。"

"那就太好了。"

"不过，工程进度要求很急，马上就要动工，春节不能休息，明年五六月份必须全面竣工，八九月份必须完成搬迁和安置。"

"没问题，我肯定保质保量完成任务。"

"那就，一言为定！"

魏卓然要下车了，巴兰兰急忙跟下去，两人在低垂的桂花树枝下握住手，久久不松开，颇有些意犹未尽的感觉，魏卓然捏疼了她的手，她知道魏卓然想要什么，但是，她想，既然是第一夫人的座上客，就不能轻易就范!

"魏市长，晚安!"

"巴总，认识你很高兴!"

看着魏卓然用半失控的内八字一摇一晃地走远了，巴兰兰才回到车里，立即摇下车窗，要把满车的酒气赶出去，同时摁响音乐，仍旧是熟悉但听不腻的图兰朵，响了两秒钟又被她急忙关掉了，仿佛车内的酒气会把自己珍爱的音乐弄脏，于是接下来只好在无声中寂然前行，没人看见巴兰兰一个人时的表情，几乎是冰冷的、哀伤的、疲惫至极的，和几分钟之前的莺声燕语、伶牙俐齿相比，恰如一枚硬币的正反面，呈现出截然相反的面目。海南的习惯是，如果天上刚好有月亮，她总会找个地方停下车，在月亮地里独自待一会儿。可是，今晚没有月亮，她有种无家可归的感觉，突然想起小伙子可能会乱想——既然她是主动提出送魏卓然回家的，那么她今晚是否会和魏卓然上床？她坚信，他一定会这么想的，狗眼看人低，没办法！她似乎没精力生气，懒洋洋地摸出手机。

"小伙子，我回来了。"

"这么快？"

"是呀，把他送到了家门口。"

"来我这儿吗？"

"我想回酒店休息，好累好累!"

"那好吧。"

回到酒店，躺进浴缸，小小的浴缸立即成了风暴中心。巴兰兰闭上眼睛，不得不问自己：我已经把那么大的牛吹下了，接下来怎么办？我真可以把"省上的第一夫人"搞定吗？春节之后就要开会选举，还剩短短三四个月的时间，应该是，新市长的人选早就铁板钉钉了！还有公司的注册——注册资本还远远没落实呢，妹妹巴梅梅肯定拿不下来的，推给她只是想让她体会一下经商之难，最后还得靠自己！魏卓然已经事实上答应把移民新村的项目交给她了，但是，海南公司已经不存在了，裴城公司八字还没一撇！马上就要组织冬季施工，春节都不休息，明年五六月份要全面竣工，深圳速度是人干出来的，我手头哪有一兵一卒呀！天啦，谁能帮帮我呀？巴兰兰真的喊出了声音。

这一喊很管用，巴兰兰想起了一个人，海南的陈总，陈百川，这个名字让她一阵激动，是呀，如果有陈总在，一切就好办了。

在海南公司的时候，她主要负责融资和销售，被称作"融资高手""销售奇才"，而公司的整体操作，以及房地产最核心的那些业务：开发、规划、工程、质量等等，都是陈总一手主持的，他和她，一个建房一个卖房，是海南地产界有名的"绝配"，可现在只剩下她一个，真正行动起来，才显出身单力薄了。

她马上给陈总拨了电话，听到的还是那个声音："你所拨打的电话已关机。"她对着自己的手机尖叫："陈百川，你混蛋！"

她重新闭上眼睛，缩回风暴深处，就像回到了母体中，倒也出奇地宁静，直到一个电话打进来——她多么希望是陈总的，一看却是小伙子的，于是故意不接，接着又响，还是不接，第三次响的时候，终于懒懒地接了。

"喂，干什么？"

"怎么不接电话？"

"我和魏卓然正做爱呢！"

"不会吧？"

"那你说我在干什么！"

"在浴缸里。"

她看看浴缸里的自己，笑了。

"没说错吧？"

"说吧，什么事？"

"吴院长让我把东西还给你。"

"什么东西？"

"茶盒里的三万块钱。"

"他嫌少吗？"

"他说都是自己人，没必要。"

"那就归你了，给自己买几件好衣服吧。"

"我有衣服。"

"少讨厌好不好？"

"我已经到楼底下了。"

她匆忙起身去花洒下冲净身体。

几分钟后，门铃响了。

她披着粉红的浴袍，冷着脸开了门。

他手上果然提着茶叶袋子。

他把茶叶袋子放在桌上，观察着她的表情，一边暗暗抵御着满房间的香味，没话找话地说："我们吴院长，从来不收现金的。"

"不收现金收什么？"

"烟酒茶，一般不拒绝。"

"你呢？你也从来不收现金？"

"我？一个小小的科长，谁给我送现金？"

"没人送，我送呀！"

"我……我无功不受禄。"

"你有功呀！没有你我怎么能认识吴江和魏卓然？"

"咱们,还用讲那么细吗?"

"我让你把钱留下,自己买几件衣服,你为什么提回来?"

"我还不习惯花你的钱。"

巴兰兰这时突然提起茶叶袋子,砸向华山,华山本能地挡了一下,袋里的铁观音盒子滚出来,刚好落在巴兰兰脚下,巴兰兰又狠狠踩了一脚,立即又补了一脚,里面的纸币就歪歪扭扭地滑了出来,巴兰兰弯下腰捡起那些钱,疯狂地砸向华山的脸,华山再一次闪身躲开,巴兰兰更来劲了,弯腰再捡起一把钱,跨前一步,砸向华山,这一次华山定定地支着头,直到人民币像雪花一样从脸上缤纷而下……

然后他坐在钱堆里愣愣地看着她,委屈的眼泪从她的大眼睛里流出来,如同鲜血,好像挨打的不是他而是她,他心里嘀咕:这个女人是有病的,叫床的声音里,那种哀哀戚戚的喊叫是病,此刻,莫名其妙的疯狂更是病。

他说:"对不起!"

她低声问:"对不起什么?"

他说:"我也不知道。"

她说:"是呀,你知道狗屁!"

他从她的话里听出了幽深和柔软,他站起来走过去,蹲在她身旁抚摸她,就像抚摸一头暂时安静下来的母兽,好在这只母兽现在只会流泪,这种情形下,他不能不成为一头雄狮,并且,他看见了她半露在浴袍外的肌肤,他突然爱意丛生,大胆地把她抱起来,放回床上,轻松地把手塞入浴袍,她立即大喊:"冰死了!"他急忙要把手抽出来,却被她一把抓住,她把他的冰手送进自己腋下,紧紧夹住,咧着嘴,静静地忍受着,她眼眶里还有眼泪,他似乎突然知道了很多,就像看懂了一部晦涩的书,他用含着酒气的大嘴吻她,她没有要求他停下来去刷牙,于是他吻得越来越大胆,她身上的浴袍已完全敞开,她不再是母兽,而是一条渴极了的鱼,他打算将自身化成宽阔的海水!

这是目前为止他们做得最好的一次,尤其是她,显然把先前突发的暴戾之气默默转换成百般愧疚和万般柔情了,而他的动作里也加入了以前没有的轻视和残忍,于是,一种可遇不可求的境界出现了,两个人乘着一片树叶在海面上一意孤行,几乎忘了归路,几乎到了命悬一线的地步,直到突然坠入一个深渊……

"哎呀,糟了,没戴套子。"她说。

她急忙下床,奔向卫生间。

他大笑,他看见她屁股上粘着一张纸币。

他说:"喂,你会生钱啦!"

她不知道他笑什么喊什么,蹲在马桶上,默默用力。年近三十了,可是,她不想怀孕,她完全没有生一个孩子出来的愿望,她打算挣很多很多钱,但是,她的确没想过有了很多钱之后留给谁、由谁来继承这一类问题……

她从卫生间回来后,看见了满地乱糟糟的人民币,就朝躺在被子里的华山喊:"别像个大功臣似的,惩罚你,下来捡钱!"

"不管,又不是我扔的。"

"是我扔的,就要你捡,捡不捡?"

"谁扔的谁捡!"

"偏要你捡,捡不捡?"

"不捡!"

"好呀你!"

巴兰兰扑上床,猛地揭开被子,露出他微黑的男性特征鲜明的裸体，他仍然躺着不动，她爬过去拧住他的耳朵喝问："你捡不捡？"他没有回答，而是用略含愤怒的眼神盯着她看，看得她身体发毛，于是，她的声音就软了下来，"你生气了？"他眼里仍旧是静静的怒火，她松开他的耳朵，拍拍他的脸，说，"小气鬼，玩不起，人家跟你开玩笑嘛。"他坐起来，默默把她推开，下了床，去了卫生间。

卫生间里有了很响的水声。

她冲着水声一笑，下床开始捡钱。

他回来后，她还没捡完。

他仍然显出有气的样子，开始穿衣服。

"穿衣服干吗？"

"我要回去！"

"不要嘛。"

他已经穿好了短裤。

她放下手中的一大把钱，过去抱住他，亲他的肩膀。

"我认错还不行吗？"

"你哪儿错了？"

"我，我一见面就跟你上床，是个错误。"

他不知道她的话外之音是什么。

"结果你以为我跟男人都是一见面就上床的。"

"我可没那么想。"

"鬼才信，为什么今晚上非要见我？"

"就是想见，没有多想。"

"哼，你是想捉奸吧！"

无论如何，他泄气了，不想搭理她了。

她却不依不饶，扯下他的短裤，扔向远端的墙角。

"说，是不是想捉奸？"她逼问。

他笑了，想承认又没有。

4

次日早晨，巴兰兰和小伙子抱在一起睡得正香，电话响了，是巴兰兰的手机铃声，巴兰兰说："帮我。"小伙子打开手机的翻盖，把手机支在她的耳朵边，等她听，她的头陷在软软的枕头里，闭着眼睛问："谁呀？"

"是我，你妈！"

"怎么了，妈妈？"

"我在徐行长这儿！"

"徐行长是谁？"

"市交行的徐行长，我小学同学。"

"你有这么牛的同学，我怎么不知道？"

"你妹妹快让你逼疯了，我不能见死不救！"

"哈哈，你只疼她，不疼我。"

"屁话！快来，徐行长要和你面谈。"

"好的好的，我马上到。"

巴兰兰迅速跳起来，穿好衣服，只洗了脸，喷了些香水，出门打上车之后，才从坤包里找到口香糖，喂进嘴里嚼起来，然后又描眉涂口红。多数情况下，她是不化妆不出门的，不过，今天这样的情形，也是屡有发生。

又给妈妈打电话确认了地址，交通银行国庆路支行，楼下的工作人员先给徐行长打了电话，然后十分客气地把她领到楼上的办公室，进门一看，妈妈和妹妹都在那里，还有一个谢顶的小老头，她想，奇怪，我认识的银行行长好像有一半是谢顶的！徐行长和她和蔼地握握手，说："年轻有为呀！"她把海南的名片递给徐行长，徐行长回到大班台后，持续把玩着手里的名片，似乎那是她细滑肌肤的延伸。

"欢迎你回家乡投资！"

"徐叔，以后免不了经常麻烦您的。"

"不看僧面看佛面，上中学的时候，我和你妈同过桌。"

"我妈都不告诉我！"

"你妈架子大，从来不跟我联系的。"

"哪敢呀，大行长！"妈妈插话。

"徐叔，回去我们好好批斗我妈。"巴兰兰拍了妈妈一把。

"应该批斗，批倒批臭！"徐行长站起来，踱了两步，旋即坐下，抓起电话要拨，却顿住，问巴兰兰，"缺一点注册资金是不是？"

巴兰兰答："徐叔，帮我弄一笔过桥贷款就行。"

徐行长说："很熟悉银行业务嘛。"

巴兰兰答："我在海南交行干过两年。"

"那咱们是同行了。"

"就是嘛徐叔！"

徐行长放下电话，看着巴兰兰说："那好那好，又是同行，又是美女，又是老同学的千金，哪能不支持呢，大不了违一次规嘛！"

巴兰兰说："太谢谢徐叔了！"

徐行长再一次提起电话，问："要多少？一千万够吗？"

巴兰兰答："差不多，徐叔。"

徐行长拨通电话说:"黄主任,你来一下。"

没多久,黄主任就敲门进来了。

徐行长给大家介绍:"这是我们营业部黄主任。"

黄主任对客人们恭敬地点点头。

徐行长对黄主任说:"这几位是我好朋友,成立公司,缺一点注册资金,你抓紧给办一下——以不出问题为原则,好不好?"

黄主任说:"好的行长。"

于是,几个人随黄主任下楼了。

一个小时之后,顺利拿到了一千万的进账单,红色的三角章上面,"转讫"二字清晰可见,回家的路上,巴兰兰才有时间给妈妈和妹妹解释其中的秘密:"这一千万,咱们是一分钱都拿不走的,钱还在人家银行手里,对银行来说,虽然违规,其实没有什么风险的,事后处理干净就行了,任何人也查不出来的。"

"姐姐,说好有奖励的!"

"应该奖励妈妈。"

"不管谁,反正要奖。"

"先打个白条,最近花钱的地方太多了。"

"姐姐,你也有打白条的时候。"

"是呀,乡长混成社员了。"

途中,巴梅梅下车上会计事务所了。

出租车上只剩下巴兰兰和妈妈。

"怎么样,妈妈还有点用吧?"妈妈显得相当自满。"当然,妈妈是老将出马,一个顶俩。"巴兰兰亲昵地侧倚在妈妈身上,妈妈把巴兰兰揽倒在怀里,摸着她又黑又密的头发,说:"听说,你昨晚上把华山也带去吃饭了?""你怎么知道?"巴兰兰问,"难道妈妈不应该知道吗?"妈妈反问,巴兰兰不掩饰自己的不悦之色,说:"我最讨厌告密这种勾当!"妈妈说:"一家人之间,别说那么难听!"巴兰兰答:"不,我打死也不喜欢告密,我这个人做人坦坦荡荡!"妈妈叹了口气,说:"无论如何,你不该把一个刚认识的男人大模大样地带在身边的。"巴兰兰从妈妈怀里挣脱起来,问:"刚认识怎么了?谁规定不许一见钟情?"妈妈说:"你敢保证,人家是看上你人了还是看上你钱了?"巴兰兰看着妈妈,大声说:"我有钱吗?我有屁钱!"妈妈被女儿的气势压住了,低声说:"三百万,还不算有钱?""你们压根没见过有钱人!"巴兰兰愈加高声霸气,妈妈虽然怯弱了,仍在勉力争辩:"人心不足蛇吞像!"巴兰兰狠狠看一眼妈妈,没再说话。

5

陈总的手机还是不通,巴兰只好硬着头皮打了他家里的电话,是他老婆接的,"嫂子,我是巴兰兰!"她说,"你不是回裴城了吗?"对方语气冷漠,"是呀,我在裴城。陈总在家吗?我有事找他。"她答,对方停顿了一下,才说:"你等等。"过了半分钟,陈总接了电话,陈总的声音很低沉,告诉她,出国手续还没办下来,她就说:"我已经注册了新公司,刚接了一个过亿的项目,你能不能过来帮我一下?挣了钱咱们对半分。"他说:"算了吧,国内的房地产,我是提不起半点兴趣了。"她说:"帮帮我也不行吗?求你了,帮我完成一个项目,带出一个团队,你再出国,好不好?"

"再说吧。"陈总说。

巴兰兰断定，陈总只是因为有老婆在旁边，才没有直接回答。她相信他肯定会来的，既然他还在海南，而且闲在家里没事做。

　　她将身体完全没入热水中，和热水一同浮起来的，是即将到来的复杂情势：陈总来了，自己将不得不在陈总和小伙子两个男人间周旋，还得加上刚刚认识的魏大市长——明摆着，他有猎艳之想，拒绝的可能几乎是没有的；还得加上那个光头行长，她的印象是十个光头九个色，况且还是行长，那么自己将在三四个男人间周旋，而且他们个个都不是省油的灯，天啦，这可怎么得了？或者这倒很令她亢奋？

　　她禁不住笑了，她说不清自己！

　　第三天，陈总便乘飞机到了 D 市。

　　陈总破天荒留着大胡子，看上去像一个艺术家了。

　　"连胡子都没兴趣刮了？"她问。

　　"我这是蓄胡明志！"他一笑。

　　"你的眼睛撒不了谎。"她牵住他的胳膊。

　　两个一同分享过成功、经历过患难的朋友，从海南匆忙分手，一个逃兵似的回到故乡，一个积极筹备出国，原以为这辈子再也没机会见面的，想不到这么快又肩并肩走在 K 省 D 市的冷空气里，到底有种奇异的甚至吊诡的亲切感，那种复杂深厚的内在感受，实在是情侣、合作伙伴、朋友、父女等等关系的总和了。

　　"我就知道你会来。"

　　"我只是来散散心的。"

　　"来了就别想走！"

　　"我要走，一定要走。"

　　走出候机楼，巴兰兰放开陈总的胳膊。

　　陈总看见了小跑过来的小蒋，似乎小蒋小跑的姿势，是海南百川房地产公司的商标,陈总看见后,竟然有一点要流泪的冲动。

小蒋接住陈总肩上的挎包。

"巴总把你养胖了。"陈总说。

小蒋嘿嘿一笑,提着包回身又是小跑。

巴兰兰和陈总相视而笑。

巴兰兰和陈总坐在宝马车的后座,仍然是那种有部下在场的感觉,似乎一切都在继续,海南那种蒸蒸日上的生活并没结束。

"小蒋,把笔给我。"巴兰兰突然说。

小蒋放慢了车速,从右侧摇晃着的小熊布袋里摸出钢笔,再侧身从另一个盒子里取出精致的黑皮本子,一并递给了巴兰兰。

"还在写诗?"

"是呀。"

"看来女人的确更顽强。"

"当然!"

> 你的大胡子
> 如同海口的阳光
> 海浪起伏
> 沙滩细腻
> 椰林婆娑起舞
> 令我感到
> 　暖
> 　　意
> 　　　融
> 　　　　融

写完，她把本子递给陈总。

陈总一看，扑哧笑了。

"怎么样？"

"你看，暖、意、融、融，这四个字多像四栋独体的小别墅，前面这六句话，就像大片大片的绿地……你不觉得容积率太小吗？"

"三句不离本行！"

巴兰兰暗暗掐了陈总一把。

两个半小时后，从D市到了裴城。

陈总看了几眼窗外的建筑物，已经知道裴城的房地产业大概是什么状况了，说："你们裴城，肯定没有像样的房地产公司，你看这些楼房，看上去都是单体的，和你们这座城市，和那么漂亮的河流根本没有关系……"

巴兰兰说："所以我希望你留下来嘛。"

陈总却不说话，捋着浓密的大胡子。

巴兰兰："小蒋，去三江。"

小蒋把车拐向三江大酒店的方向。

巴兰兰准备把三江大酒店这间房子让给陈总，自己暂时搬到小伙子那儿住，做出主动接受约束的姿态，当然，误以为终生不再见面的两个老情人突然见了面，是不能不好好做个爱的，哪怕在天天都可以见面的海南，每次单独相处时，做爱也是首先要解决掉的事情，何况现在——时间、空间和形势已完全不同。

"去洗澡。"巴兰兰说。

陈总知道巴兰兰的习惯，做爱前的这个澡是万万不能免的，没刷牙也不能接吻，所以，他只好乖乖脱了衣服，进了卫生间。

陈总穿着浴袍出来时，巴兰兰已经拉严了垂感很好的金黄窗帘，打开了远角的一个地灯，把环境布置成适宜疯狂做爱的样子。

然后，巴兰兰也去洗澡。

巴兰兰光着身子钻进被窝时，陈总恍然觉得，自己千里迢迢跑来是为了和她做一次爱的，然而，他的身体却是平静如洗，"它怎么了？"她问，他笑了，被她无处不在的自信惹笑了，"它见了你，必须立即跳起来吗？"他问，"当然！"她答，"你忘了，我每次坐完飞机，它就不好使！"他说，把她的手拉了下去……

"我明天就走。"

"明天就走，为什么还要来？"

"就是为了跟你做一次爱！成本真够大的。"

"你应该和飞机做爱！"

"将来，我也许会专程从新加坡飞回来和你做爱！"

"为什么必须出国？"

"你知道，我儿子在新加坡。"

"过半年你再走。"

"不，多一天我都不想待。"

"我身单力薄，需要你的帮助，真的。"

"你白跟了我三年！"

"我只会卖房子，不会盖房子。"

"会盖房子的人有一大堆，遍地都是。"

"废话少说，你必须帮我！必须！"

"我明天就走，最迟后天！"

"你帮我完成一个项目，带出一个团队，就可以走了。"

"我很烦，我烦死房地产了！"

"你烦房地产,没烦钱!我们说好,挣了钱,一半一半。"

"看样子你不是我的好学生!"

"为什么?"

"你完全没有成本核算的概念,你聘请一个助手,年薪最多二十万,你把我留下,却要五五分成,成本至少增加了十倍。"

"我愿意。"

"真的有好项目吗?"

"当然有。"

"说给我听听吧。"

"眼下有一个移民安置的项目,包括房屋、道路、桥梁、学校、通信、供电等建设,主要是中央预算内专项资金,加上部分地方自筹资金,总投资一个亿,我们有把握拿下一级总承包,个别项目可以分包出去。"

"移民安置,挣不了钱的。"

"挣两千万不成问题。"

"可以顺便多拿些地皮吗?"

"远离城市的农业用地,拿了也没用。"

"是呀!"

"可真正的肥肉在后面。"

"那你自己搞吧。"

"你必须留下,至少帮我做完一个项目。"

"你怎么挽留我?"

"我说了,五五分成,我比你大方多了。"

"我看不上那点钱。"

"你还要什么?"

"我要你……要你跟我一起出国！"

"不可能！"

"为什么？"

"我爱国胜过爱你！"

"狗屁！"

"就算坐牢我也不出国。"

"我百分之百相信，凭你的聪明，你可以挣很多钱，但是，最终，很有可能人财两空，这是中国第一代企业家无法摆脱的宿命。"

"一朝被蛇咬，十年怕井绳。"

"不信咱们走着瞧。"

"乌鸦嘴！"

陈总发觉，巴兰兰的身体突然软了，他捧起她的脸，看到了成串的泪珠。她软软地爬在他身上，摸着他的大胡子，就像抓着救命稻草。他只好紧紧抱住她，不再说话。她的眼泪不断地流进他脖子里，像裴城的天气一样冰冷。他忍不住又在说："我说的是真话，中国的房地产，离不开政府，但是房地产商的尾巴也攥在政府手里，做得越大，留下的尾巴越多。"她挥动拳头打他的头，说："我不要你说真话，我讨厌真话。"于是他不得不闭紧嘴，抓住她的手，不客气地把她推下去，自己去穿衣服。

他用力扯开了厚厚的窗帘，下午的强光急切地扑进来，让他的身体略感踉跄，但他没有走开，持续端详着脚手架林立的裴城，端详着近处那几幢高高低低的楼房，它们的外墙上几乎都贴着马赛克，要么是彩色，要么是白底蓝花，要么是纯蓝，杂乱迷幻的光辉里，透露出全中国的房地产根深蒂固的低俗趣味，他确信，他对房地产的厌烦是不可改变的，他甚至闻到了一种恶臭，那些楼群发出的恶臭！

他缓缓转过身来。

他看见,她在默默穿衣服。

"不哭了?"他问。

她不理他。

第三章

1

陈百川决定留下来，在海南折腾了七八年，累死累活，不过挣了一点救命钱，出国安家，谈何容易。假若晚走半年，真能挣上几百万，何乐而不为。而且，没有谁比他更了解巴兰兰，他想她虽然是一个裤带较松的女人，却也是难得一见的女中豪杰，说话算数，勇于担当，她既然答应"五五分成"，肯定不会食言。

恰逢巴兰兰的君科公司正在注册中，于是，两人的职务刚好颠倒了过来，巴兰兰是董事长兼总经理，陈百川则成为副总经理。

正如魏卓然副市长所说，移民新村及配套工程的竞标和开标时间由原定的"11月26日上午9时"推迟到"12月3日上午9时"，裴城地产界风传，日程改变的唯一原因是，一个还没有完成注册的公司后来居上，已经被内定为中标人，该公司的老总是一个来头不小的年轻美女，据说是省上第一夫人的关系户……

就这样，巴兰兰和她的君科公司，在裴城的地面上还没有动过一锹一铲，就已经名声大噪了。好在房地产界的商人，对此并不会大惊小怪。表面看来，家家都在比实力比业绩，事实上却在比关系比来头。自家比不过别人，不能怨别人，只能认倒霉。要长期做下去，某一个具体项目上，该认输时就得认输。因而，连续有两家公司秘密派人找到巴兰兰，表示愿意以"围标"关系支持君科公司成为中标方。言下之意巴兰兰自然明白，要她遵守潜规则，付足陪标者的"好处费"，每家至少十万。

巴梅梅问："什么是围标？"

巴兰兰趁机给巴梅梅上课："围标和串标，是房地产界流行的一种围规行为，隐蔽性很强，很难调查取证。简单地说，就是若干个不同的投标人，私下达成一种临时的同盟关系，由组织者统一制作投标文件，使自己处在优势地位，各陪标方则故意留下漏洞和缺陷，陪标方的唯一愿望，就是轻轻松松拿好处费。"

"所有招标都是如此吗？"

"不敢说所有，多一半有猫腻。"

"那些人如果撤标了，只剩咱们一家怎么办？"

"撤不了，他们都交过保证金的。"

"姐，你好厉害哟。"

"当然潜规则还是要遵守，我拒绝的目的，是为了压低好处费。"

"没有猫腻和潜规则就不能经商吗？"

"难，很难，尤其在中国。"

"天啦，我真有点怕了。"

"怕什么？"

"怕进入一个陌生的世界，想回也回不去了。"

"你怕得有理。"

"这话，好熟悉！"

"是鲁迅在《狂人日记》里说过的——今天晚上，很好的月光。我不见他，已有三十多年；今天见了，精神分外爽快。才知道以前的三十年全是发昏；然而须十分小心。不然，那赵家的狗，何以看我两眼呢？我怕得有理。"

"你都会背？"

"别忘了，我是大学中文系的高材生。"

"学中文的人倒经商了。"

"经商，用不了识多少字的。在海南，我认识几个很成功的商人，小学都没毕业，有一个甚至不识字，连自己名字都不会写。"

"听说咱们裴城也有。"

"这个时代，是一个分赃的时代，经商就是分赃，分赃是用不着多少书本知识的，用得着的只是勇气、果断和捕捉机会的能力。"

"为什么经商就是分赃？"

"今天的课就上到这儿，下次再讲吧。"

"讨厌。"

11月24日上午，魏卓然派移民办主任王茂林陪巴兰兰和陈百川，前往移民新村的搬迁地白象湾进行勘察，以便赶制标书。

两辆车子，从裴城出发，沿着涪江一路上行，大约两小时后，便到了白象湾。白象湾，确实是一个大河湾，却没有白象。据王茂林主任介绍，传说远古时代，涪江上游有黄鳝精兴风作浪，当地老百姓深受其害，只能烧香拜佛，祈求菩萨显灵，降妖除魔。普贤菩萨听闻后，命坐骑六牙白象下凡济世。六牙白象经过三天三夜的恶战，终于降服黄鳝精。普贤菩萨又命神象幻化成山，永远庇佑此方水土……

站在未来村庄的核心位置，王茂林主任指着对面隔河而望的群山，问大家:"你们看,那座山,像不像一只卧着的白象?"

巴兰兰等人在王茂林的再三引导下,终于找见了略似卧象的远山,因为有雾气飘浮,又实在被群山相掩映,因而难辨其详。

陈百川则已经蹲在脚下金灿灿的草甸子上,在操弄罗盘,头一高一低的,像一个专业的风水师,巴兰兰对王茂林说:"我们陈总是客家人,特别相信风水,盖个猪圈都要看风水。"王茂林笑着说:"风水,我也很信的。"巴兰兰没有接话,心里却有个声音:和风水相比,我更相信人,任何事,都是人做出来的。

陈百川仔细到过头的地步,而且把勘测结果一一记录在了本子上,王茂林便带着巴兰兰踩着厚厚的衰草,走向坡地的更高处。

坡地的后部也是山,十分陡峭,彩树丛生、红枫、槭树、白桦……把整个山体打扮成奇观的样子,巴兰兰甚至起了私心,想独自享有这方天地。"这个地方,是怎么发现的?"她问,王茂林答:"涪江上游,这样的地方很多,只是因为交通不便,很少有人居住。移民新村的配套工程里,有十公里的一段路,和横跨涪江的一座桥,有了桥和路,就大不一样了,到时候,从裴城到白象湾,开车用不了一小时。"巴兰兰又问:"农民们搬过来之后,靠什么生活?有地可种吗?"王茂林答:"涪江上游的水质很好,矿物质含量极高,河湾北侧有个村庄是有名的长寿村,我们计划下一步要在附近选一个厂址,投资开发矿泉水,到时候所有的村民都可以获得一份工作。"巴兰兰点头。

后来又乘车前往涪江边上预备修路和建桥的地方,刚要下车,巴兰兰接到巴梅梅打来的电话,说出问题了,另一家竞标公司四处放风说,中央某政治局常委已经打电话给省委书记了,省委书记又给裴城市委书记打了电话。巴兰兰马上就听出,这是多么熟悉的一种骗人口气,在海南的几年,她没少听过类似的谎言。四处放风的目的,无非是为了把对手吓回去，让对手主动放弃。如果是真的，也就用不着四处放风了。但是，巴兰兰仍然不无担忧，她告诉巴梅梅："先别急，我马上就回去。"

于是陈百川留下，巴兰兰赶回市区。

小蒋开车，巴兰兰坐在后面，一边考虑如何应对新的情况，一边还在默默打腹稿，打算赋诗一首，献给仙境一般的白象湾。

"把笔和本子给我。"她说。

小蒋侧身取了笔和本子，递过来。

不出几分钟，一首诗就成了：

半挂的藤是我的痴情
高耸的树是我的信念
山是我的梦想
水是我的缠绵
白象湾，看见你的一瞬间
我心里暴发出
独享的贪婪

在华山的办公室，巴兰兰快速翻看近几天的《人民日报》，几分钟后，巴兰兰突然仰天大笑，哈哈，哈哈哈哈……华山赶紧跑去推严了办公室的门，回身看见巴兰兰趴在桌上，勾着身子，还在笑，令本来就有些老旧的桌子咯吱作响，令他奇怪地想起了她做爱时的声调，如果说，做爱时她的声音是凄凉哀婉的，那么，此刻的情形刚好相反，狂妄极了，也得意极了，两者都是极度失真的，或者说两者都更加接近真实，而常态倒像是虚假的。华山的确被她吓了一跳，而且的确差点遗出尿来。

好不容易才等到她不笑了。

他不说话，暗存轻蔑地看着她。

"你看。"她把一张1997年11月22日的《人民日报》递给他，指指头版头条下方的一则消息，他拿起来看，是中央代表团在欧洲访问的新闻，代表团的团长，恰是传说给省委书记刚刚打过电话的那名中央政治局常委。

华山看完消息，巴兰兰已经安静了下来。

"你是怎么想到看报纸的？"

"我，我也不知道，灵机一动吧。"

"真服了你！"

"我喜欢这种感觉，毛主席说，与人斗，其乐无穷，我也是。"

"可怕，可怕！"

"所以不要惹我噢！"

她拨通了魏卓然的电话，说："魏市长，是我。"

"巴总啊，要请我喝酒吗？"

巴兰兰有些被动，说："我正在去D市的路上，回来请您喝酒好不好？"

"去D市？去D市干什么？"

巴兰兰看看华山，说："夫人那儿，还没靠牢……"

"那就拜托了，这边的事，你放心。"

巴兰兰挤眉弄眼地说："听说，有中央政治局常委打过电话？"

"你也听说了？开玩笑，如果是八个亿的项目，倒有可能，是不是？"

巴兰兰说："您看看前天的《人民日报》，常委正出访欧洲呢。"

"哈哈，我看，我看。"

巴兰兰说："魏市长，那回来见！"

"等你的好消息！"

挂了电话，巴兰兰呆呆地看着华山。

华山迎视着她，一脸肃穆。

"来抱抱我。"巴兰兰说。

"这是办公室！"华山坐着不动。

"门不是关着吗？"

"再关着，也是办公室。"

"那咱们回家。"

"我刚上班。"

"那好，你上你的班，我走了。"

巴兰兰背上包，快步离去。

华山看见，巴兰兰离开时，眼里噙满亮晶晶的泪水，但是，他实在搞不懂，这个刚刚还在狂笑的女人，突然怎么又流泪了？

他来到窗户前，继续端详她，几秒钟后她就进入他的视野，穿着桃红色风衣、搭着白色羊绒围巾的她，正坚定不移地走向她的红色宝马，他看见，整个校园都向她和她的车倾斜了过来，这几乎是一个标准的广告画面！

他坐回到办公桌前，装模作样地捧起一张报纸看，却怎么也看不进去，像一个睡梦中被扶上皇位的儿皇帝，心里患得患失的，不明白屁股底下的大龙椅到底是福还是祸。前天，她已经不容分说地搬过来和他公然过起了未婚同居的日子，她还完全放下美女和富姐的架子，捋起袖子亲自收拾屋子，拖地，清理厨房，拆洗被褥，看上去真的像一个家庭妇女了。随后还亲自去家具市场，根据事先在家里量好的尺寸，雷厉风行地买回来一大堆东西，大到衣柜、碗橱、鞋架，小到沐浴露、香皂、筷子、勺子，当他下班回到家后，几乎误以为走错了家门，而她，躲在阳台上，迟迟不露面，他相信她就在家里，因为，他闻到了她身体的味道，那是一种盛夏的干草才会发出的迷人香味，他便粗枝大叶地四处找了一遍，最后才来到她最有可能藏身的阳台上，明明看见她蹲在洗衣机旁边，却故意别过身去，于是，她惟妙惟肖地学了一声狗叫，然后她真的像小狗一样纵身跳在了他背上，然后，他就背着她满屋子转，转遍了旧貌换新颜的每一个角落，然后，自然又是做爱，当他听到她像一把尘封多年的旧琴一样，发出哀切的叫喊时，他十分坚定地告诉自己，无论发生任何情况，他都要爱她，像一个大将军一样爱她，宽怀大量地爱她，始终不渝地爱她！可是，他想不到仅仅过了几十个小时，他就又开始怀疑自己了，他真的没有怀疑别的，而是怀疑自己能不能像一个大将军一样爱她？所有的迹象都表明，她才是一个复杂多变的大将军啊，和她相比，他才是小的，年轻的，甚至是幼稚的，他哪有可能做她的大将军啊……

2

离开裴城师院的校园，进入市区，小蒋问："巴总，去哪儿？"巴兰兰突然不知道如何回答，突然不明白，自己能去哪儿？

三江？学林小区？妈妈家？这三个地方都不是我的家啊！我是一只丧家之犬啊！我是一个穷鬼啊！我才是全中国最穷的人！我竟然舍不得花钱给自己弄一套房子，我好久没给自己买过一件衣服了，接下来我马上就花不出一分钱了，我必须立即出发去D市，可是，砸多少钱才能成为第一夫人的座上客？五十万？一百万？这样的数额，仅够打通一个处级干部的！我的目标可是全省成千上万个厅座和处座共同的第一夫人啊！三五天之内，我还必须拿出五十万打发那几家"陪标人"，商界的潜规则是不能不遵守的，这五十万其实是我正式进入裴城地产界的门票！今天给我们带路的移民办主任王茂林也需要及时打点一下的，三五万是少不了的！我还必须马上给陈百川买一辆车子，最次也是宝马奔驰这种档次，我还打算花二十万给小伙子买一辆车子的，妈妈的老同学徐行长那儿也不能不意思一下……天啦，我该怎么办？我要疯了，我要疯了，我做鸡的心都有了，然而，我恐怕是一只老鸡，我劈一次腿不知能不能挣到一百元？我干脆跳楼吧，看样子，有时候，跳楼是解决问题的最佳选择！不跳楼就只有抢银行了，我终于明白，为什么有人"敢于"抢银行了！对准备抢银行的人来说，说"敢不敢"已经太轻了，他们肯定已经把生死置之度外了。走投无路的时候，人面前也许只剩下一根细细的绳子，一口气就能吹断！

"巴总，去三江吗？"

小蒋正把车开往三江的方向。

"不去！"她说。

小蒋不敢再问。

小蒋只好顺着任意方向开。

我为什么要挣钱？我当初如果不去海南，在裴城当一个中学老师，有什么不好？我到了海南，如果不离开海南交行，凭本事拉贷款拿奖金，也没问题！败退裴城，手上有三百万，存进银行过普通人的日子，照样没问题！可是，一次次的机会都从我手上溜走了！我难道真是一个野心勃勃的女人吗？是，又不是，或者不全是！想起来了，像今天这样的感觉,以前也再三出现过,每一次关键的选择其实都是因为——某种深刻的顽固的不安!放弃国家分配的工作,独闯海南,就是因为听说海南是创业天堂,是全中国最活跃最沸腾最易发财的地方,想起小时候爸爸死了后,妈妈一人拉扯三个儿女的艰难日子,心里就害怕,就恐惧,于是经不住诱惑,毅然南下;在海南迅速结婚,然后迅速离婚,只分到一纸皱巴巴的十万元的欠条,就更是感到又羞愤又慌乱,尤其在海南那种拜金主义盛行的地方,原准备怀揣十万元欠条跳海自尽的,命悬一线的瞬间终于厚着脸皮找到陈百川,陈百川收下欠条,大大方方给了我十万元,不久又打电话邀我做他的助手,仍然是出于安全感的极度缺乏,出于同事朋友之间相互攀比的巨大压力,冒险辞职,正式成为一名商人;后来,在事业越来越有气象之际,陈百川意外被神秘力量绑架,公司资产几近灭失,我带着三百万仓皇逃回裴城,就更是怕得要死,不认为三百万是钱,想挣更多的钱用来保护区区三百万;接下来,我不得不撒下弥天大谎,拉大旗作虎皮,引火烧身,自己烧自己!

"小蒋,咱们还没吃午饭。"

"我还不饿。"

"我饿了,找个地方吃饭吧。"

"好的,去哪儿?"

"你想吃什么?"

"我,怎么都行。"

"今天听你的。"

"巴总,还是你说吧。"

"给你权力,你都不用。"

"嘿嘿。"

"还是吃川菜吧。"

于是,两个人进了一家川菜馆。点了几样家常菜,吃饭的时候,她又想喝酒,用一种小蒋很少见到的小女人口气说:"小蒋,我想喝酒了!"小蒋回车里取来半瓶喝剩的茅台,为了防止她多喝,小蒋自己也跟着喝。小蒋太熟悉她的状态了,他记得,她的眼神从来没有像此刻这样软弱过,在海南,多大的事情她都能扛下来。小蒋担心,她今天八成又会喝高的。于是,每次添酒的时候,小蒋总是给她少添一些,又不能让她看见他在照顾她,她是那种在大多数事情上都不甘示弱的人,果然,她说:"小蒋,别耍小聪明。"小蒋禁不住笑了,说:"你下午还有事吧?"她说:"有屁事!"小蒋只好给她斟满,但仍然会用最隐蔽的手法控制酒瓶,哪怕每次让她少喝一滴两滴。喝着喝着,小蒋听出,她说话的声音变成了女中音,里面的颗粒渐渐粗了起来,听上去颇有凉意,让他想起羊羔的眼泪。他祈求她:"巴总,剩下的这些,我喝了吧。"巴兰兰的眼皮微微抬起,问:"为什么?"小蒋真不知道如何回答了,既不能说:"我想喝。"又不能说:"怕你喝多。"小蒋能做的只是嘿嘿一笑。终于,把半瓶酒喝完了,好在基本上是两个人平着喝的,他也上头了,她还有自持的能力。她让他埋单,把自己的坤包直接塞给他,他从包里很费劲地找出她的 LV 钱包,付了账,然后扶着她,回到车边。她说:"小蒋,你喝多了吧,我开!"小蒋用一种平时少见的大胆口气说:"我好好的,再喝这么多,也能开车。"小蒋不得不用了一点蛮力,才把她推进后座。小蒋扶着车回到方向盘前,又问了那个老问题:"巴总,咱们去哪儿?"

小蒋没听到任何回答。

小蒋怀疑自己也喝多了,没听清。

小蒋把车开到了三江。

她没有提出质疑。

"巴总，我就不上去了。"

"好吧，你回去休息。"

她摇摇晃晃进了电梯门。

回到房间，她扔下包，爬在床上，突然感到天旋地转，可见刚才有小蒋在的时候，她的意志力是足够管用的，醉意经过一段时间的积压，一下子释放出来了。她嘴里在乱骂，不知在骂什么：妈的，我操，妈的，我操……

后来，她翻过身，觉得自己应该做点什么，至少是像往常那样放声大哭，然而，没人听，她哪能哭得出来！除了哭还能做什么？当然，最好躺在一个棒男人的怀里，实在没有棒男人，随便一个男人也行，只要不是同性恋的男人就行，只要不是徐行长那样的谢顶男人就行，可是，可是，男人似乎死绝了，男人突然成了稀缺动物，魏卓然是不能见的，陈百川晚上会陪王茂林吃饭跳舞，她特意叮嘱过他的；小伙子？她讨厌他那种谨慎从事又半抱风骨的样子，她说不清他到底怎么惹了自己，但是，她肯定他今天惹过自己，她自言自语："少来那一套！"最后，她跟跄到窗户边，对着阴郁的裴城问："裴城为什么没鸭子？"停顿片刻，又用讲演的语气说："可见这裴城，真他妈落后！"

D市？D市当然有！D市的任何一家星级酒店和夜总会，都不会缺少鸭子！她立即精神大振！她说不清，不知从何时开始自己有了一个坏毛病，想要男人的时候就想立即要，一分钟都不能等，如果没有，就像叫春的猫一样坐立不安！据说半夜哀嚎的猫都是母猫，公猫是很少叫春的，通过自己，她相信这是真的，所有的女性都是相似的，处在相对被动的地位，除了哀嚎还能如何？海南当然是鸡和鸭的发源地，海南的鸭子叫"少爷"，比鸡贵很多，这是供求关系决定的，说明绝大部分权力和金钱在男人手里。权力和金钱的基本功能就是放纵，就是享乐，所以有权和有钱的女人也一样，形成了鸭子的消费市场，这也算是促进了社会的平等吧。她知道，很多有钱的女人就是这样想问题的。而鸭子的好处，正是想要的时候就有，任何一家夜总会和酒吧里都有。

她立即给小蒋打了电话。

她说："咱们去 D 市！"

D 市距离裴城不过一百公里，当年上大学的时候，每年都要跑无数趟的，但是，最近这些天，巴兰兰总觉得 D 市很远很远，比北京还远，每天都念叨着要去，却始终不愿动身，想起来总有些"畏途"。现在好了，现在有了一个更迫切更低级的理由：去找一个男人的鸡巴，而不是去成为第一夫人的座上客！她想，事情的方向，有时候可能真是由一些更迫切更低级的理由决定的，人类的尾巴虽然早就进化掉了，但是那个无形的尾巴一刻也没有消失，人类要居住、吃饭、穿衣、做爱、排泄、走路、求偶、奢侈、炫耀、征服、施虐、受虐……所有这些"迫切而低级的理由"直接或间接导致了大大小小的历史事件或个人事件，美国发动的海湾战争，虽然打着"维护正义"和"解放科威特"的旗号，而真正的原因却是海湾地区的石油，整个西方世界的现代化，必须用足够充足的一刻也不能或缺的石油燃烧来维持，而他们的石油进口有一大半来自海湾地区，石油，是不是一个"迫切而低级"的理由？这样的理由，把人类摇摇摆摆地引向了一个麻烦越来越多的新世纪——巴兰兰意外地想起上小学的时候，教室后面突然有了一幅宣传画：一个男孩和一个女孩坐在宇宙飞船上，飞向遥远的太空，飞船的屁股上冒出一股白烟，旁边注着几个字：飞向 2000，三个"0"被夸张地画成三个漂亮的圆圈，当时她总是盯着那三个圆圈想，到了

2000年一切都就好办了，所有的理想都会实现，我的理想也会实现，到时候我会成为女陈景润，也戴着一副令人羡慕的白边眼镜……当时我怎么能想到，离2000年还有整两年时间，我却变成了一个低级的女商人，赶着去D市，是为了找个鸭子！当然，另一个理由是想办法成为第一夫人的座上客，就像美国突袭伊拉克的另一个理由是"解放科威特"。

D市到底算大城市，高大的银杏树下，处处有令人头晕目眩的夜灯，巴兰兰已经很久没有感受过这种大城市的迷人气息了，这种气息让她激动，让她兴奋，让她浑身生出一种强烈的战士心态，让她毫不怀疑自己是多么"热爱钱"的一个女人……在海口的时候，她总会隔一段日子就找借口飞往香港、上海、北京这样的城市，重要目的就是感受那种大都会才有的繁荣、魅惑和时尚，正如婴儿要定期补钙。

人总是喜欢走熟门熟路，她让小蒋把车开到去年或前年住过一次的锦江大酒店，开了两个房间，一个豪华套间，一个普通单人间，旅游淡季，酒店空置率高，打折下来两间房每天不过980元，她说："比海口便宜多了。"

进了房间后，她竟然犹豫了一下，到底还要不要鸭子了？她想，玩一个鸭子的钱，也许够请D市的老同学吃一顿饭呢！况且一路跑来，头脑已经完全清醒了，只是胃里面还有些烧。然而，放纵一下、轻松一下的愿望还是很顽固，人心里有压力有块垒的时候，纵欲、出轨，的确像水往低处流一样自然，如果条件允许、安全无虑，就更是随便极了，道德上的挂碍并非没有，但真的不起什么作用。她甚至想，一卫一厅一卧的豪华套房，如果只是自己一个人用，未免不划算。还有，今天请D市的同学吃饭，已经太晚。这样思来想去，从卫生间到卧室再到厅里来回走了几趟之后，她终于拿起床头的电话，拨到前台，问：

"有没有按摩服务？"对方问："您是1308的客人吗？请问，您需要先生还是？"她答："当然是先生了，要靓一点的！"对方说："您放心，我们的先生都很帅的。"她不禁一笑，"靓"是南边的说法，任何好东西，包括男人，都可以说"靓"，服务员用"帅"这个字表示听懂了。她不忘用日常口吻问问价钱："怎么收费呀？"对方答："一小时四百，陪夜一千二。"她没有置疑，心想，也比海口低，并说："好的，再请送一瓶人头马过来。"放下电话，回过身，她不由得对着偌大的豪华空间极其无奈地摊开双手，做出鬼脸，似乎在说："你们看，我巴兰兰有什么办法？！"然后，脸上现出了一点神伤的样子。半分钟后，她重新拨通前台的电话，说："我是1308的客人，1020是我的司机，麻烦安排一个好点的小姐过去，我这边一起结账。"放下电话之后她笑了，纯然是一副坏相。

几分钟后，门铃响了。

进来的先生至少是一米八零的个子，穿着考究的西装，打着红色领带，几乎是新郎官的样子，他身后跟着一位女子，进来把一瓶人头马和两个酒杯放下，就退出去了。新郎官对她的模样显然颇感意外，略略有些拘谨。

"请坐。"她笑着说。

他走过来，坐在她旁边。

"咱们喝酒吧。"她说。

"好的。"他熟练地启开酒瓶，斟好酒。

她从侧面观察他的手、他的脸，发觉他的皮肤不是一般地好，让她想起了"波希米亚"这个词，意思好像是"文艺青年"，的确，他的皮肤既是"文艺"的，又是"青年"的，几乎让她觉得，自己突然老去了二十岁，身体里完全没有淫秽和情欲了，她把他叫来，纯粹是为了欣赏一幅美术作品或一出欧洲歌剧的。《波希米亚》是意大利歌剧，她的宝马车上就有CD，她对它的喜欢仅次于《图兰朵》。

"喝酒，姐姐。"他说。

她和他碰杯，交换眼神的瞬间，她再一次觉得她蛮喜欢这个男人的，她奇怪自己竟然愿意用"干净"这个词来形容一个男妓！是呀，这个世界上谁天生是"不干净"的呢！我也不是生来这么复杂，活着活着就复杂了。

"你大学刚毕业？"她问。

"毕业两年了。"他答。

她于是肯定，"波希米亚"其实就是学生气。

"干这个，刚半年。"他说。

她对他和蔼地一笑，拍拍他的膝盖。

"把西装脱了吧。"她说，像妻子对丈夫的口气。

他于是站起来，脱去西装。她随即也站起来，帮他解领带，她闻到了他脖子里的香水味，是价格不菲的CD，就问："你用CD？"他笑了，问："你是兰蔻？"她答："不是，你再仔细闻闻。"他接受了她的暗示，抱住她，把嘴伸进她脖子里，半是吻半是嗅。"Chanel NO.5。"他在她的耳朵边说。"不是香奈儿5号！"她是撒娇的口气。他明白了，他必须立即把她脱光。他把她抱起来，放在宽宽的床上。她眼睛睁得大大的，看着他一点一点剥开她，仿佛她成熟的身体是他一手描绘出来的。他说："你的胸很漂亮，应该还没生过孩子！"她笑了，有些洋洋得意。他说："你的屁股也是一流的，像一张娃娃脸。"她尖声大笑，笑得身子大幅度抖起来。他把嘴搭在了她屁股上，她几乎喊："我还没洗澡！"她翻过身，下床，跑向卫生间。

"你也来洗一下。"她喊。

他急忙脱光衣服，跟了进去。她退在水帘边上，让出位置给他。她给他身上打上浴液，并顺手抹开，大力向下抹去……她知道他吃药了，否则没这么吓人，哈哈，人们用"坚挺"来形容股市，用"雄起"给足球加油，真是够下流也够准确的！同样的道理，哪只股票突然"坚挺"了，哪支球队突然"雄起"了，常与背后的"下流"有关，正如男妓出工之前要吞春药。所以有两样东西我巴兰兰是绝对不玩的，一是股票，一是足球。当然，房地产也少不了"下流"，但是，房地产起码在实实在在盖房子，卖房子……她嗓眼里发出一声异响，原来新郎官矮下身子吮了她的乳头，他的专业水平已经初露端倪，她有点受不了，喊叫起来，他说："我去戴套子。"她想，倒是很职业啊。他们像恋人一样手拉手转移到大床上。他去裤兜里摸出一枚套子，撕开正要戴，她抢过来，跪在他旁边，给他戴好！

结束后她看了看时间，再有十分钟就满一小时了，她想，我应该节约，我现在让他走，就是四百元，我让他陪夜，就要花三倍的钱！"钱是挣来的，不是省来的。"但是，钱少的时候，的确需要省吃俭用。她从钱包里取出四百元，又取出四百元，一同给了他，接着她又取出二百元，说："这二百，是给1020那位小姐的。"他已经快速穿好了西装，打上了领带。他把钱装进西装内层的口袋里，说："谢谢！"她隐约听出他的声音有些冰冷，一定是嫌小费少了。她心里有些羞愧，但是没办法，她眼下真是一个穷光蛋。她把他送出门后，回到床上，想起了一句话："解放科威特！"不一会儿，门铃响了。"谁？"她问，以为是小蒋。

"姐姐，是我。"

她开了门，是新郎官。

"1020没要小姐。"

他要把手上的二百元还给她。

"归你了。"她说。

"谢谢。"他说。

她回到床边抓起电话，打算拨给小蒋，似乎要训斥他，却又放下了。她突然不知道自己该干什么了，而且，头上有了虚汗。

3

巴兰兰的大学同学有一小半在 D 市，多数都是中学老师，干得最好的，不过是科长、教研主任、年级组长这样的角色，所以在同学们眼里，巴兰兰是一个大人物，是一个神话。一个弱女子毕业后不服从分配，毅然丢掉铁饭碗南下，已属难得，仅仅五六年时间，就成了开着宝马的千万富姐，就更是令人吃惊。

次日中午，巴兰兰宴请同学们，除了一两个联系不上的，大家都来了，有些还拖家带口，有两个女同学已经做了妈妈，孩子满地跑了，令巴兰兰唏嘘再三的是，有个女同学，竟然不知道怎么乘电梯，锦江大酒店的观光电梯悬空的一瞬间，女同学一下子抓住了巴兰兰的胳膊，身子忘情地往后缩去，倚在光滑的内壁上。巴兰兰不能不设想，自己毕业后如果老老实实留在裴城，肯定也是这个样子，满足于打麻将、吃麻辣，与生活的关系就像水泥和钢筋一样，联系紧密，不分你我，如同小小大大的预制板！女同学抓住她的瞬间，她也惊出了一身冷汗，仿佛自己辞职南下的选择是几秒钟前才做出的。渐渐地，同学们都到齐了，在锦江大酒店的豪华套间里，大肆喊叫，全无顾忌。转念一想，巴兰兰又觉得,像同学们这样,眼界小一点,见识少一点,柴米油盐的味道多一点,按照生活的机械原理匀速运转,该结婚时结婚,该生育时生育,该评职称时评职称,以同一种方言相互温暖,相互嫉妒,相互诋毁,宿债未了,又添新愁……这才是有血有肉的人生质地!

"我准备回 K 省发展。"她说。同学们一阵欢呼,有人公然要求来她手上混饭吃。"谁能帮我认识省委书记,谁就来做我的副总。"她又说。同学们却一下子静若寒蝉。认识省委书记,这可不是这伙中学教师们能办到的。

"省委书记的老婆或秘书也行。"

这次,大家相视而笑,同学们的笑声显示出的,是他们和她之间的内心距离,显然,他们并没有觉得,不认识省委书记或者省委书记的老婆或秘书,有多么丢人,他们的笑声里甚至暗含讥讽,相当一致,不约而同的讥讽。

看来并非人人喜欢钱,安于现状乐于清贫的人大有人在,这一点令她深受打击,要么是另一种深刻的难言的触痛,她一下子还说不清,但有一部分是可以说清的,她只能、必须、一定要挣更多更多的钱,让他们脸红,让他们知道自己是多么寒酸!就这样,她的情绪渐渐竟变得恶劣起来了,她很想请他们快快走人了。但同学们却是好不容易才聚在一起的,又是在五星级酒店的豪华套间内,中午在酒店里吃了饭喝了酒,下午又重新回到1308,有打麻将的,有下棋的,有聊天的,有因为醉酒睡过去的,转眼又到了吃晚饭时间,于是又换个地方继续吃饭喝酒,一直疯到了凌晨两点。

D 市这么大,D 市有十七八个同学,但巴兰兰觉得自己举目无亲,她让小蒋在房间里看电视,自己开着车在 D 市的大街小巷里乱转,她甚至以 K 省省委为圆心转了五六圈,甚至有直接闯进省委大院的冲动,她想，世界上最可怜的乞丐不是蹲在大街上，面前搁一只碗的那种乞丐，而是一个开着宝马车的女乞丐！

巴兰兰觉得自己的心像是死去了。她知道，"解放科威特"的任务是完不成了，她不是超级大国，她只是一个弱女子。而且她也不能回裴城，不能向魏卓然承认谎言，打发陈百川走人，然后和华山过普通的日子。不是不接受普通的日子，而是失去了最佳的机会。这可真是机不可失，时不再来！她停下车子，徒步来到西边的百花潭公园，像是来故意延宕一下死期的。大学时代曾多次和同学逛过百花潭公园，里面也有一些可怀念的东西。磊园、慧园、桃花林、银杏林……她没兴趣看下去了，她觉得，她很讨厌"茂林修竹，通径通幽，亭台楼阁，假山飞瀑"的趣味，她讨厌所有曲折的不明朗的东西，就像讨厌藏在房地产背后的种种猫腻。她终于理解了，陈百川为什么视房地产为仇敌。陈百川这个名字倒令她突然振奋了一下。是呀，为什么不和陈百川双双出国？

她给陈百川拨了电话。

"你在干什么？"

"写标书啊。"

"别写了，带我出国吧。"

"瞎扯。"

"真的，我想通了，我们出国吧。"

"你那边缺钱吧？"

"不是。"

"缺钱的话，可以用我的，我给你打过去。"

"不是！"

"那是怎么了？"

"我也开始讨厌了,讨厌房地产。"

"把移民新村这个项目做完,我们走。"

"咱们拿不到手的。"

"不是已经内定了吗?"

"这边的事,我搞不定。"

"再想办法,我相信你的能力,缺钱就打个招呼。"

"我搞不定,真的。"

"再想想办法。"

"没办法可想了。"

"你可以的。"

"不,不,不!"

她的喊叫引来了许多目光。

她挂断电话,当众大哭……她知道,自己流的不是眼泪,而是软弱。她终于明白,自己实在没能力把那个谎言变成现实……

巴兰兰坐在公园的长椅上,虽然低着头,却知道太阳正在一点一点地下降,太阳似乎是从她右脑勺上滑下去的,而长椅上的冰凉渐渐浸占了她的全身——那是发生在她身体里的一场战争,她眼睁睁地看着太阳要输了。

她乏乏地抬起头来,看见了一架很大的飞机,正从夕阳那边飞过来,穿过城市的上空,向东北方向飞去,那显然是刚从大河机场起飞的A320客机,她知道这种客机是不久前才从法国进口的,有150座经济舱,8座头等舱……这个念头让她的心里意外地一亮,就像是太阳突然不愿意下降了,要从西边升起来了!

第一夫人也许就在这架飞机上?听说省委书记是从中央某个位置上调过来的,那么,第一夫人应该在北京上班,而且继续留在北京?

那么，夫妻二人是如何见面的？妻子会不会每月或每周飞一次D市，然后飞回北京？

如果是这样，第一夫人坐哪一趟班机是容易查到的，坐头等舱是肯定的，我想办法弄一张紧挨第一夫人的机票，应该不难！

哈哈，哈哈，有了！

巴兰兰慢慢站起来，因为坐得太久，或者是太激动，突然头很晕，眼前的景物一下子花了，夕阳变成神圣的金色流体了，她本人仿佛是一个小小的圣徒，被一种伟大力量从死亡线上拉了回来，新旧生命正神奇地发生转换。

她迎着夕阳向公园出口走去。

出了公园，她回头看天，A320客机已经消失在彩云后面了，深厚的尾音还在，像一架优质钢琴的低音区留下的最后的旋律。

4

现在，巴兰兰正缓缓走向机舱，她的一身行头是专为此行购置的。皮草风格的银灰色长外套保证了整体气质的高贵，却不算醒目，有风情但不露骨，白色衬衫和黑色短裙又显示着大方和朴素，隐约透出职业女性的特点，不至于被轻易怀疑为二奶什么的，红色腰带既完成了衬衫和短裙之间的过渡，又和黑色长靴相呼应，体现出必要的时尚感和现代感，手上随便地拎着一个柔软的较为宽大的白色羊皮坤包，是她一向喜欢的圣罗兰。总之，她成功地做到了，让自己看上去不张扬、不轻浮，却分明是一个收入丰厚、不乏品位的成功女性。登机的时间也是预先考虑过的,略有些姗姗来迟的味道,出现在机舱口时效果颇为显著,头等舱内的全部乘客,经济舱前方的部分乘客,纷纷投来惊奇的目光。头等舱里的八个人,七个已经到了,一眼看出是五男二女,右侧 B1 座的女人,大概有五十多岁,头发半显花白,浅绿色毛衣和镂空的白色衬衣领子让她有一种可亲可敬的气质,耳垂上有单粒的钻石耳钉,造型简朴,却灼灼其华。巴兰兰走向 B2 座,她和她,自然地相互点点头。巴兰兰脱下外套,叠好放进行李柜里,再从包里取出一本事先准备好的书:《创新与企业家精神》,放在桌上。换上服务员递来的拖鞋,坐好后,巴兰兰又对近旁的她微微一笑。对方还以微笑。"德鲁克,管理学之父!"对方笑着说。巴兰兰心里一惊,问:"大姐,您看过?"对方答:"我看过另一本,《有效的管理者》。"巴兰兰把手中的书递给她,她接过去粗略地翻了翻,再还给她,说:"我眼睛花了,不戴老花镜没法看书了。"

  飞机有力地弹离了地面,在空中攀升了几分钟之后,开始平飞。巴兰兰虽然心思缭乱,却坚持做出认真看书、心无旁骛的样子。而身旁的女人盖上毛毯,垫好大靠枕,用热毛巾擦擦手,看样子打算要一路睡到北京了。

  "大姐,您气质特好。"巴兰兰急忙说。

  "我是老太太了,哪有什么气质!"她淡淡一笑。

  "您看上去像三十岁。"

  "你应该叫我阿姨的,我女儿都结婚了!"

  "哎哟,真不像!"

  "你是……做……企业的?"

  "有个小公司。"

  她没接话,像是在猜:什么业务呢?

"我主要做房地产。"

"在 D 市？"

"一直在海南，最近刚回裴城成立了分公司，我是裴城人。"

"这次金融危机对海南房地产有影响吗？"

"多少有些影响，但不大。"

"怎么不在 D 市做？"

"暂时还顾不上，未来有可能。"

"年轻有为啊！"

"大姐，我能不能猜猜您的职业？"

"你猜吧。"

"大学教授！"

她摇头。

"外企高管？"

她还是摇头。

"报社总编？"

"我是学法律的。"

"噢，应该能猜到的。"

她和蔼地笑了。

"我以后有什么法律事务，可以找您帮忙吗？"

"应该……可以。"

"这是我的名片。"

巴兰兰从《创新与企业家精神》一书里抽出一张名片。原本设想，夹在书里，对方翻书时会无意中看见，结果人家没怎么翻书。

她接过去看了一眼，放在桌上。

"我没带名片，留个电话吧。"

巴兰兰匆匆翻开《创新与企业家精神》的封面，表示可以写在扉页上。

"不要写在书上啊。"她说。

巴兰兰从包里取出本子和笔，一并给她。

她写字的动作像小女生一样认真，先写了"叶阿姨"三个字，然后是电话。

"你就叫我叶阿姨吧。"

"好的，叶阿姨！"

"抱歉，我要睡一会儿了。"

她把深蓝色的布绒椅子大幅度调底，然后将身子仰过去，巴兰兰急忙为她拉好毛毯，并将两侧微微压实，她笑着说："谢谢。"

巴兰兰重新捧起书，竟然能看进去了，心里有一瞬间的静，处子般的静，就像一个身经百战的将军赢得一场恶战后，连激动和骄傲的气力都没了，有的只是静，如果静之外还有什么，的确不是激动和骄傲，而是一丝厌倦，半点怅然，如果说厌倦和怅然之外还有什么，不容置疑，那一定是"成功的渴望"和"贡献的冲动"，而不只是"挣很多很多钱"。就像佛子的积思顿释，某个瞬间突然开悟，她平生第一次意识到，自己需要的其实不仅仅是钱啊钱，而是成就！是事业！经商其实是一个事业，如果开一个杂货铺是挣钱，做一个企业却是事业，和任何传统意义上的事业并无不同。

叶阿姨真的睡着了，睡相仍然温和，巴兰兰将目光从叶阿姨脸上移过去，自然地投向了窗外，外面的那种蓝，蓝得热烈，蓝得尖锐，已经不是"蔚蓝"二字可以表达的了，平坦的云层在飞机下方，把千疮百孔的地面和人类生存的痕迹完全抹去了，太阳在看不见的高处，因而，眼前只有晃眼的蓝，大面积的蓝，那蓝，是属于她一个人的，她看见那里面飘出一句话来：谁也挡不住我巴兰兰成功的步伐！

前排的两个人中，一个是川籍歌手候鸟，和同伴始终在说话，声音越来越大，笑得很放肆，巴兰兰站起来拍拍那人的肩膀，示意他轻点声，对方不悦地问："怎么了？"巴兰兰低声说："不能小点声吗？"对方转过身站起来，用挑衅的目光盯着巴兰兰，巴兰兰保持平和但坚毅的样子，指指旁边的叶阿姨，仍然示意他小点声，对方想喊叫却终于咽回去了，又一次凶巴巴地盯了巴兰兰一眼，然后回过身去。"像只鸡！"巴兰兰听见了这句话，心里气得冒烟，想撕扯对方的头发，却还是强忍了。

叶阿姨没吃没喝，一直睡到飞机落地，醒来后对巴兰兰说："谢谢你，我睡得很好。"头等舱的乘客是可以优先下机的，叶阿姨却坐着不动，指指经济舱说："我得等等。"巴兰兰只好先走，巴兰兰走出长长的廊道后，躲在某个隐蔽的地方，看见叶阿姨出来了，身后跟着一个年轻女子，一看就知道是随身保姆。

巴兰兰打车前往北京饭店，她虽然一直不满意北京饭店的服务，认为那里的服务员根本不知道什么叫服务，什么叫热情，但是，外省大款进京首选的住地仍然是老牌的北京饭店，正如普通的外省人到了北京，不能不去看看天安门，逛逛王府井。况且，北京饭店距离天安门、王府井都很近，烧钱购物或吃烤鸭，都非常方便。登记好房间，进去一看，附近有一个建筑工地，她知道中国所有的工地晚上都是照常施工的，有彻夜的灯光和永不停息的打夯机，还有浓重的水泥和钢筋的腥味，于是，她回到前台要求换另一侧的房子，得到的回答却是："别的房间都预订出去了。"巴兰兰问："是不是留给老外了？"服务员面含讥讽地笑了一下，说："这个，我没义务告诉你！"为了不败坏自己的心情，她忍住怒火回到房间，拉严窗帘，立即用房间电话拨通了魏卓然的手机。

"魏市长,是我,巴兰兰。"

"你不是在 D 市吗?"

"我今天刚陪叶阿姨回到北京。"

"叶阿姨是谁?"

"魏市长,你都不知道夫人姓叶啊?"

"噢,我真的不知道。"

"这说明魏市长太不求上进了!"

"哈哈,我检讨。"

"我已经和叶阿姨谈过了,她答应了。"

"滴水之恩,当涌泉相报。"

"我得留在北京陪叶阿姨玩几天,裴城的事我就不操心了。"

"好的,你放心你放心。"

放下电话,巴兰兰躺在床上,盯着天花板,心里念叨:我总是这样,一步步逼自己,先把自己逼上绝路,然后再拼了老命救自己!魏卓然这个电话如果不先打了,我很难保证有信心、有动力把叶阿姨从家里约出来!我的内心其实是一个大懒人,其实我比谁都懒,比谁都爱安静,可人人都认为我是一个野心家。

接下来她又给陈百川打了电话,把飞机上的情况给他讲了一遍,然后又说:"我卡上就剩买一张机票的钱了。"陈百川说:"我这就给你打过去,一百万够不够?"她软软地说:"先打过来吧,不够了再说。"陈百川听出她声音疲软,心情郁闷,就说:"喂,打起精神,没有你办不到的事情。"有时候她特别反感陈百川的这种说法,当初他就是用这种语气把自己从海南交行骗出来的,然后,就上了一条贼船!她说:"得了吧,少来这一套!"她不等他回应,就把电话挂了,几乎是摔下了话筒。

最后才给她的小伙子打电话，却是改用手机打的："小伙子，我还在 D 市，过几天就回去。"并不忘嘱咐他，"别忘了浇花哟。"

"搞定了吗？"华山问。

"你也关心这个啊？"她反问。

"吴院长昨天问过我。"

"可能搞不定，怎么办？"

"搞不定那就回来呗，还能怎么办。"

"搞不定我就不回去了！"

"有这样的决心，你一定能搞定。"

"狗屁！"

她把手机砸在了床上。

"你一定能搞定！"这口气怎么和陈百川如出一辙？男人怎么都是这样的口气？他们凭什么一致高估我？他们的潜台词是什么？

——"妈的！"

——"我操！"

她骂出了声音。

她发现女人竟然没有属于自己的脏话！"妈的！""我操！"——这都是男人发明的，这世界，骂人的话，脏话，几乎都是从男人角度出发，几乎都指向女人，骂一个男人，终极目标也总是他的奶奶、妈妈、姐姐、妻子或女儿，女人骂人也不得不模仿男人的口气，女人什么都没有，女人发财也好像只有一条途径——

"像只鸡！"没办法，她想起了候鸟的声音。她当然知道候鸟的意思，一个坐头等舱的有些姿色的年轻女子，只能是鸡。

——"妈的！"

——"我操!"

她骂出了更大的声音。

怒火中烧,这种时刻她通常会有三种冲动,一个是决心挣更多的钱,有资格登上福布斯富豪榜那么多的钱;一个是要男人疼,躺在一个爸爸一样的男人怀里,如果没有合适的,只好找鸭子;一个是疯狂购物,专挑平时舍不得买的东西,仿佛钱把自己惹了——三种冲动其实是一种冲动,坏的冲动!放纵的冲动!从自己身上她体会出一个道理:这个世界,坏与坏之间也许有一种奇妙的内在联系,彼人的坏常常倒成为此人坏的理由,坏与坏相互依附,休戚相关,群体的坏和个体的坏之间可能是母与子的关系!所以,官场腐败,商界黑幕,官商勾结,全民道德水准低下,等等等等,固然有体制和机制的根源,但绝不可否认,更可能是整个社会浊流推演与风气浸染的结果……

今天,她不知道自己该做什么,挣钱?如果和叶阿姨成为朋友,不在话下。男人?听说北京饭店有全中国最高水平的鸡,却没有鸭,有烤鸭没鸭子。烧钱?卡上的确没多少钱了,陈百川的钱,是不是已经打过来了?

她决定让自己高雅一回,知识分子一回,去人艺小剧场看场话剧!以前来北京,也总会抽空看一场人艺的演出的,碰见什么看什么,只要是人艺的就好。于是,洗完澡化完妆,就打车来到灯市口。晚上七点有苏明老先生主演的《雷雨》,打算掏钱买票时想起了叶阿姨。她很头痛,用什么借口给叶阿姨打电话?此刻,她突然想,既然自己"并不知道"叶阿姨的真实身份,那么请她出来看一场话剧,可谓一举两得,既显示了自己的不俗品味,又向叶阿姨表明,在她眼里,叶阿姨是有品味的。

如果叶阿姨拒绝呢?

不　安

拒绝也罢，关键是看一场话剧，不亢不卑，最多和友谊有关，是再好不过的一个理由。但是，这个电话最早只能在明天打，最迟也是明天，后天叶阿姨很可能会忘得一干二净，至少会失去见面的兴趣，飞机上偶遇的一个人，没必要放在心上的，多半会置之脑后。她自己，坐头等舱多次和临座交换过名片，事后保持联系的一个都没有，下了飞机，就会迅速陷入繁杂的日常事务，有太多的事情需要料理，过上十天半月，也许才会意外地想起某张模糊的面孔，见面的想法几乎有种可笑的味道了。

次日上午 11 时整，魏卓然、陈百川连续打来电话说：白象湾工程已公开开标，君科公司借用的有一级资质的裴城第二建筑公司顺利中标，成为一级总承包。巴兰兰指示陈百川，当晚宴请落标各方，当场付清好处费。

巴兰兰趁着心情好给叶阿姨打了电话。

"叶阿姨……"她难免有些胆怯。

"哪位？"叶阿姨的声音略显冷淡。

"昨天的飞机上……"

"想起来了，我对你印象不错。"

"我也是，昨晚上我竟然……梦见您了。"

"梦见我怎么了？"

"梦见咱俩一起看戏。"

"看戏？我好久不看戏了。"

"今早我去灯市口一看，最近正演新版的《雷雨》。"

"人艺的？"

"是呀，我已经买了两张票……"

"……这样吧，我有点感冒，不想出门，你来我家坐坐吧。"

"好啊，好啊。"

"我家在朝阳公园附近，到了公园北门你来电话，我让人去接。"

"您什么时候方便？"

"就现在吧，来我家吃午饭。"

"好的，我马上出发。"

巴兰兰发愁手头没有方便的礼物，时间紧，又掌握不好轻重，出了门，在附近的中信柜员机上取了些钱，就打了车直奔朝阳公园。在车上还请女司机帮忙出主意，女司机说："可以买化妆品。"她记得叶阿姨的确有化妆的，身上散发着淡淡的香水味，于是采纳了女司机的建议，花三千元买了一件雅诗兰黛礼盒。

来接巴兰兰的正是在机场见过一面的那个年轻女子，跟着她走了五分钟路，进了一个绿化面积很大的高档小区，然后是一梯二户的小高层，电梯厅是一分为二的，东边进西边出，形成准一梯一户的格局，出了电梯就是叶阿姨家，叶阿姨穿着一身素朴的居家便服，半是亲热半是生疏，巴兰兰把礼物递过去，说："时间紧，乱买的。"叶阿姨接在手上，看了一眼，交给保姆，说："我喜欢，法国货吧？"

家里除了叶阿姨和保姆没有别人，保姆搁下一杯茶，就退回去了，巴兰兰和叶阿姨坐在客厅的布面沙发上说话，没说几句巴兰兰就看见了一本大影集，顺手拿过来翻了两页，便发出惊呼："这不是我们省委书记吗？"叶阿姨开心地笑了，说："省委书记有什么了不起的！"巴兰兰睁大眼睛盯着叶阿姨，似乎不认识她是谁了，嗲声说："天啦，我可真是有眼不识泰山！"叶阿姨拍拍她的肩膀，说："我就看上你这一点了，不世故，是可交之人！"巴兰兰仍在发挥自己的表演天赋，说："真的不敢想象，我竟然坐在我们省委书记家里！"叶阿姨故作愠怒，说："再这样说，我就不喜欢你了！"

不 安

又说了几句话,叶阿姨说:"你是搞房地产的,看看我这套房子户型怎么样?"于是,叶阿姨领着巴兰兰看了每一个房间,最后还看了衣帽间,十几平米左右的空间内,挂满了各式各样的名贵衣服,有浓郁的樟脑味儿和皮草味儿,衣服后面的四面墙上,似乎是另外一些东西,其中一面很像中药铺子里的大药柜,叶阿姨拉开一个抽屉,里面是两双崭新的休闲皮鞋,"是我自己设计的鞋柜。"叶阿姨说,接着叶阿姨拉开另一个抽屉,里面还是鞋。巴兰兰说:"叶阿姨,你的鞋比我还多哟。""有些是我女儿的,她在美国。"和鞋柜紧挨的另一面是宽大的博古架,架子上摆满了青铜器、瓷器、铜镜什么的,叶阿姨捧出一个青花瓷的盘子,中间有一只展翅欲飞的仙鹤,"这是明代正德年间的青花瓷。"叶阿姨说,"古董,我是门外汉,一点都不懂。"巴兰兰羞怯地说,"那就看看别的。"叶阿姨又从另一侧的抽屉里取来一本大集邮册,侧身翻给巴兰兰看,"这才是我最喜欢的。"叶阿姨说,"全国山河一片红!"巴兰兰指着一枚邮票惊叹,为自己终于不显得无知而兴奋,叶阿姨说:"这么一点东西,价值二三十万!"巴兰兰说:"值多少钱是次要的,关键是,拥有它的感觉,对不对?"叶阿姨对巴兰兰的观点表示极大赞赏,然后把集邮册放回去,又顺手取来一张金钱豹的原皮,轻轻抖开,说:"这张豹子皮,有一百年的历史了。"

回到客厅,巴兰兰仍然心惊肉跳,刚才,那只一百年前的豹子,似乎真的复活了,张着血盆大口,呼啸着,要把巴兰兰吞进去。

保姆做好饭了,是家常的饺子,山东风味,牛肉馅的,皮薄馅满,造型小巧,有醋碟、芝麻油、蒜泥,另有饺子汤一碗。

"别嫌弃啊。"叶阿姨说。

"我最爱吃饺子了。"巴兰兰说。

巴兰兰其实从小不爱吃带馅的食物,但是,巴兰兰心里的确很感动,这顿简朴的饺子足以证明她真的是叶阿姨的座上客了!

5

"K省那边有事,打声招呼。"

带着叶阿姨的这句话,巴兰兰登上了回D市的飞机,仍然是A320的头等舱,座位不再是B2而是A1,歌星候鸟坐过的位置。

"像只鸡!"还没落座,又想起了这句话。不过,今天她不仅不生气,而且暗怀感激。叶阿姨后来说,她制止候鸟大声说笑的一幕,叶阿姨其实看见了。就是这样一个小小的细节,让叶阿姨感到了"来自陌生人的温暖"。

"温暖",这仿佛是二十世纪末,富起来的中国人最缺乏的东西。整个地球越来越温暖,温室效应越来越明显,而人心,却越来越冰冷,似乎所有人,不管有钱没钱,有权没权,都觉得自己是后妈养的。破产的、下岗的、讨不上工钱的、买不起房的、看不起病的、上过当的、受过骗的、股票缩水的、丢了官的、离了婚的……所有这些人缺乏温暖,当然有情可原,连叶阿姨这种身份的人竟也把一点微小的善意视作难得的"温暖"!看样子,竞争、资本、商业社会、市场经济、城市化、全球化,这些东西的确有强大的破坏性,首先破坏掉的便是人心的温暖。邓小平说:"让一部分人先富起来!"结果,先富起来的人也不一定觉得温暖。说明富裕真的不等于温暖,温暖是另一种东西,富裕是可以量化的,而温暖,温暖,它大概是世界上最难做出准确评价的东西。让一部分人先富起来,会激怒大多数人,小平同志一定是明白这一点的。这说明他真是一个无私的政治家。一个政治家的无私，首先表现在有勇气挨骂上，所有英雄本质上都有枭雄的一面……

"我是英雄，所以，我也是枭雄！"在一万多米的高空，此话如雷贯耳，令巴兰兰的内心充满斗士般的力量和自恋式的感动。

"我能为叶阿姨做些什么？"

眼下，这个问题变得很好回答了，投其所好——知道"所好"就好办。叶阿姨最热爱的东西是邮票，当然，不是一般的邮票而是"珍邮"——珍惜程度至少不低于"全国山河一片红"。巴兰兰明确地告诉自己，必须尽快成为"集邮通"，以后自己的主要任务，甚至不是房地产而是集邮。至于古董，瓷器陶器青铜器之类，成为行家可没那么容易，暂时可以放一放。另外就是房子了，叶阿姨目前不过是"准一梯一户"，起码应该把"准"字拿掉，衣帽间也很像杂物间，乱七八糟的东西都藏在里面，拥挤倒是次要的，关键是，衣服会染上一些顽固的异味，两者至少应该分开的，衣帽间里只放衣帽。房子的事好办，找个好地段买一套别墅，加上全进口装修，把钥匙交给叶阿姨就 OK。

回裴城的当晚，魏卓然在一个叫白宫的地方设宴给巴兰兰接风，还是上次那几个人，加上陈百川，魏卓然没带司机和秘书，独自打车来，拎着一瓶据说珍藏了四十年的茅台酒，强调今天一定是他请客，任何人别和他争。

吴江摆摆手说："我不争。"

巴兰兰说："还是按惯例，政府点菜，企业埋单。"

这是真心话，却把大家惹笑了。

魏卓然说："今天我不代表政府，只代表个人。"

吴江说："兰兰你就成人之美吧！"

巴兰兰说："那就听我老师的。"

开席前，魏卓然首先向大家隆重介绍那瓶茅台酒，说："你们看，我可没骗人，标签上有出厂日期，1959年1月4日……"

魏卓然把酒瓶递给巴兰兰，巴兰兰捧起来，看见正面右下角写着"地方国营茅台酒厂出品"几个字，虽然酒瓶完全封闭，里面的酒却只剩六七两。等每个人轮流看了一遍后，魏卓然问："你们猜这瓶酒现在值多少钱？"

"两万。"吴江首先猜。

魏卓然大幅度摇头。

"三万。"巴兰兰也猜。

魏卓然还是摇头，将目光移向另几个人。

"如果拍卖，可能不低于二十万。"陈百川很有把握地说。

魏卓然满意地点头，说："这才是行家！"

巴兰兰喊："那么贵，谁敢喝呀！"

魏卓然说："要喝，要喝，今天是最好的时机。"

巴兰兰问："今天是什么好日子？"

魏卓然答："今天，你从北京凯旋呀！"

巴兰兰听明白了，"凯旋"的意思，等于伸手向她要更具体的东西。刚好，这瓶可能值二十万的茅台让她想起了叶阿姨，想起了叶阿姨的衣帽间，想起了一百年前的那张豹子皮，于是她说："我给叶阿姨打个电话！"

巴兰兰从包里摸出手机，用修长的拇指快速摁键。魏卓然歪着头，看见巴兰兰摁的前三个键的确是北京的区号"010"。另一侧的吴江同样也注意到了这一点。陈百川、巴梅梅、华山三人则暗暗替巴兰兰捏着把汗。

"喂，哪位？"

"叶阿姨，是我。"

"兰兰，回 K 省了吗？"

"我已经在裴城了，给您报个安。"

"这么快呀。"

"有几个朋友请我喝酒，带来一瓶 1959 年出厂的茅台酒，正准备开瓶子，我突然想起您了，想留下来，下次和您一起喝。"

"你们喝吧，我又不喝酒。"

"那就留给书记。"

"好的，你少喝酒，注意身体。"

"叶阿姨你也注意身体。"

巴兰兰抬起头时，看见除了陈百川，所有的目光都满含谦卑，恰如地里的麦子原本快成熟了，一眨眼却回到了出苗时期的样子。

"夫人的声音很年轻！"魏卓然说。

"夫人的年龄和魏市长差不多。"巴兰兰难掩自满。

吴江说："我们这堆人以后全靠你了。"

巴兰兰说："不能靠我，得靠魏市长！"

魏卓然说："哪里哪里，还是靠你！"

巴兰兰说："魏市长你可不要推卸责任哟！"

魏卓然说："岂敢，岂敢。"

陈百川插话说："咱们喝酒吧。"

于是魏卓然请服务员另取两瓶新茅台。

服务员问："要多少度的？有五十三度的，有四十五度的。"

巴兰兰抢先说："要五十三度的。"

巴兰兰脸上现出些坏笑，原来是嘴里憋着个笑话，旋即便说："你们知道五十三度的茅台有什么特殊功效吗？几个男人听好了！把你们的小弟弟泡进五十三度茅台酒里，泡五分钟，再去做爱，能延时十分钟，相当于伟哥。"

几个男人尖笑起来。

魏卓然问华山："你泡过没有？"

华山沉着应对："这个秘方，我还不知道呢！"

巴兰兰说："关键是你们三个！"

魏卓然、吴江、陈百川，三人相视而笑。

魏卓然说："我有兴趣试试。"

吴江也说："我也想试试。"

陈百川则一本正经地说："我试过了，小东西胃口越来越大，喝了五十三度茅台酒，还想抽软盒的中华，还想公费出国……"

又是一番乱笑。

第四章

1

魏卓然虽然大大方方把项目给了巴兰兰,却没有在合同上做丝毫照顾,付款条件和比例,安全检查和质量验收等等内容,比通常所见的情况还要苛刻,比如,需要在银行办一个两千万元(总投资的百分之二十)的"履约保函",这就意味着开工前必须先把两千万现金存进银行!再比如,在机械和人员全部到场、工区木板房业已搭建完毕之后,首期工程款一千五百万元(总投资的百分之十五)才会到账。依惯例,履约保函的数额应该是百分之十,而首期付款的数额多数是百分之二十五。

"移民资金确实是高压线,政治性强于经济性,监管很严,不能马虎。"魏卓然的解释应该是真话,可是,明摆着,魏卓然对巴兰兰是有所警惕的。据了解,先前那个"政治局常委"的假消息就是魏卓然本人放出来的。

巴兰兰并不生气,她深知生意场和官场只有永恒的利益,没有永久的朋友，最好的关系也是亦敌亦友、半是信任半是提防。

然而，垫资压力实在太大！从海南带回来的三百万，还剩二百万，在这样的情形下，就显得寒酸极了，有和没有一个样！

这就是商人，这就是企业家，时不时会陷入资金断血的可怕境地中！人断血是人命关天，可以向血库申请配血，A型、B型、O型、AB型，无非是四大常见的血型，需要的量以毫升计，而企业断血是活该，除了表明你实力不济融资能力差之外还能表明什么？而且，资金缺口动辄百万，千万，甚至亿万！

什么是企业家？

企业家就是生活在资金链中的人。

企业家就是随时都在拆东墙补西墙的人。

企业家就是最缺钱的人。

企业家就是随时可能跳楼的人。

企业家是半人半鬼。

企业家是混世魔王。

人断血有医生有血库，企业断血只能靠企业家自己，一个企业里，所有人都可以叫苦叫累，唯独企业家自己不可以，企业家必须是最顽强最铁血最理想主义最现实主义的一个，企业家必须以最快的速度拿出自救方案！

徐行长，只能向他求救了！上次为了注册资金，她让巴梅梅给他送过十万元，他笑纳了。一个行长只要贪婪，肯收钱，事情就好办多了。商人最喜欢这样的银行家和官员。正是因为大批贪官污吏的存在，办事效率才大大提高。美国电影《华尔街》里面有一句著名的台词："问题的关键是，女士们先生们，贪婪是有益的，贪婪在发挥作用，贪婪是正当的……"全世界的商人，都是凭借"贪婪"二字赚钱的。所有的人类进步，都有贪婪的一份功劳。中国改革开放二十年的伟大成就，也是如此。

问题是，徐行长还好色。

徐行长问巴梅梅："你姐姐怎么不露面？"

巴梅梅答："我姐上北京了。"

徐行长说："等她回来，我请她喝酒。"

巴兰兰知道，男人请女人喝酒，潜台词通常就是"上床"。酒是粮食做的，但是，酒不是粮食。粮食是用来吃饱肚子的，酒是用来哄抬氛围的。粮食让人饱，酒让人醉。醉了酒的男人和女人，会变得像猿猴一样赤裸。

"一个你有求于他的人，贪财又好色，是再好不过的，然而，这个家伙如果是秃子就另当别论！和一个秃子上床？天啦，让我去死吧！"巴兰兰也不知道，自己为什么如此讨厌秃子，讨厌的程度外人不可想象。"我不想和他上床，真的不想，我不嫌他老，我嫌他秃！"巴兰兰这样想的时候，一点没有开玩笑的成分，认真而庄严的样子很像美国总统在椭圆形办公室考虑，该不该向某"无赖国家"出兵？

巴兰兰想到了妹妹巴梅梅。

她想，巴梅梅，也该下水了。

她相信妹妹巴梅梅品行端庄，只和妹夫马林上过床，但是，巴梅梅既然已经做了商人，就没道理继续守身如玉、洁身自好。正如一个国有企业，通常正是被一个廉洁奉公的厂长搞垮的，一个腐化堕落的厂长，倒常常有办法把一个厂子搞得红红火火。一个女商人如果坚持不献媚不耍嗲不脱裤子，坚持不丧失自己的所谓人格，就绝不可能赚到大钱。在一个笑贫不笑娼、笑廉不笑贪的时代，一个商人，一个女商人，一个私营企业家，一个女私营企业家，做到最好也只能是我巴兰兰这个样子：尽可能不那么厚颜无耻，尽可能不那么为非作歹，尽可能不以脱裤子为荣，尽可能不和秃子上床……

她立即给巴梅梅打了电话。

"你马上来三江一趟。"

没多久巴梅梅就带着一身寒气来了。

"你瘦了。"巴兰兰说。

"谢谢夸奖！"巴梅梅一笑。

"不好意思，你有一个新任务！"

"尽管吩咐，巴总。"

"找徐行长把履约保函办下来！"

"履约保函？你太高估我的能力了吧！"

"当然，如果真的公事公办，就必须把两千万存进银行，如果可以通融一下呢？最少要把两千万的百分之三十存进银行，但是，如果银行愿意，或者说如果徐行长愿意，开一个徒具虚名的履约保函就可以，不用把真金白银存进去的。银行当然有风险，施工出了问题，或者我们卷款跑了，银行就要无条件支付两千万。不过，银行自有制约的办法，甲方付给我们的每一笔工程款到账后，银行可以强行管制，银行不同意，我们别想提走一分钱。所以，这件事可以说很难很难，难于上青天，也可以说很简单很简单，有多简单？不过是，要么你，要么我，愿意给徐行长松一次裤带而已。"

"姐，你是什么意思？"

巴兰兰笑着说："巴梅梅同志，你该下水了。"

巴梅梅红着脸问："巴总，别忘了你可是我的亲姐姐！"

"我更是你的总经理！"

"总经理同志，脱裤子的事我做不到！"

"跟我干，就永远别说'做不到'三个字！"

"我真的做、不、到……"

"我给你二十万，十万给徐行长，十万你自己留下。"

"上次的那五万还没给呢！"

"好啊，我给你二十五万。"

"继续请妈妈出山，办不下来吗？"

"上次是违规，这次是违法，上次是一千万的过桥贷款，这次是两千万的履约保函，两千万——妈妈的面子值不了那么多钱的！"

"花钱请一个妓女不行吗？"

"请妓女？就像大张旗鼓请客，结果只请了一碗阳春面！"

"处女呢，听说一个处女也就五六千。"

"是呀，五六千比两千万，这么简单的算术题，你不会算吗？"

巴梅梅看着姐姐，不说话了。

巴兰兰去了趟卫生间，旋即出来。

"姐，融资这样的大事情也不该我管呀。"

"我这是栽培你，知道吗？！"

"我……我只打算在你手下混一口饭吃。"

"不想当将军的士兵不是好士兵，接下来我要充分利用叶阿姨和魏市长的关系，成立集团公司，除了房地产，我还要进军矿泉水业、酒店业、餐饮业，除了裴城，还会进军D市、重庆、北京、上海，甚至纽约、巴黎……陈总做完白象湾工程就会离开，巴东东是扶不起的阿斗，你呢？你难道真的只想挣一份工资？"

巴梅梅眉毛一挑，欲言又止。

巴兰兰笑了，笑声很响，脆如裂帛。

"别笑了，女鬼一样！"

"你刚才的眼神,好有意思。"

"我眼神怎么了?"

"你说你没野心,其实不然!"

"我觉得我没有,我从小就不是一个有野心的人。"

"野心是一点一点大起来的。"

"我不知道……也许吧。"

"就像男人的鸡巴,看见美女才会大起来,其实无所谓谁有野心谁没野心,都一样,只要是一个正常的鸡巴,总会大起来的。"

"妈呀,你太赤裸裸了。"

"我没办法不赤裸裸,我是一个商人,商人是什么?就是最明白人有多么复杂,同时也最明白人有多么简单的那种人……"

巴梅梅感到很羞愧,几乎无地自容了,和姐姐相比,自己实在是满脑袋糨糊了,像个大傻瓜,既不知道人有多复杂,也不知道人有多简单,嘴也笨,远不像姐姐这么词锋泼辣,自己最适合待的地方其实就是放射科呀。

"我这儿有毛片,想看吗?"

"什么……毛片?"

"你和马林没看过毛片?"

"就是三级片吗?看过一两回,马林拿回来的。"

"看看我这个吧!"

巴兰兰打开笔记本电脑,巴梅梅慢悠悠地爬过去,看见桌面上一男一女干得正欢,有椰子树在窗外打着暖暖的哑语,更远处是悠悠起伏的海面,女人像马一样跪在床边,任男人机械地击打,女人叫床的声音苦不堪言。

"你仔细看,是谁?"

"啊？怎么像你？"

"就是我呀，我和陈总。"

"恶心死了你！"

巴梅梅立即退回床上去了。巴兰兰从巴梅梅身上闻到了一种味道，又像是听到了一种声音，巴兰兰便毫不客气地跟过去，爬在巴梅梅身上，压住她，突然把手塞进她的裤裆，"你干什么？"巴梅梅尖叫着，巴兰兰毫不理会，执意用着力，"你湿透了！哈哈！"巴兰兰把手抽出来举在巴梅梅眼前，"你自己看！"巴梅梅真的生气了，脸都绿了，巴兰兰不管，把湿湿的手掌摁下去，抹了抹巴梅梅一嘴。巴兰兰跑了，跑向卫生间。水声哗啦哗啦响起来，很响的水声里，夹杂着巴兰兰放浪的笑声。

巴梅梅坐起来喊："流氓！"

巴兰兰回来问："你刚才骂我什么？"

"啊？你听见了？"

"我身上没不好使的地方，包括耳朵！"

"简直成精了。"

"你老实说，除了马林，没和别人上过床？"

"没……有。"

"老实说，有没有？"

"和我们科主任有过一次，就一次！"

"真的？就一次？"

"向毛主席保证，就一次！然后，洗了半个月，觉得好脏好脏，其实，我的问题并不是思想觉悟有多高，就是嫌脏，就像绝不允许别人用我的牙刷一样，马林用也不行，没办法，咱们家的女人都有洁癖，你不是也有吗？"

"我也有,我不过是不刷牙不亲嘴,不洗澡不做爱,如果不是这样,我他妈的,亲嘴和做爱的总量有可能增加好几倍。"

"可耻!"

"是呀,我现在的道德底线只能是,做可耻的人中,最不可耻的……我也想在你巴梅梅的手下拿一份工资,多轻松呀。"

"姐……"

巴兰兰一脸忧伤。

"我知道,你有多难!"

巴兰兰不作声。

"其实,我好崇拜你的。"

巴兰兰无动于衷。

"履约保函,我试试吧!"

"你自己看着办吧。"

"姐,别生气,流氓可耻那些话,是我乱说的。"

"我没生气。"

巴梅梅骑车子回家了。

一排旧平房,住户都是近两三年结婚的新人。一间平房加一间厨房,相对而出,每一户都是如此,从东到西共二十家,没有隔墙,狭长的通道是大家共同的院子,如果铺上红地毯,很像星光大道,每一个人回来,都必须接受一番检阅。近来,巴梅梅有时是坐着宝马318回来的,眼下却骑着车子,有人就问了:"巴主任,宝马318什么时候归你呀?"巴梅梅只好答:"快了快了!"另一个又问:"快搬大房子了吧?"巴梅梅只好含混地点点头。她后悔自己沉不住气,早早把风放出去了。姐姐的确承诺过,第一笔工程款到账后,首先给自己买一套大大的楼房,宝马318也归自己。

"履约保函拿不下来，第一笔工程款就到不了账。"这是巴梅梅自己的声音，巴梅梅吓了一跳，这才意识到，原来"履约保函"跟自己关系巨大！关好门，巴梅梅所做的第一件事就是来到镜子前，前后左右端详自己，把镜子中的那张脸当成徐行长，给他抛媚眼，但无论怎么"抛"都假假的，抛来抛去都脱不了"瞪"的感觉，直直的，像干一件笨重的体力活，后来意识到，媚的关键可能是角度，不能直，要斜刺里飞出去，于是改用45度角试验，效果更差，新的问题出现了，露出了太多眼白，像吊死鬼！而且很僵硬，蚯蚓一样慢腾腾的。看来抛媚眼是角度和速度都要恰到好处的高难动作，于是再试，还是毫无改观，到最后竟是信心大跌，心情大坏。坐下来，不由得想起了姐姐巴兰兰，人家可是从小就会抛媚眼的，说明有些东西是学不来的！徐行长的兴趣明明在她身上，她为什么躲着不见？巴梅梅一下子明白了，如果徐行长是帅哥，或谢顶没那么厉害，这个光荣任务就断断落不到我巴梅梅头上，"哼，美其名曰栽培我，明摆着是欺负我！"

虽然这么想，巴梅梅仍然在积极准备见徐行长，抛媚眼学不会，总得穿两件像样的衣服，包括内衣，于是就把衣柜打开，一件一件地试起来。首先看到了自己的胸，不幸中的万幸是自己的胸还算合格，低下头，双肩一夹，就有深深的乳沟凹出来，波涛起伏的样子令她自己都心跳加速了，如果买一件好内衣，不是二三十块的，而二三百块的，有蕾丝，有上好的硅胶垫塞，走起路来，自然一步三颤。衣柜里有一件桃红色的V领羊绒衫，姐姐给的，套在身上后她禁不住皱起了眉毛。"胖死了！"她嘀咕，"该痛下决心管住自己的嘴了！"她又找见了也是姐姐给的那件浅绿色大衣，双排扣，小立领，下摆刚好落在膝头，剪裁明快，质感柔软，据说值两三千，这可是自己衣柜里最贵的一件衣服。"姐姐号称亿万富姐，不能丢她的人啊！"于是接着翻找自己的家当，最后发现，值一点钱的衣服，都是姐姐巴兰兰给的。"马林，他给了我什么？"她不禁问，想不到，这一问，问出一个理由——给徐行长松裤带的另一个理由，第一笔工程款到账后才会有大房子住，才有宝马开，这当然是天大的理由，但是，对夫君马林的埋怨是更有效的理由！

此时电话响了。是姐姐的。

"徐行长那儿算了吧！"

"为什么？"

"还是不忍心拉你下水。"

"真的？"

"当然是真的。"

"谢谢你，好姐姐。"

巴梅梅突然哭起来，眼泪很多的样子，哭着哭着发现镜子还在对面，镜子里的自己明显是失态的，满脸写着"不情愿"！镜子里的自己把外面的自己着实吓了一跳，一时全身发冷，一下子明白了人心是多险恶的东西。

巴兰兰想到了一个最简单的办法，派小蒋回一趟海南！海南不是有彩虹天桥吗？彩虹天桥不是全国最早也最大的假证市场吗？身份证、毕业证、学位证、结婚证、离婚证、记者证、计划生育证、节育证、独生子女父母光荣证、下岗证、党员证、团员证……任何一种证件都可以随时办到，时间不超过一天。同样，个人档案材料、银行进账单、履约保函、户籍证明、退伍证明、中组部介绍信、死亡通知书、火化证明、涉外婚姻证明……所有的证明，都会按要求以最快的速度制作出来，仅需花几十元或数百元。巴兰兰想来想去，认为这是最省事最简便的办法，既不欠任何人的人情，每一笔工程款下来后又可以自由支取，还塑造了身为姐姐的高大形象，让巴梅梅感激不尽。

至于风险，她断定天塌不下来的，天总是显出要塌下来的样子，事实上却不见得会塌下来。况且裴城这样一个小城市，恐怕还没人胆子大到会假造履约保函。城市越大，人们的胆子也越大。越胆大的人往往越安全！

这也是海南经验之一。

小蒋从海南回来，交给巴兰兰两样东西，一样是履约保函，一样是海南的特产榴梿，巴兰兰顾不上看履约保函一眼，就开始吃榴梿，边吃边不停地嚷嚷："哎哟哎哟，香死人香死人了，小蒋啊，你真的太伟大了！"

她早就说过，有两样东西是必须一边享用一边把快乐喊出来的，除了做爱，就是吃榴梿了。她还记得，离婚后拿着十万元的欠条准备跳海自杀时，隐约嗅到了榴梿的味道，于是她坚决地转过身顺着榴梿的味道找去，后来发现，岸边其实根本没榴梿，她闻到榴梿的味道，只能用"神秘"二字解释了。匆匆忙忙离开海南的时候，竟然忘了带几颗榴梿回来，回到K省后也几乎忘了世界上还有这么一种好吃的东西，打发小蒋回海南的时候也丝毫没想起让他带榴梿回来。"小蒋啊小蒋啊，你可真是，真是个棒小伙。"她的嘴角已经黄油油的，满脸受用的表情，仿佛品出了万千滋味。

"没回五指山一趟吗？"

"没有。"

"为什么不顺便回家看看？"

"时间太紧。"

"你呀！"

四瓣榴梿吃完，巴兰兰才开始查看履约保函。

"太好了！"

"巴总，像真的吧？"

"比真的还真！"

"那我走了？"

"小蒋，不要让任何人知道你回过海南一趟，履约保函的事，除了我，就你知道，陈百川也不知道，巴梅梅更不知道……"

"巴总你放心。"

"另外，我要换车了，打算买保时捷刚刚推出的新款911，宝马318我准备作为生日礼物送给我妹妹巴梅梅，你怎么办？"

小蒋一下子竟脸红了。

"巴梅梅好贪心，车和人都想要……"

小蒋不吱声，这就是态度。

"你说话嘛，跟她？还是跟我？"

"我从海南跟你来，就是为了给你开车！"

"是想开新车吧？"

"也想，不过……"

"想不到你也会见异思迁啊！"

小蒋只有嘿嘿笑了。

"那就留下吧，一辈子给我开车。"

"巴主任那边，别说……"

"哈哈，好，我就说，我是换车不换人！"

小蒋欣喜异常。

2

一千五百万，到账了！

一个亿的百分之十五，第一笔工程款。

紧接着还有第二笔、第三笔。

尽管移民资金是国库资金，政策性很强，用魏卓然的话说，"政治性强于经济性"，地产界称之为"高压线"，巴兰兰还是觉得，没必要那么紧张，建房、修路、造桥，不是修长城，也不是造庙，终归是商业行为，把项目做漂亮就不会出问题。总之，账上有了一千五百万，腰杆硬了，眼睛亮了，心安了。一个公司突然有了充足的现金流，就像一个病人获得了安全的血液，只有当事人自己知道，起死回生的感觉多么美好。退一步讲，因为有了这一千五百万，人生多了一种选择：出境，外逃！

据统计，中国的外逃资本，1989年一年是七十五亿美元，1996年则增长到三百亿美元，年均一百三十亿美元。外逃人员超过四千名，各级贪官，以及金融系统、国有企事业单位的工作人员，占了百分之八十以上。携款出逃者为什么越来越多？这是一个有意思的问题。更有意思的是巴兰兰自己曾下过决心，就算坐牢，也要留在国内，如今，当一千五百万突然到账后，竟也生出溜之大吉的念头，虽然只是一个玩笑，可是，它却包含着深刻而又秘密的吸引力和诱惑力——拿着一千五百万，逃到一个权力和法律的真空地带，从此不需要奋斗，不需要学习和应用潜规则，不需要削尖脑袋拉关系，尤其是，不需要担心某一天突然像海南那样祸从天降,所有资产哗啦啦一下子消失!

不得了不得了!巴兰兰有一种如临深渊的感觉。但她想,我巴兰兰不是鸡鸣狗盗之徒,我当然不能不充分利用良好的人际关系,不能不合理利用大多数潜规则,不能不使用假证明,但我绝对不犯大错,不贩毒不洗钱不外逃!

无论如何,从这个项目里挣一两千万是有把握的,可以说,从现在开始,我巴兰兰已经是"千万富姐"了,如果算上无形资产,算上我和叶阿姨的关系,包括未来的魏卓然,说我是"亿万富姐"也未尝不可,为了彰显公司实力,为了做事的方便,至少,为了让传说中的巴兰兰名实相符,需要对外宣称:

君科公司资产过亿!

当务之急便是,像亿万富姐那样花钱!

急需花的钱有这么多:

一、宝马318归巴梅梅,自己买辆新车,保时捷刚刚推出的新款911她很喜欢,外型靓丽,融合了古典与现代两种气质,兼具时尚性和日常性,正如她本人,既是火辣脾气,又有菩萨心肠。价值不菲,大概要花二百万。

二、用四十万给陈百川买辆车。

三、用二十万给小伙子买辆车。

四、让弟弟巴东东去开宝马,暂时就不用给他买车了。

五、用二十万给弟弟和妈妈买一套楼房。

六、用同样的价钱给陈百川买一套楼房,请他把嫂子从海口接过来。

七、用四五十万给自己买一套别墅,尽快和小伙子结婚。

八、用二十万给小蒋买一套楼房,给他安个家。

九、在最好的地段给公司租一层办公用房,并筹备盖自己的办公大楼。

十、给希望工程捐款五十万。

十一、花四百万打点市财政局、市国土局、市移民办等相关单位的主要领导,包括魏卓然,商人做事喜欢干脆,该出的血一定要出,该拜的佛一定要拜,魏卓然可能不会收,但我一定要给,给了,我不欠他,他欠我。

十二、花五十万帮叶阿姨弄一两样像样的古董,或者珍邮,稍后再花二百万在北京给叶阿姨搞一套别墅,花一百万装修好。

…………

粗算下来,她不由得不长吁一口气,正如一个穷妈妈给一堆儿女准备新年礼物,心有余力不足,终归还是甩不掉一个"穷"字!

她禁不住感叹,看样子富和穷真是没一个明确界限的,自己觉得富就是富,自己觉得穷就是穷,富和穷无非是一种心理感受。富人算账和穷人算账的区别仅仅是,一个基数大,一个基数小,捉襟见肘的体会应该是一样的。甚至是,富人更容易觉得穷,富人的内心更贴近"穷"这个字的精神含义。因为,富人是一个更复杂更深幽的个体,富人有更复杂更庞大的关系链和人情网,比如,你要和一个处级干部保持友谊——哪怕是普通意义上的走动和往来,就意味着你每年至少要多支出二三十万,如果是厅级干部,如果是省级干部,那就要翻倍再翻倍。人家知道你是"有钱人",你有的无非是钱,而且你的钱八成是不干净、不正当、有血债、有黑幕的,你的钱原本是国家的,你出手大方不过是九牛一毛,不过是吐出了该吐的部分,不过是消财灭灾,不过是为了挣更多的钱……所以,富人最容易被称作"吝啬鬼",那是因为富人的大方总被认为是天经地义……

我可不是吝啬鬼！她想，我是以花钱大手大脚出名的，我喜欢花钱如流水的感觉，而且我喜欢给亲戚、朋友、员工甚至陌生人花钱，总之是喜欢给别人带去快乐。那么，手紧一点，照七八百万的标准花，不花出去都不行！

她相信全部白象湾工程实现毛利两千五百万没问题。主要项目由自己做，把技术含量最高的桥梁部分包出去，人工费和材料费尽量压低，必须坚持房地产界的惯例，由施工方垫资施工，这样便能最大限度地盘活资金。

第五章

1

陈百川守在白象湾工地已经整十天了，巴兰兰可以想象他现在是多么胡子拉碴！更严重的是，他现在多想做一次爱！而且是想和一个名叫巴兰兰的女人做爱！名叫巴兰兰的这个女人虽然下决心以后裤带要紧一点，但是，下决心的瞬间她一定忘了她是一个天生有同情心和施舍心的女人，有时难免分不清施舍米和施舍爱的区别，况且陈百川是她从海南拉来的，陈百川在裴城人生地不熟，陈百川是一个从生活中摸爬滚打出来的糙男人，陈百川身上有奇怪的吸引力，说白了，陈百川是不可替代的——她对男人的认识就是这样没德行，总能看到某个男人身上不可替代的一面，她认为爱一个男人，爱的就是"那一面"，一个方方面面值得爱的男人是不存在的，一个"全能的男人"是不存在的，女人最大的悲哀就是终其一生都在等待白马王子，其实好男人多的是，眼睛一眨，就会有一个好男人冒出来，并且爱他的愿望会在一瞬间内油然而生，最好的情况是：在不同的时刻和不同的男人在一起，有的男人适合做爱，有的男人适合拥抱，有的男人适合聊天，有的男人适合观瞻，有的男人适合跑腿，有的男人适合做司机，有的男人适合被唾骂……

"我要去白象湾工地，你去不去？"她问华山，她只是随便问问的，她估计他不会去，但是，他说："好呀，去看看。"她心里骂自己："明知道他刚有车开，随时都在找兜风的理由呢，还要问他！"于是她灵机一动，通知巴梅梅马上准备，一同去白象湾工地，她想，到了工地，可以让巴梅梅把华山引开的。

在这个阳光明丽的下午，三辆车，保时捷、宝马、马自达，五个人，巴兰兰、小蒋、巴梅梅、巴东东、华山，从裴城出发了。从宝马到保时捷，巴兰兰还是喜欢德国车，厚重，耐用，高速的稳定性远胜于日产车，而且充满激情，有一种欧洲歌剧般的高贵内蕴。选颜色的时候她毫不犹豫选了橘黄色，是因为橘黄和玫瑰红一样，是富有温暖感的颜色，她喜欢给自己营造一种温暖的氛围，她新买的别墅正在装修中，主体风格也将是暖色调的。她不乏自嘲地想，温暖是多么烧钱的一种东西呀。

白象湾到了，地面的颤动早就说明了这一点。转眼就有吊塔、脚手架和搅拌机扑入眼帘。橘黄色的保时捷停下了，巴兰兰不急着下车，等小蒋从前面绕过来，拉开后座的车门，再为她做出抬手护头的绅士动作。然后，巴兰兰以董事长兼总经理应有的坚定步伐，向一号工地走去，华山、巴梅梅、巴东东、小蒋几个人自觉地跟在后面，分别走在各自应在的位置上。巴兰兰抬头看天，她发现群鸟已经适应了机声轰鸣、焊花飞舞的新环境，它们在低空任情飞翔时，会十分自如地躲开高高的吊塔和林立的脚手架。巴兰兰心里微微一软，闪出一丝忧伤来，因为她想起了自己的那首诗：

不 安

  白象湾
  看见你的一瞬间
  我心里暴发出
  独享的贪婪

  巴兰兰无暇细究,有无数双目光正哗啦啦投向她,那些目光里除了混凝土的味道、钢筋的味道、野薄荷的味道、色情的味道,就是对一个亿万富姐、一个漂亮女人、一个成功人士的由衷敬仰和爱戴,她有些眩晕,她喜欢这种感觉,中心、老板、领袖的感觉,她感叹,这真是一个好时代,挣钱也能成就丰功伟绩!

  一号工地的项目经理趋步迎来。

  "辛苦了。"她说。

  "董事长辛苦了。"对方大声答。

  项目经理手持几顶白色安全帽,先递给巴兰兰一顶,她接住,觉得很轻,掂了掂,再翻过来看,里面仅有一层薄薄的泡沫塑料。

  "这样的安全帽,安全吗?"

  "这是比较便宜的一种。"

  "什么?要便宜还是要安全?"

  巴兰兰把安全帽丢在地上,安全帽滚到几步之外,她跟过去,轻轻一踩,圆圆的安全帽发出一声脆响,立即变了形。巴兰兰看见工人们头上的安全帽是黄色的,要过来一顶,更是用不着掂,轻得像纸,扔在地上又是一脚。

  "谁让你们省这个钱的?"

  "请示过陈总的。"

"岂有此理！安全重于泰山，事故猛于老虎，安全问题高于一切，丝毫不能马虎，马上通知各工地负责人和安全员开会。"

几分钟后工地广播站传出一个悦耳的声音，播出开会通知：紧急通知，紧急通知，接到巴兰兰董事长的指示，各工地的项目负责人和专职安全员，请立刻来指挥部开会。紧急通知，紧急通知，接到巴兰兰董事长的指示……

巴兰兰一声不吭地等候在工地指挥部里，面前就是被她踩扁的一白一黄两个安全帽。华山、巴梅梅、巴东东、小蒋四人也跟进来了，没人敢说话。巴兰兰说："巴梅梅留下，其他人出去！"三个男人有些无趣地离开了。渐渐，各工地的负责人和安全员都到齐了。陈百川最后一个进来，坐在了巴兰兰对面。

她没猜错，他确实胡子拉碴，一身汗味。

她敲着手中的安全帽开始讲话：

"你们看看，这两顶安全帽被我轻轻一踩，就变成这个样子了，这样的安全帽戴和不戴有什么区别？戴在你们头上又管屁用！"

与会者相互抬头看了看。

"请你们把安全帽拿下来，扔在地上。"

没人按她的要求做。

"听见了没有？拿下来！"

还是没有丝毫动静。

她站起来，上前半步，把陈百川的帽子摘下来，扔在地上。

"陈总，你自己踩还是我踩？"

陈百川隐隐一笑，说："我自己踩。"

陈百川抬起脚，像踩气球一样用力踩下去。

哈哈哈，与会者全都开心地笑了。

不 安

陈百川转过身，笑着问："你们，还愣着干吗？"

一片令人振奋的咔嚓声响起来了。

巴兰兰重新坐下，敲敲桌子继续讲："安全问题，千万不敢马虎，刚才我随便看了几眼，不光是安全帽有问题，其他方面也有安全隐患，比如，工地上竟然没有一条安全标语！有些安全网破了个大洞，一只牛都可以钻过去！部分脚手架钢管和扣件是不是合格？值得怀疑！有很多工人露天作业，不穿防刺鞋……"

桥梁工地的负责人说："巴总，说句老实话，我们的中标价已经无利可图，还得让利，为了降低工程成本，我们只好左省右省。"

另有人说："是呀，我们的承包合同里，其实没有安全措施费的。"

巴兰兰和陈百川相互对视了一眼。

巴兰兰说："我认为，问题出在你们的态度上，有些施工单位安全意识本来就差，重视质量，轻视安全，错误地认为安全措施可有可无。你们说，写两幅安全标语，能花几个钱？把破损的安全网补起来，能花几个钱？"

陈百川在一旁频频点头。

巴兰兰进一步提高了嗓门："限你们两天时间，全面检查安全漏洞，消除安全隐患，哪个单位如果认为无利可图，可以走人！"

陈百川也讲了话："首先我要做自我检查，正如巴董事长刚才说的，问题出在态度上，首先是我本人的态度有问题，我认为，白象湾工程的施工难度和危险性都不算大，可以在安全措施上少下些功夫，少花点钱，应该承认这是一个错误认识，施工安全和工程质量是一个硬币的两面，是我们的生命线，绝不能放松警惕，参建各方必须马上进行认真自查和严肃整改，全面落实文明施工的各项规定，好不好？"

散会之后，会议室里只剩下巴兰兰和陈百川，还有十几顶被踩扁

131

的安全帽，另有几抹从木板墙缝隙里透进来的歪歪扭扭的阳光。

陈百川看着巴兰兰，摸着乱乱的胡子。

巴兰兰表情冷漠，不想理他。

陈百川说："给你省钱呢，我知道你没钱！"

巴兰兰说："一个亿的工程，靠安全帽能省几个钱？"

陈百川说："当然不止是安全帽啦！"

巴兰兰说："无论如何，不能出乱子，这可是移民工程，政治性很强！"

陈百川说："你放心，哪会出乱子呢！"

巴兰兰说："连一幅安全标语都没有，我能放心吗？"

陈百川说："是我疏忽。"

巴兰兰站起来，要拂袖离去的样子。

"你不想干也可以马上滚蛋！"

"好啊好啊，做一次爱，我就滚！"

陈百川野蛮地搂住她，大手理直气壮地压住她的胸部，于是，没办法，这个中年男人衣服底下的强健筋骨，立即像牙齿一样咬痛了她，一种温暖的阳刚气味迅速弥漫开来，被她身体里的那只猛虎嗅见了——它立即苏醒了。

"附近有个温泉。"他悄声说。

她看着他，已然是一种贪欢的样子。

橘黄色的保时捷驶离了工地，方向盘在陈百川手里，他想，车是新的，味道却是旧的，是从海南带过来的，又是干花又是香包，又是她身上固有的奇异味道，还有一种藏在香味深处的苦清气，令他想起黄连和菊花的异味，他一直自以为是地认为，这暗示了她的命运，表面上可能轰轰烈烈，事实上却难说。那时候，他总嫌她把车里面搞得太香了，她总会说："你呀，是狗鼻子。"可是今天，关于车里面的香味，他和她都不置一辞。几分钟后，陈百川停了车。她下了车，不由得扪住了鼻子。

"硫黄的味道。"他说。

踩着杂乱的衰草，走了几十步，拐过一大片茂盛的竹林，便看见了一潭淡绿色的湖水，正冒着白皑皑的热气，硫黄的味道更浓了。

"你看，多好的温泉。"他说。

"你怎么发现的？"她懒洋洋地问。

"一个工人告诉我的。"他说。

他迅速脱了个精光，粗鲁地走进温泉。

她却站在那儿一动不动。

"快脱衣服呀。"

"你的样子好难看！"

"你又不是第一次看见。"

"是呀，今天才发现，难看死了。"

"比不上华山？"

巴兰兰向竹林那边大步走去。

"喂，你去哪儿？"

巴兰兰不回答，走得更快了。

陈百川光身子追上来。

她听见了身后的脚步声，开始跑。

但是，他是百米十三秒的速度，他很快就追上她了，"救命啊，救命！"她在尖叫，他从后面一把揪住她，再用湿身子把她抱紧，"我的衣服！"她喊，他不管，要把她横着抱起来，她在他肩膀上快速咬了一口，他惨烈地"啊"了一声，他手一松，她趁机挣脱出来，又跑，这次他干脆不追了,说:"我会感冒的!"

她一口气跑到竹林边上,回头看他。她觉得他站在好远的地方,几乎在猿猴的时代。她看见,一只猿猴默默向自己走来。

这时她心里软软一拱,发觉自己真是爱这个老东西的,她大老远把他拉过来,表面看来是要请他帮忙,其实却是舍不得他。

她说:"来背我。"

他走过来,蹲下身。

"猪八戒背媳妇喽!"他故意扭着屁股,逗得她哈哈大笑,她的声音有些被四周的岩石挡回来了,有些被翠软的竹林收留了。

在他赤条条的脊背上,她坚信这个男人才是性感的男人!她一直说不清性感是什么,此刻突然能说清了,此刻她相信中年男人身上才会有性感,为什么?因为,中年男人是无耻沧桑柔情冷酷等等东西混合而成的,如果一个中年男人还没有不幸阳痿,没有不幸失去生活的斗志,那么这个男人身上可能就有性感。

她说:"我……我怕冷。"

他说:"不怕,一下水就好了。"

他冷得牙齿直打战,返身给她脱衣服,刚脱下裤子,她便喊叫着急忙下了水,蹲在热淋淋的温泉水里,再等着他给她脱上衣。

"你的样子,很像天使下凡。"他说,他的话令她大为激动,因为他向来不是一个嘴甜的人。"我突然在想,和你白头偕老有多好。"他又说,声音很沉,眉毛很浓,双眉间仿佛结了一层白霜。她心里也有类似的感觉,可能只比他晚了半秒钟。他们是一对老情人了,而眼下的感觉依然如此新鲜,如同散发着淡淡清香的竹叶。这是一个不大不小的发现——看来有很多已经有的东西是需要在某一刻重新发现的。

他的大手在深水里摸她,借着他的手她发觉自己好润滑,像油画里的西洋裸女……

　　这一次她真的明白什么是高潮了，有了这一次，以前的，包括和陈百川的，包括最以为是高潮的那几次，都成了赝品，原来真正的高潮是不作势的，很家常，自自然然就来了，像白开水，又绝不是白开水，它要来的时候，她开始害怕，害怕自己势单力薄，无力抵御，而事实的确如此，可事实却是大大超出预想的，那真是全线失守，痛彻心肺……她哭了，并不以凶猛狂放为能事，而是干干净净，期期艾艾，半是伤心半是痛楚，是真正意义上的返璞归真，是对"高潮"这个词的最佳诠释。

　　陈百川很熟悉她的哭，此刻他仍然惊呆了，他相信，女人如乐器，弹出声响容易，然而，只有个别人在个别时刻才有可能弹出最稀有的旋律，天时地利人和，样样少不了。身为乐器的悲哀和身为弹奏者的悲哀，是相同的。

　　"你刚才说白头偕老？"

　　他点点头，有些不好意思。

　　"你以前从来没想过？"

　　"以前也想过啦。"

　　"可是，以前你从来没说过。"

　　"我又不是小年轻。"

　　"你有多老，才四十岁！"

　　"四十岁还不老？"

　　"我不嫌你老。"

　　"那好呀，赚了这笔钱，和我一起出国。"

　　"还有……嫂子？"

　　"是呀，不能把她丢下的。"

"三个人白头偕老？"

"我们客家人，糟糠之妻不下堂的！"

"你看我，像做二奶的人吗？"

"都是汉语惹的祸，分得太细，什么情人、姘妇、奸妇、外室、二奶三奶，外国人就一个词，情妇，哪怕是第一百个，还是情妇。"

"我也不做情妇！"

巴兰兰拨开他，向岸边走去。

陈百川划水追过去，从水深处抱住她。

"你讨厌，滚一边去！"

陈百川用下巴抵着她的肩膀，露出无奈的样子。

巴兰兰再一次推开他，上岸去了。

"我总不能杀了她吧？"陈百川突然疯狂地喊，几乎是咆哮，巴兰兰甚至听见他牙齿咬得咯咯响，有一种要吃人肉的感觉。

手机上有七个未接来电，都是华山的，每隔五分钟一个，足足打了半小时，巴兰兰心里却冷冰冰的，懒得回电话给他。太阳明显西斜了，温泉边上的湿气越来越重。巴兰兰把头枕在陈百川的肚子上，闭着眼睛不说话。

转眼第八个又响过来了。

"喂，干什么？"

"怎么不接电话？"

"没听见嘛！"

"现在怎么听见啦？"

"现在……现在刚好听见了呀！"

"愿意听见就听见了！"

"生什么气？多打几遍要死人啊？"

"我们几个都在工地上,等你等不来,打电话不接!"

"小蒋留下,你们先回!"

那边先挂断了电话。

巴兰兰搁下手机,依旧躺着不动。

陈百川说:"这么好的一个露天温泉,就这么闲扔着,多可惜!等咱们把桥和路修通了,完全可以在这儿建一座温泉山庄的。"

巴兰兰不说话,像是睡着了。

陈百川又说:"裴城真是一块未开垦的处女地。"

巴兰兰还是不说话。

"喂,听着没有?"

"所以我希望你留下来嘛,别出国了。"

"我是百分之百要出去的。"

"你儿子又不是白痴,用得着陪在身边吗?"

"儿子,是我一生的唯一成就。"

"天啦,已经说这样的话了!看样子你真是老了!"

"是呀,鸡巴都埋进黄土里了。"

"鸡巴埋进黄土干什么?做旧啊!"

陈百川折过身,盯着她的嘴,说:"你这张嘴呀!"

巴兰兰迎视着他问:"我的嘴咋了?"

"我说不过你,你是上面一张嘴,下面一张嘴。"

"你呢?你是上面一张嘴,下面一个话筒,还带两个音响。"

他笑,笑,笑出了眼泪。

巴兰兰回到三江大酒店,把身上的硫黄味洗干净,然后再回到华山这边。一进门就闻见了满屋子香味,接着看见了半桌子饭菜,只是已经没热气了。"小伙子?"她柔声喊,她推门进了卧室,又退回来进了客厅，发现阳台上有个黑影子。"我的小伙子，你要跳楼啊？"她扔下包，碎步跑过去热贴地抱住他。华山的身体又冰冷又僵硬，"还在生气啊？"她问，"我没生气，我在吃醋！"他说，他的口气把她惹笑了，男人总是心里吃醋嘴上并不承认的，他却明明白白地说自己"在吃醋"！她说："亲爱的，你好诚实哟！""和你在一起，我能做的事情就是吃醋！一而再再而三地吃醋！"他的口气严肃而悒郁，这令她心里十分抱歉和难过，但是，她只好笑了，她只好用惯有的大笑来掩饰自己的心虚，她丢开他，回到客厅的沙发上接着笑，他冷巴巴地跟过来，还是平静得吓人，"有一种病叫失语症，我不知道，我这种病叫什么？除了吃醋我他妈的什么都做不了！"这话她很耳熟——"除了做爱我什么也做不了！"对了，先前他说过差不多的话，这就是他，他的语气里总是藏着呆气和酸气！于是，她坐起来，让自己严肃下来，反守为攻："你想做什么？修路还是建桥？等陈百川走了，你来当副总经理好不好？"他当然听出她在嘲讽他，于是心里的那个疙瘩变得更加棱角分明了，他说："不，我在想，除了吃醋，我能做的事情可能就是，离开你！"她吓了一跳，睁大眼睛看着他，"你这个混蛋，你再说一遍？"她尖声喊，他目光有些潮湿，态度依然坚决，说："我是认真的，我也是个男人，我不能什么都不做，像个傻逼一样，除了吃醋就是吃醋，除了沾光就是沾光，开着你花钱买的车，过几天再跟着你住进别墅！"她摸了摸他的脸，就像直接摸着"自尊心"三个字，她想起来了，男人是最看重自尊心的，男人的自尊心和绿帽子水火不容，绿帽子是人命关天的大问题啊，而他炒好了半桌子菜，平平静静地说自己在"吃醋"，这是多么可怕的绵里藏针啊，这又是多么锋芒毕露的克制啊！她自然是理亏并且羞愧的，但是，既然没被当场捉奸，就还有回旋的余地，就必须也只能反戈一击，"你不要狗眼看人低好不好？你这么狗肚鸡肠的，还算不算个男人？我和陈总没有去嫖风，我们去山后面看了一个温泉，特别好特别大的一个露天温泉，我们想了一个很好的圈地计划，能把温泉圈进去，待时机成熟了可以搞一个温泉山庄的！"他的眉毛拧了一下，仍然面不改色地说："是呀，你会越干越好，越来越富有，而我呢，我会越来越没用，越来越招人嫌。"她猛地拍一下沙发，说："那好啊，咱们换过来，我这个董事长兼总经理由你做，我回家做家庭妇女。"华山摇着头说："我真的不是伸手向你要权，我实在不喜欢现在这种感觉。"巴兰兰跳起来喊："昨天前天为什么好好的？今天突然不喜欢了？"

华山默默离开，找来一张纸条：

马上离开巴兰兰，
否则你儿命难保！

"哪来的？"
"门底下捡到的。"
"什么时候？"
"今天下午。"
巴兰兰首先想到的人便是弟弟巴东东，这事最像巴东东干的，两句顺口溜也像他的口气，但是，今天下午他也在工地。如果不是他还会是谁？陈百川更不可能，他不会使出这样下九流的招儿，何况他也没那么"情圣"！

"你怕了？"
"倒不是怕了，而是……"
"而是什么？"

"人其实是一瞬间长大的。"

"我明白了,和我分手,就证明你长大了!这就是你们男人,为了证明自己长大,为了表明自己志存高远,为了显示自己有骨气,可以抛家舍业,可以刁可以蛮,可以醉可以癫,可以儒可以僧可以仙,可以颓废可以狂狷,可以进退有度可以左右逢源,可以出入江湖可以隐居山林,所有的道路都是留给男人的,所有的道理都是为男人准备的,男人,你们男人,真是被一部乌七八糟的男人史惯坏了!"

"太精辟了,再说再说!"

"唐伯虎柳永这帮所谓的文化人,四外寻花问柳,就是风流才子,武则天玩了几个男人,就要永远背上'荡妇'的骂名。关键并不是男女是否平等,而是全社会并没有一个简单通用的价值观,有的只是男人建立起来的一套混账哲学,它的内部根本是混乱不清的,自相矛盾的,看人下菜的,甚至是流氓无赖的。"

"说得好,再说!"

"不说了!"

巴兰兰去睡觉了,睡到半夜发烧了,额头滚热,鼻息潮湿,华山要送她去医院,她心里愧疚,坚决不去,说:"睡一觉就好了。"华山只好找了些退烧药给她吃了,把湿毛巾敷在她脑门上,像拍打婴儿一样拍打她,就差唱儿歌给她听了。巴兰兰真的觉得自己像婴儿了,缩着头,把自己搁在华山的腋下,很快就像个乖宝宝一样睡着了。华山却一直醒着,陶醉在一种大男人的味道里。的确,有病的巴兰兰不再强势,不再聪明过人,不再自我感觉良好了,变得边界分明,变得需要别人呵护了,这让他立即有了种成就感,甚至有种伟人的感觉,他禁不住自言自语:我他妈的如果没什么事情可做,那我就好好爱她吧,爱她,就是我一生的事业,哪怕她在我面前公然和男人睡觉,我也仍然爱她，爱她，哪怕全世界的人说我"傍富姐"、说我"不劳而获"，说我是"巴总的性用品"，我还要爱她，因为，我的确爱她！把她身上所有的光环拿掉，我还是爱她！爱她的聪明，爱她的调皮，爱她的大方，爱她的雷厉风行，爱她的文野不分，爱她谜一般的性格。

华山先从她头发里嗅出了硫黄味，现在她又发烧，所以他敢肯定她下午下过水，他熟悉温泉里的味道，他的故乡就在一个温泉边上。她太不爱惜身体了，大冬天竟然脱光衣服跳进露天温泉，不发烧才怪呢！他有点想知道，"陈百川是不是也发烧了？"他想起了下午的情景，他和巴梅梅在工地上走动，本来他并没看见巴兰兰的保时捷开走了，巴梅梅看见了，她停下来问他："我姐和陈总去哪儿了？"

巴梅梅为什么要提醒他？这很令他费解，不过，他有很明显的感觉，巴梅梅和马林近来和自己疏远了，是他们把他介绍给巴兰兰的，但是，他们好像不希望他和巴兰兰真的好起来。巴东东对他也很不礼貌，看他的时候，眼神里充满轻狂和蔑视。陈总倒是挺客气的！小蒋也不错！趁着巴兰兰熟睡之际，华山把近来的人和事仔仔细细想了一遍，每过几分钟，摸一下巴兰兰的额头，中间觉得烧有些退了，后来又发现温度回升了，又开始烫手了，家里也没有体温计，一时很担心很不安，心想万一有个三长两短，比如万一把脑袋烧糊涂了怎么办？人家可是一个亿万富姐啊，一个大人物啊！

"兰兰……"他决定叫醒她。

巴兰兰是从昏迷中突然睁大眼睛的，从高空坠地的样子，惊恐，又有无辜，要说话时才发现说话有点困难："小伙子你爱我吗？"

华山含泪答："我爱你！"

巴兰兰的眼泪也扑嗒嗒落下来，仿佛她从来不曾听人对她说过这三个字，她紧紧地抱住他的头，压在自己脸上，哭出了声音。

"我爱你我爱你,我别无长物,只有爱,哪怕刀架在我脖子上,我还要说我爱你,哪怕被唾沫星子淹死,我也要说,我爱你!"

"我也是,我也爱你!"

"咱们快去医院吧,你烧得厉害。"

"没事,烧不死的。"

"求求你,去医院吧。"

"天亮了再说,你快睡一会儿。"

"那好,我用酒精给你擦。"

于是,华山找到酒精,兑上水,钻进被窝,先擦她的腋下,再擦她的大腿根,擦着擦着,她竟然哑着嗓子说:"华山,我想要了。"

他笑了,说:"要个屁!"

她说:"我真的想要,也许要完就不烧了。"

他说:"有这样退烧的吗?"

她哀声央求他:"咱们试试嘛!"

她柔若无骨又逞强耍赖的模样倒的确把他激起来了,她从他的表情里看出动静了,伸手摸了他一把,说:"你看嘛,它也想!"

他还是不想,尽管它想。

他再一次试试她的额头,说:"像小火炉了!"

她嘟着嘴,说:"我要!"

于是,他就只好给了。他觉得她轻如浮云。一团热热的云。身在云端的他,不经意想起了陈百川,想起了露天温泉,于是又开始吃醋,他的动作里也就含上了少有的凶狠。他吻她有点发干的嘴唇,咬她的厚耳朵,他的舌尖上竟然有了硫黄的味道,有了含着腐败气的芳香。他不知不觉忘了她是一个正在发烧的病人,他有意识地调动自己吃醋的感觉,借着因为吃醋而产生的仇恨,推进着自己的攻势。她偶尔会睁大眼睛看他一眼,那么吃惊又陌生,还有一丝哀怨。他深受鼓舞,他觉得这个女人可真是一本看不尽的奇书,谁说自己什么都做不了?自己要敢于没出息,敢于坐享其成,用一生的时间研读一本书!他的攻势渐渐吃紧了,他觉得自己陷进沼泽里了,很可能会功败垂成……

他试她的额头,果然凉下来了,他想,做爱退烧可能是有道理的,做爱是刚柔并济的有氧运动,消耗的热量大概不算少。

然后两人都睡着了。

2

现在,她住在裴城市第一人民医院的高干病房。早晨华山送她来的时候,妹夫马林问她:"有高干病房,要不要住几天院,做一个全面检查,顺便休息一下?"她一听心就动了,同意住院,当几天病号。果然,她觉得做一个病号的感觉真好,穿着男女通用的病号服,如同生活在另一个国度,"巴兰兰"这个名字暂时不用了,代之以床头的那个号码:11号。因而,她有一个好玩的错觉,以为发烧感冒的不光是她的肌体,还有她的名字,"巴兰兰"三个字也出故障了,眼下正泡在某个实验室的药水里,等痊愈之后再和她的肌体汇合,她住在高干病房里,更是为了等她的名字回来。

高干病房里有彩电,有卫生间,有沙发,但仍然是病房,墙拐角立着输液架,被褥是白的,四面的墙是白的,医生和护士都是白大褂,满眼都是仁慈和轻盈的白。置身在这样的简单和单一里,才恍然大悟这个世界为什么叫"花花世界"!由病房的窗户不经意地望出去,近处是花花绿绿的大街、高高低低的楼房、匆匆忙忙的人群，远处是东南亚金融危机、跌宕起伏的股市、国有企业的改制、伊拉克战争、海口的彩虹天桥、叶阿姨家的衣帽间、美国的华尔街和第五大道、正在崛起的和将要崛起的各种名堂的地标式建筑、维多利亚风格、巴洛克风格、福布斯排行榜、巴勒斯坦和以色列、朝鲜和韩国、东德和西德、俄罗斯和白俄罗斯……我的天啦，真是不看不知道，一看吓一跳，人类世界，是一个多么复杂多么混乱多么膨胀的世界啊，在那样的一个世界里生存，要有多么强健的体魄和多么顽冥的灵魂才吃得消啊！她还自然地想到了"生孩子"——她想，我可不想把自己的孩子交给这样一个世界！她回身问她的小伙子："我如果不想生孩子，你还愿意要我吗？"小伙子认真想了想，笑着说："你不想要就不要嘛！"她很怀疑他在这个问题上的坚定性，再说："你如果希望我生孩子，那你还是去找别人吧。"他目光闪烁，没有说话。

妹夫马林和妹妹巴梅梅的很多同事，听说年轻美丽的亿万富姐巴兰兰住在高干病房，明着或暗里跑来争睹她的芳颜，让她清晰地看见，自己在小小的裴城是多么出名。她想，这个时代，一个有钱人，实在是太受抬举了。

小伙子一直留在她身边，有时她还会喊他"华老师""华科长"或"老公"，他当然知道，她在给某些人传递信号——是巴兰兰自觉自愿选择了华山，而不是华山利欲熏心缠上了巴兰兰。华山第一次见到了未来的丈母娘，她老人家看他的眼神真是入木三分，就像在看一堆狗屎。但是，对自己的这个女儿，她老人家又明显是怯着三分的。华山清楚地看见，在妈妈面前巴兰兰高傲如公主，甚至有几分嚣张。当着妈妈的面，她一样大大方方地把他叫"老公"——"老公，快给妈妈倒杯茶呀！"华山心跳怦怦地倒好茶，端过来，说："阿姨，喝茶。"

巴兰兰一听就火了，说："谁让你叫阿姨的？叫妈妈！"华山红着脸说："还不知……妈妈同意不同意呢！"老婆子抬头瞟了他一眼，冷冷地问："你问过我了吗？"他更脸红了，巴兰兰抢先说："妈妈，不是因为忙，没顾上安排你们见面吗？"老婆子又瞟了女儿一眼，"哼"了一声，说："你翅膀硬了，眼里哪有我这个妈妈？"巴兰兰抱住妈妈的胳膊，说："妈妈，话可不能这么说哟，你女儿的脾气你还不了解吗？当年辞职下海南找你商量过吗？在海南结婚和离婚，找你商量过吗？这就是你女儿的性格，自己的事情自己做主，一人做事一人当，绝对没有不把你老人家放在眼里的意思哟！"老婆子看上去还算认可这个说法，长长地叹了一口气，表示真拿她没办法。这时候，巴梅梅和马林进来了，巴兰兰故意翻着眼皮说："有一个听话的就行了嘛！"巴梅梅问："说什么呢？"巴兰兰说："妈妈在批评我呢！""批评你什么？""批评我没你那么听话！"巴梅梅笑了，说："妈妈也经常批评我，说我没你聪明，说我和弟弟两个人加起来，也没有你聪明！"

第三天，巴兰兰已经不烧了，只是头还有些闷，身子还发软，全身的主要脏器都检查了一遍，也是一切正常，原本下决心多住几天的，突然又心急了，觉得自己因为感冒发烧住在高干病房里，实在是小题大做，不可饶恕。华山却觉得让她出院等于放虎归山，他什么也做不了，唯有吃醋的日子，又要开始了。

两人正为是否出院争吵时，魏卓然副市长和吴江副院长二人捧着一个大花篮进来了，魏卓然说："巴总，你可太不够意思了，住了院也不打声招呼。"巴兰兰说："不敢给你打招呼。"魏卓然问："为什么？"巴兰兰说："没脸见你呀，叶阿姨那边还没有确切消息，我又不好意思催她。"魏卓然这时看看周围，欲言又止。

华山急忙起身出去了。

"我刚从 D 市回来,你猜我干什么去了?"

巴兰兰差不多猜出了几分。

吴江笑眯眯地插话说:"省委组织部部长已经找魏市长谈过话了!咱们魏卓然同志已经正式成为下届市长的铁定候选人!"

"真的?!"巴兰兰兴奋地叫起来,紧接着便眼泪汪汪,说,"叶阿姨,她可太够哥们了!这么大的事情,不声不响就办了!"

魏卓然面色发亮,喜上眉梢,说:"巴总,咱们得好好合计一下,书记和夫人那边怎么感谢?你拿主意,我来落实好不好?"

巴兰兰抹着眼泪说:"说实话,把我的命给她我都愿意!真的太让人感动了,你们可能不信,这件事,我还一分钱都没花过。"

魏卓然说:"所以,咱们得尽快去趟北京。"

巴兰兰说:"没事,我会处理好的。"

吴江又在一旁帮腔:"兰兰,你已经够意思了,够给我面子了,现在该他狗东西出一点狗血了,他不出血,我都不高兴。"

巴兰兰笑了。

魏卓然说:"我属狗。"

巴兰兰大笑。

第六章

1

华山办完出院手续,提着魏卓然和吴江的花篮回家了。三个人离开的时候,吴江特意叮咛过他:"把魏市长的花篮带回家哟!"华山明白,花篮里一定有什么明堂,提在手上的确沉甸甸的,就像提着一筐石雕的花。一进家门,华山便心急地拿掉了花篮上面的花,果然看见花底下整整齐齐码着一层人民币,一共十摞,每一摞大概十万,一百万,正是白象湾工程第一笔款到位之后,巴兰兰送给魏市长的数目——当时送了二百万,魏市长收了一百万,现在等于如数还回来了。当时收下一百万,是为了让巴兰兰放心。这是官场的礼数,如果真的答应办事,对方送来的钱物,就不能不收下,收下了,等于让对方吃了定心丸,否则,人家心里会七上八下。所以,收礼有时候的确是替对方着想的。如今,魏市长在一个合适的机会,再将这一百万还回来,不多也不少,其中含着的细腻意味,实在令华山敬佩。"不少"倒好理解,魏卓然虽然是分管文教口的副市长,不算是最肥的职务,但肯定不缺油水，做事当然不能小家子气。关键在于"不多"。可以"多"的却故意"不多"，至少有两个含义，其一："我们是一家人，是朋友，是哥们，我也就不客气了，以后我当了市长，有一大把机会回报你。"其二："我是官，你是商，官商之间总是要论个尊卑的，无论如何，官为尊，商为卑，官有官的尊严，没必要反过来巴结你的！"

一百万，华山从来没有一次性见过这么多钱，他的心在猛烈地跳动，嘭嘭嘭的，像一个小拳头在击打他的胸腔。当年考上大学，拿到录取通知书之后，也很激动，却没这么厉害。后来升为学生科科长，也激动过，还是没这么厉害。一百万，如同集结待命的百万雄师，庄严肃穆，此时无声胜有声，他忘情地盯着它们，没多久，就看见了十几年前的父亲，老人家走在从老家至县城的八十里山路上，怀揣好不容易借来的二十块钱，准备送给正在上高中的儿子，终于进了人山人海的县城，老人家不知道县一中在哪儿，连续问了好几个路人，过了好几条街，终于找到了县一中，找到了高二（3）班，在班门口，老人家终于打算把口袋里的二十块钱掏出来，递给差不多学傻了的儿子，却发现二十块钱神秘失踪，布鞋里、帽子里、衣袋里、背包里，里里外外找遍了，终究没找见。华山永远忘不了父亲当时的表情，不是一般的愤怒，而是羞愤，首先是羞，其次是愤。"叫人摸走了吧？"他问，父亲遥望着县城的方向，发干的嘴唇里爆出了四个字："我日他妈！"父亲虽然目不识丁，虽然也说脏话，但是，那次的样子肯定是一生中绝无仅有的，狠到骨子里了，却又含着软弱和无力。中午，他给父亲倒了杯水，打了份饭，然后送父亲走出校门，父亲回过头说："过两天我再来。"他毫不客气地点了点头，没办法，他是一个正在考学的学生，他需要钱。事后，每次回忆起自己给父亲点头的瞬间，都觉得自己是个大混蛋！

他考上大学的那一年，父亲意外病故。过了一年，母亲也跟走了。是哥哥供他上完大学最后两年的——哥哥肯定是中国的第一代农民工！他在D市上大学的时候，哥哥就在D市火车站斜对面的一座大楼里打工，哥哥住在那座大楼的地下室，大楼的主体工程已经结束，只剩下内外粉刷，哥哥那伙人基本上是一个村子的，负责内粉，哥哥是大工，被一群小工们尊敬地称为"华师"，大工一天挣二十，小工一天挣十块，哥哥每个月能够净落四五百块，当时，他几乎认为哥哥是一个富翁，每个星期他都要来看一趟，在地下室里和一帮满身臭味的乡党们挤一晚上，被子和褥子湿得几乎能捏出水，回到学生宿舍，同学们都能从他身上闻到某种"从地狱里带回来"的味道。他大学毕业的那一年，哥哥成为那一伙人的小头目，也就是说，成了最小的包工头，每年的收入，可以拿到两三万。如能拿全，会是四五万。为什么拿不全？是因为，大大小小的包工头都一样，都会故意扣下一部分的。有一年，哥哥拿到手的不是钱，而是一卡车旧沙发、旧桌子、旧电视什么的，一看就知道是城里人淘汰下来的，如今却顶了一年的辛苦钱。有一年情况稍好，哥哥虽然没有拿到钱，顶钱的却不是旧货，而是两卡车化肥，贱卖之后，发完工资，自己还落了两三万。眼下，哥哥仍然是一个小包工头，他估计，哥哥目前的存款可能超过十万，还不包括借给他的三万——他和另一个同事争着当学生科科长的时候，用过哥哥的三万元。

　　有没有阶级？当然有！绝对有！对着新展展的一百万人民币，华山自问自答。他是学化学的，不懂政治，但是，今天他觉得他看到了政治经济学的核，那就是：阶级永不可消除，只要人类存在，阶级就存在，毫无疑问，世界各地的人都是以阶级的方式存在的。华尔街的资本家和车间里的小工人不可能是同一个阶级。开发商和农民工不可能是同一个阶级。市长和市民不可能是同一个阶级。一百万和十万也不是同一个阶级。巴兰兰和华山可以在一起做爱,但不是同一个阶级。就连哥哥,一个最小的包工头,和他手下的一伙乡党,同样不是一个阶级。他还记得,有一年春节,几个小伙子等到过年还没拿到自己的工钱,就干脆睡在哥哥家,用"最农民的方式"向包工头示威。

什么是"最农民的方式"?

就是最不要脸的方式。

没有谁天生不要脸,逼急了,没法子过年了,只好连脸都不要了。当"脸"成为仅剩的东西,"不要脸"就变得极其简单了。

我该怎么办?

我和巴兰兰结婚,算不算不要脸?

他一时难以回答。

事情就是这样,到了自己头上就糊涂了。平心而论,他不敢说自己有多么爱她,他对女人的口味基本上也是"最农民式的",温柔,简单,听话,而底线应该是恪守妇道。巴梅梅倒是接近这个标准!而巴兰兰,虽然美轮美奂,却又变化多端,晴雨无定,娇蛮兼备,更可怕的是:她荡,不用人证物证,他就知道,她是从一个个男人身上荡秋千一样荡过来的,每一个男人都在她身上留下了一些气味,它们混合起来,成为她的气息,正如她发烧那个晚上他闻到的,含着腐败气的芳香,含着毒素的芳香!任何一个男人都有可能迷上她,他也是,他也是在第一时间里就迷上了她,但是,迷恋不是"爱",爱是小的,家常的,具体的,需要安全感的,而迷恋,迷恋是风月,是故事,迷恋是矫情的,肉麻的,烈性的,颓废的,辛辣的,不安的,迷恋的深处可能还是真心,还是诚意,但那是一个太过复杂的东西,一般人玩不了。一般人只喜欢普通的甜味和家常的香味。华山当然明白,自己是"一般人",自己只能靠着踏实肯干和一些圆滑的小技巧谋个一官半职,讨个小家碧玉的老婆生儿育女,自己从来没想过成就什么大事业。而眼下,自己的大事业竟意外被明确下来了:学会做一个美丽富姐的丈夫,学会做男宠,学会不吃醋。

这算不算不要脸?

他还是说不清。

2

吴江开着车,带着魏卓然和巴兰兰,在裴城的中心地带转来转去,终于绕进一条巷子,在一个闹中取静的楼房前停下来。楼房很不起眼,也没挂任何牌子,里面的装修也十分简单,路上吴江已经介绍过,是一个可以吃到河豚的地方。三个人在二楼角落里一个不大的单间里坐定后,吴江开始以熟客的姿态点菜,首先是三斤清蒸河豚,其次是几样下酒的普通凉菜,还有烤红薯、山药羹什么的,简单极了,但富人的简单,正如老僧嘴里的家常话,是以简为奢、以少胜多的。一条两斤左右的野生河豚,售价四千多元,当然不是普通的简单。吴江不仅是这家隐秘饭馆的老食客,还自称是烹制河豚的高手,他给大家详细介绍了河豚的各种吃法,清蒸、红烧、白烧、火锅、煲粥、椒盐,还有生鱼片,"但是,最好的方法还是清蒸,可以最大程度地保留河豚的鲜美。"他说。

蒌蒿满地芦芽短

正是河豚欲上时

苏轼的这两句诗是巴兰兰背的。

吴江和魏卓然吃惊之余,巴兰兰又背:

春洲生荻芽
春岸飞杨花
河豚当是时
贵不数鱼虾

两个男人更是叫绝不已。

巴兰兰问:"考考你们,这首诗是谁的?"

魏卓然指着吴江说:"大学教授说。"

吴江只好尴尬地摇了摇头。

巴兰兰哈哈大笑,说:"知道了吧,本人可不是凭脸蛋赚钱的商人,本人是大学中文系的高材生,会背的唐诗宋词多了去了。"

吴江问:"你还没说作者是谁?"

巴兰兰说:"梅尧臣。"

吴江急忙点头,有自我掩饰的意思。

巴兰兰不客气,再问:"那你说,梅尧臣是哪个朝代的?"

吴江脸红了,说:"我是学哲学的!"

巴兰兰和魏卓然都大笑。

巴兰兰说:"北宋的。"

凉菜先上来了,河豚还要等一会儿。为了转移话题,吴江说:"咱们先喝酒吧。"并从身后的桌上取来他从家里拎来的路易十六。说起酒,他的语气重新变得自信而流畅了,"吃河豚,应该学日本人,喝日本清酒，但清酒太软，白酒又太辣，为了照顾女士，咱们折中一下，喝路易十六。"魏卓然从吴江手里夺来酒瓶，将三个杯子分别斟满，首先端起酒，和巴兰兰轻轻碰了，再和老同学吴江一碰，用庄严的口气说："以后，裴城市就是咱们三个人的天下，这杯酒喝了，咱们三个，就是刘关张，桃园三结义！"三个人全都喝干了，紧接着魏卓然又把三个杯子填满，仍然用不寻常的样子说："这第二杯，是我敬巴总的，从现在开始，我正式改口了，不叫你巴总了，叫你兰兰！大恩不言谢，你是吴江的学生，我是吴江的老同学，咱们三个是上辈子修来的缘分，来，为咱们难得的缘分，再干一杯！"于是又干了，两个男人瞧了瞧巴兰兰喝干的杯子，眼睛都诡诡地一亮。巴兰兰原本就有喝酒的豪情，再加上魏卓然的这件事办成了，她同样卸下了一大负担，她并没有考虑以后的利益，而是真的庆幸！真的轻松！自己斗胆夸下的海口竟然实现了，所以她也想一醉方休。不过，她的酒量毕竟有限，而洋酒有时候比白酒还可怕，可怕之处就在于你对它往往缺少防备，过于自信，不小心就会喝过头。三杯酒咣咣咣都干了之后，巴兰兰就已经犯晕了。但是，她仍然不怕，她预感到，今天可能要出点事的，今天一定要被魏卓然操一把的，喝点酒算是先把自己搞大，然后就比较容易犯贱了。很多场合喝酒确实是这个目的，没人知道她的心其实是往下沉的，沉得像石头，因而她必须用酒精把自己烧热，让自己的心浮起来。没错，喝了酒之后，她会发挥得很好，那真是巧舌如簧，风情万种。所有的人以为这是她的天赋，像水一样自然流淌出来的，只有她自己知道，这是多么耗神费力的一件事情，事后往往连一句话都不想说，严重的时候连听别人说话都觉得烦，甚至看见也不行，把电视的声音关了，看见里面的男男女女嘴皮子一闪一闪，大脑皮层都会一麻一麻的。更奇怪的是，回到家，回到公司，不能不说话的时候，常常会不小心就咬了舌头，舌头好像比原来大了一圈，像烈士一样主动往牙齿底下钻。最可怕的情况下，有时甚至有割下舌头的冲动。

一大盘冒着热气的河豚端上来了。房内立即漫上了一种新食物才有的味道，渐渐才闻到鲜味儿，两者合起来便是完整的新鲜了。

服务员还留下三只小勺子。

吴江解释："河豚肉嫩，最好用勺子。"

"兰兰你先吃！"魏卓然说。

"不，我要最后。"巴兰兰摇摇头。

"为什么？"魏卓然问。

巴兰兰说："我先给你们讲个故事吧，故事发生在日本，日本人也知道吃河豚需要勇气，想吃河豚又怕死，有一次一伙人聚在一起，河豚上来了，没人敢于动手，有人提议让门口的乞丐先尝，于是就把一条小河豚送给乞丐，等了半晌去偷看，乞丐已经把河豚吃光了，人好好的，楼上的人才放心地吃起来，吃饱喝足之后，几个人下楼回家，乞丐还在，问他们，河豚好吃吗？他们说，好吃好吃，你不觉得好吃吗？乞丐说，不好意思，我还没顾上尝呢，说着，才从脚底下端出河豚埋头吃起来。"

两个男人一下子笑翻了。

趁他们笑的时候，巴兰兰调皮地拿起精致的小勺子，从河豚白白的肚子上舀来一豁子肉，喂进嘴里，品了品，说："好吃好吃！"

吴江摇头，说："看来你不会吃河豚。"

巴兰兰问："怎么才算会吃？"

吴江说："河豚身上，肝是最鲜美最细嫩的，可是，肝也最难收拾，眼睛里有毒，血里面也有毒，眼睛好办，挖掉就行了，肝绝对不能丢，因为肝是最最好吃的——不过，你们放心，厨师已经把肝里面的血弄干净了。"

吴江舀了半勺子肝递给巴兰兰。

巴兰兰接过去，谨慎地喂进嘴里，频频点头。

魏卓然也尝了肝，也是赞不绝口。

之后，三人很默契地举杯喝酒。

一连七八杯之后，巴兰兰终于撑不住了。

"我歇一会再喝，好不好？"

她的声音毛茸茸的，如锯齿，割着两个老男人的心。她把半个身子歪在吴江怀里，屁股还留在原来的椅子上。名义上，吴江是她的老师，所以她选择躺在左侧的吴江怀里，这让魏卓然心里有些难过，但魏卓然表现得很大方，他侧身摆好两把椅子，再把她的双腿捧起来，平放上去，这样，看上去就舒服多了。

"兰兰，醒醒……"吴江低下头，轻声喊，巴兰兰一声不吭，面色安详，完全忘了自己的春华秋实充分展露在两个男人眼里。

吴江心里渐渐尴尬起来，这个女人虽然躺在自己怀里，香味扑鼻，自己却不能造次，一方面，他觉得，她如此安静无邪，真的不忍心伤害，另一方面，他身旁还有一个魏卓然，虽然是老同学，人家却是未来的市长大人！

"怎么办？"吴江悄声问。

"你说。"魏卓然答。

"去我那儿？"

"你哪儿？"

"小萍那儿嘛。"

巴兰兰突然开口了："小萍是谁？"

吴江和魏卓然相视而笑。

魏卓然说:"小萍是吴江的小情人。"

巴兰兰竟然坐起来逼问吴江:"你养了几个小情人?"

吴江笑着说:"不多,就一个。"

巴兰兰尽力坐端正了,冲魏卓然问:"你呢?"

魏卓然说:"我没有。"

巴兰兰说:"鬼才信。"

吴江说:"我养情人,是跟他学的。"

魏卓然并不否认。

巴兰兰说:"最铁的关系有如下几种:一起下过乡,一起扛过枪,一起同过窗,一起嫖过娼,你们两个差不多都占全了吧。"

魏卓然说:"还真是,我们两个唯独没一起扛过枪。"

巴兰兰说:"我有个看法,可能会冒犯你们。"

魏卓然说:"没事没事,你说。"

巴兰兰神态郑重地说:"我认为,改革开放之后这么多年,整个社会风气就是被你们这伙下过乡的人搞坏的,你们认为自己是被耽搁的一代,是政治的牺牲品,大好年华在乡下浪费了,该成家立业的时候才开始上大学,有的是带着孩子上大学的,没多久又是开放搞活全民经商的年代,最早辞职下海的人,多半是你们这一代人,你们渐渐成了各行各业的栋梁之材,于是,你们开始变本加厉地吃、喝、嫖、赌、贪,就像是补课。紧跟着你们的,是六十年代出生的那一批人,他们是你们的好兄弟,你们的好徒弟,他们迅速成长起来,青出于蓝而甚于蓝,他们可能比你们更疯狂,更挖空心思,有过之而无不及。再后来就是我们七零后,你们两代人奋斗的成果,被我们自自然然地全盘接受了下来,你们可能还会忏悔、会痛苦、会伤心,而我们，我们没有比较，我们没有今昔之感，我们以为世界原本就是这样子，我们无师自通，我们心里干干净净，说我们麻木都是对我们的抬举！比我们更小的那伙人，眼下的八零后将来的九零后，还不知会怎么样。"

魏卓然睁大眼睛看着巴兰兰，竟然泪光闪闪。

吴江也是泪光闪闪，喝了一大口酒。

吴江要说话，被魏卓然拦住了，自己说："你说的有道理，但又不全对，我们这一代人，起码我自己，对国家并没有什么怨气，也不认为自己是政治的牺牲品，听你说的时候，我想起了我和吴江在万县茅坪镇银杏村生活的点点滴滴，首先还是温暖，除了'无怨无悔'四个字，的确没有更准确的词汇，这是真话！"

吴江说："是，是真话！"

巴兰兰默默给自己添了酒，端起来正要喝，魏卓然出手挡下来，说："别喝了，你越喝越能说，你再说，我们就无地自容了。"

巴兰兰说："我还想喝。"

吴江说："别喝了。"

3

叶阿姨来电话说："你们书记近几天在北京开会，你把那个魏同志带来，让他们见个面吧。"现在，巴兰兰和魏卓然已经到了北京。在北京饭店登记的时候，巴兰兰问魏卓然："开几间？"魏卓然怔了怔，笑着说："由你定吧！"巴兰兰心里一横，就开了两间，像个打虎英雄似的,把房卡和身份证递给魏卓然,然后一同上了电梯。宽大的电梯里,四面都是镜子,镜面是灼热的,又是冷清的,两个人一左一右,似乎被很多劫匪包围了,浑身不舒服,好像这个时代是不适合正经的,谁正经了,谁就是假正经、假严肃!出了电梯,穿旗袍的服务员把他们领向房间,是同一个方向,是斜对面,一阴一阳,巴兰兰在阳面,她知道,阴面是建筑工地,应该还没有竣工,隐隐还有声音。

巴兰兰洗了澡,化了妆,换了身衣服,一身参照旗袍设计的长裙,暗绿色的,很贴身,身体的优势明明白白全露出来了,像毕加索的某些画,抽象的线条,却表达着饱满鼓荡的色情,比直接的触摸还强烈。色情是需要拐弯、需要引领的,勾起观者丰富的联想,让观者感到和美之间的距离,甚至感到由衷的虚无、孤独、难过,这之后的觊觎之心才是最要命的。在镜子里端详了好几遍之后,换上特意准备好的一个布质坤包,再换上一双布联升的黑底花鞋,一个活脱脱的中式美女,就出门了。

"魏市长!"她敲门。

魏卓然一出门看见她,"哎呀"一声。

"好看吗?"

这样问是给他台阶,让他夸出声来。

"秀色可餐啦!"

"就不能新颖一点吗?"

"惭愧惭愧!"

"走,去吃饭吧。"

魏卓然拉上门,跟在她身后。他是副市长,马上就是市长,又是大男人,但是,他没有力量像在下属面前那样,走在她前面。

她回头看他一眼。

不 安

他说:"我给你做保镖。"

她说:"不像。"

他问:"哪儿不像?"

她说:"有点……老。"

他有些自嘲地笑了。

进了电梯间,他站在她后面,离得不远不近,虽然还觉得拘束,有些喘不出气的样子,内心却是释然的,总的感觉比刚才上来时好多了,她也有近似的感受,这可能和刚才的几句对话有关,还可能和她的新打扮有关。

出了电梯,他突然问:"东西带了没有?"

她说:"邮票吗?带了!"

吃完饭,就打的去了叶阿姨家,看上去赤手空拳,没带什么礼物,其实是带了的。《全国山河一片红》,叶阿姨的集邮册里只有一枚,巴兰兰的坤包里有四枚,而且是完整无损的四方联,是一个教育局副局长从某中学教师手里弄来的。这枚邮票的珍贵之处是"错误",一幅全国地图唯独缺了台湾,多么值钱的一个错误啊!其次是,流入民间的数量极少,刚开始发行就被发现,于是紧急追回,然而,K省裴城市第三中学的某个老教师手里竟然就有四枚,而且是珍贵程度不可估量的四方联。

敲门进去后,叶阿姨像急于得到礼物的孩子一样,不等巴兰兰和魏卓然坐稳屁股就说:"兰兰,快拿出来让我看看!"出发前,巴兰兰已经预先告诉了叶阿姨。巴兰兰从容淡定地从包里取出一本三十六开的集邮册,双手递给叶阿姨,叶阿姨接在手上,似乎不敢打开,静了几秒钟才谨慎地翻开封面,再翻开扉页,然后,目光就停下了:全国山河一片红,四方联,没有任何残损,安卧在薄薄的膜下面,散发出朴素的近乎冰冷的光芒。"亲爱的兰兰,你太伟大了!"叶阿姨给了巴兰兰一个拥抱。巴兰兰说:"是我们魏市长的功劳!"魏卓然红着脸,声音几乎在打战:"不成敬意,不成敬意。"叶阿姨说:"魏市长,恭喜你,马上就要成为真正的市长啦。"魏卓然的身姿十分忸怩,急中出错,说:"谢谢叶阿姨!"叶阿姨说:"你可不能叫我叶阿姨,你可以叫我……叶老师!"魏卓然额头明显冒出了汗,说:"叶老师,我真不知道,如何感谢您。"叶阿姨举着手中的小集邮册,说:"这么好的东西给我了,还谦虚。"魏卓然讷讷难言,叶阿姨笑着说:"好好干,我只要求你两样,一是别给你们书记丢脸,二是照顾好我干女儿。"魏卓然说:"一定一定。"

事先有约,书记要和魏卓然见个面,结果却没见着,叶阿姨说:"本来在家等你们,突然有急事,出门了。没事,回K省见吧。"

回到北京饭店,巴兰兰说:"你早点休息,我去看个朋友。"其实,巴兰兰只是想独自待一会儿。劳累和厌倦的老毛病又犯了,几乎觉得喘不出气来,和叶阿姨前后说了不到十句话,却像是打了一场旷日持久的战争。尤其是看到了魏卓然在叶阿姨面前的寒碜样,甚至是愚相,真的令她心情很差!她其实见过太多这个德行的官员,官大一级压死人,绝对如此,下级官员见了上级官员,百分之百都是这个姿势,再有骨气的官员,都不例外。一瞬间就变成无知的小学生了,一瞬间就将满脸傲气换成木刻般的愚相。同样的一张脸,前后竟有天壤之别。其根源也是不言而喻,官员都是自上而下一级一级任命下来的,于是媚上欺下就是人性的普遍弱点了。为官不易,倒真的不是一句平常的感叹。而魏卓然,一个小城市的副市长,在省委书记的夫人面前露出忸怩姿态,原本是太正常的事情,巴兰兰却如此难受,可能是因为她对他,似乎有些私心了,尤其是近些日子。

巴兰兰坐在三里屯一个较为安静的酒吧里，抽着烟，喝着啤酒，后来还悄悄请DJ用班德瑞替换了原来的音乐，渐渐觉得精神状态好多了，心里感叹，终归还是大城市好，不要穷，也不要有太多钱，够做个小资就可以了。

回到房间时已是深夜两点，坐在床头，不由得叹了口气，有些愧疚，因为冷落了魏卓然，把人家一个人丢在房间。又有些可怜他，想起他在叶阿姨面前的样子，觉得做官的人其实挺让人同情的，谁的心里没有藏着一头猛虎啊，可是，很多时候，人只能是最不愿意是的那种动物，该趴下就得趴下，该打滚就得打滚。一个地级市的副市长，一个未来的市长，见了省委书记的夫人，说话都打战，把最多是大姐的一个女人，竟然唤作"阿姨"。这是多么可悲的事情，但是，此刻她更觉得他可怜，可怜见的，令人心疼，就像一个穷妈妈，看见一群孩子放学了，只有自家的孩子露着屁股。她一时就很冲动，要冲出去敲他的门。不过，她立即又坐回去了。她在想，如果从此以后和他干干净净，不也很好吗？两个人到了北京，一人一个房间，什么也没发生，不也很好吗？

然而，她终于拨了电话：

"你还没睡？"

"睡不着。"

"那边很吵吧？"

"是呀，叮叮咣咣的。"

"那就过来吧。"

"真的？"

"门开着，我去洗澡。"

于是，她打开门，回来急急忙忙脱光自己，进了卫生间，站在水帘底下的时候,她又开始难过,开始骂自己:你这个荡妇!

魏卓然穿着睡袍进来了。

"我来了!"他说。

他听见了华丽柔美的水声。他坐下来,仔细地抵御着水声的撩拨。他头一歪,看见了她的内裤和胸衣,随便地扔在白净的床上,内裤精美,边上绣着金色的蕾丝,胸衣丰腴,却不像有胶垫什么的,前者令他联想到张曼玉,后者则是杨玉环,天啦,女人的每一件用品都是那么好玩,那么淫秽,那么孩子气。

"你来了吗?"她问。

"我来了。"他答。

"洗了没有?"

"洗了!"

他犹豫了好一会儿,终于把她的内裤揪起来,只是用拇指和食指的指尖,似乎怕把它弄脏了,低下头嗅了嗅,没有闻到什么,干脆用鼻子轻轻碰碰它,这个瞬间,他心里软绵绵的,一时神清气爽,淫秽倒被爱意替代了。

她终于出来了。

他站起来,心里突然有些茫茫然,似乎她干净的裸体,还不如她的内裤和胸罩诱人,她说:"等着我给你脱呀?"她的声音也像是洗过的,甜甜的、嫩嫩的,他这才相信了,美是无邪的,在美面前,人是多么贫瘠!他开始僵硬地脱衣服,似乎不知道为什么要脱衣服。她关掉了灯,过来用双手把他轻轻推倒。

4

回 D 市了，小蒋来接她。

魏卓然的车也来了，但魏卓然暂时不回裴城，要在 D 市待两天。组织部部长那儿要打点一下的。这自然是魏卓然自己的事情了。

每次看见小蒋都有种说不出的亲切感，就像收拾房间的时候，意外看见一件并不值钱的旧物，每次搬家都舍不得扔，在家里又是随便压在某处的，偶尔碰在手上，突然就有点咬心，一段久远的岁月就恍然出现在眼前。认识小蒋，还是她在海南交行工作的时候，小蒋家——五指山深处的一个黎族村庄，是海南交行的对口扶贫点，有一年春节前夕，一行人进山送扶贫物资，中途车坏了，两个司机折腾了半天都没用，路边有人说，村里有个小伙子会修车，说的就是小蒋，她还记得小蒋来了之后，木木地站在一旁不动手，摇头说："我不会，我不会。"两个司机看了他一眼，一个娃娃气还没蜕尽的男孩，估计他是实话实说，于是继续埋头鼓捣，小蒋侧身在旁边看，看得很认真，看了几分钟，他突然说："我试试。"两个司机半信半疑地让开，他爬过去，勾下腰，只用了两三分钟就抬起头，说："好了。"司机回到车里，打着火，众人一听声音，就知道的确"好了"。司机用黑黑的油手摸出一百块钱给小蒋，小蒋红着脸，说什么都不要，后来是另一个人帮他收下的。一年后，她成了百川公司的副总经理，专门进山把他找去，做了自己的司机。

她知道，二十岁的小蒋肯定还是一个处男，连女人的手都没摸过。

上次给他叫小姐,他不要,她当时十分羞愧,几乎被重重地打击了一下,那之后,她干脆换了个态度,打算保护小蒋的处男身份,嘴上说要给他介绍对象,却迟迟没有动作。当然,也的确没有碰到合适的女孩。什么样的女孩是合适的?她心里恍恍惚惚有个影子,但见过的所有女孩,都不是合适的。有时甚至想专门给他生一个女孩出来。

"小蒋,咱们公司的女孩,你喜欢哪个?"她问。"没有。"小蒋说。"我听说,有人对你有意思。"她故意试探,他不吱声,她说:"你眼窝子别那么高嘛,找一个快结婚,要不然,你爸你妈会骂我的。"小蒋说:"不急。"

这就是小蒋,总是用两三个字跟你说话,偶尔增加到七八个字。除了车,似乎对什么都没兴趣,据说他三天就学会开车了,而修车、修锁、修各种家电,他样样在行,全是自学成才,没任何人教过他,他也只是初中毕业。还听说,他有个绝招,闭着眼睛,仅凭声音就能判断出,从身边经过的车是什么牌子。

"小蒋,你停下我开。"

"我开吧,哪有老总给司机开车的?"

"我开,你把眼睛蒙住,我试试你那个绝招。"

小蒋没说话,持续开车。

"嘿嘿,不敢了吧?"

小蒋这才停下车,把方向盘交给巴兰兰。小蒋坐在后面,自觉地低下头,用双手蒙住眼睛。巴兰兰把车开到路边,降下速度。

——"凌志。"

——"三菱越野。"

——"马自达。"

——"广本。"

真的全部说对了。

巴兰兰问:"你怎么听的?"

小蒋说:"我也不知道。"

巴兰兰说:"那好吧,我给你开车,奖励你!"

小蒋说:"不能不能。"

巴兰兰只好停下。

小蒋开上车后,变得坦然了。

巴兰兰面带忧伤,她在想,自己如果找小蒋这样一个男人怎么样?马上就自我否定了。这大概正是他找不到"合适"的女孩的原因。接着又想,魏卓然呢?吴江呢?陈百川呢?一个个都否定了,终于还是觉得华山不错。

巴兰兰直接去了白象湾工地,看到工程过半,一切顺利,十分高兴,然后和陈百川坐在涪江边上谈了半小时话,大意是:

一、请陈百川从今天开始转移工作重心,思考大事情,为未来的魏市长拿出一套以房地产为龙头,全面提振裴城经济的计划。

二、请陈百川郑重考虑长期留在裴城发展的必要性,裴城是一片未开垦的处女地,遍地黄金,魏卓然上任后,可做的事情太多。

然后就回到学林小区。小伙子华山的眼神,看人的时候,暗暗负着气,显然在吃醋。她和魏卓然联袂进京了,他有理由吃醋的。不过,她第一次觉得有点怕他,不敢有丝毫张狂,自觉地回避着他的目光。她急忙钻进卫生间,再三地洗着自己。她披着浴巾从卫生间出来,怕他的感觉依然如故,这时看见了魏卓然送来的那个花篮,花和枝叶已经完全蔫了,她走过去拿掉花,看见底下那一百万还在。

"这些钱怎么还在这儿?"

她把那些蔫花草草地丢在地上。

华山乏乏地走过来。

"不是让你开个折子存起来吗？"

"还是交给你的财务吧！"

"我说了，是我给你的零花钱，存起来！"

"我有工资，够花了。"

"那点工资？够养车吗！够找小姐吗！够巴结领导吗！"

"不够再临时问你要嘛。"

"你不嫌麻烦，我还嫌麻烦！"

"这叫自觉接受监管。"

小伙子不和他交锋，她只好把他拉到自己身边，疼爱地摸着他的头发说："说正经的，我不想让你在学校干了，当官太没意思了。"

他无关痛痒地对她一笑。

"怎么，还是想当官？"

"混日子呗。"

"别干了，给我做副总。"

"我不是经商的料。"

"学嘛，巴梅梅都能学会，你学不会？"

"巴梅梅和我不一样。"

"有什么不一样？"

"她呀，她不用担心自己的小命。"

"小气鬼，还念念不忘啊？"

华山眨着眼睛盯着她。

"你放心，有我在，没人敢动你一根毫毛！"

"我最好还是和你这个人近一些，和你的钱远一些。"这是他近来心里一直在想的一句话，一字不差，现在终于有时机讲出来了。

不 安

"我不喜欢你这样的话!"她奋力推开他,真的变脸了,她觉得,这句话听着不顺耳,纯粹是辞令,自我粉饰的意味很浓,表达了农民式的小清高,虽然是清高的,却是小肚鸡肠的,而且真正到了关键的时候还难说,小清高也许又变成大贪婪。她喜欢任何大气的东西。好要好得大气,坏要坏得大气。然而,她不能把这个意思讲出来,农民出身的人,会对很多东西敏感,对"农民"二字也常敏感。

"那我明天就去存下。"

他不想这么说,却已经说了。

不过,她倒变得高兴了,她喜欢别人成就自己的大方。

"你不是借过你哥的三万吗,给人家还了。"

"我哥不缺钱,孩子还小,房子也盖了。"

"还是还了吧,亲兄弟,明算账。"

"哪天咱们抽空回去看看?"

"好呀,长兄为父,长嫂为母。"

他用相当敬重的眼神看看她。

次日一早,华山从一百万里抽掉五万,开着马自达,去中行的储蓄所存钱。之所以选择中行,而不是工商、交商、农行什么的,是因为他觉得"中行"更代表国家,更令人放心。柜员很客气地说:"您是今天的第一个顾客。"签单子的时候,他想过打电话问巴兰兰,存折上写谁的名字?心里却突然生出一丁点杂念:"她不是总把'大气'这个词挂在嘴上吗?那我就只好用我的小气成就她的大气了!"于是,就写了:华山。但是,这两个字看上去的确怪怪的,很扎眼,心里也变得空落落的,远没有先前踏实了。怔了一下,还是决定重写,他想,无论如何,户主必须是"巴兰兰"。

两个柜员一鼓作气数完钱,验过钞之后,含着对资本的职业敬意问他:"先生,九十五万是吗?"他很有气度地笑着点点头。

回去的时候,他觉得,自己仍旧是大多数中的一员,就像这裴城,楼房和街巷,样样东西都是过于耐久、自得其乐的样子。街上的行人,走路都是抬不动脚的,被什么东西拖住的,眼神都是各怀心事、各有分寸的。然而,普通老百姓也只能是这个样子了。一切都是慢节奏,一切都是低效率,这也是这个世界的本来面目。他甚至有些感动,因为自己刚才差点写上了自己的名字,那是一件很丢人的事情。

她要大气,我也要大气!用我的小气成就她的大气,我不干!哈哈,哈哈!他回到家,把存折搁在床头,片刻之后,又觉得这样太着意了,怕她骂他小气、小心眼,于是换了个地方,把存折"随便地"放在书柜上。

第三天巴兰兰才发现存折,看到上面写着自己的名字,果然生气了,大叫:"小伙子,过来!"华山过去了,看见她手持存折,心里并不慌。她把存折砸在他脸上,喝问:"为什么写我的名字?"华山把存折捡起来,用让步的态度说:"我哪好意思写自己的名字?""我不是说了吗?是我给你的零花钱!""你'给',我必须'要'吗?"他的话让她一愣,但是,她扑上去揪住他耳朵说:"你就不能大气一点吗?"他忍了半分钟,突然推开她,含着微怒,说:"你不要那么自私好不好?"她又扑上去,揪住他另一只耳朵,问:"我把一百万给你,我还自私?"他说:"是呀,你不知道你自私!"她看见他眼睛里湿湿的,就有点心软,但仍然不认为自己自私,丢开他去了别处。

他坐下来,更加肯定地认为她的大气有时令人不舒服,是因为她的出发点是自私的。但是,他仍然相信,她是一个大气的女人。

5

小蒋开着保时捷，巴兰兰和华山坐在后面，整整两个小时后，到了华山的老家，九屋村。九屋村是一个数百户人家的大村子，为什么叫"九屋"？华山说："最早的时候可能只有九间屋子。"而现在，斜斜的山坡上灰蒙蒙一片，浩浩荡荡，令人惊讶。都是相同的老式瓦房，一家和一家没有明显区别，却阵势非凡，地气浑厚，显示出一种贫瘠、单一、沉默，却极其久远、岿然不动、怕受侵扰的模样。"好地方啊好地方！"巴兰兰的嗓音很尖锐，华山却觉得这样的赞叹是不着边际的，面前这一派熟入心底的情景，对他来说，只有垂目而望而已。他父母的坟地就在百米之外，他独自向那边走去。"你去哪儿？"巴兰兰问，"那是我爸我妈的坟地，我去看看。"华山径直往前走了，"我也去！"巴兰兰撵过去，华山等住她，笑着说："你还不是我家媳妇呢。"巴兰兰说："至少是准媳妇吧。"坟地四周植满松树和柏树，还有许多花，迎春、芍药、月季、映山红、茶花，迎春和茶花已经开花了，开得宿命而灿烂，令巴兰兰心里有些忐忑，心想，自己恐怕是忍受不了此种寂寞的，这真是到底的寂寞，开了一季花，有可能没被任何一双眼睛看见过。巴兰兰又想，自己有时候也喜欢静，喜欢一个人在月光地里待一会儿，却毕竟在喧闹和奢华之后，换换口味罢了。而眼前的这些花，无怨无艾，不悲不喜，哲学一般的安静和自在，实在令人敬佩，但也仅仅是敬佩而已。做人和做花终归是不同的，做人，纯粹做给自己看，完全不在乎别人的眼光，应该是又一种自私吧？如果不是，完全做给自己看，又有什么意思呢？华山已经跪在一左一右两个坟前，优雅地做完三叩首，站起来后眼睛里有了一些感人的东西。

橘黄色保时捷从村里经过时，有很多孩子在追赶和喊叫，上了一道大坡，又拐了一个弯，一直向前勾着身子的华山喊："停，到了。"

走进院子，正面的二层小楼，让巴兰兰想起战争片中见过的水泥掩体，直观的印象就是结实，还是结实！前墙上贴着窄条的白瓷砖，当代建筑的顽固寨白似乎是躲不开的，但搁在乡村又觉得顺眼许多。两侧的旧房并没有拆除，新和旧、高和矮有趣地组合在一起，算是给新时代的农村添上了精彩的一笔，巴兰兰的感慨相当明朗：这真是一个好时代呀。华山指着北边的平房说："我是在这间屋子出生的。"

华山的哥嫂也是见过世面的样子，哥哥甚至比华山还要英武些，穿着双排扣的西装，脚上是沾着泥的尖头皮鞋，眼神活泛，笑声朗朗，明显有场面上略微浸染过的气息，嫂子穿着洗旧的牛仔裤，身上带着劣质香水的味道，布面沙发、玻璃茶几、双人床，茶几上面摆着的白瓜子、水果糖、一次性茶杯，都是城市趣味。华山指着沙发、茶几和双人床说："有一年，我哥没拿到工钱，拉回来一车旧东西，沙发、茶几、衣服，样样都有。"华山的哥哥说："每年的工钱都拿不全，从头到尾欠了二三十万。"

巴兰兰笑了，她当然清楚，"拖欠"的秘密在哪儿。土地有限，开发项目有限，而承包商和建筑商多如牛毛，激烈的竞争导致土地资源的持有者，尽可能压低报价，还要求承包商垫资进场。绝大多数企业其实是垫不起资的，只好东拼西凑，勉力而为。工程开工之后，为了减少成本，承包商通常都会偷工减料、拖欠工钱，实际上是转嫁矛盾。渐渐地，垫资施工、偷工减料、拖欠工钱，成为一个"潜规则"。哪怕手里有钱，也会找到种种借口，留下一部分"余款"不

不 安

给你。有些钱实际上永远也要不回来。正像华山的哥哥,"从头到尾欠了二三十万",其实一辈子也甭想要回来。退一步讲,他也是满足的,楼房都盖起来了!整个建筑业这个庞大的链条上,农民工,是最容易被轻视和亏待的,其中一个原因是:他们容易满足!他们实在是比"廉价劳动力"还要廉价的劳动力。中国经济的秘密就藏在"廉价"二字里。支撑经济奇迹的东西不就是廉价劳动力吗!

羞愧啊!巴兰兰悄悄感叹。

这个瞬间,巴兰兰觉得自己像一个心中有愧的政治家了,原本要把潜规则讲出来的,终于又忍住没说,有点"讲政治"的味道。

巴兰兰从包里取出四个厚厚的红包,里面各装着五千元,给哥哥一份,嫂子一份,另两份是给孩子的,家里挤着一堆看热闹的孩子,巴兰兰还不清楚哪两个是哥哥家的,嫂子把两个穿戴比较新的孩子挑出来,拉到身边,按着他们的头说:"快谢谢阿姨!"巴兰兰另外取出一沓子钱,给在场的每个孩子发了一百。华山也从自己的包里取出事先准备好的五万块钱,一二三四地交给哥哥,笑着说:"借你三万,加上利息。"哥哥立即变了脸,说:"开玩笑!"然后执意取出其中的两沓子钱,还给弟弟。

拿到钱的孩子,一下子消失了,紧接着又来了一批,眼巴巴看着几个陌生人,巴兰兰又开始找钱,华山的哥哥突然怒吼一声,说:"都给我出去!"孩子们有的跑了,有的大着胆子留下来,目光盯着巴兰兰的坤包。华山的哥哥捡了根棍子,提在手上作势要打。孩子们只好委屈地跑掉了,有人还喊:"不公平!"

华山的哥哥关上了院门。

"我出去看车,别让他们划了。"小蒋说。

小蒋抓了一把瓜子出去了。

家里只剩下自家人，气氛反而有些僵硬了。巴兰兰说："哥哥嫂子，我和华山准备最近结婚，这次专门回来，想听听你们的意见。"华山吓了一跳，行前只是说，来随便看看的。华山的哥哥用生涩的长辈口吻说："哪里哪里，应该我们上门求婚才对！"巴兰兰脸一红，笑着说："就算我娶他，好不好？"华山的哥哥愣了一下，说："你们谁娶谁都一样，到时候请我们喝杯喜酒就行了。"巴兰兰说："长兄为父，长嫂为母，你们的身份，和父母一样。"华山的哥哥有些受不住，说："不敢不敢。"

院外哭声大作，屋内的人侧耳静听，听出是一个孩子抢走了另一个的钱，被抢者哭得好伤心，巴兰兰又要出去，被华山拉住了。

"没个完的。"华山说。

巴兰兰站起来，又被华山摁在沙发上。她心里真的在难过，一腔的慈悲之心，像水一样哗啦啦地流出来，甚至还有了一种母仪天下的真切欲望，很想把天下人都当作自己的孩子，让他们吃好、穿好，过上幸福的日子。

第七章

1

1998年3月19日早晨10点30分,第二次当选国务院总理的朱镕基带着几名新政府成员,走进人民大会堂记者招待会现场。

同一时间,K省裴城,君科公司的会议室,巴兰兰正带领她的全体员工收看电视直播。朱镕基已经答完几个问题了,他亲善、幽默的气质实在令她如沐春风,这时,朱镕基突然说:"你们照顾一下香港凤凰卫视的吴小莉小姐好吗?我非常喜欢看她的广播!"镜头移向了长得并不算好看的吴小莉,吴小莉问,外界称你是经济沙皇,你喜欢这个称呼吗?朱镕基立即回答,我不喜欢这个称呼。接下来,他讲了日后常被国人提及,也常常被巴兰兰提及的几句话:"这次九届全国人大一次会议对我委以重任,我感到任务艰巨,怕辜负人民对我的期望。但是,不管前面是地雷阵,还是万丈深渊,我都将一往无前,义无反顾,鞠躬尽瘁,死而后已。"巴兰兰率先鼓掌,她的员工们也都懂事地跟着她鼓掌,她右侧的陈百川和左侧的巴梅梅,清楚地看见她眼角有泪。

直播结束后,巴兰兰即兴讲话:

"朱镕基总理承诺,五年内要完成三件事:一是力保人民币不贬值,二是启动内需,激活经济,三是,用三年时间让国有企业摆脱困境。身为商人,我从这三句话里听出了希望和信心,更听出了巨大的商机,首先,力保人民币不贬值,意味着中国经济将不会受东南亚金融风暴的影响,出现泰国、马来西亚、韩国、日本那样的混乱局面,也就是说,中国的金融环境将是持续稳定、值得信任的。最重要的信息是后面八个字:启动内需,激活经济!在出口增长率明显下降,国内商品库存猛增的局势下,扭转经济的下行趋势和消费过冷现状,唯一的出路就是目光向内,启动内需。我在海南交行干过两年,据了解,全国居民的银行储蓄目前已经高达5万亿元——5万亿,这个数字里包含着多么惊人的消费能力啊,想办法把如此巨大的消费潜力刺激出来,经济复苏就指日可待。过去几年,为了防止通货膨胀,朱镕基采取了抑制房地产发展的政策,但是,今天,我从他的讲话里听出来了,如何迅速有效地激活经济、启动内需?最好的办法就是让老百姓把大把大把的钱掏出来,购买最大最大的一件商品,你们说是什么?当然,不是别的,是房子!中国人对安居的内心要求,是全世界最强的,房子能够直接带来安全感、稳定感、幸福感,所谓'安居乐业',先是安居,再是乐业!从经济全局的角度来讲,房地产业和其他行业有着广泛的关联度,房地产业可以带动几十个相关行业的发展,尤其是钢铁水泥等资源性行业,还可以吸收世界上最廉价人数最众多的农村剩余劳动力,增加农民收入。所以,毫不夸张地说,激活房地产业,就等于激活了整个国民经济!我有一种强烈的预感,未来几个月,国务院将会出台一系列有利于房地产市场的政策和措施,我们君科公司正面临千载难逢的好机遇,我本人已经做好了准备,也愿意像亲爱的朱镕基总理那样,不管前面是地雷阵,还是万丈深渊,都将一往无前,义无反顾,鞠躬尽瘁,死而后已!大家呢?有信心吗?"

尖叫!

掌声!

巴兰兰,这个年仅二十七岁的漂亮女子,以英雄的气概、美女的柔情,以及刚刚从朱镕基那儿现学的激情语调,轻易地点燃了员工们的热血!没人怀疑,跟着这样一位集美丽、聪明和豪气于一身的女人,是多么值得,多么幸运!跟着狗吃屎,跟着狼吃肉,一定的,跟着巴兰兰做房地产,能吃到大块大块的肥肉!

"陈总,留下来吧。"

陈百川若有所思,显然有些动心了。

"你知道吗?我现在不愁别的,不愁钱,不愁项目,不愁后台,只愁一样,人才!像陈总你这样的人才,再有三五个就好了。"

陈百川笑得竟有点羞涩了。

"你才四十岁,今年应该是四十一岁,无论如何,还没到考虑养老问题的时候,留下来,做我的助手,什么条件,你尽管提。"

陈百川又笑了,看到自己昔日的副手和学生,眼下口气这么大,邀请自己做她的助手,像个大将军一样,而自己竟有些动心,这可真是此一时彼一时啊,连半年时间都不到,一切就发生了天翻地覆的变化。时间这个东西真是神奇,半年前是一个样,半年后是另一个样,就像禹作敏,1991年是一个样,1992年是另一个样,又像管金生,1995年1月是一个样,1995年5月是另一个样,还像刚刚看过的《泰坦尼克号》,眨眼间便沉入海底!时间,时间,这个时代的时间可真的像一位大魔术师!

"有你百分之三十的股份！"

陈百川还是笑了，他正在急速猜测巴兰兰会用什么样的条件挽留自己？他猜她无论如何会说："咱们四六分成。"他的依据有三：一，她一贯豪爽，二，她是爱自己的，三，她对自己是怀有感恩之心。然而，事实再一次证明，一个人在不同的时间会有不同的做派！令他暗暗丧气的是，他竟然没有果断地说："我要出国！"他是一个很少犹豫不决的人，现在他却犹豫了。在巴兰兰看来，他的犹豫就是同意。

"快点把嫂子接来吧！"

"以后咱们还能做爱吗？"

"别老忘不了这个！"

"不是和谐吗！性和谐是可遇不可求的！"

"狗屁，我和你只和谐过一次！"

"你那是曲高和寡。"

"我没开玩笑，嫂子来了之后，咱们就是纯粹的工作关系。"

"为什么？"

"我是地主，要尽地主之谊！"

"哈哈，有些道理！"

"一言为定？"

"你能做到，我就能做到。"

"我当然能！"

回海口的飞机上，陈百川试图弄清楚，自己为什么会同意留下来！是朱镕基的答记者问打动了自己？还是巴兰兰的一番房地产救国论感染了自己？结论其实不难得出，两者都有！事实上，朱镕基打动了所有的中国人，这一点，在飞机上就能看出来，头等舱里的另两个有钱人一直在谈论刚刚闭幕的九届全国人大一次会议，谈论朱镕基的答记者问，都是兴奋乐观之情溢于言表。他本人也一样，心甘情愿地给朱镕基投信任票，相信朱镕基这个人首先是一个清官，其次是一个行家，再其次有建功立业、成为一代名相的主观诉求，这三者加起来，当然值得信任。而巴兰兰这个丫头，也是何等聪明，何等敏锐，几句话就把复杂的经济问题说明白了！中国经济的潜力确实不在别处，就在国内，就是自家的十二亿人口，他们是一个巨大的熔炉，他们可以锻造巨大的奇迹，也可以消化巨大的灾难，在关键的时候想起他们是正确的。让他们盖房子，让他们买房子，整个中国经济就会迅速地像气球一样膨胀起来。这一点，稍有常识的人都看得出来，但是，巴兰兰的表述，确实更通透，更直接，更煽情，状难写之景如在眼前，当时，他和所有的员工一样，听得心潮澎湃。当然，他自己的判断也不能忽略不计。他凭直觉和经验相信，一个国家领导人如果像一个普通人一样，赌咒发誓一般地说话，自己给自己立军令状，那么，新一轮的机会就将来临，国家会甩掉一部分包袱，国家会牺牲局部利益，国家会十个坛子八个盖，总有两三个坛子是缺盖的，于是一批新的投机家、新的暴发户将会像雨后春笋一般冒出来！

"所以，我决定留下来！"

2

在一家火锅店，巴兰兰给陈太太接风。除了陈百川夫妇，其余的，都是家里人，妈妈，巴梅梅夫妇和孩子，巴东东夫妇和孩子，还有华山和小蒋。巴兰兰是这样介绍的："这是我妈妈，这是我老公华山，这是我妹妹……"

华山的位置超过了妹妹和弟弟,仅次于妈妈,而且赫然被称为"我老公",巴兰兰的用心半是明朗半是曲折。前一半是冲着陈太太去的,让她放心,当时在海南,我是单身女子,又是陈百川的手下,和陈百川不明不白,情有可原,现在大不相同了,现在我有了老公,又在妈妈和家人的眼皮底下,又是主动邀请她过来的,绝对不会再偷她的男人了。后一半,曲折的部分,是冲着妈妈和家里人的,借这个机会再一次向家里人显示,自己是真心实意和华山好,自己的事情自己做主,别人无权干涉。你们不愿意接受,是因为你们有自己的小算盘,我和华山一旦结婚,我的财产就是我和华山两个人的,和家里人没多大关系。我敢肯定你们有过最坏的想法:如果我突然出车祸死了,我的财产要由华山来继承,你们这些人,虽然是我的血亲,却要靠边站。所以,如果不是华山,换成任何另外一个男人,你们心里同样会不好受,同样会找出一大筐毛病来的。我这个人从小霸道,你们又不是不习惯,如今有钱了,更有理由霸道了,那好,我不妨再霸道一些,我和华山尽管没有领证,却要大大方方地住在一起,我还要大大方方地说:"这是我老公!"

这顿饭不过是一个仪式,而仪式中的人又是各怀心事,面和心不和,加上两个孩子的吵闹,又没上酒,因而很快就草草结束。

之后巴兰兰又把陈百川夫妇单独请到自己新搬的别墅里,加上华山,四个人坐在一起,一边喝功夫茶一边聊天,聊着聊着,自然地分成了两组,两个女人在楼上,两个男人在楼下,楼上的地板,中央的一部分是透明的钢化玻璃,上面的人低头,下面的人仰头,相互可以对视,却听不见声音。巴兰兰看见两个男人聊得很融洽,自己和嫂子也是越聊越近乎,心里就有一种成就感,而且由衷地生出一种感叹:

人是一种会骗人、会偷情、会生气、会吃醋、会装傻、会和解、会羞愧、会打赌、会发誓的动物，这正是人之所以是人的好呀！无论如何，作为人，是美不胜收的。无论如何，一个人发誓的瞬间是格外美丽的，"我发誓！"哪怕半小时之后，把誓言忘得干干净净了，"我发誓"三个字仍然证明了人的伟大。"我发誓，我和陈百川再也不会上床了！我要让面前的这个女人，在裴城过上幸福安宁的生活！"她听见自己在心里发誓，而且真心实意，肝胆相照！

誓言到了嘴边，变成不太肉麻的一句话了："嫂子，你放心，海南那种事，以后再也不会有的了！"陈太太沉默良久，说："谢谢！""我知道，在陈总心里，你才是最重要的，谁也代替不了。"她又说，她并不知道自己其实是强者的语气。陈太太脸一红，看起来还是感动了。这样的意思陈百川多次说过，难免油腔滑调的，今天由他的一个情人说出来，心里不由得一紧。"男人嘛，都一样，打炮就像拉尿，内急的时候是顾不上挑厕所的。"陈太太的意思主要在前半句里，出发点的确是温婉的，想不到把一句话说周全后却是歧义百出，听上去像是在拐着弯骂人，而且不能解释，免得越描越黑。巴兰兰当然听明白了，却只是放声大笑，几乎笑断了肠子，最后还喘着气赞扬："内急的时候顾不上挑厕所，说得好说得好！"陈太太等巴兰兰笑完，补充说："我这个人不太会说话，话到了我嘴边，就由不得我了。"两个女人的友谊，有时候很像是靠芥蒂促成的，芥蒂永远消除不了，但芥蒂却有可能是友谊的种子，在内心深处暗暗提供着友谊所需要的养分。巴兰兰和陈太太这两个女人，如果今生再不见面，可能会恨一辈子的，可是山不转水转，一对冤家如今却有说有笑，情同姐妹。直到底下的两个男人开始枯坐无语，一前一后走上楼来。

"回家吧。"陈百川说。

"急个屁！"陈太太坐着不动。

"你们没话说了？"巴兰兰的目光从陈百川脸上滑到华山脸上。

"我有些累了。"陈百川说。

"我和嫂子刚聊到兴头上。"巴兰兰说，其实巴兰兰也累了，但是，她看到陈太太真的还不想走，就继续装作情绪饱满的样子。

"华山，陈总是围棋高手，你不知道吧？"

华山脸上露出些欣喜来。

陈百川问华山："有围棋吗？"

华山急忙点了头。

于是，两个男人重新下楼了。

"没看见你们的结婚照？"陈太太问。

"我们住在一起了，还没结婚呢，就算结了婚，我也不打算照结婚照，假死了，看上去像所有的明星，唯独不像自己。"巴兰兰说。

"觉得合适就结呗，你也不小了。"

"嫂子你觉得，人怎么样？"

"挺好的，健健康康的，找人看过八字没有？"

"没有，我不信那些。"

"还是信一点好。"

"我担心人家说，你们八字不合，听还是不听？重找一个多麻烦！又要从装腔作势接吻拥抱开始做起，假模假样的，还费时间。"

"一辈子的事，马虎不得。"

"我第一次结婚的时候，属相八字都看过的，人家说我们是天作之合，没一样不好的，结果呢，一年没满，还不是离掉了。"

"那个先生是二把刀吧。"

"人的舌头是圆的，总能找到解释的理由。"

"我说不过你!"

终于等到两个女人也突然冷场了,再也找不出要说什么了,底下的两个人却无声无息,低头一看,两颗头挨得很近,一动不动!

楼上的女人相视而笑。

3

白象湾的春色,没有明显的特征。漫山遍野的树木多半是原来的样子,原来多绿,现在仍是多绿,似乎从来不需更新换代。地上的青草,有些的确枯了,有些不过是稍稍泛黄了,如今又不经意地绿了起来,一些嫩嫩的新芽从蓬勃的旧草底下歪歪斜斜长出来,也是引不起重视的。可是,毕竟是春天了,南风明显多了起来,光滑的门窗和玻璃上挂满了细密的水珠子,伸手摸一把,指印里面水汪汪的。最耀眼的春色当数桃花,桃花是落过叶子的,新长出来的叶子,婴儿的小手一样肥嫩。花比叶子心急得多,已经盛开在枝头了,花朵有大有小,颜色有深有浅,像一个画家用笔直接点上去的,把笔触也留在那儿了。什么样的颜色是桃红色?只有站在桃树底下,才可以说清楚。

巴兰兰陪同魏卓然,以及移民办、土地局、农业局、财政局、公安局、教育局的主要领导,包括白象湾所属的乡镇干部,一同视察了白象湾的各项工程。房屋和学校已经率先竣工,正在收尾,路和桥稍稍滞后,但施工情况良好,赶一赶,可以在规定的时间内交付使用。之后,魏卓然召开了现场办公会,并讲了话:"大家知道,白象湾工程,既是整个三峡移民安置的一部分,是国家行为,是一项政治任务,同时又是市委市政府非常重视的形象工程，将来，新建成的村庄和学校，要成为全市农村建设的榜样和典范，要体现整齐、优美、文明、进步的新观念，要体现党和政府对广大移民，包括对全市农民的亲切关怀。建房子容易，修路修桥也容易，更复杂的事情在后面，一千多名三峡移民来了之后，不能只有一套新房子，要生产、要就业、要有出路、要尽快安居乐业！所以，今天请来了各相关单位的领导，我代表市委和市政府再一次感谢大家，同时希望大家继续和建设单位精诚合作，争取在今年8月底以前，出色圆满地完成搬迁和安置任务！"

裴城官场已经传开了，魏卓然会成为下一届裴城市市长，现任市委书记和市长将调走，新的市委书记可能是一位空降的省直干部，可以预见，两三个月之后的魏卓然，将是裴城市最有权力最炙手可热的人物，因而各单位的一把手都是高度重视的姿态，每个人都拿着本子和笔，边听边记录，必要的时候还频频点头。

会后，魏卓然和巴兰兰又去老地方吃河豚，魏卓然的意思是二人单独去吃，巴兰兰则坚持说："把吴江也叫来。"魏卓然问："为什么少不了他？"巴兰兰说："不是桃园三结义嘛。"魏卓然表情冷淡，却还是给吴江打了电话。

坐下来等吴江的时候，魏卓然相当感慨地说："他妈的，当官就要当一把手，到底不一样，龟儿子们，尤其是那几个要害部门的头头，以前根本不把我放在眼里，今天你看看，全都像小学生，点头哈腰的。"巴兰兰说："你忘了，你和叶阿姨见面时的样子！"魏卓然说："你这个人呀，总是不留情面。"巴兰兰说："我是在提醒你，不要得意忘形，你目前还没当上一把手呢。"魏卓然眉毛一挑，说："美女，听你的！"抽完一支烟，魏卓然问："吃完饭，有什么节目？"巴兰兰说："吃完饭我就回家。"魏卓然问："急着回家干什么？"巴兰兰说：

"我准备最近结婚,这段时间,能乖就乖一点。"巴兰兰的口气把魏卓然惹得哈哈大笑,魏卓然说:"能乖就乖一点,上刀山下火海的味道。"巴兰兰叹口气,说:"是呀,有你们这些色狼在,做一个纯洁干净的女人,多难呀。"

吴江很快就来了。

吴江一坐下就问魏卓然:"你打算怎么安排我?"

魏卓然问:"你想去哪儿?"

吴江说:"不为难你,就去教育局好了。"

"不好办。"

"怎么?"

"上次送给第一夫人的四方联,是一个副局长找来的,人家没要我一分钱,意思很明显,不要钱,要官,教育局只能给他了。"

"那怎么办?"

"你还是留在学校嘛。"

"不,除了学校,哪儿都行。"

"学校有什么不好?"

"这还用问,在大学校园,做官做学问都没什么意思,先说做官,一个大学校长,可能比不上政府机关的一个科长,再说学问,现在的大学哪有学问,有论文,没学问,著作等身又顶屁用,都是拾人牙慧,都是为了评职称硬凑出来的,一本书,一篇论文,把作者、编辑、校对者统统加起来,读者不超过十个人。再说,大学教授都是一边做学问一边谋着当官呢,学问做得好,有点声誉了,就想当官,除了班主任,别的官都争破头了。学而优则仕,身价要用官职来体现,老祖宗的这个观念,在所谓学人自己身上其实是最强的。搞来搞去,大学校园既不像官场,也不像做学问的地方。"

"副局长你干吗？"

"当然不干。"

"文化局呢？"

"不干。"

"报社呢？"

"为什么总是离不开文化圈子？"

"你是文人嘛。"

"狗屁！"

"他妈的，胃口不低呀。"

"桃园三结义可是你说的！"

这时巴兰兰突然一拍桌子，说："太没意思了，你们坐在一起不谈女人就谈官，士之耻，国之耻，这个国家哪还有救啊！"

两个男人看见巴兰兰脸上真有怒容，相互对视一眼，就不说了。可是总得说话吧，不谈女人不谈官，还有什么可以谈的？

吴江说："听个新段子。"

吴江找到一条短信并读起来："官场之最：最难找的地方，有关部门；最难捉摸的官话，研究研究；最神秘的机构，组织上；最大的官，一把手；最难管的东西，一张嘴；最谦虚的时候，在上级面前；最冠冕堂皇的语言，工作需要；最易接受的行贿，您讲得真好；最关心的信息，自己这次能否升迁；最傻的高兴，你的问题组织上也考虑了；最无奈的选择，因为年龄；最阴险的害人理由，群众反映。"

巴兰兰并没有笑。

魏卓然说："我再补两个'最'吧——最神秘的人，知情人士；最权威的人，专家教授，注意，砖头的砖，野兽的兽。"

巴兰兰还是不笑。

魏卓然推推吴江说:"巴总笑不笑,就看你本事了。"

吴江挠挠头,没想出好的。

魏卓然只好亲自来,说:"那我只好再说'最'了——最短的笑话,为人民服务;最好的借口,国情,特色;最常用的官方用语,目前事故已得到妥善处理;最强悍的陆战队,城管;最真实的真相,在进一步调查中;最常用的口头禅,表示最强烈的谴责;最幸福的人,二奶;最有特色的统计词,负增长!"

巴兰兰几乎笑了,但还没笑。

吴江灵机一动,自编了一句话,大有把握地说:"还有一最,世界上最难治的病,你们猜是什么病?是……笑神经麻痹症!"

巴兰兰终于笑了。

4

"妈妈,我准备最近结婚,你帮我选个日子吧。"巴兰兰回到妈妈家,一进门就说。妈妈的脸色迅速变难看了,点了一支烟,一声不吭。巴兰兰转了一圈,又回到妈妈身边,扶着妈妈的肩膀,说:"妈妈,你以前老催我快点结婚,现在态度怎么变了?"妈妈吐了一口烟,说:"你总不能随便找个男人就结婚吧?"巴兰兰声音大了起来,问:"我哪随便了?"妈妈的声音也大了:"第一次见面就上床,还不随便呀。"巴兰兰立即使出几分戾气,试图把妈妈的气焰压下去:"搞清楚,是我主动给人家的。"妈妈遇强即弱的样子是根深蒂固的,但仍然在说话:"你主动给,他就有理由要吗?他如果是一个有责任感的男人,就应该坚决不要，等结婚之后再要！"巴兰兰坐在妈妈对面，也点上了烟，吸得很猛。"我的话，难道没道理吗？"妈妈的语气是进中有退的。巴兰兰笑里含烟，说："放在你们那个时代，就有道理。"妈妈说："你们这个时代怎么了，难道都是一见面就上床的？"巴兰兰再一次提高嗓门说："妈妈，永远不上床，一定比一见面就上床高尚吗？"妈妈被逼入理论的灰色地带，只好仓促回答："当然，一见面就上床，肯定不是好货。"巴兰兰笑着问："妈妈，你是骂我还是骂他？"妈妈眨眨眼睛，说："他是男人，就应该有责任感，不能见便宜就沾。"巴兰兰站起来，来到妈妈面前，问："女人强奸男人的事情，你听说过没有？"妈妈摁掉烟，说："什么乱七八糟的，别跟我胡搅蛮缠，反正我不同意你和他结婚！"

巴兰兰站起来要走，回头又说："妈妈，你可以不同意，这是你的权利，但你知道女儿的脾气，向来是自己的事情自己做主。"

"那你还跑来问我干什么？"

"我只是请你帮我挑日子，没问你同意不同意。"

"好啊，你他妈的，翅膀硬了……"

巴兰兰看见妈妈说完这句话，就跑向卫生间，以为去取东西要来打自己，却不见回来，只听见卫生间有异常响动，悄悄走过去，推开门，看见妈妈站在马桶上，正朝头顶弯曲状的下水管道上拴绳子，已经差不多打好结了。

"妈妈你干什么？"

"一边去！"

妈妈匆忙仰起头，将下巴套向绳索，自然地闭上了眼睛，因而套空了，整个人差点摔下马桶，巴兰兰并没有制止妈妈，而是禁不住笑起来，笑得极为露骨，似乎是被她的笑声震的，妈妈头顶的绳索松开了，搭在了她肩上。

妈妈滑倒在马桶上哭起来，哭中有唱，唱中带哭，唱的部分是：巴科呀，你快回来管管你女儿呀，她翅膀硬了，我管不了了……

巴兰兰听见爸爸的名字，又看见妈妈哭得那么伤心，自己的眼泪也下来了，蹲在妈妈旁边，扶着妈妈的膝盖，陪着妈妈哭。

哭够了之后，巴兰兰又露出了顽皮的本性，但也不乏认真地问妈妈："那我和华山就不结婚了，长期保持同居关系好不好？"

妈妈含泪点了点头。

"妈妈，长期同居，法律上叫事实婚姻。"

妈妈愣愣地看着她，眼泪又多了一层。

巴兰兰把妈妈扶出卫生间，坐回到沙发上，抽出两支烟，给妈妈一支，自己也叼了一支，说："妈妈，我今天才知道，你有多自私。"

"妈妈怎么自私了？"

"这不是明摆着吗？我一结婚，我的钱就和巴家没关系了，所以，你要千方百计阻止我结婚！看样子，钱真不是好东西，我哪天干脆把钱都捐了，只留一点过日子的钱，婚也不结了，我一个人海角天涯，到处玩去。"

"你结婚可以，重找个男人！"

"你以为我是谁？我是皇帝的女儿呀？"

"重找个男人有啥难的？"

"不难？我爸爸死了，你为什么不再找一个？"

"追我的人多了，还不是为了你们三个，怕你们受委屈，哼，还说我自私，我没生你们还是没养你们？你们都是吃屎长大的？"

妈妈说不下去了，哭起来了，先是一哽一哽的，突然，似乎错过气了，有点像得了羊癫疯的样子，全身伸展，手和腿尽力伸向远处，巴兰兰想起妈妈以前也总会这样哭，惊天动地，好吓人，巴兰兰急忙抱起她，又是摸头又是掐人中，自己也赔着泪，想起了一幕幕的往事，一秒钟之内，那些辛酸的往事全部回来了，就像一本书，每一句话每一个字都好清楚，所有那些往事都不支持她那句话："妈妈，我今天才知道，你有多自私。"是呀，妈妈，天下的妈妈，任何一个妈妈哪可能是自私的呢？

"妈妈你也结婚吧！"

"一边去！"

"妈妈，我是真心的，你才五十五岁，找个好老头结婚，如果活到八十五岁，还有三十年，三十年，比我现在的年龄还大。"

"我不，我只爱你爸一个。"

"我爸如果在天有灵，也希望你再婚。"

"不，我不会的。"

"妈妈，刚才我错了，我真是个大混蛋，其实真正自私的是我们，我们从来就认为，你是我们的妈妈，没想过你是你自己。"

"我的生活是我选择的，和你们没关系。"

"妈妈，一切还来得及，听我的，快结婚吧，干脆登个征婚启事，挑个好老头，然后你们两个人单独生活，我给你们雇个保姆。"

"去去去，少开玩笑。"

"向老天爷保证，真的不是开玩笑。"

妈妈不理她，去了卫生间。巴兰兰立即跟过去，看见妈妈在洗脸。她站在妈妈身后，对着镜中的妈妈说："妈妈，你还很年轻呀。"妈妈借着这句话，仔细地看着自己，眼神渐渐有些陌生了。"你身上甚至有一种妖气，洗尽铅华之后的那种妖气。"巴兰兰说。"我自己长着眼睛呢！"妈妈说，两个眼睛红红的，无论怎么洗，还是那么红。巴兰兰从背后紧紧地抱住妈妈，说："妈妈，以后不惹你生气了。"

巴兰兰紧急召集了一个家庭会议，妈妈和华山除外。地点不是饭店，也不是家里，而是君科公司的小型会议室。椭圆型会议桌前，巴梅梅夫妇和巴东东夫妇相对而坐，巴兰兰稍稍晚到了几分钟，手上捧着细瓷的银丝边的茶杯，另一侧腋下夹着一个大本子，快速走进来，坐在南边居中的位置，神情因严肃而更显霸气，坐下后立即说："咱们今天开个家庭会议。"四个人接到通知后，已经用一晚上的时间猜想过会议内容，都是一肚子狐疑，此刻只等巴兰兰开口说话了。"我这儿有一张纸条。"巴兰兰打开黑皮本子，取出夹在封面和扉页间的一张纸条，递给右手的巴梅梅，巴梅梅很快就看完了，上面的两行字是印刷体：马上离开巴兰兰，否则你儿命难保。"往下传！"巴兰兰说，于是纸条又传到马林手里，接着传给巴东东的老婆小夏，最后留在巴东东手里。巴兰兰让巴东东给大家读一遍。巴东东问："为什么让我读？"巴兰兰说："因为你声音最洪亮。"巴东东终究不读，巴兰兰把条子要回去，说："这张条子，发现有一段时间了，好在至今还没出现人命案。"巴兰兰喝了一口茶，抬起头大声说："谁干的？最好还是主动承认吧！否则……是呀，否则，否则我就交给公安局！"巴梅梅立即表态："不是我。"马林也说："不是我。"小夏神色慌张地摇摇头，看了一眼巴东东，巴东东不抬头也不说话，玩弄着手上的金戒指，那枚戒指很宽，金光灿灿。"巴东东，你默认了吗？"巴兰兰问，巴东东还在玩戒指，巴兰兰问："能不能说说你的动机？"巴东东说："我希望姐姐找一个靠得住的男人！"巴兰兰问："你们一致认为华山不是个好人，是吧？"巴兰兰的目光徐徐由巴东东转向巴梅梅，再转向马林。

　　"昨天还发生了一件不得了的大事情。"巴兰兰喝了一小口有菊花的绿茶之后，又说："咱们亲爱的妈妈昨天下午差点上吊了！"

　　四个人十分吃惊地抬起头。

"妈妈自杀的动机和巴东东如出一辙,不同意我和华山结婚,认为华山是一个没责任感的男人,因为我们第一次见面就上床了。"

巴兰兰把目光投向巴梅梅。

"我和华山第一次见面就上床了,这是真的,问题是,这是我和华山两个人的隐私,除了我和华山,只有巴梅梅小姐知道。"

"是我不小心说出来的。"巴梅梅说。

"不小心说出来的?我记得你是封口瓶子的嘴,比谁都严!你们的鬼心眼我一清二楚,担心我结了婚,我的财产就不姓巴了!"

"姐姐,不是你说的那样。"

"华山是谁介绍给我的?当时你们是怎么说的?"

"姐姐,我们真的没有恶意。"

"不要再狡辩了,今天我十分严肃地警告你们,以后不许任何人以任何理由干涉我的任何事情,我个人的事情,公司的事情,一概由我本人做主,用不着你们说三道四,类似的情况以后若是再有发生,别怪我不客气!"

巴兰兰把纸条收回来,一点一点撕成碎片,然后把笔记本夹在腋下,提上茶杯昂首离去,将那个精美的半透明的杯盖留下了。

5

华山的哥哥来裴城玩了两天,和华山住在学林小区那套房子里,巴兰兰请他吃过一顿饭之后,就由华山开着马自达带他各处看了看,然后,华山又送他回九屋村。回去的路上,华山的哥哥才说:"我这次来，其实是想向你们借点钱的，没好意思开口。我想在村里办厂子，先办一个养殖厂，从养猪、养鸡，慢慢扩大到养鱼养鹌鹑，将来可以办饲料厂、农产品加工厂、矿泉水厂、茶厂，能做的事情太多了，总之，我有个野心，想把九屋村办成K省的大邱庄。"华山问："禹作敏出事了，你不知道吗？"华山的哥哥说："禹作敏是个大老粗，我是高中毕业，我可以做得比他好。"华山说："隔行不取利，我认为你应该继续搞粉刷，再过两个月，巴兰兰的很多工程就要开工，不愁没活干。""如果只考虑自己，现在就可以回家种地了，手上有二三十万，够吃够喝就行了。不过，我想带领全体村民发家致富，我还想在村里办学校、办医院、盖图书馆、建公园，我想实现以前人民公社的那些理想。"听了这席话，华山认真地看了哥哥一眼，看他是不是疯了。

几分钟之后，马自达开始下坡，一个陡坡加上一个急弯，华山突然发觉刹车失灵，心里凉了一层，像小时候被小狗的舌头舔了一下，紧接着马自达已经冲下石崖，"哥哥！"华山拼命喊了一声，本能地抓紧方向盘，马自达在空中自由地翻滚着，砸在了一棵巨大的榕树上，被稠密蓬松的树枝弹起来，旋即又落了回去，之后，伴随着树枝的断裂声，缓缓滚下，砰然落地，再借着惯性向低处滑行几米，整个过程甚至有几分诗意，像一个十分可怕却又无忧无惧的幻觉，又像一个旧梦的诡异重现。马上，华山知道自己一息尚存，甚至有可能毫发未损。华山一时爬不出来，就轻声喊："哥哥！"没听到任何回答，华山的意识陡然清晰了很多，他取下挂在脖子上的安全袋，缓慢而吃力地抽出夹在机器中间的右腿，再扳掉残留在车窗上的玻璃，终于爬了出来。他发觉自己只能爬，右腿丝毫用不上力，站不起来。他看见哥哥了，就在十米之外，贪睡不醒的样子。"哥哥！"他又喊了一声。他没有向哥哥爬过去，他开始摸自己的衣袋，很快就摸到了手机。手机的每一个键都活着，"叮叮叮……"它们发出了肉体般的富有疼痛感的声音，这声音几乎把他吓了一跳，麻木的肢体明显颤了一下，他开始拨号，他拨通了巴兰兰的手机，他说："亲爱的，我出车祸了，快找人过来。"巴兰兰马上就信了他的话，因为，这是他第一次叫她"亲爱的"！巴兰兰问："在哪儿？人没事吧？"他哭着说："我没事，我哥哥……可能……不行了。"

哥哥肯定是先从车里摔出来的，七窍在流血。华山拉着哥哥的手，爬在哥哥旁边，只有眼泪，没有声音。他发现，此刻他心里只有一个愿望，就是和哥哥相依相偎，永不分开。"哥哥……"这两个字含着肚腹间的无限情义，灌进哥哥的耳朵里，哥哥却纹丝不动。他看见了高高的青黑的石崖，看见了石崖顶上的蓝天，他突然相信，没有任何一个人是配得上"老"这个字的，只有天和地才是老的，只有面前刀削般的石崖才是老的，人，任何一个人，哪算得上老呢？如果人真的有老，那么自己在刚才的一瞬间，从崖顶到崖下的近百米距离里，已经老了，老得不成样子了，老成一个鬼了！

华山渐渐感觉到了疼，他的右腿，疼的感觉像潮水一样，向他的全身扑打。一定断掉了，他想。但是，他马上赶走了这个肮脏的念头。他重新抱住哥哥的双腿，要让哥哥带着自己，一起走。直到此刻，他才大声哭起来。

哭够了之后，华山开始捉摸，才开了两个月零七天的新车，怎么会刹车失灵呢？肯定是有人做了手脚。那么这是谁干的呢？华山自己给自己点头，仿佛很清楚，这是谁干的。狗日的，够狠的！不过，既然我躲过一死，这个警告我还是应该虚心接受的，那些碎嘴婆子也许都说对了，我华山真的是财迷心窍，傍上了一个有钱的美女，我是不劳而获，我是被天上掉下来的大馅饼砸着了！现在，我该清醒了，该回头了！我要和巴兰兰分手！坚决分手！可惜的是，这个决心是用一条人命换来的。

华山向巴兰兰和警方隐瞒了一个关键细节：出事前，刹车意外失灵。他只说，是自己突然意识恍惚，直接将车开出了路面。

华山右腿的胫骨粉碎性骨折，已经做完了接骨手术。据医生透露，痊愈之后，可能会留下一点点残疾，就是说，走路会有点瘸，但也有可能完全正常。可是，这话传到外面，就变成：华山出院之后，百分之百是个瘸子！对巴兰兰的亲人、下属，以及众多的粉丝来说，这是一个相当不幸的消息。想想看，一个年轻富有的大美女旁边，站着一个瘸子，走起路来头一点一点的，不得了，那是多么煞风景的事情。据说，有人听到这个消息，甚至哭了。还有人半开玩笑半认真地说："我要以死相谏。"

多数人并不了解一个事实，巴兰兰虽然是一个富姐，一个美女，一个集万种风情于一身的人间尤物，但是，芯子里，她又是一个孤胆英雄，一个铁血侠客，甚至还常常有一些救世情怀，一个性格构成如此复杂又如此和谐的女人，当然会永远按自己的方式行事。于是，她接下来的所作所为看上去就像是宣言了。

巴兰兰几乎把自己的办公室搬到了自己先前住过的那间高干病房，手术之后的华山就躺在自己身旁，巴兰兰一边工作，一边全程照料华山，像个刚毕业的小护士一样忙里忙外，给他喂饭、洗脸、洗身子、理发、刮胡子、掏耳朵、挠痒痒，他自己能干的事情，也不让他干。她的火辣脾气可以让她的柔情也变成风暴。

好在巴兰兰近期的主要工作刚好是需要在案头完成的：给魏卓然写出一份未来五年至十年的《裴城市城市总体规划纲要》。

省委组织部已经派人下来对魏卓然做了例行考察，一切正常。十有八九，五月初的裴城市第十二届人大会议上，魏卓然将顺利当选。届时这份即将由巴兰兰一手完成的"纲要"，将成为魏卓然施政纲领中的重要一部分。

"纲要"的要点如下：

一、用"经营城市"的理念，建设城市。

二、让房地产业成为支柱产业，充分肯定房地产业在推动相关产业发展、增加财政收入、扩大就业岗位、拉动 GDP 等方面的作用。

三、把三江汇合区打造成旅游、投资、宜居的城市新区，搬走芙蓉溪岸边的造纸厂，根除污染源，充分利用三江合流的景观特色，把这一地区打造成山水相依、城市与山水相互辉映，突显园林风格和人文气息的"会客厅"。

可以称之为"裴城会客厅"。

"裴城会客厅"的概念，是整个"纲要"的亮点和重点。

其要点又如下：

1. 这是一个面积庞大、无与伦比的"会客厅"——其核心位置是城市南部的三江口，北至涪江三桥，南至三江大坝，东至笔架山、富乐山，西至一环路东段和绵三公路，总面积 28 平方公里，其中水面 7.06 平方公里。

2. "会客厅"的定位是，集旅游、居住、商贸、会展于一体，要让这一地区不光好看好玩，不光有山有水，更要有浓厚的商业气氛和现代化气息，要争取做到人财两旺。换句话说，会客厅，同时也是营业厅。建成之后，将对周边地区的经济发展产生强烈的辐射和带动作用。同时也是第三产业的集中发展区。

3. "会客厅"会成为一张靓丽的城市名片。

……………

不 安

　　深夜里的医院，何等的静，有强烈的压抑感，是静，却静过了头，静到静里面含着激荡，因此也才更像医院，噪音让位于气味，来苏水的、药棉的、针头的、呕吐物的、马桶的、眼泪的、叹息的、冥想的，甚至还有尸体的、灵魂的，所有的气味穿过墙壁、屋顶和地板，相互寻觅，然后混为一体。巴兰兰已经习惯于每夜醒来两三次，搀着华山去卫生间撒尿，给他喂药喂水。有时她会独自睁着眼睛，感受一会医院里特有的安静。她会想，不知有多少人，从这儿死去了，升天了。如果真的有灵魂，医院里应该是灵魂最多的，而且以冤死鬼居多。它们肯定藏在任何可能的角落里。那么，碰巧醒着的人，就很像是守灵者了。为那些不知名的胆小的因为车祸、疾病、衰老、谋杀种种原因而死去的亡人守灵。"守灵"如果是一份工作，守灵者的内心一定是世上最深的内心。

　　背面，世界的背面就在医院，就在医院的深夜！巴兰兰认为，她清清楚楚地看见了世界的背面，当然粗糙，却是不乏精细的粗糙，针头仍然是细致的，丝丝缕缕，处处妥帖，由一个出色的绣工缝制而成。世界的正面是光滑的、漂亮的、让眼睛看的，背面则保留了各种各样的针头线脑，许多地方由边角料缝合而成，接口明目张胆地露在外面——背面是让心体味的，是用来抚摸、蜷缩和玩弄的。背面更接近真实。背面有更多的真义。所有的东西都是有里有面的，爱也是恨也是，生也是死也是……

　　华山醒了。小伙子几天就瘦了一圈！她很惭愧！车祸到底是如何发生的？她想，我迟早要搞清楚！她把拐杖递给华山，然后帮他稳住身子，一跳一跳地走向卫生间。撒完尿，喝完水，两个人都没了睡意。为了不让华山伤心，巴兰兰尽可能不谈车祸，不谈哥哥的丧事，不谈九屋老家的事情。能谈的东西似乎只有正在撰写的《裴城市城市总体规划纲要》。"'会客厅'的提法,你以为如何?"她问。"挺形象的。"华山其实在敷衍。"这个规划,可能要用十年的时间才能完成。"她说。华山显然没有精力谈论这么坚硬的一个问题。"整个工程差不多需要七八百个亿,甚至上千个亿。"她又说。

华山叹息了。她突然不敢再饶舌了。医院的深夜也是不适宜说话的。即便是说,似乎带着可怕的腔调,是自己,又不是自己。

"那就睡吧。"她说。

他闷闷的,不吱声。

她扳过他的头,看见他在哭。

"乖,别哭了。"她说。

"我哥哥要是活着,不愁没活干。"他哭着说。

"不说了不说了。"她遮住他的嘴。

"我好难受。"

"我知道。"

"应该死掉的是我,不是哥哥啊!"

"不说了不说了。"

"我对不起哥哥,对不起爸爸妈妈。"

"乖,乖,听话……"

"我真的对不起哥哥,是我害死了他啊!"

"怎么是你害死了他?"

"当然是呀,当然是我呀!"

"好了,深更半夜的,不要乱说!"

"你不知道,我有多难受!"

"我知道我知道!"

"你,不知道!"

第八章

1

　　1998年的春天,是中国房地产业的春天,几乎每天都有利好消息,继国家计委和财政部取消建筑行业的48项不合理收费后,4月28日,中国人民银行向全国各商业银行下发了罕见的"特急件"——《个人住房担保贷款管理试行办法》,从即日起开始执行。这个"特急件"可以用两句话说清:允许按揭贷款,贷款额度最高可达房价的70%,贷款期限最长可到20年。从这一天开始,中国人的茶余饭后,渐渐有了一些新词汇:按揭,首付,供房,还贷,契税;也是从这一天开始,中国人突然接受了一个概念,"超前消费"!这个概念对中国人来说,几乎是当头棒喝!可以提前住进好房子里,然后再用十五年、二十年的时间慢慢还贷,而不是等攒够钱了再买房子,住进去的时候,已经是棺材瓢子了。中国人接受新事物有时候很慢很慢,有时候却极快极快,有些东西几辈人也接受不了,有些东西谁出来一忽悠,一秒钟就接受了,比如,"超前消费"的观念,据说美国人、西方人都是这样的，先消费先享受，再慢慢付款。听上去也确实有道理，傻瓜都觉得好，比较起来，中国人艰苦奋斗、节约闹革命、苦尽甘来的传统，确实是迂腐的、老旧的、农业文明的！事实上，骨子里的中国人却是最会享乐最会奢侈最会摆阔的，改革开放后的前二十年，首先富起来的那"一部分人"，创造了多少消费奇观？几百万的婚礼，黄金宴，招摇过市的豪华车队，用人民币点烟，二奶，三陪……一个新的概念，一个及时的政策，一种特有的消费心理和消费需求，几样东西加起来，共同酿造了中国房地产业的美丽春天。

4月29日，君科公司重新登记成功，正式更名为裴城君科集团有限责任公司，巴兰兰为法定代表，董事长，总裁，占60%的股份；陈百川把白象湾工程还没有完成结算的分红充作股份，成为新的股东之一，占25%的股份，任副董事长，副总裁；巴梅梅由办公室主任升为副总裁，股份仍然是5%，排名在陈百川之下；华山也被写进副总裁的名单，并没有单独的股份；巴东东接替巴梅梅，成为集团公司的办公室主任，股份为5%；陈百川的太太陈海燕成为巴东东的助手，办公室副主任，股份5%；叶阿姨——叶迎春这个陌生的名字也赫然出现在公司高管名单中，成为集团公司的法律顾问，但是，很快，一传十，十传百，大家都知道了，叶迎春是当今省委书记的夫人。

5月6日的裴城市第五届人代会一次会议上，魏卓然当选为裴城市市长；在接下来的政协换届会上，巴兰兰当选为政协常委。

真是一个喜气盈门的春天啊！

巴兰兰写了一首诗，献给这个春天：

不 安

我不知道
冬天是否来过
我却清楚地看见
春天已经来了

厚厚的窗幔后面
刚刚流过的那一缕清风
枝头的嫩叶里
正在长大的经脉
炊烟摇摆
打乱了傍晚的光线
谁家的钢琴声
谁家的米酒的香味
…………

这就是1998年的春天
绚烂之极
又平易近人

这就是我的春天
我的第二十七个春天
第二十七个未来

2

　　巴兰兰已经很久没做爱了，没有和任何人，包括陈百川和华山，她自嘲地想，这是多么了不起的一个成就啊！陈百川纠缠过她，她坚决不给，她说："我已经答应过嫂子了，我必须说到做到。"陈百川却不信，不信她在这个问题上的决心，问她："来例假了吧？"她一听很不高兴，就允许他伸手摸，他一摸，汹汹的，全是水，便大笑不止。"笑个鬼！"她脸红了，却仍然不给他。他说："那我只好成人之美了，别骂我不是男人哟！"她说："死一边去！"他走了，她想：多危险啊，言行如一可真不太容易啊。而华山，一方面，他腿上打着石膏，另一方面——这"另一方面"说起来有趣，因为和华山已经有点法定的味道，属婚内做爱，是所谓的吃公粮，于是，就有点想要不想要的味道，说想，又不想，即便已经做起来了，有时还要把对方幻想成另一个男人。婚姻的全部危机其实就在这儿，一点不复杂。这个时代又是一个极为方便的时代，一个短信就见面了，再远，坐飞机一两小时后就已经在同一张床上了，时间和空间，原本是伟大爱情必不可少的两大基础，如今都不存在了，于是，爱情、婚姻、两性关系，甚至说严重一点，整个人性，都随之发生了变化。英国女作家弗吉尼亚·伍尔夫说过令整个文学界至今不明缘由的一句话："1910年的12月，或在此前后，人性发生了变化。"西方的文学史家据此将这一年视为现代主义文学时代的元年。中国人的人性是哪一年发生变化的呢？应该是"1980年的12月"吧，那一年，深圳特区创立，没过多久，邓小平发表"让一部分人先富起来"的重要讲话。最迟应该是"1993年12月",那一年的"12月5日",巴兰兰在海南的海口认识了陈百川!

她来到高干病房,关上门窗,拉上窗帘。华山问:"干什么?"她说:"做爱。"华山问:"我这个样怎么做?"她说:"不管!"

在高干病房和一个打石膏的病人做爱,毕竟和家里大不相同,有奇妙的味道,巴兰兰和华山甚至觉得这是最难忘的几次之一。

"你出院的那天,我要送你一样礼物。"巴兰兰说,华山眨巴着眼睛猜,会是什么?可能是一辆车。她赶紧说:"不要猜车哟。"

她没有坚持让他猜,也不告诉他,她准备送给他的礼物是婚礼。妈妈上过吊之后,她的确想过暂时不结婚了,继续同居,反正结婚不过是形式而已。而华山的车祸,尤其是车祸之后人们的热议,却又激活了她的英雄主义气概,她想,我不仅要和他结婚,还要举行盛大的婚礼。如果华山的腿子真的瘸了,那好,我就大大方方和一个瘸子站在大家面前,举行隆重婚礼!她已经给新的办公室主任巴东东暗暗交代过了,让他负责筹备她和华山的婚礼,原则是热烈、隆重、别致,向媒体开放!

病房外面,脚步声响来响去,华山推她一把,说:"快穿衣服。"巴兰兰耍赖不穿,华山只好压住她,要强行给她穿内裤。"我要洗澡。"巴兰兰光着身子跑进卫生间。华山匆匆穿好病员服,拉开窗帘,便有人敲门了。

是吴江副院长和夫人。

刚出事后,吴江就和另外几个院领导一同来过,想不到今天又来了,还带着夫人,这让华山这个做下属的很受不住。不过,这些日子,来看望过他的大人物实在不少,政府要员、银行行长、商界名流,应有尽有,其实大家都是冲巴兰兰而来,这是再清楚不过的。巴兰兰是省委书记家的座上客,这已经不是秘密了,裴城政界商界的人都知道,而且,巴兰兰和新任市长魏卓然的关系也不是什么秘密。这样一来,巴兰兰就成了一个神话,这间高干病房,也成了"巴兰兰神话"的一个策源地。

"哎哟,吴院长,实在不敢当。"华山说。

"巴常委呢?"吴江笑着问。

"我冲个澡,就出来了。"巴兰兰喊。

"我老婆想认识你,我把她带过来了!"吴江也喊。

"雷主编,快请坐!"华山说。

吴夫人是学报的副主编,平时和吴江一样,也是温文尔雅,还略显矜持,二人经常出双入对,看上去像一对不多见的好夫妻。

"华山,把衣服给我。"她喊。

"好的。"华山急忙找拐杖。

"咱们出去一会吧。"吴夫人说。

于是吴江和夫人就躲出去了。

华山笨拙地闩好门,再拉好窗帘。

"出来吧。"华山喊。

巴兰兰先把门拉开一点缝,探出头张望了一下,才光溜溜跑出来,并对华山喊:"你去看着门。"华山只好跳过去,门神一样站在门边,看着她先套文胸,再穿内裤,向两边的腋窝里稍稍喷些香水,再穿牛仔裤和上衣。

"吴江不是来过了吗?"她悄悄问华山。

"雷主编是慕名而来。"华山答。

巴兰兰不好多问,点头让华山打开门。

华山打开门,却不见吴江夫妇,又过了几分钟,两个人回来了。

雷主编看见巴兰兰，油然生敬，说："名不虚传哎，好漂亮！"巴兰兰一下子放心了，拉住雷主编的手，说："嫂子也很漂亮，皮肤好细！"雷主编羞涩地说："老骨头了。"两个人拉在一起的手久久不松开，拉着手同时坐在沙发上，一见如故的样子。

吴江用目光示意华山，出去一下。两个人来到门外的一个拐角，"我可能要去教育局当局长，你来给我当办公室主任吧！"吴江说，看到华山面露窘态，吴江问："看不上吗？"华山暂时还不想暴露辞职回乡下的打算，只好敷衍说："我还是留在学校吧。"吴江立即反问："我走了，谁管你？"华山笑着说："不要紧的。"吴江觉得眼前的华山像一个陌生人，一个车祸竟把一个人变得灰拓拓的，就拍拍他肩膀，说："你还是考虑考虑吧，我是真的想带你过去。"华山说："那好，我考虑一下。"

回到病房，吴江把相同的意思又对巴兰兰讲了，巴兰兰说："我也不想让他去，他不是当官的料，还是跟我学做生意吧。"

3

由巴兰兰独立撰写的《裴城市城市总体规划纲要》，打着魏卓然的名字，拿到市委常委会上进行讨论，其中的三大要点："经营城市"的提法、"以房地产业为支柱产业"的理念、把三江汇合区打造成"裴城会客厅"的设想，都被认为是视野开阔令人振奋的好思路。会上，多数常委把魏卓然的这个"纲要"和朱镕基在九届全国人大会议上的答记者问，以及前不久央行下发的"特急件"《个人住房担保贷款管理试行办法》相提并论。从省委政研室下来的市委书记寇伟,也毫不吝啬地把赞美送给了魏卓然和他的"纲要"。不过,寇伟书记在总结的时候,也显示出了他身为书记的应有立场和书生气甚浓的"政研室背景",他说:"正如大家所说,这个'纲要'的内容是新颖的,大胆的,也是符合时代要求的,总体上我投赞成票。但是,说实话,我也有一些担心,比如,'经营城市'这个提法,商业色彩很浓,我们的政府毕竟不是公司、不是企业,人民政府,顾名思义,是为全市人民服务的,是为各行各业服务的,我的担心就在这儿……我担心,'经营城市'这个理念,可能会有意无意地干扰政府行为的路径选择,还有,还有政府行为的道德倾向性!至少,这个提法,有可能给外界造成官商不分的印象!所以,我想请卓然同志和在座诸位再仔细斟酌一下,这个表述是不是有些欠妥?另外,'裴城会客厅'的实际内容我很喜欢,我同意马上组织人力物力,广泛招商引资,积极稳妥地予以落实……请原谅,我可能有些咬文嚼字,我仍然觉得,这个提法也有些问题,文学色彩太浓了,大家想一想,一个外地人听了'裴城会客厅'这样的介绍,会想到什么?会想到这是一个总面积28平方公里的会客厅吗?"与会者惊讶之际,魏卓然立即做了解释:"'经营城市'的提法,只针对城建一个方面,当然不包括政府工作的全部内容;'裴城会客厅'的提法,主要的价值在于,它很好地整合了我们的总体思路,形象地概括了这一区域的主体风格,那就是:这一区域首先是一个休闲、娱乐、观光、宜居的场所,其次才是商贸和会展,是潜藏在休闲娱乐外表下的商业内涵。"魏卓然的解释铿锵有力,不容置疑,这也符合他在新一届领导班子中的重要地位,寇伟是刚刚从省直空降来的,没什么人脉,魏卓然已经做过一任副市长,如今直接升任为政府一把手,人脉优势全在他这边,背后又有省委书记的关系,说话的分量自然超过寇伟。

　　会后的魏卓然，有些快意也有些不安，立即召开了另一个小型的"工作会议"，与会者是"三结义"中的另两个成员：巴兰兰和吴江。魏卓然把常委会上的情况如实对两人讲了，并这样评价寇伟："咬文嚼字，生怕别人不知道他在政研室待过。"巴兰兰心里倒是对寇伟暗生敬意，身为商人，她肯定更喜欢魏卓然，但是，如果是一个普通人，一介草民，感受端的又会大为不同，她想，寇伟到底是什么样的一个人还需要观察，但他的几句话，"政府行为的路径选择"，"政府行为的道德倾向性"，的确不是一般官僚能说出口的。尤其是，寇伟所质疑的几个地方，正好是她行文时，有过同样疑虑的地方。"看来，寇伟这个人，值得重视，是你魏大市长未来的主要对手。"她说。魏卓然不服，说："他初来乍到，能怎么样？"吴江也在一旁帮腔："书生治国，难成气候。"巴兰兰鼻子里重重地哼了一声，说："你是大教授，你还不算书生吗？！我觉得中国的问题就在这儿，书生做不了官，做了官就不再是书生，如果原来是书生，都要想方设法脱掉书生这张皮，我在海南认识一个地委副书记，曾经是一个诗人，出过诗集，还是作家协会会员，当了副书记之后，再也不和原来的诗人圈子混了，别人说他曾经是作协会员，他马上就脸红了，并且想方设法要把自己的书生印象洗干净，好像书生就是没用的代名词，事实上也是这样，县长市长这样的实权，肯定落不到书生手里。也有很多人认为，书生是经不了商的，书生经商，必败无疑！现在你们明白，我为什么一直写诗了吧？我的诗差不多够出一本诗集了！我就是要反着来，让大家看看，一个诗人是如何经商的，或者说，一个商人是如何写诗的。"

　　"奶奶饶了我吧。"吴江说。

　　巴兰兰说兴奋了，点上了烟。

魏卓然也点上烟，说："没办法，这是官场生态决定的，在官场混，没一点痞子气没一点匪气，甚至没一点流氓气，绝对不行。"

吴江的谈兴也上来了："其实，所谓痞子气，说好听一点应该是人情练达、世事洞明吧。世事洞明皆学问，人情练达即文章，哪个人达到这样的境界，也就差不多是一个痞子了，于是就有了文痞、官痞、兵痞、地痞，总之都脱不了一个痞字。也许全世界都一样，伊拉克战争其实是两个痞子克林顿和萨达姆之间的战争，亚洲金融风暴的始作俑者索罗斯，应该是一个金融痞子！中国的官场，自古以来都是如此，向来是魏忠贤——听清楚，是魏忠贤，不是魏卓然！还有李鸿章、刘墉这样的人吃得开。苏东坡、王安石、欧阳修这些书生，没一个成事的。你们知道'宰相'这两个字如何解释吗？宰，是切肉分肉的人，相，是司仪，用现在的话说，是招待，宰和相合起来，便是宰相。战国四君子门下有'食客'三千，都是鸡鸣狗盗之徒，平时的任务就是吃喝玩乐、夜夜笙歌，关键的时候，人人都能派上用场。老子还是孔子有一句话，'治大国如烹小鲜'，你们说这句话里的人治色彩和痞子气味多明显啊。宋太祖赵匡胤的那个典故叫'杯酒释兵权'，'释'人家的兵权，不是靠正规渠道，而是靠'杯酒'，这难道不是史上最大的'暗箱操作'吗？而且，我们的汉语，用最少的字数，表达了对这种行为的最高敬意——杯酒！释！兵权……"

魏卓然大笑不止。

巴兰兰也笑了，说："还是教授厉害。"

吴江又说："如今的教授，也就是嘴上的功夫了。再听我说，我最近有一个发现，你们听对不对？中国的知识分子，目前只做两件事，一是大量制作黄段子，二是疯狂传播黄段子。好好写点诗的，只有我们的兰兰小姐了。"

巴兰兰笑着去揪吴江的嘴。

吴江把嘴故意翘起来，让她揪。

魏卓然眼神难看，说："哎，说点正经的，吴江同志，教育局的事，你还得找找寇伟，党管人事，人事问题要过书记这一关。"

吴江说："你不要推卸责任。"

魏卓然说："真的，你还得找一下他。"

吴江问："我又不认识。"

魏卓然说："你看，书生气又犯了吧？"

巴兰兰在笑。

吴江说："亲爱的巴总，你就不能帮帮我？"

巴兰兰说："我也不认识呀。"

吴江说："给叶阿姨打个电话嘛。"

巴兰兰说："刚求过人家，又不是我妈！"

魏卓然推了吴江一把，说："你就是玩女人在行，当官还很不开窍。这样吧，我先给寇伟打个招呼，然后你再去拜访一下。"

吴江问："他收礼吗？"

魏卓然说："目前还不清楚。"

吴江说："还是贪官好。"

魏卓然说："没有不贪的官，就看你怎么喂。"

吴江一脸木然。

巴兰兰突然能说清魏吴二人的区别了，吴比魏色，人要单纯一些，魏比吴邪，更有隐蔽性。今天以前，她总有一个错觉，这两个人其实是一个人，到底是交头割肉的好朋友，就像一对夫妻，在一起时间长了，相互就有点靠。可是，此刻她突然颇能说清谁是谁了。至于两个人谁更可爱一些？或相反？却又难说。

4

巴兰兰已经把弟弟巴东东提拔为办公室主任了,说起来,巴兰兰也是看上了弟弟的"痞"。她相信,他的不务正业、他的江湖习气,可能适合办公主任这个角色。另外,一个犯过错误的人,你既往不咎,反过来重用他,他一定会化愧疚为动力,好好为你卖命的。至于华山的车祸,是否有他的手脚?巴兰兰严词拷问过,他发誓赌咒地说:"如果是我干的,不得好死!"于是她便把筹办婚礼的事情交给了他。

"婚礼定在哪一天?"

"随便哪一天吧,我不信邪。"

"还是请高人看个日子吧。"

"哪有什么高人?"

这样问的时候,巴兰兰已经想起一个人,印真,一个出家人,在一次中学同学的聚会上碰见过,年纪大概和陈百川相当,秀色可餐——那还是平生第一次,她觉得一个男人也是配得上这个称赞的。她并没有主动和他套近乎,是因为,她对佛教和僧尼并没有什么好感,似乎生来如此,其实与一次无关紧要的小事有关。那还是上大学的时候,她和几个同学去承德旅游,顺便去过一趟普宁寺,先是凑热闹在寺旁一家素菜馆吃饭,一桌子菜的确是素的,却都有一个"荤名",什么素鸡、素鸭、素鱼、素火腿,她就说:"吃素就吃素,为什么还忘不了鸡鸭鱼?"一个对佛教颇多钻研的同学就反驳:"你为什么要那么'执着'呢?你把自己心中的'执'破了,就不会觉得有问题了！"她就顺嘴把平时早有的疑虑说出来了："这佛教可真是够深奥的，喝酒吃肉，在张三是罪过，在李四又成了'酒肉穿肠过、佛祖心中留'。这素斋倒用上了荤名，我好心好意提个意见吧，有人又说，我太'执着'，真是'不执'也不对，'执'了也不对，里里外外都是错，那么你说说，佛教到底希望人成为什么样子？"那个同学看上去并没有吃透佛理，只好红着脸说："你太张狂了，竟然在佛教圣地旁边如此胡言乱语！"她就借刀杀人地说："我不过是随便说说而已，你'执着'什么？"同学们全都尖声大笑。接下来，大家都进寺内上香，她便不去，单独留在一棵高大的法国梧桐树下生闷气。这个气径直就生到现在，转眼七八年过去了，她真的没有向任何地方的任何佛主烧上香磕过头。有了钱之后，还公开说："我是只做慈善不信佛，只捐学校不捐庙。"这一点，和绝大多数有钱人不同，据她所知，百分之八十的富人和官员都信佛，有些人整天跟在层出不穷的"大师"后面做虔诚状，可你仍然不觉得自己置身于一个有信仰的国度里。当然，她所谓的"不信"，也不一定是真的不信或全然不信。每当看到喜欢的一些历史人物，如王维、苏东坡、李叔同等人也是著名的佛子，她总会谴责自己对佛教的不恭，她常常会这样想：也许所有的"经"都被念歪了，这个世界的"经"，包括《圣经》《古兰经》，一旦诞生之后，会被一代一代的念经人越念越歪。任何一部"真经"，都难免会被"念歪"，这甚至可能是这个世界的一大定律。那么，自己也许应该选一种宗教信信了，佛教？基督教？伊斯兰教？她终究觉得自己和每一种宗教的距离，都一样遥远。所以，她并没有对深受同学们爱戴的"印真大师"示以应有的热情，点了点头就走开了。后来多次听到有人夸赞印真，说他和常见的这个大师那个大师不同，带着几个徒弟在深山里面开出一片荒地，自己种粮食和蔬菜，过着与世无争的生活，更重要的是他能掐会算，十分灵验，还不收你一分钱。当然要找到他也不容易，更多的时候，没人知道他身在何处。

那么，如何找到印真呢？

一位姓戴的老同学自称和印真有私交，知道印真的住处，愿意替她领路，说："运气好就能见到。"于是，立即就同车上路了，小蒋开车，驱车近两小时，终于找到了印真的住地。令巴兰兰大感意外的是，这是一座隐蔽在深山里的小院子，和一路上所见农家小院全无二致，四围半是树丛半是耕地，地里面种着些家常蔬菜，白菜、萝卜而已。听见车响，有个小和尚快步迎了出来，穿着和印真完全相同的衣服，灰色的粗布衣服，黑色的圆口布鞋，鞋尖上沾着新鲜的泥巴，刚刚做完农活的样子。

"印真在吗？"戴同学问。

"要等一下。"小和尚说。

小和尚请他们进屋稍候，他们便依次进了院子，进门时看见院门顶上有四个字：明心禅院，字迹陈旧，显然是直接刻在门楣上的。

院内更是平淡无奇，地面白净，气场霭然，戴同学反客为主，领着巴兰兰进了正面的房子，一进门就看见一幅画像，戴同学很有表现欲，主动介绍说："这是达摩祖师一苇渡江图，达摩是中土禅宗的祖师。"巴兰兰一边点头一边端详画像，达摩戴着一顶很大的草帽，似乎有可能飘离画面，两边配有行书的对联：

抓住一念正觉
放下三千无明

桌上并没有香炉，地上也没有功德箱，刚好免了烧香叩头捐功德，对联的意思半懂不懂，巴兰兰就谦虚地问戴同学："无明是什么意思？"戴同学说："无明就是烦恼。"巴兰兰问："烦恼为什么被称作无明？"戴同学却羞涩地摇摇头。随后戴同学带着巴兰兰进了西厢房，进去一看，是书房兼会客室的样子，地上铺着灰砖，刚刚散过水，能闻到尘土猝然变湿后微微发辣的气味，好久没闻过这样的味道了，一时觉得十分亲切，阳光照亮了大部分空间，而阳光也像乳白的米浆一样，是一种白得过头的颜色。巴兰兰缓步走进去，心里很好奇，想知道印真的藏书是什么成色，结果发现书籍不算少，但佛教经典并不多，除了《金刚经》《般若波罗蜜多心经》，没看见别的，更多的书和七七八八的专业有关，比如风水、针灸、木工、推拿、武术、书法、绘画……有些书是打开平放在桌上的，有些是立在架上的。桌子是长条桌，凳子是单个的方凳子，都没上过任何油漆，暗暗带着些醒世的意思。之后戴同学又诡秘地拉着巴兰兰，进了书房隔壁的屋子，说："这是他们的厨房，印真亲手做的酸白菜很好吃。"戴同学真的是熟门熟路，直接找到屋拐角的枣红色大缸，揭开竹编的盖子，一股浓厚饱满的酸味立即就扑了出来，令本来就喜欢酸味的巴兰兰直咽唾沫。"能不能尝尝？"巴兰兰悄声问，戴同学一听巴兰兰感兴趣，用主人般的口气说："好啊。"于是直接把手伸进菜缸，揪出一绺，撕开后，把一部分给了巴兰兰。

刚刚尝完酸白菜，印真回来了，脸上挂着汗珠，肩上扛着锄头，一副寂寞却又完足的神态，看见他们，直呼："贵客贵客。"

戴同学说："巴老板有事要问问你。"

印真看一眼巴兰兰，笑而不语，进厨房舀了一大碗水，大口喝进去，然后抹抹嘴，坐在门口的长条凳上，轻声问："看日子吧？"

巴兰兰心里一惊,不置可否。

印真说:"你认为哪天是好日子,哪天就是好日子。"

戴同学说:"印真,别糊弄人家啊。"

印真不恼,而是笑笑,说:"我说的是实话。"

巴兰兰附和:"其实我也这么认为!"

印真对她竖起大拇指,说:"你是对的。"

戴同学说:"印真,人家大老远来了,就给看看嘛。"

印真说:"我给你们讲个故事吧。"

印真顿了顿,目光从巴兰兰、戴同学、小蒋脸上依次扫过,说:"有一个人,请一个风水师去自己家里看风水,两个人徒步走在路上,一边走路一边说话,半路上请人的人突然不走了,还回头暗示风水师不要说话,过了一会儿,那个人说,好了,现在可以走了。风水师不解,那人说,前面是我家果园,刚才有个孩子正在树上偷苹果。风水师问,为什么停下不走了?那人说,孩子看见我,会吓着的。风水师就说,我不用去你家了,你家的风水肯定没问题。这个故事,不知几位听明白了没有?"

戴同学歪歪嘴,很有些没面子。

巴兰兰说:"多谢你印真大师,我喜欢这个故事!"

印真说:"那就好,不过千万别叫我大师,叫我印真就好!"

巴兰兰说:"那好,印真!可以问别的问题吗?"

印真说:"当然可以啊,您尽管说。"

巴兰兰想了想,问:"你这儿怎么连个烧香的地方都没有?"

印真立即反问:"烧香?给谁烧?"

巴兰兰说:"给佛祖啊,给菩萨啊!"

印真摇摇头,不紧不慢地说:"巴老板,用不着的,你最知道,你的钱是你自己辛辛苦苦挣来的,和烧香磕头没一点关系。"

巴兰兰说:"这样说来,烧香磕头都是无用功喽?"

印真说:"没错,是无用功。"

巴兰兰问:"那我从来不烧香不磕头是对的?"

印真笑了,说:"当然是对的。"

巴兰兰一时问不出什么了,似乎几步就走到路尽头了。

印真面带微笑,说:"佛陀并不是一个教主,佛陀说法七七四十九年,最后却说:自己从来没有说过一个字;还说:若人言如来有所说法,即是谤佛。既然如此,烧什么香磕什么头啊?有比烧香磕头更重要的事情可做……"

巴兰兰问:"什么事情?"

印真说:"修行。"

巴兰兰问:"如何修行?像您这样?"

印真说:"不,我是厌喧求静,仍然是外道之法,真正的修行就在日常生活里面,静闹一如,运水搬柴,盖房卖房,都是修行。"

巴兰兰和戴同学都笑了。

他们身后的小蒋也露出笑意。

巴兰兰问:"腌酸白菜也是修行吗?"

印真一笑,说:"也是,也是。"

巴兰兰问:"一个农村老太太腌酸白菜算不算修行?"

印真说:"修行的起点是面对自己的内心,引导你的内心脱离妄想羁绊,回到清静本源,一个农村老太太在家里腌酸菜,如果意识到了这一点,也算修行。反过来,最好的修行者又常常把自己当农夫看待,和农夫没有区别。"

巴兰兰说:"怪不得你腌的酸白菜那么好吃!"

印真笑了，说："过讲过讲。"

随即就告辞了。巴兰兰觉得此行还是有收获的，印真这个人优雅自然，眼神明亮清澈，却不是童稚的那种清澈，言谈习常如水，很少使用语意曲折的经堂用语，临别时也不像街头常见的僧尼那样，强行塞给你一大堆自行刊印的佛经。看来，一个合适的人，可以改变你对一个宗教的坏印象。说得更远一点，人，其实不可能是一个笼统的存在，只有可能是一个！另一个！一个！另一个！甚至也没有所谓"时代"，任何一个时代都是泥沙俱下，清者清，浊者浊，清者可以浊，浊者可以清。人啊人，有生以来第一次，就像尝到了甘蔗的甜味一样，她尝到了"人"这个字的甜味。印真讲的那个故事也相当对她的胃口，它的意义超过了一百本书。而阅览室里尘土的气味、阳光的颜色、长桌子和方凳子的模样，都令她印象深刻，这些细微的东西似乎比任何经典还有说服力。只是，有一点，还是令她蹙眉，整个书房里除了几本佛学经典和一些杂书，没有任何别的文字。每一种宗教都是本能地唯我独尊，把自己视为唯一万能的神，视作这个世界的唯一代表，轻易地把别的宗教视作异端。其实最自尊也是最脆弱，"排斥"的一半含义是另一个词："自我袒护"。临行前，她大着胆子问印真："你有没有勇气把《圣经》《古兰经》也放进你的书房？"想不到印真回答得很轻松："这不需要勇气，佛陀本来就说：是法平等，无有高下。"

从明心禅院回到医院，心情柔软的巴兰兰敲高干病房的门，没声音，摸出钥匙打开门，没看见华山，就躬身冲卫生间轻唤：

——"老公？"

——"华老师？"

——"华科长？"

不 安

她殷勤的表情和声音，终于僵住了。她缓缓推开卫生间的门，又退回来，看见床上的被子叠得很整齐，是一种反常的尖锐的整齐，软软的白枕头，平常、朴素、干净，却别有深意，她轻轻揭起枕头，看见了华山的留言：

亲爱的兰兰：

　　在即将离开的瞬间，我才知道，我多么爱你，但是，我已经决定了，我必须离开你，离开学校，去做我内心最想做的事情。
　　我也向学校递交了辞职书。
　　祝你找到一个好丈夫。
　　祝你一切顺利！
　　住院期间的费用，只好请你结算了。
　　请允许我说声抱歉！

枕头底下还有别墅的钥匙，还有那本九十五万元的存折。她坐在床边，一点不怀疑事情的真实性。她心痛欲裂，不仅是痛，更有强烈的仇和怨！不光是对华山的，更是对男人的。她把别墅的钥匙砸在了对面墙上，还不解气，又抓起那本存折，毫不犹豫地撕扯起来，封面过于柔韧，不好撕，于是单独撕芯子，就像撕着华山的肉，一条一条，坚定不移，终究撕成一堆碎片。撕完了，手还是痒的，还想做点什么。她想起这是医院，于是锁好门，回到车内。保时捷像一匹野马，冲出医院大门，开始一路狂奔，连闯三个红灯，超车无数，最终被一名骑着摩托车的交警追上来，绕前拦在了路边。

交警停好摩托，大步向她走来。

她谨慎地向交警点点头。

"怎么回事?!"交警的声音很大,却不强硬。

她笑了笑,说:"对不起!"

交警走过来,微微凑近她,在她胸前嗅了嗅。

"喝酒了?"他问。

"没有。"她答。

"你闯了几个红灯知道吗?"

"我闯红灯了?"

"没少闯!连闯三个!"

"不好意思!"

"走,跟我走一趟。"

"去哪儿?"

"当然是派出所,这种情况至少行政拘留十五天。"

"罚点款不行吗?"

"行政拘留,再加罚款!"

"能休息十五天当然不错,可是,我实在太忙太忙啦!"

"你姓巴是不是?"

"是呀,你认识我?"

"裴城开保时捷的,就你一个!"

"实在不好意思。"

"真的没喝酒吗?"

"真的没喝酒,不信你再闻闻。"

交警愣了一下,并没去闻。

"没喝酒怎么闯红灯?"交警的声音里有了妥协。

"我向您认错!"她向他深深鞠了一躬。

他眼前奇奇地一亮。

她抬起头，看见他脸红了。

"你是有身份的人，以后要注意呀！"他说。

"好的，好的！"她说。

交警转过身，回向摩托车旁边。

"罚点款吧？"她冲他的背影喊。

"你那么有钱，罚也白罚！"他回头说。

她给他做了个鬼脸。

意外的是，他还了一个鬼脸。

交警踩响摩托车，拐过弯，从她身边经过，迅速远去。

她冲他喊："你好帅！"

她钻进车里，木木地坐了一会儿，然后打着火，放下手刹。她的心情好了许多，她突然想听歌剧了，想听《波希米亚》。最近她很少听欧洲歌剧，更多的时候在听西城男孩、恩雅、喜多郎，还有中国的黑鸭子组合、王菲、齐秦、崔健，似乎听腻了欧洲歌剧，此刻突然又想听了。只知道是《波希米亚》，其实一句也听不懂。这可能正是喜欢听欧洲歌剧的一个隐秘原因。另一个原因此刻也才突然清晰起来了。正巧是第一次婚姻失败之后，偶然从海南交行的一个同事家听到了帕瓦罗蒂的声音，当时只知道是美男子帕瓦罗蒂，是欧洲歌剧，并没有关于欧洲歌剧的任何常识，但是，那种把悲痛诗化的味道，将苦难升华的味道，那种把地狱和天堂杂糅起来，再涂上一层阳光的深刻的唯美，令她有再造一般的感受，令她突然清醒，这个世界上不光是自己一个人在受苦，人活着就是苦乐无极的一个过程，甚至苦也是乐，乐也是苦，但归根结底是乐而不是苦，是人生的奇观，是帕瓦罗蒂的面孔，是帕瓦罗蒂的声音，是伟大的欧洲歌剧。顷刻之间她就成为一个超级歌剧迷。那之后没过几天，她就大胆地丢掉好不容易得到的工作，做了陈百川的助手。

她把车开进裴城师院的校园，打吴江的电话，吴江小声说："我在开会。"她再打华山的电话，听到的声音是："对方已关机。"

第九章

1

这是由市政府召集的一次现场会,几天前就接到了会议通知,议题已经不是新闻了:关于国有企业裴城造纸厂是否进行改制的问题。与会者有原移民办主任、新任市政府秘书长王茂林,国资委主任董建军,国土局局长张宽,轻工局局长王亮等人,还有多家银行的行长,包括工行徐行长。另有十几个工人代表。

厂长洪武正在介绍基本情况:"裴城造纸厂始建于1975年,隶属裴城市轻工局,占地220亩,有职工310人,离退休人员154人,下岗职工78人,建厂之后的前15年里,总共向国家上缴利税8000多万元,遗憾的是,由于设备老化,经营不善,自1992年起开始连年亏损,每况愈下,近两年实际上是负债经营,负债情况如下:欠银行贷款1000万元,欠社保医保基金600万元,欠增值税和所得税200万元,欠人员工资350万元,呆坏账320万元,负资产500万元,合计约2500万元。"

洪武急速翻看着手上的资料，又说："我们对全厂职工进行了一次摸底调查，情况如下：一、61%的工人希望继续保持国有企业的性质，不搬迁，不改制，改造和更新现有设备，投资兴建污水处理工程；二、18%的工人支持被兼并，但不是被民营企业，最好是被大型国有企业，也就是说，这部分人也不同意改变国有企业的性质，两者相加，就是79%；三、12%的人不在乎姓社姓资和是否搬迁，只要能救活厂子，能领到工资，足额享受社保、医保、老有所养、老有所依就好，需要说明的是，这部分人实际上希望未来的厂子最好仍然是大家热爱和熟悉的造纸业，而不是房地产业或别的什么行业，前三者相加是91%；只有9%的人不在乎厂子被一家搞房地产的私人公司兼并！"

"你个人是什么意见？"王茂林问。

洪武显得很羞涩，讷讷不言。

"你是厂长，谈谈你的意见。"王茂林又说。

"我是1994年接任厂长的，当时的形势已经很差了，我上任之后，没能扭转亏损局面，我感到很惭愧，我对不起组织和全厂职工对我的信任，在现在这样一个历史关头，说实话，我的态度，是十分十分矛盾的。目前，国有企业改制，接受有实力有前途的企业——包括民营企业的兼并，在全国各地屡见不鲜，这可能是一条唯一可行的路子，但是，我愿意放弃个人意见，站在广大工人一边，希望市委市政府帮助我们改造和更新设备，兴建污水处理系统，我们有信心在未来几年内实现扭亏增盈……"

之后是大约半分钟的沉默。

王茂林消了消怒气才说："造纸厂曾经有过辉煌的历史，为裴城人民做出了很大贡献，但是，最近这几年却连年亏损，亏损额越来越大。说实话，这样的烂摊子再多几家，真的会把政府拖垮的！你们也知道，主管部门已经想过很多办法，或合资，或寻求兼并，最初的目标也是大型国有企业，但是，谈过的企业，都是望而生畏，这么大的包袱，这么多的欠账，说句糙话，白送，都没人敢要！而且，比救活一个造纸厂更迫切的问题，是全市人民都在关心的一个问题，污染问题。半座裴城都能闻到你们造纸厂的臭味。这已经不止是一个经济问题，更是一个关系到安定团结的政治问题！"

巴兰兰向王茂林示意要说话。

王茂林说："请君科集团巴总裁讲话。"

几个工人代表在鼓掌，不温不火。

巴兰兰声音略显沙哑地说："刚才听了洪武厂长的介绍，我的心情很沉重，说实话，造纸厂的负债情况远远超出了我的想象，2500万，这不是一个小数字！而且，全厂职工总共310人，其中离退休人员154人，下岗职工78人，占了多一半，这个数字同样超出了我的想象！在我看来，2500万的欠账倒还可以接受，而如何安顿233名离退休人员和下岗工人，则是一件令人望而生畏的事情，没错，我们君科集团近来的确在论证收购造纸厂的可能性，但是，此时此刻，坦率地讲，我在打退堂鼓！"

巴兰兰一边讲着话，一边暗暗观察着洪武厂长和那几个工人代表的反映，她清楚地看见，包括洪武在内的那些工人们眼神有多么脆弱！他们对自己的企业能否走出困境其实完全不抱希望，然而，他们又是多么顽固地想保住"国有企业"的说法，唯一的原因是，"国有"二字令他们有安全感和温暖感，待在国有企业里，他们就是国家的人，就像婴儿愿意待在母亲怀里。如果是一个孱弱的孩子更会如此。

徐行长也主动讲了话，他说："众所周知，国有企业的改造面临两大难题，一是钱从哪里来？二是人往哪里去？你们口口声声讲，要更新设备,要增加污水处理系统,应该先问问,钱从哪儿来?这么大的亏损,哪家债权银行还有信心贷款给你们?你们替政府和银行想过没有?不客气地说,裴城造纸厂是一个无底洞,砸多少钱进去才算够?再说,有了新设备,有了污水处理系统,洪厂长,你就能保证扭亏为盈吗?你们真正缺的不是钱,不是设备,不是污水处理系统,而是管理,一流的管理!其次,人往哪里去?二百多名离退休人员和下岗工人往哪里去?这是一个更让人头痛的问题!"

巴兰兰原本低着头,此刻抬起头,和徐行长对视了一下,向他送去谢意,她突然觉得,徐行长光亮的脑门颇有了几分美感。

国资委主任董建军说:"前不久,我记得是3月23日,中国政府已经宣布,全球胶卷业的老大,美国柯达公司对中国的胶卷工业实施全行业收购。由此看出,中国政府并没有过多地考虑姓资还是姓社的问题,关键是要相信资本的力量,还有技术和管理的力量,只要能救活一个企业,只要能提高就业率,只要能给国家上缴利税,姓资还是姓社,还有那么重要吗?当然,如果有哪家民营企业愿意收购造纸厂,我们会尽最大可能保护国有资产,尽最大可能保护工人利益,这一点,请大家放心。"

部分工人代表鼓了掌。

最后,轻工局局长王亮发了言:"这几年全国的国有企业改革,都陷入了困境,不光是我们裴城造纸厂。问题是,我们不能坐而待毙,还得继续探索改革的新路子、新方法。看起来广大工人对国有企业是有感情有信心的,这一点我很理解。但是,不能不说,工人们的观念还是陈旧和落后的,从最近的一些迹象可以看出,国有比重下降,私有比重上升,是中央政府推进改革的一个方向,东南沿海为什么比内地更发达?就是因为,人家早就不争论姓社姓资的问题了,江苏省省长舒圣佑最近在报纸上说,'不求其纯,但求其佳,不要因为拘泥于比重问题,而束缚了手脚!'。我们轻工局的态度是明确的,那就是积极稳妥地推进国有企业的改革,当然,不排除被私营企业收购。"

只剩一个青年工人在鼓掌。

"请哪位工人代表发言?"王茂林问。

工人代表们相互交换着目光,多数人显得缺乏勇气,其中一个年纪较大的,看来是众望所归,他半推半就地站起来,说:"我是造纸厂最早的那一批职工之一,当时我还是一个二十出头的小伙子,现在已经是一大把年纪了,我们对这个厂子是有感情的……"这时,他说不下去了,千言万语都包含在"我们对这个厂子是有感情的"这句话里了。他身边的一个中年女工站起来接着说:"说实话,我现在觉得,自己像一片风中的树叶,随时都有掉下去的危险!说句不怕丢人的话——我是一个老党员,我担心,被一家私营企业收购之后,连交党费的地方都没了。"说到这儿,她哭起来。

所有在场的人都看见巴兰兰也在抹眼泪,这虽然是一个女商人的眼泪,一个对国有资产垂涎三尺的女商人的眼泪,却仍然令人动容,会场的气氛因此一下子变得柔软了,尤其是那些工人代表,几乎看到了活下去的希望。

巴兰兰含泪说:"我是商人,在商言商,是否收购造纸厂,我们还需要再研究,我们有良好的愿望,很想为国家分忧解难,但是,如果负担太重,我们也不敢碰。至于大家对私营企业的担忧,我想顺便解释几句。私营企业,可能确实没有国有企业那么好混日子,私营企业不养懒人和闲人,但是,私营企业不见得缺少温暖和人情,我的生意经就是三句话:一句是'小钱靠智,大钱靠德',另一句是'做人,做事,做生意',第三句是'有钱大家赚'。这三句话很简单,很好理解，我就不多解释了。关于交党费、过组织生活的问题，我认为，这很好解决，不就是成立一个党组织吗？我本人不是党员，但我妈妈是党员，我妹妹也是党员，不能排除，某一天我也会申请入党！"

所有的与会者都鼓了掌。

王茂林宣布会议结束。

会后，巴兰兰得出一个结论：

这个时代最可怜的人不是农民，不是农民工，也不是乞丐，而是国有企业的工人，濒临倒闭的国有企业的工人！农民、农民工和乞丐都有房有地，不会欠那么多债，不会有太多呆账坏账，更不会有负资产，而国有企业的工人，真的像任人宰割的羔羊，他们脸上的悲伤和脆弱，是阳光底下最让人不安的东西。

巴兰兰给魏卓然打了电话，把开会的情况讲给了魏卓然。魏卓然没耐心听她在电话里唠叨，说："宝贝，我好想你，快见个面吧。"一听这话，巴兰兰心里也是一热，随口就问："你在哪儿？"魏卓然说："我……我在办公室。"她问："我去你办公室？"他说："你回别墅等我吧，我马上就到。"她说："好吧。"

回家的路上，她脸上挂满哀伤，哀伤的原因很清楚：她挡不住自己和魏卓然见面。自从华山离开后，她再也没能力拒绝魏卓然了，自己的别墅就成了她和魏卓然频频幽会的场所。她实在不喜欢这样，但每一次，她都欣然允诺。她很无奈，她再一次发现，一个女人，一个失恋后的女人，是多么经不起撩拨，是多么容易被野男人——甚至是任何一个野男人，趁虚而入呀。可怕的是，这几乎是一种强烈的内心需要，需要把"感情"放在某个地方。狗日的感情，真的像一件奇怪的重物，必须安置在某处才觉得舒服，前面的男人走了，感情又回到自己手上了，于是，你必须重新找个地方把它放下，不管那地方是好是坏、是福是祸！否则你就觉得自己是"空"的，睁眼是空，闭眼还是空。聊以自慰的是，她还尽力保留了一点道德自信，吴江也再三纠缠她，得知华山失踪后他同样肆无忌惮——迎魏拒吴，算是溃败途中的一点还击，让自己稍稍有了一点道德自信。

她一回家就急急忙忙冲了澡，然后穿着粉红色的丝绸睡衣，点了支烟，悠然地躺在二楼的沙发上，等魏卓然来。可是，半小时过去了，接着又是一刻钟，还不见魏卓然的人影。巴兰兰等得有些心焦，站在窗边张望了几次，越等越心焦，几乎是孩子式的没耐心，一边还在讨厌着自己。她不相信自己爱上了魏卓然，可是，她不明白自己为什么希望他快点来？仅仅因为欲望？似乎是，又似乎也不是。如果是，她真想把那个黑洞堵死，把自己变成一个石女。如果不是，又是什么？不是爱情，也不是欲望，那是什么？这样捉摸来捉摸去，又过了一刻钟，魏卓然终于来了，他的奥迪A6响过来了。她笑自己，也像小蒋一样，学会听车了！门铃响了，保姆小蔡开了门。她低头，透过地板中央的钢化玻璃看见魏卓然正在换拖鞋，小蔡递给他固定的拖鞋。她突然就觉得自己喘气顺了，心里踏实了。魏卓然熟门熟路地上楼来了，她歪在沙发上一动不动，她看见魏卓然越来越有威严了，她想，权力真的可以让一个男人变得高大起来。魏卓然说："正要出门，吴江来了，好不容易才甩开。"她嘟着嘴不理他。他坐在她旁边，隔着丝绸睡衣捏她，她忍着痒，还不理他，他把手伸进睡衣，她急忙压住，说："去去去，属狗的！"他就作声学了狗叫，然后奶声奶气地说："狗狗想吃香肉肉了！"说着便推起她身上羽毛般柔软的睡衣，俯身吮住她右边的乳房，她尖叫一声道："属狗的你快把我吃了吧，连骨带肉都吃了！"他模仿着小狗的样子，头一点一点，接着又换成另一个。这个瞬间她突然相信自己就是荡妇，是潘金莲转世，用全然不要脸的天才般的狂野，把"荡妇"二字写满魏卓然身体的每一个角落……

她下床要去洗澡，才发现他的肩膀上留下了一个清晰的牙印，急忙检查别处，又发现肚子那儿也有一处酷似花瓣的瘀青。

"完了！"他脸色大变。

"对不起呀！"她说。

"我没法回家了！"他看着她，几乎有些绝望。

"怎么办？"她也慌了。

"只能撒谎了。"

"那就撒呗，你们男人哪个不撒谎？"

"怎么撒？你帮我想。"

"我也想不出来。"

"你说怪不怪，刚才怎么一点没疼呢？"

"真的没疼吗？"

"根本不知道你咬过。"

魏卓然摸着肚子上的瘀青，还在想，这么深的瘀青，为什么竟一点没疼呢？巴兰兰已经进了隔壁的卫生间，习惯地插上了门。

闲着没事的魏卓然正想给谁打电话，手机先响了，是政府秘书长王茂林打来的，听了几句，魏卓然说："造纸厂的问题，不光是一个国有企业出路问题，就算造纸厂是一家赢利大户，也得立即搬走，污染问题必须用最快的时间解决，否则全市人民不答应，这是咱们赢得民心、树立形象的最好机会，说白了，解决造纸厂的问题，不是为了造纸厂，也不是为了巴兰兰，而是为了我，为了你！"王茂林又说了什么，魏卓然再一次打断他，说："国有资产？造纸厂有狗屁国有资产，只有'国有累赘'，没有国有资产！把三江口的污染问题解决了，再把几百个工人的吃饭问题解决了，又把不安定因素消除了，我们只赚不赔，国有资产的流失，是一个很难计算、很难量化的问题！你想想，怎么才算是没流失？维持现状？让私营资本家把所有的窟窿都堵上，把所有的欠款都还了，然后再把土地的价钱、设备的价钱统统算进去，当然好！可是，哪儿找这样的资本家？"

魏卓然听见卫生间的门悄悄拉开了，水声也微微变小了，于是提高嗓门说："当然，我们要争取双赢的局面，既要推进国企改革，又要彻底根治污染，又不能给外界造成贱卖国有资产的印象，也不能给工人留下我们在甩包袱的错觉，尤其不能让寇伟书记认为，我们和君科集团是官商勾结，狼狈为奸！总之，让国资委派几个专业的资产评估师，从各个角度好好评估一下，拿出一个各方都接受的方案来！"

巴兰兰此时裸着身子出来了。

魏卓然说："好了，见面细说吧。"

巴兰兰抽出两支烟，并排叼在嘴上，一同点着后，把一支给了魏卓然，然后坐在同样赤裸的魏卓然旁边，斜着身子，把半口烟喷在他两腿间，淡淡地说："有时候双赢的局面是不可能出现的，希特勒和东条英机是没权利要求双赢的！这个比喻很不恰当，但是，道理是明摆着的，谁让他们把好好一个企业搞成那样子的？现在，整个国家都在甩包袱！你们的问题不是把包袱甩给谁而是谁愿意接这个包袱！"

魏卓然说："无论如何，别让我没面子。"

巴兰兰说："刚才为了照顾你的面子，没给吴江打电话！收购造纸厂，也是为了照顾你的面子，让你烧好新官上任的第一把火。"

魏卓然来不及掩饰，脸红了。

巴兰兰笑着说："小气鬼，开不起玩笑！"

魏卓然不吱声，但是，他发觉他的雄性欲望被她的一句话激起来了！她用余光看见了，禁不住喊："又硬了！"魏卓然自己也抬头扫了一眼，然后又躺下，不理它。巴兰兰拿走他手上的烟，连同自己的烟，双双搁在木质烟灰缸上，再回到床边。他说："我是希特勒，我缴械，你干我。"她说："那我就不客气了。"

  这一次魏卓然表现更优异，后半程还是他主动，要粗放有粗放，要精细有精细，最后得出一个结论：摆平一个荡妇的成就感，相当于打赢一场以少胜多的战役，每一个环节都堪称经典，实在令人回味无穷。巴兰兰又去卫生间了，还是插了门。他下床去找烟，看见烟灰缸上那两颗幽幽共眠的黄色过滤嘴，各衔着半截白白的烟灰，那种半是实体半是虚形的样子，刹那间令他心里一惊，就像突然看懂了一句禅语，有着当头棒喝的力量。他便不抽烟也不回床上，干脆静静地蹲在一旁，一直在看一直在品，慢慢又看不懂、品不清了，有魔术般的气息从烟灰上飘起来，迷住了他的眼，裹住了他的心。坚持再看再品，似乎又懂了，又明白了，不过这次的懂和明白却包括了迷和不解。

  巴兰兰回来后，他还蹲在那儿。

  巴兰兰问："狗狗你在干什么呢？"

  他说："你来看，它俩！"

  她也蹲在旁边，说："像一段情，燃尽骨和肉，化成灰。"

  他说："哎呀，到底是诗人！"

  她说："什么都是一双，男和女，天和地，爱和恨，夜和昼，喜和悲，虚和实，明和暗，梦和醒，这个世界的秘密，就这么多了。"

  他指着她乳房说："它也是一双。"

  她没笑，反过来指着他底下："你的也是一双！"

  他笑了，说："我这个不是，是单的。"

  她说："加上我的不就双了？"

  他爆笑如雷。

她站起来去穿衣服，神情苦涩。她想起了小伙子华山，她觉得，她是爱他的，他离开之后，她才知道自己爱他，舍不得他。

他也跟过去，开始穿衣服。

小蔡在底下喊："兰兰姐，吃饭了。"

两个人便下楼吃饭，饭桌上，魏卓然说："造纸厂的事情，你还是找一下寇伟，这样，讨论起来就好通过。"巴兰兰说："我也这么想。"魏卓然说："你约他，他会很高兴的。"巴兰兰问："为什么？"魏卓然说："官场没秘密，谁是什么背景，人人清楚。"巴兰兰问："我去办公室找他？"魏卓然想了想，说："对，就去办公室，其实他就住在办公室，里面有一间套间。"巴兰兰问："为什么不给他一套房子？"魏卓然说："房子有，他坚持不要。"巴兰兰说："看来，这个人真是个清官。"魏卓然不说话，巴兰兰说："你还是要谨慎，小心被他抓住把柄。"魏卓然说："是呀，是得谨慎。"巴兰兰说："造纸厂的事情，我不会为难你的，不良资产的部分，绝大多数地方都是完全剥离的，实际上是国有资产的全部退出，银行贷款，包括利息复息，都是想尽办法悬空和逃废的，我保证，我可以让你这个新任市长更体面一些，不良资产，剥离一半，保留一半。"魏卓然说："那就太好了！我可以想办法补偿你，比如，白象湾那边，先给你一些农业用地，将来找机会变性，农业用地变成商业用地，价值可能会翻几十倍。另外，矿泉水的开发也可以交给你。"巴兰兰说："好，一言为定，我明天就去找寇伟，我主动提出，不良资产剥离一半，保留一半。"魏卓然说："你要讲点策略，把这个功劳记在寇伟头上。"巴兰兰说："这样好。"

魏卓然吃饱肚子走了之后，巴兰兰才开始头痛了。她想，自己的英雄主义和哥们儿义气再一次将自己逼上梁山："剥离一半，保留一半"，一句话就是一千多万！我哪有那么多钱呀！白象湾工程即将竣工，最后一笔工程款如果顺利到账，粗粗算一下，毛利三千万没问题，但是，其中的一少半已经花掉了，剩下的钱，只够维持日常开支，接下来又要像乞丐一样四处借钱了，不是一两千万，而是五六千万！

钱！钱！又是钱！

债务的一半，土地出让金，拆迁费，需补发的工资，医疗保险，各种福利，还有不可预计的费用，那又是一个烦死人的数目！

"让我去死吧！"她大声说。"兰兰姐，你别吓我。"正在收拾厨房的小蔡说。她走过去，倚在厨房门上，说："小蔡，我真想和你换个过，你当巴兰兰，我当蔡珍。"小蔡认真地看了她一眼，说："你也当不了我，我也当不了你，都是命里定的。"她问："你是不是特别信命？"小蔡正用清水冲碗，说："是呀，打一个碗都是命。"她不说话，走过去，从小蔡手上要来那个碗，咣当一声脆响，那碗已经碎了一地，"这也是命吗？"她问，小蔡张大嘴，吃惊地看着满地的瓷片，说："天啦，你把一百个碗打了！"她问："为什么是一百个碗？"小蔡说："我算过，你家的一个碗，等于我家的一百个碗！"她蹲下身要捡那些碎片，小蔡急忙拉住她，说："我来我来。"她手上已经有了一块碎片，薄薄的瓷胎，幽亮的光泽，美丽而傲气，她拿着碎片回到楼上的卧室，再三端详它，明白了一个道理：人类的技术越来越精湛，活儿做着越来越精细，这一切，都是为人类的奢侈服务的，同样的饭用不同的碗吃，真的就香了吗？同样的茶用不同的杯子喝，真的就成茶道了？同样的人，穿上名牌衣服，真的就高贵了？天啦，天啦，人类是多么矫情的一种动物！

她躺在床上，一点都不想动。

"我不去找寇伟不行吗？"

"我不收购造纸厂不行吗？"

"我不矫情不行吗?"

小睡一会之后,她给妹夫马林打了电话,请他回一趟老家,看看他的老同学华山是否回家了?至少看看华山的腿伤是否痊愈?

2

马林开着巴梅梅的宝马318,先回了自己家,再来到山那边的九屋村,当年上学的时候,从自己家到华山家要步行两三小时,眼下只用了一刻钟。华山哥哥家的院门是锁着的,一个白胡子的老头主动问他:"你是找华山吧?在村西头盖猪圈呢。"马林说:"麻烦你帮我带个路好吗?"老头坐在车上,把马林直接领到华山面前。华山腿上的夹板和绷带还在,坐在一块大石头上指挥十几个人盖猪圈,看上去规模不小。看见马林,华山并没有意外。"好好的大学老师不当,当猪司令啊!"马林喊着说,华山拄着拐杖站起来,说:"你消息够灵通的。"两个老同学离开工地,走向附近的一个小山丘,那上面杂树丛生,树底下均匀地铺着一层松针。"你真的要养猪吗?"马林问,华山说:"养猪有什么不好的。"马林说:"我是说,一个大学老师养猪,实在大材小用了。"华山扔下拐杖,坐在柔软的山坡上,看着低处的工地说:"我计划先养一百头猪,目标是万头,接下来还打算开饲料厂,慢慢扩大到养鸡、养鸭、养牛、养鹌鹑,饲料可以养猪养鸡,猪粪鸡粪可以制造沼气,沼气可以用来煮饭烧水,又可以用来孵化,这样就能形成一个小小的产业链。"马林盯了一眼华山,觉得他的口气和表情,都不像原来那个老同学了,"这恐怕是你哥的理想吧?"马林问,华山说:"你说对了,这的确是我哥哥的理想,他曾经说,他要把九屋村建成一座小城市,有医院,有学校,有公园,有工厂,有饭店……他死了,我来替他完成吧。"马林抓起一把柔韧的松针,再任它一根一根从指间落下去,华山也捡起了几根,随即丢掉,马林说:"你知道吗,你住院的时候,巴兰兰已经安排人准备婚礼了,打算作为礼物送给你。"华山满面忧伤,说:"那么大的礼物,我受之有愧。"马林的表情有些微变化,问:"你没埋怨我们吧?"华山笑了,说:"我为什么埋怨你们?"马林说:"我和巴梅梅一直真心盼望你们好。"华山说:"是我自己不争气,辜负了大家的好意。"马林说:"其实,巴兰兰没多少钱,从海南回来只带了三百万,做完白象湾工程,大概会有两三千万,离亿万富姐还差得远。"华山说:"我相信,她成为亿万富姐,用不了几年时间!"马林问:"你为什么一定要离开她呢?"华山说:"老同学,并不是所有的男人都适合傍大款!"马林问:"如果你爱她,她也爱你呢?"华山想了想,说:"这个问题,很难拿到实验室里化验,然后得出一个科学的结论。"马林笑了,说:"我差点忘了,你小子是学化学的。"华山抡了马林一拳,两个老同学之间的隔膜感,这才突然减去了几分。马林又问:"你说句真心话,你对她还有没有意思?"华山警惕了一下,问:"是她让你来的吗?"马林坚定地撒了谎:"不是,真不是。"

回到裴城,马林对巴兰兰说:"华山的确回到九屋村了,已经当上九屋村的村长了,正带领乡亲们养猪养鸭养鸡,走致富路呢。"

巴兰兰问:"腿伤好了没有?"

马林说:"好了,就是有点瘸,很明显。"

巴兰兰说:"麻烦你了。"

马林说:"还有,华山准备娶他嫂子。"

巴兰兰说:"知道了。"

3

这是星期天,早晨开始下雨,是裴城习见的细雨,烟雾一样浮在城市的上空。九点,巴兰兰自己驾车前往市委,和寇伟见面。

登记罢,门房用内线打电话给寇伟,寇伟说:"请她进来。"巴兰兰进了主楼,乘电梯上楼,一出电梯就看见寇伟迎在那儿,她说:"哎哟,寇书记您太客气了。"寇伟说:"没有没有。"然后两个人并排走向有些昏暗的走廊深处,最里面南侧办公室的门敞开着,有大量的灯光溢出来,两人推让一番后,寇伟侧身先进去了。"快请坐。"寇伟说,巴兰兰坐在三人沙发的边上,看见茶几上放着一本《制度经济学》的书,里面夹着几张纸条,便说:"寇书记,读这么专业的书呀。"寇伟说:"我是学历史的,不懂经济,赶紧补补课——巴总,喝什么茶?龙井?铁观音?"巴兰兰说:"龙井吧。"寇伟进套间洗杯子的时候,巴兰兰继续观察着寇伟的办公室,对面墙上挂着一幅草书立轴:

千尺丝纶直下垂
一波才动万波随
夜归水寒鱼不食
满船空载明月归

落款注明"唐人德诚诗一首",书家的名字是"墨人",这两个名字,巴兰兰都不知道,于是问:"寇书记,德诚是谁,我好像没听过。"这一问已经令寇伟眼睛一亮,说:"德诚是唐代的一个民间禅僧,没多少知名度,据说是咱们 K 省人,墨人是我一个朋友。"巴兰兰喝了一口热热的龙井,脸上浮出了一点笑意,说:"寇书记,我有个建议,不知该不该说?"寇伟说:"您说,我洗耳恭听。"巴兰兰盯着草书立轴说:"您来裴城当书记,不住市委家属院,住办公室,这倒罢了,办公室里还挂着一幅字,上面写着'夜归水寒鱼不食,满船空载明月归',一定会引起误解的,大家会说,寇书记是下来镀镀金的,没打算在裴城久留,随时准备拍屁股走人——满船空载明月归!"寇伟微微有些脸红,说:"哎呀,巴总真是名不虚传的儒商呀,说实话,这幅字,这座楼上没几个人能认全。"巴兰兰说:"这不是欺负我们裴城没人吗?"寇伟先是一愣,继而大笑。

接下来谈到了正题。

"造纸厂的事情,想听听寇书记的指教。"巴兰兰说,寇伟神色突然变得为难了,说:"搬掉造纸厂,根除污染源,这一点是毫无疑问的,问题是,国有企业改制,全国虽然不乏其例,在咱们裴城却是有史以来第一次,具体怎么做,我也很头痛。"巴兰兰相信,寇伟百分之百认为,她是来求他照顾的,于是直接说:"寇书记,这种亏损严重、负债累累的中小企业,大部分地方是当作包袱甩出去的,实际操作中,都是将有效资产和不良资产切开,把不良资产割离出去,实际上就是国有资产的全部退出和完全转让!国家有个说法,叫'抓大放小'!"巴兰兰看见寇伟的脸色几乎有些难看了,故意停下来喝口茶,接着说,"不过,咱们裴城毕竟是内陆地区,大家的思想还没那么解放,大家对国有企业的感情比其他地方更深也更复杂,再加上寇书记和魏市长又是新官上任,这种情况下,我这个私营企业家,不能太自私了，不能一点亏都不吃，我今天来，就是为了向寇书记表个态：我愿意为国家分忧，更愿意为为寇书记和魏市长分忧！"寇伟不掩饰自己的欣喜，急忙给巴兰兰加了茶，说："太好了太好了，巴总，大家都说你是一个奇女子，看来果真如此，你这是用实际行动打消人民对私营企业的怀疑和顾虑，也维护了党和政府的体面，更重要的是，你给裴城的私营企业家带了个好头，树了一个很好的榜样，我会安排宣传部门好好报道你的，包括省上的媒体。"巴兰兰也是激情高涨，说："寇书记，你慢慢就知道了，我这个人做事图的就是大方和痛快，我是一个商人没错，但我是'做人，做事，做生意'，先做人，再做事，再做生意！"寇伟脸上的感动是真切的，他说："敬佩之至！"

  两个人渐渐有些气味相投的意思了，转眼到了吃午饭的时间，寇伟说："我请你吃饭，尝尝我们机关饭堂的味道。"巴兰兰说："好呀，好久没吃过大锅饭了。"两个人下楼，从主楼的后门出去，在润面细雨中步行二三百米，到了饭堂，立即看到热腾腾的景象，已经有数十人在吃饭了，大家一致抬头注视他们，眼神尽可能保持安静和寻常，但精神一振的样子是难以掩饰的，寇伟把巴兰兰带向较僻静的一个角落，然后回去点了菜，交了饭票。巴兰兰坐下后，心想："星期天还是有这么多人吃饭，一定和寇书记有关。"等寇伟回来，她用耳语把这个想法说给他，他笑了，嘴角斜出一点自嘲的表情。几分钟后，两个服务员一同端来了菜：家常茄子、西红柿炒鸡、土豆烧牛肉，还有一个汤，凉瓜海带排骨汤。寇伟说："不好意思，太简单了。"巴兰兰说："才好呢，少就是多，简单就是丰富。"寇伟先吃起来，吃得很泼，腮帮子一鼓一鼓的，而且发出了咀嚼的声音。巴兰兰边吃边想，寇伟一定是靠个人奋斗上来的，一定没少吃苦，这样的人当了官，大概会走向两个极端，一是贪婪无度，一是勤俭自守，而两者的比例可能是

10∶1，甚至是100∶1。寇伟几下子就吃完了一碗米饭，然后又自己端着碗回去盛饭，巴兰兰心里竟然一酸，几乎是母性大作，几乎在同情他。"看来他还没学会做市委书记！"她这样想，并迅速吃了几口米饭，不小心噎了一下，噎红了脸。他回来时看见她在咳嗽，便盛了一碗汤放在她面前。

次日，巴兰兰交给巴梅梅一个任务，上北京请启功先生写一幅字，钱多钱少无所谓，但必须有这样一句题款：寇伟先生雅正。

"我能不能在北京多待几天？"巴梅梅问。

"给你一周时间。"巴兰兰说。

"姐姐，给我放几天假吧。"

"什么理由？"

"我想……哎呀，不好意思说嘛。"

"会情人啊？"

"我哪像你，到处都有情人。"

"还有什么事能让你羞成这样？"

"我想去……减肥！"

"别贪吃贪睡不就减了？"

"我想快一点嘛。"

"手术减肥？安全吗？"

"我了解过，有一种360°环形吸脂术，精确到0.1毫升，而且不反弹。"

"那就去吧。"

"我想把陈海燕带上。"

"带她干什么？"

"她说，她以前也做过环形吸脂术，有经验。"

"人家愿意去吗?"

"如果报销路费,当然愿意。"

"好吧,手术费和差旅费全额报销。"

"我的好姐姐,谢谢你!"

"谢个鬼!"

4

白象湾工程即将全面竣工,402家红砖绿瓦的欧式民宅,1座横跨涪江的白象湾大桥,3条防汛渠,1所小学,8907米沥青路,4505米水泥路,大部分已经交了工,只待验收,只有白象湾大桥还需要至少10天工期。

巴兰兰的保时捷畅通无阻,直接开进村中央,然后和陈百川站在村庄背后的山坡上,鸟瞰村庄全景。"这肯定是全中国最华丽的一座村子。"巴兰兰说,准备在竣工典礼那天才刮胡子的陈百川一脸沧桑,沉默寡言,疲乏里半含得意。巴兰兰看了他一眼,心里又有了那种近似于同情或母性的奇异波澜,换句话说,就是想给他爱做,想用自己的身体洗净他脸上的疲乏和寂寞。有时候她实在说不清,这种情感是卑下的还是仁慈的。而陈百川也有一种本领,能及时准确地从她身上嗅出这种气味来,它像家乡的气味一样迷人,含着霉烂的暖意,有忠心奉献的精神,有绚丽,有怅惘,有熟又有生。不同的是,他的论断要简单得多,甚至和事实背道而驰:他以为她想要了,想放纵了。

"去泡泡温泉吧。"他说。

"不去。"她说,拒绝他,更是拒绝自己。

"我要操你!"他像在喊口号。

"哼,就知道!"她说,软软地推他一把。

"知道还装。"他发出动物般的笑声。

"不行,嫂子前脚刚走。"

"反正做不做她都会怀疑!"

"最近她还在怀疑吗?"

"是呀,她认为陈百川和巴兰兰是两只改不了吃屎的狗。"

"可是,最近咱们真的没有啊!"

"问题是,她打死也不信。"

"她不信是有道理的。"

"有狗屁道理。"

"马上,马上就有道理了!"

听了这话,他觍着脸抱住她,她夹紧双腿,用力向下蹲去。她真的在抵抗,真的想找个坑钻进去。但是,她是抵抗不过他的,他是一个魔鬼,她心里还有另一个魔鬼,他们是一对魔鬼,她一个人对付不了两个厮混多年的魔鬼。他推起她的裙子,扯下她的内裤。他开始脱自己的裤子,屠夫一样准备对她下手。她看见了自己裸露的双腿,像剥了皮的小树一样可怜,就急忙把裙子放下来。他穿着鞋,光着腿,举起巴掌,抽向她淫荡又憨圆的屁股,一声十分飘逸的脆响立即穿过树林,传向四处。她的另一双眼睛浮上林梢,看到了花影藤风之间,这触目惊心的一幕。她心里着实羞了一下,工人们都撤走了,移民们还没有搬进来,但是,她觉得四周的每一棵树、每一朵花都是长眼睛的,还有鸟,成千上万颗米粒般的小眼珠。而她的身体抛弃了她,已经在殷切地逢迎……

完了之后再谈工作。

"造纸厂的债务，我准备承担50%。"

"哼，穷大方！"

"舍是为了得，你懂吗？"

"人人都在抓紧机会占便宜，咱们为什么不？"

"魏卓然答应，给白象湾移民划地的时候，给咱们也划一些，等这一带发展起来了，地价会大幅飙升，羊毛出在羊身上，一样的。"

"那是画饼充饥！"

"别老想着一口吃个大胖子。"

"多难得的机会呀，千载难逢！"

"我和你不一样，我这个人，不喜欢驳别人的面子，你想想，寇伟和魏卓然是新官上升，他们是需要面子的，咱们接下了一个烂摊子，还承担了一半的债务，这是多么有面子的事情，接下来他们一定会想尽办法补偿咱们的。"

"钱从哪儿来？"

"贷款呀，这还用问？！"

"银行是你家开的？"

"银行会抢着给我贷款的，你信不信？"

"你和徐行长有一腿是不是？"

"只许和你有？"

"你他妈的，连那点洁癖都不要了！"

"陈百川，你他妈混蛋！"

她抓住陈百川的脑袋，一顿乱拳，打得陈百川满地打滚，最后，她在流眼泪，他躺在深深的草丛里一言不发，他从来不会对她暴跳如雷，但是，他身上会散发出冰一样的寒意——他在后悔，没有果断出国,而是留在了裴城;她在感叹,男人把女人骗到手之后就会本能地轻看你,你在他眼里便成了破烂货……

5

即使主动承担50%的债务,工人们也不买账,工人们真正不放心的,是两个字和一个人——"私有"两个字,花枝招展的一个年轻女子。这天早晨,天亮之后,人们发现,裴城市政府门口静静地坐着几十个人,有男有女,老者居多,多数人屁股底下都有一块坐垫,身边放着水壶、食物和雨伞,一部分人的脊背上背着标语:"还我国有企业合法权益""坚决反对私有化""强烈要求保持社会主义公有制""留住造纸厂,赶走资本家""做工人,不做打工仔""国企破产,美女发财"……另有一幅巨大的横幅拉在两棵树之间,上面写着:"中国共产党是以马列主义毛泽东思想为理论指导的工人阶级的先锋队组织。"其中的"工人阶级"四个字,是用更大的字号写成的。

借故留宿在政府招待所的魏卓然,在第一时间得到了报告,因而是从后门偷偷进去上班的。寇伟正在北京开会,接到电话后,下了三点指示:一,出动警察,备而不用,充分理解工人们的诉求,温和劝说他们撤退;二,用高度的政治敏感性对待此事,防止媒体接近,防止事态扩大;三,先请主管局领导出面,再请管工业的副市长出面,如果效果不佳,直接请巴兰兰出面,向工人们解释自己的经营理念,打消大家对私营企业的顾虑和怀疑。寇伟甚至请魏卓然提醒巴兰兰:"衣服穿朴素一点。"

轻工局局长王亮现身时，安静的人群立即亢奋起来，而且有了稀稀拉拉的口号声，王亮率人勇敢地向静坐人群接近，被迎面飞来的无数只鞋子、七八颗熟鸡蛋和一把绿色小阳伞吓跑了。接下来便没有任何官员敢冒险前往了。几辆警车和数十名警察看上去只是在驱赶越来越多的围观群众，其实更是向静坐队伍传达着必要的威慑力。魏卓然藏在办公楼的楼顶，用望远镜观察着大门口的形势，突然手机响了。

"还是我去吧。"

"再等等，等他们情绪降下来。"

"没事，我现在就去！"

"那你千万小心！"

大门口，巴兰兰和她妈妈出现在魏卓然的镜头里，巴兰兰穿着一件黄色衬衣，一条黑色长裤，家常的衣服，却不露寒碜相，她牵着妈妈的手快步走向人群，看不出丝毫的犹豫，妈妈显然是怕的，始终向后退缩着，巴兰兰干脆放开妈妈，独自向人群的前沿走去，并没有一只鞋子一颗鸡蛋向她砸来，巴兰兰还从容地弯腰捡起那把小阳伞，本来已是气势逼人，这个举动更是令很多人怦然心动，巴兰兰径直走到人群面前，回头招呼妈妈，这时妈妈才红着脸赶过来，"大家好，我是君科公司的巴兰兰，这是我妈妈，她是个老党员，党龄和我的年龄差不多！本来，我已经打消了收购造纸厂的念头，我能做的事情太多了，没必要凑这个热闹，但是，今天，看到大家这个样子，我心如刀割，就像看见我自己的妈妈坐在地上一样！"巴兰兰擦擦眼泪又说了，"你们猜，此时此刻我是怎么想的？我想，我一定要收购造纸厂！我不仅要承担造纸厂 50% 的债务，还要全额承担拖欠的工资，包括养老保险和医疗保险，我保证，三天之内兑现承诺！"巴兰兰看见，有人想鼓掌，却硬硬忍住了，于是，她继续说，"另外，我还要承诺，裴城造纸厂不会消失，我们将会在新的地址上，建一座更漂亮的工厂，投资一千万更新设备，让所有的工人都回到自己喜爱的工作岗位上！"仍然没人鼓掌，巴兰兰有些心急，但信心依然十足，"不愿留在造纸厂的工人，可以在我的房地产公司找到适合的工作，总之，我保证，我的公司不会有一个工人下岗，不会有一个工人领不到工资，我的公司将是一个比国有企业更温暖更人性更有安全感的公司，我还要在我的公司成立党组织，我自己也要争取入党，有人愿意做我的入党介绍人吗？"再没人鼓掌，巴兰兰就该跪下了，好在终于有人带头鼓掌了，接着全场鼓掌。

然而，掌声刚刚响起便又奇怪地停了下来，工人们相互对望着，心里完全没了准绳，正如全舞台的演员在同一瞬间统统忘了台词，谁也提醒不了谁，恰在这时，有十几只受惊的鸽子从他们头顶飞过，带着世外的光芒，嗡嗡嗡的，似乎暗示了戏剧的下半部分，而且酝酿已久。不料却落空了，竟然什么都不是，只留下一串令人伤感和心虚的余音。突然，巴兰兰的妈妈大声讲话了："同志们，快起来回家吧，相信我女儿，我知道，她答应了的事情，绝对不会反悔，三天之后，你们等着领钱吧！"

"那就撤！"终于，前面的一个人站起来，回头对大家说。巴兰兰看清，说话的此人，正是那个担心没地方交党费的女党员。

工人们纷纷站起来——有的自己站起来，有的相互搀扶着站起来，然后全都低着头离开了，留下一地的报纸、瓜子皮、鸡蛋壳。

第三天下午三点，巴兰兰带着公司的财务人员，提着一个登喜路皮箱，来到臭烘烘的造纸厂。三百名工人齐聚在厂门口，半信半疑地等候着巴兰兰的到来。橘黄色保时捷刚一出现，掌声便响起来，比前天的声音响亮无数倍。巴兰兰想，这才是掌声，我喜欢这样的掌声。巴兰兰对洪武说:"搬两张桌子来。"桌子立刻搬来了,巴兰兰打开登喜路皮箱,取出一捆钱,高高举起,晃了晃说:"箱子里有三百五十万,是你们亲爱的国有企业拖欠你们的工资,今天,我一分不少,先把工资发给你们,并购合同还有些细节需要商量,一时半会还签不了,将来如果生变,这三百五十万就算我做了慈善!"

底下并没有明显反应。

财务人员开始唱名字发工资。

"冯海。"

"白向东。"

"郭叔红。"

第三个领到工资的人是那个女党员,静坐活动的组织者,她在阳光下抖着钱,让钱发出咔嚓嚓的脆响,怪声问:"真的还是假的?"

郭叔红的话把很多人逗笑了。

"停!"巴兰兰大喊。

巴兰兰盯着郭叔红,郭叔红也迎视着巴兰兰,有些挑战的味道,巴兰兰持续盯着郭叔红,场面有些惊心动魄,直到郭叔红低下了头。

"算了,不发了。"

巴兰兰站起来,扬长而去。

两个财务人员进退无措。

洪武厂长快速追到巴兰兰面前,扑通向她跪下,说:"巴总,你不能走啊,你千万不能走啊,绝大多数工人是信任你的……"

另有三四个工人也跟来跪下了。

"快起来快起来,不要向任何人下跪,我特别讨厌下跪,但是,我要提醒你们,你们要学会尊重人,尊重别人就是尊重自己!"

巴兰兰又回到了桌旁。

财务人员重新唱起了名字。

在巴兰兰的注视下，领完工资的工人多数都安然离开了，有的回了家，有的回了车间，有的三三两两不知去了什么地方。

巴兰兰痛苦地发现，这三百五十万，效果远远谈不上显著，根本不能说赢得了人心。他们拿到钱，当场仔细数过一遍或者多遍之后，通常只有一瞬间的喜形于色，一转身态度就变了。仿佛这些钱是巴兰兰欠他们的，要么，这些钱因为是一个年轻貌美人脉甚广的女资本家的，所以是恬不知耻的，是活该吐出来，要么情形更为盘根错节，一伙穷人凑在一起，有一种迹近顽固的正气，正如一堆不慎走失的绵羊，不肯轻易服从陌生人的鞭子。这便是"群众"，不能太重视又不能不重视的一群。所有成功的政治家和经济学家，都是最懂得"群众"二字的人。群众是一个巨大的基数，可以消化灾难，也可以制造灾难。重视有重视的道理，不重视有不重视的理由。在正确的时间里，任何一种态度都是正确的。是否正确，不取决于态度本身，而取决于时间和空间。有时候群众的利益是可以被牺牲的，当这种牺牲平摊在每一个具体的个人身上时，只要足够隐蔽和微小，就不会有问题。有时候，群众的利益却需要高调维护。再换句话说，群众利益是被维护了还是被牺牲了，不过是一种"计算方式"而已，并没有明确的对错之分。早在海南交行工作的时候，她就明白了这一点。刚刚成为银行职员的她，想不通有那么多呆账坏账，全国的银行一家家却还是生龙活虎，银行行长们也都是不慌不忙痛痒无关的样子，一位科长告诉她："银行的一级法人是总行，全国是统起来算账的，这边亏了那边赢了，总体上不会亏的，这是其一，更重要的是，银行的钱是谁的钱？是老百姓的储蓄，银行手中有一个基本的总是很有效的方法：抬高或降低利率，每人少掏或多掏几个百分点的利息，你想想是一个多大的数字？大不了不就是通货膨胀吗！风险不在银行，而在储户，也就是老百姓身上，通货膨胀可以把全部风险用鲜为人知的方式悄悄转嫁给他们，而不被发现，谁让他们是那么大的一个数目，谁让他们的名字叫老百姓！"那之后，巴兰兰自以为，懂得了政治和经济的一大半秘密……

巴兰兰带着疲惫的财务人员和重量大减的登喜路皮箱，带着一种不可掩饰的灰暗情绪，回到公司，坐在办公室里，喝了口茶，润了润喉咙，然后大骂："他妈的，一群白眼狼，三百五十万没打出一个像样的水漂来！"

6

早晨6点，在纸浆车间上完夜班的郭叔红并没有回家，而是独自进了党员活动室，侧身卧在党旗底下的砖地上，用一把裁纸刀切腕自尽了，旁边的桌上放着她刚领到的1720元工资，工资底下压着一份事先写好的遗书：

我是工人阶级的后代，我也是造纸厂最早那批工人之一，我又是一名党员，我了解工人们的感情，更了解我个人的感受，我真的不能接受，堂堂国有企业要被民营资本兼并的事实，所以，请允许我死在这片土地上。

这1720元，算我预交的党费。

静坐活动是我一手组织的，与别人无关。

我对不起党，我以死谢罪。

我也对不起我的父母，还有我的丈夫和儿子。

我有个要求，让我儿子顶替我的岗位。

和我不同，我的儿子是赞成国企改制的。

祝伟大祖国繁荣昌盛！

早晨9点，还在睡懒觉的巴兰兰接到洪武的电话，急忙赶往造纸厂，才第一次真正看清了郭叔红的模样，她仰面躺在一面墙下，头顶是有些发旧的党旗，由于党旗的映衬，她的面色白极了，像一汪深不见底的清水，似乎是沧海，又是一粟，她显然还化过妆的，嘴唇红润，写着简单也写着固执，眉头微锁，紧张和释然参半。巴兰兰的眼里，眼泪在微微打转，巴兰兰想起了"工人阶级力量大"那四个字，巴兰兰心里愧疚了一下。不过，巴兰兰很快就退出来了，因为她直接站在血泊里，黏稠的血沿着砖缝流遍了大部分地面，清晰的红色方格，像是故意描出来的，而门口的血最多，汪成一片，是因为门口的方砖早被磨凹了。巴兰兰站在党员活动室外面，看见了自己刚踩出的红色脚印，差点吐了出来。这时她听见了机器的隆隆声，便果断地把洪武叫到一边，要求他："立即宣布全厂放假。"洪武有些迟疑，她说："还愣着干什么，快宣布所有车间放假，工人全部离开厂区。"洪武不好意思地问："巴总，放假几天？"她咬牙切齿地说："无限期放假！"

接近中午，由寇伟书记亲自主持，在造纸厂办公室召开了一个秘密会议，与会者是全体常委，还包括公安局、国资委、国土局、轻工局等单位的主要领导，巴兰兰和洪武也列席了会议。有浓烈的臭味从窗外飘了进来，有人不自觉地堵住了嘴巴。洪武急忙跑过去关窗户，寇伟制止道："别关了，让大家好好闻闻。"洪武回到座位上，显得羞愧万分。寇伟看着洪武说："洪厂长，你先介绍一下情况。"洪武站起来，毕恭毕敬，寇伟说："请坐下说吧。"洪武便坐下，声音发抖："这两天，职工的情绪还是不稳，静坐虽然结束了，可是我听说有人还想闹事，散布不利于安定团结的有害言论，有人甚至说要组织更大范围更大规模的示威活动……昨天下午，我找郭叔红谈过话，我……我……我吓唬过她，想不到……"洪武趴在桌上呜呜呜哭起来。"好了，别哭了。"寇伟的嗓门很高，有点吓人，接下来他环顾一圈四周，用十分严峻的语调说，"我们就不请大家发言了，事不宜迟，我直接布置任务：公安局，你们马上派一些便衣，来造纸厂周围巡逻；轻工局，你们全局干部要马上动员起来，责任到人，每人承包几个工人，进行深入细致的说服教育工作，如果人员不足，国资委国土局也要动员起来，总之，要下决心把一切不安定因素消灭在萌芽状态。"顿了顿又说，"同时，我们要抓紧进行造纸厂的搬迁和改制工作，不管阻力多大，都要坚决推进，因为，这不光是一个国有企业的改制和出路问题，更是一项涉及全市人民切身利益的民心工程。关键是我们要真心实意地照顾工人们的担忧和关切，让他们把悬着的心彻底放下来！工人们对私营企业缺乏信任，这是可以理解的，换了我，恐怕也一样！"随后的话，声调变低了，有点说私心话的意味，"我建议，我们为郭叔红的死，默哀三分钟……"

默哀开始。

所有人都还坐着。

三分钟后，寇伟说："可以了。"

大家缓缓抬起头。

寇伟请魏卓然讲话，魏卓然说："我完全同意寇书记的意见，国有企业的改制和重组，是全国范围内的一次战略大调整，是不能不做的一件事情，但是，事实证明这个进程是十分艰巨和曲折的，出现一些阻力和插曲是正常的,刚才我们已经为郭叔红同志默了哀,接下来,还请轻工局做好死者家属的安抚工作。"

会后,巴兰兰随王亮和洪武来到郭叔红家,看望了郭叔红的丈夫和儿子。令巴兰兰大感意外的是,郭的丈夫和儿子静静地守在家里,慌乱比悲伤更多,似乎在静待更大的变故。家里桌椅狼藉,灶火清冷,仿佛连残茶剩饭的气味都丝毫没有。客厅的一角倒是摆着圆桌,塑料桌布上的茶渍和烧痕,似乎是很久以前留下的。任何物品都不包含哪怕最少的暖意。地上有三盆花,一盆是黄色的菊花,一盆是及膝的夹竹桃,一盆其实不是花,是盆栽的葱,一律是有气无力的样子,巴兰兰隐约看见了养花人的一双手,白白净净,本可以养更多花的,却突然去组织静坐了,又突然切腕自杀了……

这样的情形令几个原本计划打一场恶战的探视者,反而如鱼得水,自然地采取了居高临下的态度,一问一答之间,巴兰兰知道,郭叔红的丈夫下岗了,在一个熟人的公司里做电工,郭叔红的儿子是高二学生,学习成绩不好不坏,有可能考上大学,也有可能考不上,"如果考不上,就来我公司。"巴兰兰当场表态,接着急忙补充,"如果考上了,学费我掏。"父子二人都是受宠若惊的样子,几乎要下跪了。

第十章

1

一年之后，郭叔红的儿子季军高考落榜，先是成为小蒋的徒弟，继而成为巴兰兰的另一名司机。此刻季军开着加长版的白色林肯，行驶在北京西单的一条巷子里。后边的巴兰兰正在翻阅一份名为《北京番茄酱（000133）及番茄酱产业分析》的材料。北京番茄酱是1997年上市的一家老牌国企，控股股东是河北沧河集团，由叶阿姨引荐，巴兰兰正筹划通过收购河北沧河集团持有的3910.54万股法人股，控股北京番茄酱。大致思路是：君科完成此项收购后，将以26.58%的股份成为北京番茄酱的第一大股东，再有计划地把沈阳、甘肃、新疆的近十家番茄酱厂收购过来，进行战略重组，最终成为一个世界性的大公司，甚至成为全球头号番茄酱生产商。本来，巴兰兰曾下决心不沾足球不碰股票的，可是，成功购得裴城造纸厂后，她意外体会到了经商的"更高境界"，那就是玩资本，而不是玩地皮、卖房子。很多人也再三鼓励她，以她的聪明才干，以她现有的人缘，以她的性别优势，以她的漂亮、幽默和口才，她其实满可以胆子更大一些，步子更快一些，冲出裴城，跨过 D 市，在全国范围内构筑一个融资平台，进军"来钱最快"的股票市场。和裴城造纸厂一样，绝大多数国有企业都有这样一些通病：体制老旧，观念落后，规模偏小，投资分散，只能小打小闹，缺乏竞争力。如果用好国家"抓大放小"的千古良机，多收购几家被各省市急于甩包袱贱卖的小型国企，进行优化重组，用新的概念和理念重新加以包装，释放利好，巧妙炒作，就有可能在一两年甚至几个月之内，成为真正意义上的富豪。

"完成全部收购需要多少钱？"

"至少是三十个亿！"

"天啦，从哪儿弄三十个亿？"

"融资啊，做庄啊！"

"我就会盖房子，卖房子……"

"谦虚，别那么谦虚！"

"再说我也没那么大野心！"

"你巴兰兰没野心？谁有野心？"

看来，不成大富豪都不行。

这个大事业，非巴兰兰莫属。

她这才发觉，一个女人被看成聪明人，如果这个女人刚好有几分姿色，刚好做过几件响亮的事情，那么，这个女人将不能不成为一个神话，不得不成为一个神话。因为大多数人实在太笨、太穷、太胆小、太平凡、太习惯于仰视了，他们需要把自己的梦想寄托在某一个和自己有关联的人身上，让此人替自己实现。英雄就是这么造出来的。因为绝大多数人实在不是做英雄的料。伟人就是这么造出来的。因为绝大多数人实在平庸极了。情形甚至更可笑：所谓英雄，就是那些胆大包天的人，在关键的时候，他们敢于表现出"动物凶猛"的一面！成为英雄和成为罪人的路径往往是一样的。贪官一开始都想成为功臣，成为阶下囚只是一个意外，被戴上手铐的那个瞬间，此人一定极为吃惊，极为冤枉，他们会想不通一个基本事实：为什么同样的作为，别人都平安无事，我却独独成了罪人？这样看来，一人得道鸡犬升天，无论如何都是最可能出现的一种情况了。成者王侯败者贼，也是理所当然。甚至连"满门抄斩""株连九族"，也未见得是纯属胡来。

回到住地，巴兰兰关掉手机，拉上窗帘，有了写诗的冲动——她第一次看明白：自己是有野心，但是，这个野心，真不算大。

她用几分钟就写成了一首诗。

这真是流出来的一首诗了。

　　我的目标
　　不是璀璨的星空
　　不是大富大贵
　　我的目标其实很小很小
　　不过是一间小屋
　　灯光悄悄发亮
　　岁月缓缓变老
　　每当我孤独时
　　将小屋轻轻一推
　　小屋摇一摇，晃一晃
　　接着，一切
　　重归安详

每次写出诗，都要念给人听，以前总是小蒋，现在是季军，小蒋初中没毕业，季军没考上大学，季军应该更懂得欣赏，果然，她打电话把季军叫来，季军看完，除了说好，还提了一条意见："把'摇一摇'放在'晃一晃'后面，'标''小''老''摇'，这几个字就押韵了。"她当时就按季军的意思改过来了。

改好后重新给季军念了一遍。然后，她让季军再念一遍。季军比小蒋有胆量，初生牛犊不怕虎，清了清嗓子，试了几次，才找准调子，效果明显，令她深受感动，仿佛她此刻才意识到，自己长期以来生活在水深火热之中。

"巴总，没事我就走了？"季军问。

"好，你想去哪儿玩就去玩吧。"她抬头说。

季军以为她生气了，有些紧张。

"你把手机关了，我也关，咱们安静几天。"

季军睁大眼睛，很是不解。

"我想一个人好好安静几天。"

季军想起了她刚写的诗，急忙点点头。

"记住，手机关了，我也不会找你的。"

"关到……哪天？"

"今天明天后天，后天晚上六点你回来见我。"

"太好了，我可以上长城喽。"

季军几乎手舞足蹈了，和小蒋的寡言老成恰成对比。

"记住，除了嫖妓，别的随便玩。"

他几乎没听懂"嫖妓"这个词。

"去吧。"她已经向他挥手。

他两大步就走到了门边。

"等等。"她又喊。

他停下来，回头看她。

他看见她把手塞进她的坤包，他猜到了，她在找钱，果然，她取出一沓子百元现钞，再从其中分出若干给他："这是三千，够不够？"

他红着脸说："太多了。"

她说："别假模假样，拿去吧。"

他笑着走了。

她禁不住念叨，一个周身散发着荷尔蒙气味的小男人！的确，微微含着奶气的原生态的荷尔蒙，令她垂涎欲滴。但她并不想引诱他，只希望他和小蒋一样是个处男。所以她说："除了嫖妓，别的都可以玩。"她喜欢自己的司机是帅哥，最好还是处男。前者容易理解，后者勉强可以称之为奢华。手心里攥着两个帅哥兼处男，对一个女人来说，不是奢华，便只能称作怪癖了。依据是，她至今没和小蒋，也没和季军上过床，以后也不打算有。养着处男不是为了使用，只能归之于怪癖了。不过，她的确明白地认为，女老板和男司机之间不该没有规矩的。不能像中国人玩股票和足球那样乱来。也不能像美国佬那样到处炫耀武力，燃起战火：1999年5月8日，美国人用五枚战斧式巡航导弹"误炸"了中国驻南联盟大使馆，造成二十多名外交人员受伤，三名新闻记者死亡。11天之后，中国的股市，在萎靡七百多天之后，突然像一个荷尔蒙过剩的男人，毫无先兆地"坚挺"了起来，沪深两市分别上涨51点和129点，收于1109点和2662点。不到两个月的时间，上证综指一举冲到1700点，涨幅超过50%。正是在这种所谓"5·19行情"下，叶阿姨从北京打电话来，问她："想不想玩玩投资？"不等她回答，叶阿姨说："我认识北京番茄酱加工厂的厂长，他今天跟我谈了一个思路，我认为很好……"叶阿姨鼓励她"胆子再大一些","大家会好好支持你的",她当即就在电话里表示:"叶阿姨,我很有兴趣。"其实心里却是十分被动,畏葸不前。而她身边的人,除了陈百川"那个客家鬼",几乎所有人都认为既然股市形势大好,更有叶阿姨热情牵线,而且不乏大获成功的例子,她就应该放胆去做。

陈百川反对的理由,头一条她是接受的,中国股票远远谈不上规范,不可能不违规操作,不可能不搞猫腻,不可能干净,目前玩股票的不是傻子就是疯子,要么就是赌徒,说得好听一点,玩股票根本不是做正经事而是赌博,而且是拿生命在赌,一个有常识有责任感的人,宁可少赚钱,也不要沾股票。这也差不多是她本人的观点。第二条,则涉及对叶阿姨的深刻怀疑,陈百川说:"叶阿姨帮你赚钱越多,危险也就越多,因为她手上捏着你的一大把把柄。你要知道,在巨大利益面前,人性会发生变化的。赚钱容易,分赃难。当你赚到十亿八亿甚至几十个亿的时候,我敢百分之百地肯定,叶阿姨就不再是今天的叶阿姨了,她就开始利用手上那些现成的把柄拿捏你,到时候哪有你巴兰兰的好日子过?轻则钱白赚了,赚进人家口袋里了,重则身败名裂,家破人亡。"她认为,这样说叶阿姨是不义气也不厚道的,她相信叶阿姨不是那样的人,况且,真正赚了那么多钱之后,她不会亏待叶阿姨的,因为她本人不是一个贪婪的人。陈百川哈哈大笑,说:"你想想,你现在和海南那时候一样吗?"她不承认自己现在和海南那时候有什么区别,他说:"你可以不承认,但是,事实是明摆着的,资本有自己的性格,资本会把人性的很多弱点放大无数倍。"有时候她本能地讨厌老奸巨猾,和老奸巨猾相比,她还是喜欢大气和义气,虽然有些时候她也是老奸巨猾。好在他没有像以往那样提高嗓门,强势争辩,而是仍然温和,用一种处于弱势的合伙人的语气说:"退一步讲,公司不是你巴兰兰一个人的,我陈百川有25%的股份!"她默认了自己的专制，但她相信专制有时候是坏的，有时候却是必要的，是效率和效益的保证，不过她没和他讲这些，在理论上他是她的老师，她说不过他的……

三十个亿当然不是一个寻常数目。可是，当务之急是三个亿。用三个亿收购河北沧河持有的3910.54万股法人股。收购法人股，成本低，又安全。股权分置是中国股市独一无二的架构，已经有很多投机客利用这个秘密迅速暴富。"我们现在是赶末班车，动作不快就再也没机会了。"这是叶阿姨的原话，她当然注意到，叶阿姨用的是"我们"这个词，正是这个词，让她明白这件事情自己其实是没有选择的，哪怕只是为了报答，或者只是友情出演，她也得置存亡于度外，挺身而出，投身股市。

有了三个亿，就可以先赚到三十个亿，再用这三十个亿把全国各地另外那些番茄酱小厂收购过来，就敢于打出"世界第一大番茄酱生产商"的旗号了，然后，就有把握赚到三百个亿、三千个亿。资本经营就是这么神奇。

当务之急是三个亿。

三个……亿？

是呀，三个亿！

"三个亿是多少个三百万？"她问自己。

"一百个三百万。"她立即回答。

这一问一答，竟有些奇效。

"多乎哉？不多也！"她用孔乙己的语气说。她想起了自己从海南带回来的那三百万。那三百万现在看来倒委实不算少了。不可小看的三百万。以它为基数算这个账，眼前不禁一亮，原来如此，三个亿不过是一百个三百万嘛。不就是找一百个人，向每人借三百万吗？如果有人愿意借更多呢？就用不着一百个人了。把任务分摊给大家——叶阿姨、寇伟、魏卓然、吴江、徐行长、董建军、张宽、王亮、王茂林、陈百川、洪武、巴梅梅、马林、巴东东……她甚至还想起了锦江大酒店的那位少爷……是呀，把所有的熟人，所有的公司职员统统动员起来，有钱的出钱，有关系的出关系，说好期限不超过半年，利息不低于15%，比银行利息高出很多倍，这不过是合理利用自己的社会资源，用个人意志把各种社会关系动员起来，共同致富而已。关键的关键还是个人意志！

"但是，我还是先失踪几天吧。"

关掉手机，失踪几天，是她常玩的游戏。在这几天时间里，她性格中喜静的一面，疏懒的一面，诗人的一面，会得到暂时的满足。其实这也是及时休整的一个好方法，几天后她会重新笑嘻嘻出现在大家面前，斗志旺盛地投入工作。同时这也显示了她性格中骄纵蛮悍的一面。她失踪向来不会通知大家，根本不在乎很多事情离了她将停止运转，甚至会造成不可弥补的损失。也许是因为，她每次失踪，开端都有一个错觉：此去将一去不复返，让大家看到，我是真的能做到视财富和荣誉如粪土！

她永远有本事在三分钟之内睡着。长这么大，她很少失眠。睡眠可多可少，多，可以连续睡三天三夜，少，可以只睡三个小时。失恋了，哭一场就好了，该睡还睡，该吃还吃。可以痛哭，可以自杀，可以失踪，唯独不会失眠。

"一觉醒来，天还是新的。"这是她的名人名言。这一点在朋友圈子里流传甚广，只是有人以为是奇迹，有人以为是笑话。

"可怜虫，睡吧。"她对自己说。她转过身，等了一分钟，两分钟，睡意没有如期而至。毕竟是三个亿，担子不轻啦。这是经商以来最大数额的一次融资行为。以前在海南交行信贷部工作的时候，拉存款一年最多达到过两个亿，是最好的个人业绩。两个亿在没完成之前也曾以为是天文数字，几乎是没可能的，还不是轻轻松松就完成了，并浪得一个"融资能手"的虚名。这次是三个亿，而且必须在十天半月之内完成，这真是一次考验了。不过，现在，自己已经不单单是一个银行职员了，自己是一个集团公司的总裁，自己的社会关系远比那时候深厚和广泛，问题的关键其实是：自己的意志出了问题，当时是初生牛犊不怕虎，明知山有虎，偏向虎山行，现在却有种致命的懒惰，懒得张口，懒得求人。况且，有些人是打死也不能求的。比如，寇伟书记，最好不要让他为难，他本质上的确是一个书生，他有做一个清官好官的愿望，而且近乎刻板——上次花钱请启功先生给他写了幅字，把原来那幅字换了下来，他当时笑纳了，但是，几天后，他请她吃饭，她回家后，发现包里面有一个信封，里面是六千元，钱中间夹着一张字条，上面写着："我打听过，启功的字一平尺三千，那幅字应该是三平尺，咱们一人一半。"这样的一个人，很想当官也很想当好官的一个人，还是应该"成人之美"的。而叶阿姨，虽然说过"我们会好好支持你的"，但是，断断不能让叶阿姨出钱，一分钱都不能向她要，她那儿，只能进不能出，这是由常识决定的，常识很多时候是最可靠最有用的。除了常识，还有事实，有事实表明叶阿姨是"爱钱如命"的：叶阿姨每次来K省，来的时候和走的时候都要给她打电话，有时候不一定见面，但一定要打电话，目的是明摆着的，省两张机票钱，一张头等舱一张经济舱。身为挂名的集团法律顾问，工资是每个月都要领到手的，晚几天会打电话问的。这次热情撮合北京番茄酱，个人意图肯定是有的。只是，她无法相信陈百川的断言……

本次失踪只持续了24小时，次日上午她就打开手机，和叶阿姨通了话:"我有急事要回裴城几天,叶阿姨你放心,那三个亿我心里已经有谱了!"和以前很多次一样,这样的大话一半说给对方,一半说给自己。像她这样一个推崇大气、重视名誉的女人,已经答应了的事情,抛头颅洒热血也要实现。尤其对叶阿姨这种级别的人物。而且经验告诉她,这种时候她的聪明才智总会绝处逢生,有超常发挥。

　　她把加长林肯和季军留给叶阿姨,自己回了 D 市,却没有立即回裴城,而是住进锦江大酒店,住进 1308,刚一进门就急不可耐地打电话要"先生",点了老熟人新郎官。等新郎官来的时候,她对自己说:"和新郎官做个爱再回裴城,见了那几个裴城老男人,就不会没骨气了。"新郎官还是文艺青年的样子,只是有点不好意思,因为两个月前他对她说过:"我马上就不干了,准备回北方老家开一个歌厅。"其实她不希望他回北方的,她想当然地认为,他会一直在这儿做少爷的,至少做到三十岁,这样,若干年之内,她每次来 D 市,都可以把身子交给他,让他像一个出色的清洁工一样给她里里外外上上下下清洗一遍,然后重新回到乌烟瘴气的生活中——说老实话,她觉得,这种清洗实在是最最有效的。更别说,今天身上还压着"三个亿"的担子。喝一点洋酒是不能省的,带一些幻觉是有必要的。然后,良辰美景浩浩荡荡就来了。这次她提了一个新要求,要求他:"边做边骂我。"他不,她说:"骂一句一百元。"他问:"那好吧,怎么骂?"她说:"婊子贱货流氓都可以,越脏越好……"他鼓了鼓勇气,先试着骂了一句:"你这个臭婊子,操死你!是不是这样?"她显然不满意,说:"口气再硬一点,别那么假,要像真的一样!"他在她屁股上轻轻抽了一巴掌,再骂:"你这个贱货,你已经两三个月没来了!"她伸手在他腿上掐了一把,说:"不算不算,这哪是骂人,是说情话。"他脸上飘过一层轻浮的笑,暂时闭嘴,用她能听懂的手法告诉她,换成侧卧屈膝的姿势，换好后她又喊："骂呀，你他妈的没骂过人吗？"他脸一红，想起了一句很脏的家乡话，却没骂出来，喉咙发干，还真的不会骂人了，这才发现做鸭子有一个好处，让人变得无限文明了，不会说脏话了。她又在喊："快呀，快骂我呀！"他很为难，想不起任何一句骂人的话，突然灵机一动，说："姐姐你骂我吧，骂一句我少收一百元。"她没有马上回答，嘴里正忙着哼哼，他的动作就缓了缓，让她有精力说话，"不，我要你骂我，怎么骂都行，越脏越好，我求你了！"她同时狠狠掐了他一把，令他哎哟了一声，他面露凶光，差不多可以骂出来了："你这个臭婊子，老子干不死你算你狗日的命大！"她还是不满意，但顾不上说话。等她的第三次高潮来过之后，他才把自己放了。洗完澡重回床上，她哑着嗓子问："你不是要回北方开歌厅吗？"他说："还没凑够钱。"她说："开狗屁歌厅，还不如炒股呢，炒股来钱最快。"他眨巴着眼睛，问她："你炒股吗？"她笑着说："炒呀，我只炒一只股！"他反应很快，问："那就是做庄？"她又笑，笑得很开心，问："只炒一只股就是做庄？我认识一个庄家，一个人控制了三只股票！"新郎官瞪大了眼睛，毫不怀疑她就是庄家了，大着胆子问："姐姐你是哪只股？"她笑而不答。

　　她没让新郎官陪自己过夜，做完爱她会迅速地觉得身边的男人纯属多余。她关了机，早早就睡着了。做了一个梦，梦里面一直在走，不是跑，是走，较快地走，被称作"疾走"的那种走，走在一个空荡荡的城市里，全城的人都一样，有家但不能待在家里，有房子但不能住在房子里，所有的人，无论男女老少，都在不由自主地四处游走，不能快得像跑，也不能慢得像散步，更不能坐下来、躺下来。那是一种很弱很弱的强迫，深植在每一个人的心底，不容怀疑，也没人怀疑，人人都是自觉遵守，半是自觉半是强迫，自觉里有强迫，强迫里有自觉，就这样一直走一直走一直走一直走，没头没尾地走，仿佛要经年累月始终走下去，走到死了为止。在这个城市里（像一个独立王国）走是唯一的生存方式，更是唯一安全的生存方式，走就没事，不走就有麻烦，麻烦来自哪儿？什么样的麻烦？却又难讲，似乎被刻意模糊掉了，人人心里存有这样一个疑问，但又相当一致地认为，怕着就可以，怕什么无足轻重。也没有任何先例，没有任何人因任何过错被处罚的先例。谁有权处罚？也是似有又无的，偶尔碰见一个人，和自己一样，在不由自主地走着而已。所有的疑问都不成疑问，反正，人人都是自觉疾走就可以了。已经走了很久了，很像生来如此，早就约定俗成，所以，没人觉得走着累，走着单调，也没人觉得睡着比走着好，待在家里比走在外面好，走，似乎是早就存在的惩罚，又似乎是与生俱来的本能，如何吃饭？如何穿衣？心里根本没有这一类问题……她是好不容易才醒过来的，醒了后双脚还在顽固地一蹬一蹬。真正的恐怖感是醒了之后才有的，不由自主的感觉和梦里如出一辙，不由自主地要回忆，回忆的时候恐怖感才渐渐上升，有种"痛定思痛，痛何如哉"的味道。

2

直到早晨，小蒋接她回裴城的路上，她还念念不忘那个梦，的确，梦境本身并不险峻，比很多千奇百怪的噩梦简单多了，却引得内心动荡难安，而且似乎入了膏肓。她把梦境给小蒋讲了一遍，小蒋听了却是白听了，没任何反应，她就在心里暗叹，到底是个初中生啊。"芙蓉苑昨天开盘情况如何？"她问小蒋。"很热闹，听说当天就卖出了三十套房子。"小蒋说，勾腰找出一份昨天的《裴城日报》给她。她刚翻开报纸，就看到了芙蓉苑的整版广告，很大的标题：芙蓉苑，10月27日，盛大开盘。副标题是：屹立在芙蓉溪边的芙蓉苑告诉人们，新人居时代已经来临。版面左方的红灯笼上挂着一句话：开盘当日，多重惊喜，多种优惠；版面右方的红灯笼上挂着另一句话：君科集团总裁巴兰兰女士向广大裴城人民真诚致敬！最下方的角落里有几个字：均价2300元/平方米。虽然北京上海深圳这些一线城市的房价已经涨到每平方米6000元以上，而像裴城这样的省会周边城市，尤其是欠发达的边远城市，每平方米2300元，却是令人咋舌的价格，在裴城更是前所未有。所以她知道，"当天就卖出三十多套房子"的话，应该是虚假销量。

"小蒋，你马上选一套房子，定个日子结婚吧。"她说，小蒋还是那句话："不急，不急。"她说："你不急我急，我给你爸妈得有个交代。"小蒋没接话，她问："我家那个保姆小蔡你印象怎么样？"小蒋不回答，脸却红了，她想，等他明确表态恐怕很难，脸红就算表态，于是说："小蔡那姑娘，长得清清秀秀，人又伶俐，还做得一手好菜，给你做媳妇，我看不错。"看得出小蒋在仔细听呢，于是她接着说："当初我把你带出来，给你爸你妈答应过，让他们放心，保证给你找个好媳妇，在城里安家立业，现在时机成熟了。"她注意到，车速降到了100迈以下，以往上了高速公路，小蒋总是要开到150、160的。她又说："这两天你马上就选房子，选面积大一点的，楼层低一点的，结婚后把你父母接过来住。钱我掏，一次性付清。不过你要保密，有人问，你只说是自己掏钱买的。"这时小蒋才说话了："还是按揭吧，你能帮我付了首期，我就感激不尽。"她心里热乎乎的，的确是爱怜交加，有一种母亲对儿子的心情，说："客气什么，不就一套房子吗。"

两小时后就到了裴城市区，一抬头就能看见芙蓉苑开盘的信息，整个城市都带着几分喜庆色彩，街上拉满了宽宽窄窄的横幅：

　　君科时代　世纪奉献　开山之作

　　翘首以待的日子即将结束　关于家的梦想终于实现

　　天府国里裴州城　芙蓉溪边芙蓉苑

她没有回家，直接到了芙蓉苑，陈百川接到她的电话，带着一伙人出来迎接，然后陪同她先后视察了"房地产知识竞赛"现场、售楼处、正在收尾的保龄球馆，以及还在加紧施工的景观绿化、休闲广场等地方，所到之处全都是改天换地的样子，钢筋水泥的气味大不冽冽地充斥在空气里，令她感到十分亲切，不禁想起了和陈百川在海南的日子，那时候，他是老板她是助手，他是导师她是学生，他是恩人她是怨妇，如今，情形完全倒过来了，她腾云驾雾四处游走，把日常事务放放心心交给他，他任劳任怨、鞠躬尽瘁，心甘情愿地把荣耀和光环让给她，因为持续操劳而显得邋邋兮兮……

她突然觉得自己仍然爱他。

她还想起了和陈海燕合伙捉小三的一幕。

那时候真够傻的，她嘲笑自己。

"陈总，辛苦你了。"她说。

陈总奇怪地看看她，说："巴总辛苦了。"

"想不想做一个？"她悄声问他。

"顾不上，忙死了。"他答。

她笑了，说："那我回家了？"

他只是对她点点头。

她一回家就发现，自己不在裴城的几天里，魏卓然和小蔡见过面，离开前，她给魏卓然的拖鞋里悄悄放了根自己的头发，现在，拖鞋还在老位置上，头发不见了。她本打算给小蔡和小蒋做媒的，这样的话，就免了。她冷冷地盯着小蔡，心里说："我们小蒋可没那么贱，人家起码是个处男呢！"小蔡被她看毛了，问："兰姐，我胖了是不是？"她淡淡一笑，仍然盯着小蔡，说："胖一点好，看上去有风月。"她说的是实话，她觉得小蔡陡然变得有风月了，简直是突飞猛进。不过她只是略略有些不舒服，总体上还是乐观其成的，甚至禁不住抱着几许把玩的态度。就像一个母亲看到自己的女儿长大成人了。"这颗瓜已经熟了，怎么办呢？"她这样问自己，并不表明她打算炒小蔡的鱿鱼，又是别的什么意思呢？一时不甚明了。洗完澡，裸着疲软的身子躺在二楼的沙发上，给魏卓然挂了电话，用有些沙哑的声调说："属狗的，我回来了。"魏卓然说："真的？你出来还是我过去？"她的目光从自己的长腿上荡出去，似乎看见魏卓然就在几米之外，说："你给吴江打个电话，咱们快点见个面，有要事相商。"魏卓然说："怎么就少不了吴江？"她说："不是桃园三结义吗？"魏卓然没话了，巴兰兰暗暗得意，说："我在家等你们，动作快点啊。"

魏卓然和吴江一同到了，三个人在一楼的客厅里分别坐下，等着听巴兰兰开口，她刚刚从首都北京回来，理应带一些好消息的。"叶阿姨布置了任务……"巴兰兰将围绕北京番茄酱的整个计划讲了一遍，最后补充，"这三个亿哪怕仅仅是收购北京番茄酱的部分法人股，别的什么都不做，拿到手一个月之后抛出去，就可能翻两三番。我们现在的计划要宏大得多,力争成为全球首屈一指的番茄酱生产商。"

魏卓然和吴江相互看看,各自在心里快速揣摩,自己将分摊到多少任务?巴兰兰先问吴江:"吴局你能承担多少?"吴江心里没底,说:"咱们去吃河豚吧,边吃边说。"巴兰兰急火四溅,说:"吃什么河豚,我忙死了,恨不得生出三头六臂。"魏卓然说:"兰兰,你就直接下达任务吧。"巴兰兰说:"你们一个是大市长,一个是大局长,我哪敢下达任务?"两个老同学相互又看了看,都有些临危不乱的样子。"你先表态。"魏卓然给吴江丢去一个暗含捉弄的眼神,吴江脸一红,说:"我这个教育局局长屁股还没坐热,恐怕是心有余力不足啊!"这不是巴兰兰想听的话,她用大嗓门说:"吴局长,你屁股还没坐热,官气倒已经不小了。"吴江并不争辩,这不争辩里也是颇有几分官气的,正如小蔡身上突然生出的风月,透着鲜味儿。魏卓然这时心里已经有一个不高不低的数目了,底气充足地说:"咱们三个是系在一条线上的蚂蚱,一荣俱荣,一损俱损,没什么多说的,必须全力支持,我这儿最少五千万!"巴兰兰却不领情,立即回应:"拿不出一个亿,你还有脸当市长!你最少一个亿,吴局长减半,五千万,剩下的一点五个亿我自己搞定!"这次轮到魏卓然脸红了,额上甚至渗出了一层薄汗,不等他说话,巴兰兰又说:"你们怕的不就是'挪用公款'四个字吗?我用我巴兰兰的这颗人头保证,没任何风险的,期限半年,15%的利息……一个亿的15%是多少,是……一千五百万!五千万的15%是七百五十万!"巴兰兰用眼神扫视着面前的两个男人,两人都有被胁迫的味道,却没办法,不能不硬撑着,"看样子不犯错误不行了,最近有一笔移民资金刚下来,也许可以借用几天的。"魏卓然说。"我手上只有一点学生的学杂费和图书资料款,我回去算一算,看够不够五千万。"吴江一脸苦涩。

不 安

  小蔡进来续茶，先给吴江续，再是巴兰兰，最后才是魏卓然，正要退去，吴江叫住她，指着魏卓然问："你知道他是谁吗？"小蔡不明白吴江的意思，只是红着脸点点头，吴江又问："他是谁？"小蔡答："市长！"吴江指着自己问："我呢？"小蔡答："局长。"吴江接着问："市长大还是局长大？"小蔡眨眨眼睛，答："市长大。"吴江笑了，再问："那你为什么最后才给市长续茶？"小蔡以为吴江知道什么了，脸完全红了，用力摇头，不说话，巴兰兰也别有用心地问："是呀，为什么？"魏卓然笑着打圆场："她觉得吴江比我帅呗。"这时小蔡已经逃回厨房了，只听见什么东西掉在地上了，丁当一声，伴随着小蔡的失声尖叫。巴兰兰跑去一看，是一只瓷质的茶匙打碎了，日本进口的一对高跟鞋茶匙中的一只，巴兰兰从北京买来的，自然很是心疼，就喊："你疯疯癫癫干什么？"小蔡哭了，蹲下来一边捡拾碎片一边连声说："我赔，我赔……"魏卓然和吴江跟过来，才知道是打了一个小小的东西，而巴兰兰竟然是动了真气的样子，这令两个大男人颇为吃惊，才发现女人到底是女人，再有水平的女人，总还是心眼窄一些。魏卓然拉拉巴兰兰，说："没事没事，碎碎（岁岁）平安！"巴兰兰自知失态了，也有点窘，便回到客厅。三个人再度坐下后，话题仍然在小蔡身上，"这姑娘，身上有一种不是脂粉气的脂粉气，也不是媚气，更不是小姐气，同样也不是乡气，到底是什么气呢？"吴江几乎在咽口水，巴兰兰故意问："看上了？想再养一个？"魏卓然有些不自在，说："他现在富裕得很，全市的美女都在教育口上。"吴江反驳："不管是教育口，还是政法口，还是什么口，还不都在你市长大人的口里！"三人大笑，笑完后，巴兰兰看看表说："改天我再请你们吃饭，好不好？"

  送走魏吴二人，巴兰兰本来想休息一会儿的，却还是急，立即盼咐小蔡多做一个人的午饭，接着打电话要巴梅梅马上过来。

"巴梅梅的任务是一个亿！"她明确地想。她知道如今的巴梅梅从里到外都不复是放射科的那个女人了，不仅成功地减了肥，而且还去韩国整过容，常有人说："分不清姐姐和妹妹谁更漂亮了。"好在妹妹在姐姐面前一贯谦恭，从来都是抱着大树底下好乘凉的想法躲在姐姐身后的。姐妹二人还保持着从小养成的习惯，相互之间无话不谈，包括个人隐私。比如，前不久妹妹就对姐姐说，她已经和徐行长上过床了，其实，她一样不喜欢谢顶男人，因而想了个折中的办法，"做爱的时候，让徐行长戴着帽子！"做姐姐的差点笑岔气了，笑完之后还提了条建议："下次不要戴帽子，戴假发。"

巴梅梅穿一件耀眼的红色风衣来了，戴着墨镜，完全是时尚美女的样子，很有杀伤力，但就是让人忘不了一个"假"字，虽然没有明显的破绽，却还是抹不掉一个"假"字，正是这个字让姐姐的自信心变得不可动摇。

"圣罗兰，三十岁之后穿才合适的。"姐姐摸着妹妹的红风衣说，暗存打击一下她的歪心眼，但多少也是实话，她一直认为圣罗兰这个牌子的衣服，风格偏老气，三十岁以前别去碰，范思哲有小姐气，偶尔可以穿穿，最贵气最时尚的衣服还数香奈儿，服装、眼镜、首饰、包和鞋，包括香水，她都顽固地选择香奈儿。

"有何吩咐？"

"有任务了！"

"哼，我就知道！"

"知道就好。"

"说吧。"

"得劳驾一下徐大行长了。"

"又是贷款？"

"是呀，不贷款谁能想起他？"

"贷多少？"

"一个亿。"

"你说错了还是我听错了？"

"没说错也没听错，一个亿。"

"你高估我了吧？！"

"我相信，你没问题。"

"快别忽悠我了！"

"你别紧张，一听贷款就紧张，我在银行待过，我知道，银行也要赚钱的，行长也是商人，银行向外放款当然有危险，很可能收不回来，但银行又不能不放款，所以，聪明的银行家总是找可靠的企业家，贷款给他们。"

"一个亿，太多了！"

"一个亿就把你吓成这样了？我问过徐行长，光他们国庆路支行，一年的呆坏账就有五个亿，五个亿！是支行，而不是分行！"

"啧啧，银行垮不了吗？"

"我给你讲过的，你忘了。"

"忘了，真忘了。"

"说正题吧，你告诉徐行长，可以签一明一暗两份合同，明的可以叫委托理财合同，供监管部门检查用的，另一份才是真正的合同，不拿出来，绝对保密，写明保底收益，你明确告诉他，我们给他15%的利息，期限半年。"

"姐，别人也这么干吗？"

"我在银行待过，我知道，很多银行都是这么干的，银行也要赢利，这种事说难听一点是违规操作，说好听一点是金融服务。"

"我还是怕。"

"怕怕怕,就知道怕。"

"一个亿,还不怕?全国的人口才12个亿!"

"少见多怪,土包子!"

"姐姐,你自己去跟他说嘛。"

"有没有成本意识?"

"什么……成本意识?"

"总不能姐妹俩都上他的床吧?"

"不就是上床吗?自己舒服了,还有便宜可沾!"

"真的?你真这么认为?"

"我是实话实说,不怕你笑话,我真的这么想过。"

"好呀,你简直是一夜成才!"

"姐姐,我真的觉得,清白、公平、良心等等的,都特难说。"

"嘀嘀,你悟得不浅哟。"

"我越来越发现,我以前是井底之蛙。"

"别那么快,慢慢来。"

"姐,你还没说,我的好处是什么?"

"什么……好处?"

"一个亿的好处啊。"

"你难道不是君科集团的副总裁吗?"

"奖励总该有吧!"

"一个亿的15%是1500万,让徐行长分你一半。"

"人家凭什么分我一半?"

"凭你的年轻漂亮呀,凭你的嫩呗!"

"听你这口气,哪像我姐姐?"

"要么，你告诉他利息是10%，留下5%就是你的奖金。"

"满嘴跑火车，没个谱吗？"

"他如果一分钱的利息不要，1500万都归你。"

"你认为可能吗?！"

"就看你在他心目中的位置喽！"

"我有自知之明，我的位置就是曹营，他是身在曹营心在汉。"

"不见得吧。"

"肯定是。"

"他有讲过吗？"

"他和我做爱的时候，老把我幻想成你！"

"你怎么知道？"

"我从他眼神里看出来的。"

"瞎吹。"

"我还问过他。"

"他怎么说？"

"他当然不承认了，姐姐，你以为大家是瞎子聋子呀，你和魏卓然的关系是公开的秘密，裴城还有哪个男人胆敢打你的主意？"

"去去去，我不爱听。"

"但是，我敢肯定，徐光头做梦都想睡你。"

"你进人家梦里了？"

"告诉你吧，有一次我们做爱，高潮来了的时候，老东西昏了头，救命一样地喊：兰兰，兰兰，巴兰兰……没把我气死！"

"气什么，男人都是这样，吃着碗里的，看着锅里的……把女人带到床上，男人的目标就实现了，对男人来说，征服大过占有。"

"啧啧，好可怕的。"

"没什么可怕的,这世界,好多东西都有病,男人有病,女人也有病,官员有官员的病,老百姓有老百姓的病——就说老百姓吧,老百姓都是怕官媚官的,官大一级压死人,下级见了上级,百姓见了官员,心里都有本能的怕和媚。上次我带魏卓然去北京叶阿姨家,你猜怎么了,魏大市长连路都不会走了,像个丫鬟似的。几乎所有的人类行为和性情,都有病理根源,比如贪婪、谦恭、骄傲、自卑、个人崇拜、人身依附,包括忠诚、遗弃、爱和恨,没有任何一个人,是百病不侵、绝对健康的。"

"姐姐你怎么那么厉害?"

"你最近进步也是不小的!"

"和你相比,终究是小巫见大巫。"

"哼哼,知道就好。"

"姐,你说人类还有救吗?"

"其实明白了人无论如何都是有病的一种动物,很有好处,一个好处是,人对人应该更宽容更理解,不是喊喊口号,而是打心眼里宽容人,理解人,因为人人都是有病的,换个不那么吓人的词,人人都是不完美的,除了神仙,是人都一样,既然如此,凭什么不对人,尤其是对犯了错误的人,宽容一些和善一些呢?痛打落水狗,这是不对的,狗已经落水了,应该把它救上来才对。另一个好处是,各国政府应该充分估计到人的弱点,健全制度,制定约束机制,诱导好的一面,防范坏的一面。"

"姐,妹妹受教育了。"

"受完教育,该吃饭了。"

小蔡已经炒好了菜,摆在桌上,提着篮子出去买菜去了。姐妹俩开始吃饭的时候,自然聊起了小蔡,巴兰兰说:"我在北京的这些天,她和魏卓然私会过。"巴梅梅不相信,说:"不至于吧,魏卓然是堂堂大市长,不缺女人的。"巴兰兰说:"那倒未必,小蔡这丫头自有她的味道,就像现在的人,都找着吃土鸡蛋一样。"巴梅梅笑完了问:"姐,你嫉妒了?"巴兰兰夹着菜,坦然说:"没有,我觉得有意思,直想笑。"巴梅梅问:"你怎么发现的?"巴兰兰说:"我在拖鞋里藏了根头发,回来一看,头发不见了。"巴梅梅睁大眼睛,说:"这说明,你是在乎魏卓然的,怎么又不嫉妒?"巴兰兰说:"我没有别的意思,只是对真相感兴趣。"这又令巴梅梅自愧弗如了,几乎露出愚相来。"你说该怎么办?"巴兰兰问,巴梅梅答:"赶走呗。"巴兰兰笑了,笑妹妹的简单,说:"你帮我个忙,买一套房子,户主就是蔡珍,把房子和人作为礼物一并送给魏卓然。"巴梅梅又是惊叹:"高,高……"巴兰兰说:"这也不是啥鬼主意,是成人之美。"巴梅梅拧了拧嘴。

此时传来小蔡骑车子回来的声音。巴兰兰"嘘"了一声,用一种有趣的口吻说:"你动作快点,还要装修好,锅碗瓢盆,铺的盖的,样样备齐,到时候先把小蔡安顿好,再把魏卓然领过去,事先一个字的风声都别露……"

3

君科集团的办公楼,原本是《裴城日报》用了十多年的一座旧楼,报社迁入新址后,巴兰兰用很低的价钱连楼带地买了来,从里到外都是旧翻新,以尽可能节省的原则,选的是最低档次的那些材料,"我心里有底,别担心,什么便宜用什么。"这是巴兰兰当时的指示,事实证明，巴兰兰心里的确有底，君科集团的写字楼迅速成了地标式建筑，人们误以为这是一座新落成的豪华大楼，是用真金白银堆起来的，代表了巴兰兰和君科集团的眼光和实力。这真是一个"在乎效果"的时代，而建筑物的最佳效果无非是"欧化"二字。什么巴洛克式、洛洛克式、哥特式、英式、法式、地中海式……其实巴兰兰自己从来分不清巴洛克式和哥特式、英式和法式的区别到底在哪里，她记住不忘的东西只是，有喷泉、罗马柱、雕塑、尖塔、八角房这些典型标志，一个楼盘就被认为是有品质、上档次的。造纸厂原址上建成的芙蓉苑，就贯彻了这样的"理念"，虽然名称坚持了中式的"芙蓉苑"，内容却是相当欧式的，除了那些常见的标志，更有网球场、游泳池、保龄球馆这些场所，保龄球馆里有32条球道，都是从美国宾士域进口的……不能不承认，巴兰兰既是一个商人，又是一个诗人，在她身上，商人的精明和诗人的真率实在结合得天衣无缝。

走进自己的办公大楼，首先看见的是自己的大幅照片，背景是海南的椰子树，她还清楚地记得拍照那天的情景，她的生日，陈百川问她要什么礼物？她说："带我去海边没人的地方清净一整天。"于是陈百川开车载着她，到了三亚，又找了一处完全看不见人烟的海滩，两个人或做爱或拍照或追逐或静卧，真的"清净"了"一整天"。而把这张照片放大到真人的尺寸，悬挂在一进门的地方，也是陈百川的主意。因而，每每走进来，与自己的大幅照片正面相遇的时候，她心里当然明白，这绝不是陈百川献给自己的殷勤，而是柔情。此刻，她更是比任何时刻更强烈地相信，陈百川是爱自己的，陈百川身上，有深藏不露的巨大柔情，他唯一做不到的是和"糟糠之妻"陈海燕离婚。"但是，那又有什么了不起呢？"她这样问自己，声音又清晰又洪亮，令她略感惊讶。

公司员工看到巴兰兰回来了，都是面露喜色，看得出，大家都深深地敬着她也爱着她，几乎把她视作伟人，而不只是一个老总。

她听见自己的脚步声清脆而有力。这感觉令她着迷。她特意先进了公司办公室，看陈海燕在不在。她每次从外面回来，都要给陈海燕带礼物的，这次没顾上买，刚才临出门前突然想起，才从自己衣帽间里找到一双白色的高跟鞋，不算最好的品牌，但也不差，Dior，是从上海恒隆广场买回来的，回到家再一试，又不太喜欢了，一直扔着没穿，送给陈海燕也算是给这双鞋找了个合适的去处。陈海燕不在办公室，她回到三百平方米的总裁办公室，刚坐下，陈海燕就来了，巴兰兰热络地迎上去，亲得有些过头，却是真心的，似乎只要陈海燕没意见，她就可以高高兴兴做陈百川的"二房"。巴兰兰让陈海燕当场试鞋。陈海燕穿上后，说："好靓好靓。"巴兰兰说："去照照镜子。"陈海燕说："不，我不敢。"办公桌侧后方那面落地镜是巴兰兰从国外买回来的，光运费就两万元。镜身实为木质，看上去却像是铜铸的，底座是一个性感的半裸男子，斜坐在地上，在抬头仰望。一条银灰色的蛇盘在镜子上端，眼睛灿如宝石，极其邪魅，迎视着男子的目光。陈海燕显然怕蛇怕到骨子里，看一眼都会起鸡皮疙瘩，巴兰兰就哈哈大笑，笑得粗野而开心，还故意伸手摸摸蛇头，说："我从小胆子大，还抓过蛇……嫂子，我记得你说过我是蛇蝎美人！"陈海燕有些脸红，说："那是以前，你别放在心上哎。"巴兰兰也脸红了，说："哈哈，不小心想起来的。"巴兰兰坚持让陈海燕照镜子，陈海燕硬是不敢，巴兰兰便回到镜子旁边，用双手蒙住蛇眼睛，陈海燕还是怕，但终于走过去了，匆忙看了一眼，说："太靓了，我喜欢。"

陈海燕提上新鞋离开了。

财务总监见缝插针，送来财务报表。

账上只剩 71.43 万元了!

她抬头说:"好,我知道了。"

财务总监还想说什么,巴兰兰招手请他离开。

巴兰兰关上门,走到镜子前。

镜子里面出现了一张脸,满脸愁绪,深深的愁绪,肌肉发僵,像雕塑家故意雕成这样的,她被那张脸吓了一跳,心里微微一震,似乎那不只是一张脸,更是一个阴谋,在镜子里等了几十年了,伺机让她看清楚她是多么无能。

她回到桌前,拿出纸和笔。

陈百川,三千万。

巴东东,两千万。

高层五万,中层三万。

普通员工五千。

写下这个凑份子的方案,她感到大为解脱。"不要夸大自己的能力,不要把自己当英雄。"她对着虚空默语,接下来,她连声说:

"谁有意见谁滚蛋!"

"公司不是我巴兰兰一个人的,人人都要想办法。"

"我巴兰兰不是万能的!"

遗憾的是,这些话说到后来又不那么坚定了。似乎有一只手强行把她的头摁下去了,她在重新审视刚才的那个方案。她不由自主地拿起笔,先划掉第一行,再划掉第二行,最后干脆在整个方案上打了一个大大的"×"。

"陈百川不能有任务,他在裴城没有人脉,他和海南的朋友早就断了联系……巴东东也不能有任务,他是一个五毒俱全的货,给他压任务,等于把他往火坑里推,他大概能够完成任务,但是他一定会向黑道伸手,而且打着她的旗号,不能给他正当的机会和那种人接触,我巴兰兰不算干净,但我做事还是要底线的。"

"我也不能向任何人集资,这太没出息了,我巴兰兰不能没出息,我是他们的总裁,是他们的领袖,我必须做得更多做得更好!"

"我必须笑起来,像往常的巴兰兰那样笑出声来,让大家听见我的笑!不能让大家看出我的不安,我不安了,员工们会更不安。"

有人敲门,声音粗野。

她皱了皱眉头,喊:"请进!"

门被推开了。她看见了自己的妈妈。

她眼前突然变得雾蒙蒙的。

妈妈的身后跟着洪武,他们如今是搭档,"君科纸业"的党政领导,妈妈是党委书记,洪武是临时的业务负责人。两个人在门口谦让了一番,终于还是妈妈走在前面,洪武跟在后面。巴兰兰急忙迎过去,拉住妈妈的手,妈妈说:"死丫头,回来也不打声招呼。"巴兰兰说:"上午刚回来,计划晚上回家给您请安的。"

巴兰兰要给妈妈和洪武泡茶,妈妈拉住她,说:"我们想请你去白象湾一趟,工人们都想见见你,到了那边再给你汇报工作。"

"好啊,妈妈的面子比天大。"她说。

马上就嘻嘻哈哈下楼去了,轰轰烈烈的,整座楼上都能听到。这是她的员工们喜欢听到的声音,高亢,快乐,自信,鼓舞人心。

小蒋开车,她陪妈妈坐在后面。

她说:"小蒋,白象湾。"

造纸厂后来选址在白象湾,是因为那儿的土地便宜,又接近水源,还有充足的林木资源，也不算偏僻，白象湾大桥建成通车后，一小时内即可抵达。当初承建移民新村的时候，顺便用每亩2000元的价格拿到了3500亩农业用地，造纸厂占用了1300亩。剩下的，因为白象湾大桥的修通，已经大幅增值，两三年之后挑一个时机将土地变性，变农业用地为商业用地，一亩地的价格有可能上升几十倍，甚至几百倍，如果别的任何事情都不做，睡下等，光这一项就能赚到一个令人心跳的数字，够好好奢侈一辈子了。可是，这样的想法更像是一个笑话，只是一闪而过而已，丝毫没有约束力的。

35万平方米的厂房已经建成，但目前还只是空壳，里面没有生产线，原来的设备大多数已经老化，需要更新，污水处理系统已经因资金不足而停工了。这便是目前造纸厂的现状，新设备经过了论证，谈好了价钱，只欠付款取货。工人们天天来到厂里，只能做些修修补补的事情。虽然领着全额的工资，心里却没个底。而从造纸厂老地址上建起的芙蓉苑则是红红火火，风光无限，于是有人就有理由吃醋，并说些闲话："巴总是偏心眼，把心思都用在房地产那边了，咱们造纸厂是没人疼的孩子。"妈妈故意把这话说给女儿，是为了多争取一点利益给造纸厂，让自己这个身份特殊的党组书记有点面子，没想到女儿听了很生气，说："国有企业的工人真是毛病多，活该失业、下岗、受穷！"妈妈忙打圆场："女儿，我知道你的难处，你的摊子铺得太大了，到处都有窟窿，什么时候才能填满哟。"巴兰兰突然软软地靠在妈妈肩膀上，不说话了。妈妈觉出了女儿的不正常，伸手暗暗摸女儿的眼圈，果然是湿的。"大家对你还是有信心的，你去了之后给他们讲讲话，鼓励鼓励，敲打敲打，也算给了我面子。"妈妈说。巴兰兰不想在小蒋面前失态，但小蒋毕竟是老人手，她也便不在乎了，泪汪汪地说："这么大的一个公司，像个国家一样，哪怕一分钱不挣，每月都要花五六十万出去才能维持正常运转,我巴兰兰又不是三头六臂!"妈妈拍着女儿的手,连连说:"妈知道,妈知道,妈知道。"巴兰兰继续说:"全公司最不轻松、最低贱、最没有人格的其实就是我。"妈妈很紧张,不知道如何安抚女儿,只是重复:"妈知道,妈知道……"巴兰兰的委屈在心里闷了太久,突然找到了出口,覆水难收:"妈妈,你知道吗?我每天都想自杀,我不是吓唬你,哪天我真的自杀了,你别吃惊!"妈妈睁大眼睛,脸都吓绿了,巴兰兰愣了一下,转眼又笑起来,笑得别扭而曲折,笑够了说:"妈妈我是跟你撒娇呢,我好久好久没给你撒过娇了是吧?"妈妈没吱声,只是拍着她的手。

过了白象湾大桥,就能看见北端山坡上的移民新村了。阳光下,它们看上去像突然出现的一抹幻觉,别致、干净,仿佛一眨眼又会消失。巴兰兰的心情突然好了许多,让小蒋开车进入村子,前前后后绕了一圈,然后在村中央还下了车,看了看,只可惜村民们并不认识她,没人知道她就是这个村庄的缔造者。

随即转赴西侧的造纸厂。

工人们已经聚集在一个很大的厂房里,等着巴兰兰到来。洪武在车上打了电话,要求大家迅速集中起来,等着听巴兰兰讲话。

在工人们面前巴兰兰迅速完成了身份转换,"想自杀"的话纯属玩笑,自己重任在肩,被大家寄予厚望,怎么可能自杀呢?

"大家好!今天早晨我刚刚从北京回来,现在我来看望大家,不是因为我妈的面子,而是因为,我真的十分十分想念大家。"

异常热烈的掌声。

"大家辛苦了!"

她停下来,等待掌声。

"但是,大家一定不会白辛苦的,困难时期马上就会过去,任何一家企业，都会遇到困难，最大的困难就是，资金吃紧，资金链中断。说老实话，君科集团最近正是这样。但是，大家的工资一分都没少，是不是？我们目前有531名员工，每个月的人头费是60多万！我知道，有很多公司不仅发不出工资，还会向全体职工集资。但是，我保证，君科集团绝不会向职工集资，再困难也不会。最近我为什么一直待在北京？是因为我们正准备收购一家上市公司——也是一家国有企业，规模是你们造纸厂的几十倍！我必须在半个月之内，筹集到三个亿，是三个亿，而不是三千万三百万。所以我说，最近是集团的困难时期。但是，这个时期不会很长，最多半年，一切都会好转。咱们造纸厂，从整体搬迁到购买地皮，再到建设厂房，包括清理债务，等等，已经投入两千多万，目前设备更新和污水处理还需要一千多万，这不是多大的事情，马上就可以解决。"

持续的半热烈的掌声。

"总之，我收购造纸厂，不是为了把它扔在山沟沟里不管的，请大家彻彻底底把心放下来，对我巴兰兰本人，对集团，要抱有信心。除了房地产和造纸业，我们马上要投资矿泉水厂，还要投资一家30层的五星级酒店……"

有掌声，也有嚷嚷声。

"你们最近觉得有些无聊是不是？你们可以进修呀，可以学习呀，可以写讲演稿呀——我先前已经说过了，造纸厂未来的厂长，将用竞选的方式产生，在座的每一个人，不管男女老少，都可以参加竞选，谁的方案好，谁更懂市场，谁更会营销，谁就当厂长，年薪上不封顶，可以拿到五十万，甚至八十万……"

这次是最热烈的掌声了。

巴兰兰问："你们还想听我说什么？"

有人站起来说:"巴总,听说芙蓉苑的房子卖得很火!"

另有人弓着腰应和:"是呀……"

巴兰兰点点头,立即明白了对方的意思,说:"芙蓉苑昨天刚刚开盘,销售情况很好,昨天一天就卖出去30多套房子,但是,未来的情况还需要观察,芙蓉苑的开发和建设,占用资金很大,销售款回笼也远没有你们想象的那么容易。总之,你们要相信,手心手背都是肉,我巴兰兰绝没有厚此薄彼的意思。"

又有人问:"巴总,你不是说过要入党吗?"

人们好奇地等候她的回答。

她刻意静了静,是为了压住心中的怒火,然后盯着问话的人,一字一板地反问:"难道我只有入了党,才可以得到你们的信任吗?"

那人红着脸说:"我没有别的意思。"

巴兰兰逼问:"那你是什么意思?"

那人声音发抖:"我只是……随便问问。"

巴兰兰大声说:"我入不入党,什么时候入党,是我个人的事情,请大家不必关心了。目前我觉得自己还没资格申请入党。"

会议气氛陷入尴尬。

巴兰兰问:"还有什么问题吗?"

有人站起来,问:"巴总,造纸厂没钱购买新设备,可是,你在北京却开着加长林肯,我听说,一辆加长林肯值几百万!"

人群里立即现出嗡嗡声。

巴兰兰面露明显的不快,却是镇定自若,说:"第一,君科集团是私营企业,是我巴兰兰个人的,不是国有的,我有权买任何自己愿意买的东西;第二,现在的人都是势利眼,他和你谈判之前,先要观察你开着什么车,以此判断你是否有实力,实话告诉大家,我是万不得已才买加长林肯的,当时买的时候我也心疼;第三,加长林肯放在北京,更多的时候是别人在用,我有时候也要自己打车;第四,你们的工资不仅比原来高了许多,而且一分没少,就算最近没什么正经事可干,工资仍然是全额发放的,医疗保险、养老保险都是足额交清的,说真的,你们应该学会感谢而不是埋怨。"

嗡嗡声渐趋停止。

洪武宣布散会。

回裴城的路上,巴兰兰告诉妈妈:"既然咱们已经见面了,晚上我就不回家了,我实在太忙太忙了。"不等妈妈回答,巴兰兰便给陈百川打了电话:"你把那两个销售总监带上,晚上我请大家吃饭,就去梅园吧。"接下来又打电话给巴东东,请他尽快选一个技术和人品都好的司机,去北京顶替季军开加长林肯。

"我讨厌说闲话的人。"她说。

妈妈了解女儿的脾气,不敢置声。

把妈妈放下,接上巴梅梅,就去了梅园。梅园是裴城独有的客家菜馆,老板不是别人,正是巴兰兰自己,是她送给陈百川的生日礼物。法人代表却是蒋小平,蒋小平就是小蒋。是一座独体的二层小楼,位于信义巷和柳树巷构成的夹角里,双面采光,视野开阔。此前屡屡有人搞过餐饮,全都倒闭了,巴兰兰不信邪,用较低的价格盘租过来后进行了彻底的内外装修,选择了中式复古的风格,一楼有六根大红柱子,门和窗都是拱形的,室内的墙壁上挂满了中国书画,还挂着斗笠、蓑衣、框、斗这类东西,既是客家人特有的生活用具,又是古典诗词中常见的一些符号……坐在其中,还没动筷子,已经被一种"还乡"的味道迷住了。看来,不光是陈百川,人人都是精神上的浪子,都有一个梦想中的去处,如果不是事实上的故乡,就一定是仿制出来的一个"安心福地"。梅园正是这样,本意是迎合陈百川的,却不小心挠着了大众的痒痒,一经开业,大受欢迎。大盆菜、梅干扣肉、榄菜四季豆炒肉末、秘制锡纸包鲈鱼、焖鸭、肉饼……这几样并不复杂的客家家常菜,倒成了梅园的招牌菜,客人来了,几乎都不看菜谱就可以直接唱出菜名来。

陈百川和两个销售总监已经到了。

"咱们先开会。"巴兰兰说。

巴梅梅请服务员回避,锁好门。

"陈总,你先介绍一下情况。"巴兰兰说。

陈百川口气严峻地说:"不瞒你说,昨天只卖出去3套房子,而不是30多套,今天同样只卖出去3套房子,1套还是自己人买的。"

巴兰兰问:"为什么卖不动?我想听听你们的分析。"

陈百川目示两位销售总监先说。

两位销售总监分别发了言,综合起来,原因有四:第一,价格偏高,裴城这样的既不靠海又欠发达的地级城市,2300元每平方米的价格显然是太高了;第二,观念问题,习惯于福利分房的老百姓对自己掏钱买房一时还没有足够的心理准备,比较起来,大家还是觉得福利分房来得更轻松更省事;第三,老百姓手上确实没钱,没有个人买房的经济实力;第四,广告投入不足,根据以往的经验,房价想要卖到每平米2000元以上,至少要打1000万左右的广告,而目前仅仅打了20万元的广告。

巴兰兰问陈百川:"你怎么看?"

陈百川说:"我同意他们的看法。"

巴兰兰将手中一双筷子轻轻拍在桌上,说:

"我也同意你们的看法,你们总结得很好,四条理由,都很有说服力。但是，你们别忘了，我是搞过销售的，没那么好糊弄。"

"任何市场都是培育起来的，如果我们的房子一开盘，市场就自然而然来了，那还要你们这些销售总监干什么？还要营销手段干什么？培育市场其实就是培育观念，老百姓没有掏钱买房的观念，我们的营销人员就要动脑筋想办法去培育，是不是？我也知道老百姓手里确实没钱，但是，谁是老百姓？老百姓是谁？'老百姓'这个词是一个相当不负责的概念，在一个合格的营销人员眼里，没有老百姓，只有人群，只有不同的目标人群，有些老百姓确实没钱，但是，所有的老百姓都没钱吗？

"咱们裴城不是一个大城市，却是一个区域中心城市，周边有很多县城、很多乡镇，这些县城和乡镇里面，有两类人，是绝对有可能来裴城买房子的，一类是政府官员，局长科长乡长镇长什么的，他们受贿得来的钱，与其东藏西藏，不如拿出来买房子。你们算一算，裴城周围有 20 个县，各县的局长、科长、乡长、镇长，有没有三万人？这样一个消费群体还不算大吗？有人说腐败推动了中国经济，灰色收入决定了购买力，你们要好好理解这些话！我们还有另一类目标人群，是为数众多的手上握有游资的小商人。有了以上分析，再说第四点：广告当然要打的，需要打多少就打多少，但任何广告都要有针对性，知道了我们的目标人群是谁？在哪儿？有什么特征？才可以回答下述问题：在哪些媒体上打广告？打什么内容的广告？什么时候打广告？打多少钱的广告？"

两个销售总监频频点头。

巴梅梅露出惯有的崇拜眼神。

陈百川仍然低头不语。

巴兰兰想，这个老东西，不知又闹什么情绪。

"上菜吧。"巴兰兰说。

4

魏卓然的一个亿首先到账之后,巴兰兰胆小了,怀疑了,她突然相信,陈百川那个老东西也许"怕得有理"。三个亿啦,三个亿换来的将会是什么?是三十个亿三百个亿,还是陈百川所说的"家毁人亡"?她想起了一个人,印真,她几乎忘了这个人的存在,自从上次随戴同学登门造访过之后就再也没见过他,她从来不求神问卦,这一次格外想了,她想:"可以去问问印真的,至少听听他的意见。"

于是就立即赶往明心禅院。

这次的印真穿着普通的青袍,纯然是和尚模样了。由于又听过一些传闻,她就觉得他眼神里多了一份奇崛,"清"还在,多了"奇",加起来该是"清奇"。印真手捻佛珠,一声"我佛慈悲"之后便领着她走进院内,还是进了那间兼作客堂的书房。她一进门就发现了其中的显著变化,书更多了,书架上不再有明显空隙,满满当当全是书,而且真的加入了另外一些书,近门的书架上有《金刚经》《地藏菩萨本愿经》等佛学经卷,远端的一个书架上有《圣经》《古兰经》等其他宗教的经典。更多的书,则和一间普通的文人书房无异,有正在流行的《学习的革命》《中国可以说不》,有完整的《鲁迅全集》,有《许国璋英语》,还有一些新报刊,如《人民日报》《中国消费者报》……

"你看,接受了您的建议,增加了一些书。"印真说。"哈哈,我很得意哟。"她笑着说,声音很响,似乎触痛了屋内的安静。"您的建议是对的,佛陀也说过,修一切善法。佛是最不专制、最没有统治性的,所以,把这些书放在一起,平等开放地供大家阅读,善莫大焉。"印真用一种家常而平实的口气说。

一个小和尚进来倒水。

巴兰兰注意到,小和尚用的是一次性纸杯,她记得,上次是玻璃杯,于是,她就顺嘴拣一个话头说了起来:"我记得,上次喝水用的是玻璃杯。"印真盘腿坐在她对面的椅子上,说:"是呀,改进了,一次性杯子干净。"巴兰兰想起了一句话,进而半含诡诈地问:"我记得,《心经》里有一句话:不生不灭,不垢不净……你怎么又说一次性杯子干净?"印真先不回答,左手捻着佛珠,右手端起纸杯喝了半口水,才说:"用肉眼看,是不垢不净,放在显微镜底下,就是垢净分明了,所以,还是讲究一点好。"巴兰兰微微含笑,心里的坏念头还在,一时却也哑然无语,印真继续说:"佛法不是生物学,没必要纠缠这杯水里有多少细菌,有哪些细菌。"巴兰兰问:"佛法不是生物学,是什么?"印真说:"佛法既不是生物学,也不是神学,佛法是关于人类精神本质和生命真相的科学,本质和真相是藏在现象后面的,我们的思维必须穿透现象,才能看到本质和真相。"巴兰兰目光一振,问:"既然如此,为什么还有那么多信男信女烧香磕头?"印真的表情仍然平静,说:"有人可以不烧香不磕头啊,比如你,还不是好好的吗?开着靓车,挣着大钱,平平安安的。佛陀说:实无有众生如来度者,没有一个众生是需要佛来度的。"巴兰兰心里仍然有较劲的欲望,问:"既然没有谁需要佛来度,为什么还要修那么多大庙?供那么多菩萨?"印真额头微微一蹙,继而笑了笑,说:"鲁迅先生说,原本没有路,走的人多了,便有了路。原本也没有庙,没有菩萨。"巴兰兰瞪大眼睛,惊讶极了,迷惑却未见减少,只好再问:"那么,像文革期间那样,把所有的庙宇都拆了，把所有的和尚都赶回家，是对的喽？"印真被这个口无遮拦的女人逼得无路可去了，但印真毕竟是印真，举重若轻地说："修路麻烦，毁路更麻烦。把和尚和庙都留着，倒也不多余，起码有一个作用：示现给众生看，示现另一种境界，另一种哲学。最多只是示现而已，目的并不是要大家都去出家，更不是要大家忽略修行，胡作非为，需要财的时候来求财，需要官的时候来求官，需要子的时候来求子。"巴兰兰此时感到明白一些了，可以喘口气了，一边低头喝水，一边想有没有新问题，其实，有一个老问题始终在嘴边，不知该不该问，突然她便抬头盯着他问："那么你呢，你为什么出家？"印真其实预计到了这个问题，还是笑了笑，略显腼腆，说："因为，我已经明白出家和不出家没有区别，出即入，入即出，如来者，无所从来，无所从去，故名如来，我的出家也可作如是观。"巴兰兰立即问："出家不出家没区别，那干脆在家里待着呗。"印真也立即答："你说得对，我也是这么认为的，我是宁劝千人还俗，不劝一人出家。"巴兰兰逼问："那你为什么不先劝自己还俗？"印真只好笑出声了，说："我劝过自己的，可惜劝不回去！"

巴兰兰不再说话，心里仍有疑问：

什么原因可以让如此聪明的一个男人出家呢？

或许正是因为聪明他才会出家的？

人都是拿自己没办法的吗？

后来他们离开书房，离开院子，从院墙外绕过去，上了山，在寒气逼人的林子里，沿着一条曲折的小路，一边爬山，一边聊天。

两个人一直爬到山顶，坐在一块石头上，俯首注视着山下的一个村庄，这个瞬间，巴兰兰有一个神奇的发现，凡俗倒是另一座奇峰了，高不可攀，令人神往，闪着确定无疑的温暖和诱惑，只是她一时说不清这感受是她本人的还是印真的？巴兰兰没勇气问自己的问题了，关于三个亿，关于北京番茄酱，关于裴城的公司，一个字都不敢问了，她担心印真会塞给她一样东西：自由。刚才上山的时候，他说过："什么是自由？放下就是自由，知足就是自由。"她也深知自由是好东西，可是，她又莫名其妙地怕着它。好东西常常也是烫手的山芋，拿不得的。不过，犹豫了一会儿，她还是大胆问了："我有个生意上的问题想请教一下。"印真示意她讲，她便把收购北京番茄酱的全部法人股，以及收购之后的整个计划，包括叶阿姨这层关系，给印真简要讲了一遍，最后说："我想问的是，这件事到底能不能做？风险有多大？"印真想了想，说："你在地上写个字，我测一下，供你参考。"她问："写什么字？"印真说："随便写，写此时此刻想到的一个字。"巴兰兰眉毛一挑，当即用右手食指在地上写了个大大的"女"字。印真捻着佛珠，笑而不语。

巴兰兰焦急地问："怎么样？"

印真仍然笑着，说："很好很好！可以放心做。"

巴兰兰心下犯疑，问："怎么就很好？"

印真有些卖弄的意味，指着地上的"女"字说："它告诉我的。"

巴兰兰更疑了，问："一个字能告诉你什么？"

印真说："能的能的，万物有灵啊。"

巴兰兰嗲声说："你就给我讲讲嘛……"

印真指着不远处一个独行的男子，说："看他！"

巴兰兰问："他？他怎么了？"

印真说："这个'女'字加上那个男子，不就是'好'吗？"

巴兰兰听明白了，颇为失望。

印真扬头浩叹："天地万物，平中寓奇啊。"

巴兰兰问:"我如果重新写个字呢?"

印真笑着,直摇头,就像对一个天真无邪的孩子,有极大的宽容,也有微细的不悦,说:"重写可以,可是那就置玄机于不顾了……"

巴兰兰脸红了,点头认可。

巴兰兰回家了,对于印真的预测,信与不信,心里一直在摇摆。她不敢说自己是唯物主义者,但是,她一贯对神学和玄学抱谨慎态度,近些年又见过太多的半吊子大师,加上天性喜欢质疑,口无遮拦,很难百分之百地信一样东西。但是,平心而论,她没理由怀疑印真这个人,她觉得,印真这个人的眼神和态度是干净的,可信任的,他应该是不会弄虚作假、故意蒙人的。那么,自己何必顽冥不化呢?

"女"加"子"是"好"!信这个"好"吧。宁可信其"好",不可信其"坏"。有些东西很清楚,有些东西很神秘。信一点吧。

而事实也在迅速印证着这个卦的灵验。次日徐行长的一个亿到账了,徐行长对她说:"把钱借给巴兰兰,等于把钱借给财神爷。"吴江的五千万也到账了,吴江刚在教育局坐稳屁股,也的确难为他了。她打心眼里感谢他们,帮助过她的每一个人。但是还有五千万没着落。最好是七千万,一千万买造纸厂的新设备,一千万给芙蓉苑打广告。有了这七千万,再等三五个月,一切都会变得"好"起来的。

5

"我该离开了。"陈百川说。

巴兰兰并不奇怪,她早有预感。

"我是对得起你的,做完了白象湾,再做芙蓉苑……"

巴兰兰沉默着,等着听他的解释。

"再待下去咱们有可能成为仇人。我越来越意识到,一个家族企业的历史是不可跳跃的。它的创始人必定是任性的,一手遮天的。几十年之后,或者需要更久的时间,到了二代甚至三代传人手里,一个家族企业如果还没有倒闭,便有可能具备德鲁克所说的企业人格,成为企业公民,一个企业有了企业人格,成为企业公民之后,这个企业就不再和某一个人紧密联系在一起,尤其是,不再和一个人的性格倾向、人性弱点联系在一起,它靠机制运行,靠理念生存,企业成为有人格担当的存在,企业有了某些稳定的属性,就不会出大的乱子,不会一夜之间暴富,也不会在一夜之间垮塌,就像美国这个国家,阿猫阿狗都可以当总统,就像日本的一些企业,会大量回收不合格产品……"

她在听,听得还算认真。

她边听边在心里感叹,最大的书呆子是陈百川,原来书呆子也是各不相同的,华山是一种,寇伟是一种,更有陈百川这种的。

她下决心了,放他走!她突然明白了,情人是不可以做助手的,导师也是不可以做助手的。那么,让这个自以为是的一向饶舌的情人兼导师再饶舌一回吧!但是,他说:"我说完了。"她远远扔过去一支烟给他,说:"我还想听听你的教诲。"他轻巧地接住了烟,点着,用力将烟雾吐出。她也点上烟,低头吸,有种将苦水往肚里咽的味道。这种不约而同的沉默里,明显有了哀恳与温存,有了难舍难分。

她问:"我怎么打发你?"

他说:"怎么都行。"

她问:"你知道我这两天刚好有钱了?"

他说:"不,你给多少我要多少。"

她说:"你知道我一向慷慨,你刚才所说的性格倾向,是否包括我的大手大脚?"

　　他说:"应该是……包括了的。"

　　她说:"那我从你开始改掉慷慨?"

　　他说:"我还说,一个家族企业的历史是不可跳跃的。"

　　她说:"我只能给你一千万。"

　　他没说话,爽朗地笑了。

　　她觉得他的笑里妖风阵阵,而且肮脏。

　　她问:"你老东西笑什么?"

　　他的表情沉了下来,却不说话。

　　她又问:"你笑什么?"

　　他说:"其实我有机会不辞而别的。"

　　她说:"是呀,我不在的时候,你全权处理公司事务。"

　　他盯了她一眼,又恢复了那种笑。

　　她说:"你应该不辞而别!"

　　他说:"那样太小人了,我会瞧不起自己的。"

　　她喊起来:"可我愿意,愿意看见你蜕变成一个小人!"

　　他有些慌乱,他怕她发火,他想平静地离开,他计划了很久,等待了很久,现在是最好的时机,芙蓉苑开盘了,她手里有钱了……

　　他说:"你是最见不得小人的。"

　　她喊:"你还不是小人?你不是谁是?!"

　　他不说话了,来的时候他就再三告诫自己,不和她吵。

　　她更大声地喊:"我像乞丐一样四处借钱,好不容易借了一点钱,这种时候你要走,你陈百川好有眼色啊,你好会见机行事啊!"

　　他说:"等你半年之后赚到大钱了,比如,几十个亿,那时候我再走？我想过，那可能是最好的时机，也可能是最坏的时机。"

这话里充满了可怕的用意！她听出来了，他在咒她，咒她会一无所获甚至更惨！他至少是这么预计的。她抓起茶杯奋力砸向他。

他脖子一歪，闪了过去。

一声巨响，杯子摔碎在他身后的地上。

有人推门，继而在敲。

"姐姐！"是巴东东的声音。

办公室内的两个人立即安静下来。

外面仍有脚步声，里面，两个人屏住气，那么静静地相互看着，似乎看到了相同的东西，大海边的海口，某个海风习习的夜晚。

"你拿一千万先走，等过后手头宽裕了，再给你打一千万，你是出国，又不是去死！"她嘴上仍是硬的，味道却相当柔和了。

"好的。"他说。

陈百川夫妇很快走了。

巴兰兰没去送行，但是，她让自己失踪了，不在公司，不在家，不在任何大家能猜着的地方，妈妈、妹妹、弟弟、小蒋、小蔡，没人能打通她的电话。全世界的人都在找她，寇伟书记、魏卓然市长、吴局长、徐行长、妈妈、财务总监、销售总监……最焦急的人当然是妈妈，因为妈妈记住了女儿几天前说过的一句话："妈妈，你知道吗？我每天都想自杀，我不是吓唬你，哪天我真的自杀了，你别吃惊！"

巴兰兰自己开车，行驶在陡峭的山路上，一开始她并不知道自己要去哪儿，后来知道了，她要去九屋看看小伙子华山在忙什么。

路过华山出车祸的地方，她停下车，想在路边小坐一会儿。她想起了华山当时打给她的电话，华山说："亲爱的，我出车祸了……"

她突然有些难过，好像从来没人对她说过"亲爱的"，她微微克制了一下，便放开嗓门大哭起来，涕泗横流，与天地同悲。一边哭一边仍然觉得难过极了，有被遗弃的难过，更有莫测的说不清的难过，不知道哪个更甚一些。或许只是因为在这样的荒郊野岭，可以无所顾忌地哭出来，才显得如此强烈。有时候她仍然是一个刚出道的没见过世面的小姑娘，没出息，没骨气，孩子气。只不过大多数人没机会看到这一点而已。人们习惯地认为，一个如此这般有钱的女人，什么事情是她搞不定的呢？

正如她很少失眠一样，哭过几分钟之后，她会立即感到天宽地阔，条条道路通罗马，没有过不去的坎，无论如何活着还是美丽，还是迷人，甚至连被抛弃被误解也是美丽迷人的，被欺骗也没什么，谁让我们是人呢？

她开车继续赶往九屋。

陈百川走了，她却要去见华山。

这是十分隐晦的逻辑联系。

九屋村到了，村子里传出一种陌生的气象，她先把车停在村口，下车后，看见村口的一棵大榕树上挂着两块醒目的牌子：

K省乐至县永宁镇九屋村

九屋集团

这时，有个大妈向她走来，手上提着笤帚和簸箕，"你找谁？"大妈问，她说："我找华山。"大妈说："我们村长啊，肯定在，我刚还碰着了。"她向村内眺望，看见村中央的路不再是原先的土路，成了水泥路，明明亮亮的，"看样子华山的村长当得不错，是不是？"大妈前后看看，有些神秘地说："以前的村长加起来，都顶不住他一个。"她问："他给你们做了些什么，你这么夸他？"大妈说："不光是我，大家都说好。"她别有心用地问："听说他和他嫂子结婚了，是吗？"大妈说："没啥了不起的，哥哥出车祸死了，弟弟娶嫂子，不犯忌的。"她心里突然疼了一下，是确凿的妒意，似乎这消息她是第一次听说，她用新的问题掩饰了自己的沮丧："你一个月挣多少钱？"大妈伸出三个指头算是回答，笑微微的，很得意的样子。她指着"九屋集团"的牌子问："九屋集团是什么意思？"大妈看一眼牌子，说："我也不懂，应该是一回事，都归华山管。"

巴兰兰开车进了村子，大部分房舍还是老样子，木楼或瓦房，但明显整洁了许多，不再是遍地柴草了，连鸡和鸭都看不到一只。

转眼就看见了华山家那栋二层小楼，白色围栏代替了院墙和院门，两侧的旧房都拆除了，院子大了许多，铺上了草坪，二层小楼也远不是当初的样子，墙面的白瓷砖换为简单的白石灰，楼顶加上了尖顶，覆以绿色琉璃瓦。

"有人吗？"巴兰兰喊。

出来一个年轻女子，说："您好。"

"华村长在吗？"她用调皮的口吻问，是为了让华山听见。

"您请进。"

她被带进一楼的一个房间，是原来的客厅，现在显然是办公室，中间有本色的实木会议桌，桌上插着小国旗，四围摆着几把竹椅。

"等一会儿好吗？"

"好的。"

她刚坐下，又站起来，看墙上的一个镜框，里面镶着《九屋村规划图》，幼儿园、学校、医院、公园、饭店、图书馆、体育场……样样不缺,几乎是一座小城市的规模。她不能不让自己严肃起来,再严肃起来——此刻她才发觉,对于华山的离开,一直以来自己的理解并没有超出个人的小圈子。她只以为他是书生气发作,是故作清高。她完全没想到他是有理想的,他真的在做事情,而且做得有鼻子有眼。

华山来了,穿着中山装的样子,像旧时的乡间秀才。"哎哟,巴总呀,什么风把你吹来了。"他说话的味道有些变化,"见你就像国家主席似的!"她也是幽默的口气。但是很明显,两人的眼神里都有曾经沧海难为水的痕迹。

他带她上了二楼,她故意慢走两步观察他的走姿,明显是瘸的。她十分愧疚,她一直相信,华山的车祸是巴东东的手脚,但归根结底和自己有关。遗憾的是她似乎没有机会还这个债。这至少有违她不愿欠人情债的习惯。

二楼的四间房子也都做了办公室,挂着"总经理""副总经理""村长""村支书"这样的牌子,华山显然是村长兼总经理。

"搞得不错嘛。"她说。

"见笑了。"他说,点上了烟。

"学会抽烟了?"她问。

"大家都抽,就跟着抽。"他笑笑。

"你是怎么挣钱的?教教我!"她盯着他问,有逗他的意味。

"小打小闹,不值一提。"他说。

"养鸡养鸭?还养什么?"

"除了情人,什么都养——养蛇,养鹌鹑……"

"贷了不少款吧?"

"嗨,没有,没贷过一分钱,哪能贷得出来?就算贷出来,也是杯水车薪,另外,百分之十到十五的回扣,我们承受不了!"

"我知道,我知道。"

"不瞒你说,我是直接向农民借钱的,活期没利息,定期比银行利息略高,3.3%,大家都是自觉自愿,谁家有灾有难急需钱,随时都能取出来,深更半夜也没问题,现在外村的人也来找我们存钱,储户已经超过一千人了。"

"你不知道,这是违法的?"

"筹款为大家办事,违什么法?"

"所有不通过银行的融资行为,都是不允许的。"

"我不管,我是为大家办事,挣了钱也是大家的,目前为止我们和储户之间没发生过任何信用纠纷,大家都是主动找上门来的。"

"千万小心,别走漏风声!"

"真的有那么严重?"

"当然,涉及法律,不是闹着玩的。"

华山看着巴兰兰,半信半疑。

巴兰兰说:"带我去看看你的养殖厂吧。"

下楼时,再一次看到华山走路的样子,不能不扶着楼梯,以便稳住身子,瘸的程度比上楼时更容易看清,她突然停下来,站着不动。在一楼,他回过头,问:"你怎么了?"她的眼睛发湿,说:"我欣赏你怎么走路呢!"

她坚持要开上车,她不想和他并排行走,他瘸的样子令她痛苦。他坐在副驾驶座上,闻到了他熟悉的味道,不由得吸了吸鼻子。

路上没碰到一个人,空空荡荡的感觉令人生疑,华山解释说:"大家都去忙了,一部分在厂里干活,一部分走乡串户搞推销,出门打工的人都回来了,很多邻村的农民也要求加入进来。"巴兰兰问:"想搞成K省的大邱庄吗?"华山摇头说:"大邱庄不是我们的榜样。"巴兰兰问："你的九屋集团是什么性质？"华山不乏自得地答："我们的村委会和集团领导是一套人马，我个人和每一个农民一样，只是其中的一员。"巴兰兰问："想过没有将来搞大了，有了利益纠纷怎么办？你被撤职了怎么办？"

华山没顾上回答，因为养殖区转眼到了，巴兰兰停下车，推开门，一股臭味差点把她推回车内，她硬忍着没有蒙住嘴和鼻子。

华山说："咱们不下去了。"

山坡下，一座小山包旁边，整齐地排列着几十间平房，烟雾弥漫，人影晃动，那情景令巴兰兰胸中有无穷的感慨，其实就是一个感慨：太慢了，起点太低了，这样的原始积累是不可忍受的。正如她每次看到一个妈妈给孩子换尿布的情景时，总会禁不住从里到外打寒战，令她恐惧的，正是"慢"，生命的慢，活着的低效率。她并不想快快老去，但她的确害怕看到从换尿布和蹒跚学步开始的漫长人生。

"刚才的问题你还没回答。"

"我没听清，麻烦你再说一遍。"

"将来做大了，有了利益纠纷怎么办？你被撤职了怎么办？"

"我不担心那么多。"

"我敢说，这个问题迟早会出现。"

"怎么讲？"

"你不是禹作敏，他是土皇帝，据说还有私人武装，没人敢不听他的，而你呢，是个书生，仅靠着一点犬儒主义，肯定走不远的。"

"禹作敏早出事了，你不知道？"

"是呀，连禹作敏都扛不住，别说你！"

"你……还是那么尖刻。"

"我这个人，就是爱说真话，在一个大家普遍不讲真话的地方，真话就是尖刻的。别嫌我尖刻,我是替你着想,听我说,搞企业和搞慈善是两码事,企业就是企业,产权归属要清晰化,管理者要用商业理性思考问题。"

"什么是商业理性?"

"商业理性既不是坏得没谱,也不是好得没谱,既不是不择手段,也不是不讲手段,既不是不道德,也不是犬儒主义式的道德。"

"嘀,受教育了。"

"咱们中国,要么就是根本没人讲道德,要么就是每过几十年,甚至几个世纪,才出那么一两个犬儒主义式的道德家。比如海瑞,听说他为官很清廉,清廉到什么程度?母亲过八十大寿的时候,都舍不得买二两肉的。"

"多谢指教。"

上了车,他觉得,虽然坐在她近旁,却离得很远,他再一次想起那个词,阶级,人是分阶级的,她和他不在同一个阶级,海瑞和那些贪官也不在同一个阶级,而这个想法远不能像她所懂得的那些道理一样可以侃侃而谈。

"带我去你家里看看。"

"算了,很破,以免增加犬儒主义的新证据。"

"生气了?小气鬼!"

他笑了,想起了她早先的口气。

"你真的娶了嫂子?"

"真的——肥水不流外人田嘛。"

"有多肥?"

"体重……有你两倍。"

"哈哈。"

"我们两个其实很般配,她是寡妇,我是瘸子。"

"你们结婚多久了?"

"有半年了。"

"马林早就告诉我,你们结婚了。"

"他有先见之明。"

"那么,车祸到底是怎么回事?"

"这个问题你不该问我的。"

"到底是什么原因,你好像心里有底。"

"你真的想知道?那我就告诉你:刹车板的螺丝脱落了,显然是人为的,事先把螺母拧松,刚跑时发现不了,跑着跑着就出事了。"

"你当时为什么不说?"

"为了不给你添麻烦啊,其实,我早就是犬儒主义。"

她停下车,侧过脸恨恨地看着他。

"对不起,是我害了你!"她说,脸色有些苍白。

他一笑,说:"是我的命。"

她问:"我的钱,你总不嫌脏吧?"

他不明白她的意思,只是静静地看着她。

"我可以借给你钱。"她迎视着他。

他眨眨眼,没说话。

"三个月之后你想借多少都可以。"

他仍然只是眨了眨眼。

她说:"你给我 3.3% 的利息就行。"

他说:"好的,如果需要,我去找你。"

她说:"那我走了。"

他说:"吃了饭再走吧。"

她说:"不,我都要忙死了。"

她把他送回办公室门口,看着他一瘸一拐走回去。

她擦干眼泪,驾车离开。

见了华山,有意外作用,那就是,进军股市的决心更大了,不想迟疑了,杀人不过头点地,拿到3910.54万股法人股之后,再像叶阿姨预想的那样进行一系列收购和一系列包装炒作,赚更多的钱,成为真正的富豪。"毕其功于一役。"她想起了这句话,此话的明确含义是,不能像华山那样挣钱,不能!必须跳跃,跳跃!跳跃的最佳方式现在看来只能是玩资本,而不是搞实业。豁出去,赌一回。然后就可以洗手不干。或者把公司的内部机制整顿好,就像老东西陈百川建议的那样,让企业成为企业公民,依赖机制和制度运行,她本人,就可以逍遥一些了。她相信自己不是一个糊涂人。

那么,还得借八千万。

还可以向谁伸手呢?

学华山,向老百姓借钱?

不,不,那太小气。

印真有没有办法?

不,请一个和尚帮忙,丢人!

政府秘书长王茂林,国资委主任董建军,国土局局长张宽,轻工局局长王亮……如果向这几个人借钱,他们会觉得高兴的,道理很简单,裴城官场,近来有了"三人党"的说法,三人者:君科总裁巴兰兰,市长魏卓然,教育局局长吴江;他们自称三结义,外界的称呼更直白,三人党!而党魁不是大市长魏卓然而是巴兰兰。巴兰兰问谁借钱,当然是谁的荣耀,而且还因此成为三人党的一个党员。巴兰兰又是被神化了的人物,是财神爷的代称,她不可能不赚钱的。巴兰兰向来讲义气，慷慨大方，言必行，行必果，借钱给她毫无风险。再说，这几个人，人人都可以轻松拿出几千万的。

但是，也不，不能向这些人张口。一来她压根不喜欢三人党的说法，二来她不喜欢以势压人，三来她不想给这些人低三下四。

最终还是回到了徐行长身上。他是银行家，向银行家借钱天经地义。他已经拿出了一个亿，就让他再拿一个亿吧。他是行长，就像一个羊倌，羊群里面多两三只羊和少两三只羊，羊倌自己知道，外人是看不出来的。事实上她对他不是没有好感，除了谢顶，除了有一点色迷迷，他其实是一个不错的男人，而且是少有的被她认为是"大气"的男人。"不过，这一次，自己恐怕得出山了。"她想，"干脆买一顶假发，作为礼物送给他……再说，我也有好几天没碰过男人了，那种要命的感觉又来了。"

巴兰兰给小蔡准了假，允许她回家玩两天，她前天刚好说过想回家看看。"小蔡这个小婊子现在倒成魏某人的眼线了！"巴兰兰想，巴兰兰本想让小蒋开车送小蔡回去的，又担心小蒋对她动情，就改了主意，心想，"一定要给小蒋找个处女，处男配处女。"她给巴东东打电话，让他派另一辆车，把小蔡送回家。

小蔡走了后，巴兰兰不由得进了小蔡的房间，闻到这屋子里有淡淡的鱼腥气，又显然不是，反正不再是原来的味道，是腐烂和新生相混合的一种味道。看来，一个女孩变成女人的过程真的是一件大事情，然而，有几个女人不是简单、潦草、随机地把自己交出去的？这么想时，巴兰兰丝毫都不生小蔡的气了，她倒像母亲一样斜在小蔡的床边，用满含爱意的手掌轻抚着干净的床单，接着抚到了虚虚的枕头，翻开一看，底下压着粉红色的乳罩，是某一次她从外面回来送给她的礼物，看来她一定是回家的时候不敢穿，怕农村的妈妈看不惯。于是巴兰兰眼里就有了一个人影，小蔡的妈妈，她见过的。突然，她打算遏止一个错误，不把小蔡作为礼物送给魏卓然，不了不了，别那么低级！别那么不严肃！还是让小蒋和小蔡结婚！处男不处男，处女不处女，无关紧要的！

她持续坐在小蔡床上，几乎有些气喘吁吁，她暗叹，妈呀，差点犯了大错误——把小蔡连同一套房子送给魏卓然，这是多么低级的想法啊。而意识到它的错误，又说明人是可以不低级的，人是可以不那么胆大妄为的，只是，只是，人实在是惯于先低级、先胆大、先妄为的！事实证明，学好比学坏要难得多，难了无数倍。看看，刚刚这么想完，又"不能不低级"了。在"学好"之前，她必须把自己先交给徐行长。她回到客厅，找到手机，给徐行长打了电话。打完电话，她又默默坐了片刻。

突然，她跳起来，去找什么东西。她急着要找见的不是假发，也不是帽子，而是一袋春药。她压根没打算给徐行长买假发或帽子，那种话不过是笑话，逗逗巴梅梅的。"我还是自己吃春药吧。"她想。她刚好有药，是巴梅梅送的，巴梅梅说自从和徐行长有一腿后，和马林做爱就不能不用一点春药了，效果不错。她从床头柜里找见了那一小袋白色药粉，撕开后，打进半杯子温水里，晃了晃，喝了下去。

她脱光衣服，直奔卫生间，药性远没到发作的时候，动作已是风风火火了。站在水龙头底下，已在不由自主地对幻觉中的徐行长说了："我妹妹说，你们做爱的时候，你总是喊我的名字的！"徐行长说："是呀，穷人家，用不起行货，只好用水货了。"她说："今天就把行货给你。"事实和她的幻想颇有些出入，她说："巴梅梅说，你们做爱的时候，你常常喊错名字！"徐行长说："放心，今天喊不错的。"

因为今天她是服了药的，他也是有备而来，出门时服过半粒伟哥，目光硬朗,胆大心细,终究手把手把她带到什么鬼地方了,她根本不知道,他喊了什么,她同样没有印象。她就想,这大概也说明了另一个问题,她做爱,包括做事,总是全情投入、容易陷进去的,而巴梅梅却要理智得多,她的傻有时候也是装的。完了之后,徐行长显出一个穷鬼意外饱餐了一顿的样子,嗓门发闷地说:"真是百闻不如一见。"她说:"好有成就感吧,把姐妹俩都睡了。"他脸上露出坏笑来,慢腾腾地说:"如果是三个才算成就。"她随口问:"三个?哪三个?"他爬在她耳边,悄声说:"当然是,母女三个……"她听明白了,尖叫一声,揪住他的耳朵,像拉皮筋一样使劲往外扯,他疼得哇哇直叫,急忙说:"巴奶奶巴奶奶,我说错了,我说错了,我的原意是,碰不得巴兰兰,只好碰碰巴兰兰周围的女人……"她松开他红红的耳朵,又问:"你刚才把我叫什么?"他又笑了,说:"你不知道?裴城官场,大家私下把你叫巴奶奶!"她一听,脸黑了,问:"为什么?"他说:"应该是尊称吧,就像清朝末年,宫廷里把慈禧太后叫老佛爷。"她用认真的口吻问:"我有那么老吗?"他说:"叫奶奶肯定不是因为老啦。"她问:"因为什么?"他说:"除了老,奶奶的另一层意思是什么?是有权威,一言九鼎……"她还是不舒服,心里很不是滋味,原来她在大家心目中的样子远不是她自己想象的那种,突然就很伤心,背过身躺下去,刚躺下电话响了,她光身子跑下去拿了电话,向远处走了几步才接,有几句传进徐行长嗡嗡作响的耳朵,他隐约听出是魏卓然的电话,先是大惊,继而听出魏卓然人在 D 市,才安稳了,待巴兰兰回到被窝,他拍着她肩膀,小声说:"千万别让魏老板知道了。"她问:"什么呀?"他看着她白白的乳房说:"还能有什么!"她明白了,偏偏说:"哼,我就要告诉他,说你强奸了我。"他几乎相信了,脸色一下子变了,说:"哪有呀,哪有呀。"她突然再一次翻身下地,长腿一荡一荡,快速走向卫生间,心想:妈的,男人是不是大气,不在床上根本看不出来的。

冲完澡出来,她态度平和地说:"不瞒你说,今天约你来,一是想感谢你,那一个亿你眼皮都没眨一下就给我了,二是,目前还有些资金缺口,我又不想求别人。"他坐起来,左看右看在找烟,她忙递给他烟,再帮他点着,对着他的光脑门说:"再借给我一个亿,利息还是10%,怎么样?"他半含疑虑地说:"可以,把钱交给你,我放心,最近刚好有个外地的朋友,把两个亿暂存在我手上。"她爱怜地摸摸他的光头,其实是要故意弄乱头发,把前面发亮的部分遮一下。他知道她在干什么,并没有难堪,反而用坦荡的语气说:"你妹妹和我做爱,总是让我戴帽子,这一点你比她强。"她又弹一下他的脑门,问:"就强这一点?"他说:"强多了,什么是天鹅肉,吃了才知道。"他的话令她体内残留的药性又起作用了,她禁不住轻啊一声,说:"那你再来吃我吧。"

第一次两人其实是木知木觉的,疯狂是真,虚假也是真,有演木偶剧的感觉,而且没有观众,自己演给自己看的。第二次,双方的身体已经有些熟悉了,算是知彼知己,加上药的作用下降,人的气味浮出,做起来便是亲近甜美的,起于平实,落于平实,中间的晦明曲直,倒是更值得回味。巴兰兰这边,竟微微嫉妒巴梅梅了。而徐行长,则在暗暗庆幸自己老而弥坚,有条件有牙口品尝这么殊胜的味道。

徐行长要请巴兰兰出去吃饭,巴兰兰赖在床上,说:"你那么厉害,快把我干死了,让我好好睡一觉吧。"徐行长穿好衣服,理顺头发,请巴兰兰帮他打领带,她光着身子下床,反而把领带从他脖子上扯下来,让他拿着,再解开衬衣顶端的两个扣子,说:"敞开点,露一点肉,别忘不了打领带,土包子似的。"他把领带摔在她乳房上,转身下楼了。她光着身子跟下楼,目送他出门,却没气力回楼上了,直接躺在客厅的沙发上，表情空洞，气息奄奄，对自己能不能"学好"不抱多大希望了。

二楼，手机又响了。

她迟疑了一下，就跑上楼去。

想不到竟是那印真的电话。

印真说："你如果需要钱，我有个朋友，他手头正好有一千万闲钱，还有几样紫檀家具，据说品相和材质都不错，值七八百万。"

她闪着眼光说："谢谢你印真。"

印真说："我佛慈悲，帮你渡过难关就好。"

她含泪问："你不是说我很好吗？"

印真说："好是好，但有难关，渡过去就好了。"

她别有用意地问："我现在渡过去没有？"

印真说："正在渡，正在渡。"

放下电话她才发现自己是白津津的，一丝不挂，全身上下，不是水性就是杨花，放荡不羁的样子令自己都吓了一跳，而那边接电话的人竟是个出家人，仿佛他真的能看见她，她急忙钻进和徐行长刚刚共暖过的被窝里，认真地感叹起来：都说天下男人一般黑，我遇到的男人却不同，一个比一个好！她竟然扳着指头一个一个数起来，每数一个，都会点点头，有的重点一下，有的轻点一下，也有个别要摇摇头的，但的确为数极少，大约只占十分之一二的比例，连前夫都是好的，她想，正是他留下的一张 10 万元的欠条，让她认识了陈百川，然后又被陈百川拉出来，认识了更多的男人。有人曾经对她说："你身上有一种天生的魅力，能让男人乖乖受你驱使，为你效劳！"此刻想想可能真是这样。她又笑了，笑里面还有泪，笑是得意，泪是伤痛，而心里更有断肠的滋味。她看见徐行长丢在地上的蓝色领带，像蛇一样盘在不远处,她用脚尖把它勾起来,再弓身用拇指和食指的指尖夹住,提在眼前看,是皮尔·卡丹,不免歪歪嘴,走向垃圾筒,并不弯腰,手一松,让"皮尔·卡丹"垂直滑了下去。这时候她又想,无论如何,男人是脏的。

她穿好衣服,打算回妈妈那边看看。她一进门,妈妈扫了一眼,不用问,心里便宽松了,埋怨自己瞎操心,把事情往坏里想。

巴梅梅和马林也在妈妈这边,巴东东不在,小夏在,有这么多人在家,可以打打麻将的。"老妈,咱们打打麻将吧。"她喊,大家一同用尖叫表现响应,马林更是兴奋异常,立即搬来专门的麻将桌,支在敞亮的客厅里。小夏一看多一个人,就推辞说:"我不打。"巴兰兰说:"夫妻不可同上阵,马林,你打还是你老婆打?"马林正犹豫,巴梅梅说:"我们俩换着打,马林先打。"于是搬来椅子坐在马林身后。

开始前,巴兰兰先取来坤包,从里面拿出一个厚厚的信封,说:"有本事你们都赢走。"两个孩子缠着一个奶奶,争着要上桌子,巴兰兰不喜欢孩子闹,就发给每人两百元,给两个保姆也各发两百元,让他们出门玩去。

开始抓牌,巴兰兰问巴梅梅:"陈百川走的时候,送行的人多不多?"巴梅梅说:"好惨好惨,加上我才三个人。"巴兰兰很惊讶,问:"为什么?"巴梅梅说:"你们在办公室吵架,大家都听见了,以为你们臭了,他走了你又没走,谁敢去送啊。"巴兰兰一听,全身暗暗一紧,说:"怎么都那么势利!"巴梅梅说:"人啊,都是这样,趋利避害。"巴兰兰说:"我可不是!"大家立即明白,巴兰兰指的是什么——半年前,魏卓然突然接到通知,要去中央党校学习三个月,由于中纪委的人此前刚好来过裴城,调查过移民工程的资金使用情况,移民工程又是由政府一把手直接管的,所以风传他一下飞机就会被中纪委带走，没任何人敢去为他送行，而巴兰兰，是唯一前去送行的人。

"当时你就不怕？"巴梅梅问。

巴兰兰没说话，妈妈替她回答了："你姐姐从小就胆大，蛇都敢抓，但是，同时她又是最柔顺的，柔起来也是柔得像水。"

马林说："我觉得姐姐这个人本身就是一个谜，性格里既有大丈夫气概，又有小女子柔情，两个相反的东西却结合得天衣无缝！"

巴兰兰不理他，心里骂他"小人"。

巴梅梅推推马林，说："没看出来，你还懂的挺多嘛。"

马林说："全是老婆栽培的结果。"

妈妈笑着说："哎哟，马林越来越会说话了。"

马林更来劲了，说："托妈妈的福。"

大家都笑。马林也笑。

巴梅梅又问："姐姐，刚问你呢，你当时就不怕？"

巴兰兰说："不怕是假的。"

"那你为什么还去？"

"人有时候就得赴汤蹈火。"

"我猜事先魏卓然可能知道没什么事。"

"不知道，他心里也没底。"

"这样一来，你们就是一对打不散的鸳鸯了。"

巴兰兰扭头盯了巴梅梅一眼。

妈妈也盯了巴梅梅一眼，说："别瞎说！"

巴兰兰说："妈，言论自由嘛。"

巴梅梅就真的再问："教育局吴局长怎么也没去？"

巴兰兰说："吴局长，据说下乡了。"

巴梅梅说："不见得吧？"

妈妈不得不打了巴梅梅一巴掌。

接下来就冷场了，这时巴兰兰已经听张了，只是听了个独张，有一万、二万，听三万，刚摇完脑袋，再接牌时三万已经在手下了，像小虫子一样卧在她手心里，她不由得"哎哟"了一声，令大家一紧，"吓唬你们呢！"她却说，把三万又打出去了。她今天心情很好，又有逗大家高兴的动机，又是最有钱的一个，头一把就自摸了，有些说不过去。奇的是，隔了一圈又摸来一枚三万。这次，她暗自犹豫了一下，不禁想起了印真，想起了那个字：好！于是重新把三万飘进河里，虽然很不舍，嘴上却唱着说："抓三万来三万，三万三万又三万！"接下来妈妈摸了发财，打下去后，补了一句："摸发财起发财，发财发财真发财。"大家就夸妈妈对得好，到底是一级教师。转了两圈后，妈妈自摸了九条，把九条放在嘴上叭叭叭亲个没完，惹得巴兰兰说："妈你脏死了。"妈妈拿下牌，亮给大家看。"玩现金，把把清。"妈妈说，巴兰兰便带头清账，平和50，自摸100，马林和巴梅梅也跟着清了账，妈妈用夸张的样子快快把钱拨进小抽屉里，摇头晃脑，十分可爱。几双手一同把旧牌掀进桌仓，新牌已经洗好摞齐，自己顶上来了。抓牌码牌的动作也是巴兰兰最麻利，而且只用右手，左手基本不用，一边码牌一边理牌，码好牌的同时也理好了牌，绝对是妙手生花的味道，令人相信她是干什么都可以干到一流水平的。牌抓齐，情形已经大优，比上一把还好，看上去"靓"极了。由"靓"这个字想起了陈百川陈海燕夫妇……他们走了，她却没去送行，谎称上D市了，此刻一想，自己也够小气的，看来人心就是一颗小气的肉团团，有大气的人，没大气的人心！这么暗自思忖时，一把好牌却迟迟不听牌，心里正发急时小夏和了，小夏的反应慢了三拍，马林把白板丢在河里，巴兰兰正要伸手接牌，小夏才喊："我和了。"妈妈说："好，就应该咱俩和，在座的就咱俩钱少。"又是巴兰兰带头清账，另两人也跟着清，小夏很低调，把钱捡起来，揣在口袋里，还顺便啪两下，大家都看在眼里，有些不耻。第三第四把还是小夏和。大家就说："小夏抱着和开了。"第五把是妈妈和。第六把是马林和。第七把还是马林和。就剩巴兰兰没和了，除了第一把的有和不和，竟是再也不曾听过牌。"牌神是长眼睛的。"妈妈说，还挑衅地看了巴兰兰一眼，巴兰兰淡淡一笑，打了个懒极了的哈欠，显出不和牌神也不和妈妈在乎的样子，但是，心里还是相当恼火的，不禁在想，都说牌场有些规律不能违抗，比如"赢钱忌拉尿"，"夫妻不可齐上阵"，"同情输家，手气必差"……看样子还真是如此，牌局虽小，却演绎着一些奇怪的大道理，比如，"同情输家，手气必差"，可以解读为：该弱肉强食的地方是断断不能心慈手软的，生意场，官场，大概也是如此吧……巴兰兰又打哈欠了，问妈妈要烟，于是母女二人嘴上各叼上了一支烟……

6

印真借来的一千万现金和几样紫檀家具她也要了，加上徐行长追加的一个亿，手头一下子活泛了。整个君科集团重新生机盎然了，有流水了，有充足的流水，像长江黄河一样，流出，流进，就像一个白血病人突然看到满世界都是健康的血液。"有钱的感觉真他妈好！"她想。"尽管这些钱都是借来的，但眼下在自己手上，那就是自己的。"她又记起陈百川收到欠条爽快付给她钱的那天晚上，她数了半晚上钱，一遍一遍地数，直数得新钱变成旧钱了，才倒头睡觉。人都是爱钱的，这没办法。钱其实不是钱，是安全感。有钱就有安全感。明摆着很多事情都是靠钱来推动的，用钱来搞定的。安全感和钱，在一个人慢慢长大的过程里早就这样神秘地联系起来了。傻瓜才怀疑"有钱能使鬼推磨"这句话。钱不是万能的，但是，没有哪样东西比钱更接近万能。她清楚地记得，有了十万元现金之后，才明白钱的用处就是使人心安，让人心里感到踏实和放心。"放心"这个词也真是造得好造得绝，放心放心，把心放下来，就是放心。可是，如果没有面壁十年修行过，谁有本事凭空就能把心放下来？有时候完全没钱倒还没事，一旦有了一点钱，则是更不"放心"了，她记得，那十万元的效果很诡异，心里的确不太慌了，起码自杀的冲动大大减轻了，可想法的确更多了，正着想，反着想，左想，右想：这十万元很快就会花完吧？这十万元能买几平米的房子？再有十万元才能保住这十万元吧？于是，陈百川提出给她40%的股权的时候，她心跳怦怦，心里实在觉得自己没出息，却没办法，"让我想想。"这话只是护护脸面而已。再是那劫后余生的三百万，从海南日夜兼程赶回裴城的那一千多公里路上，表面上风平浪静，心底下却是怕得要死。当时真的想过，如果这三百万保不住就只有自杀一条路了。同时还想过，如果安全回到裴城，就洗手不干了，靠这三百万过小资的日子。可是两脚一踩上裴城大地，态度又有了很大变化，还是不服，还是有野心，还是想做大，还是想成为大家传说的那个人：一个可以呼风唤雨的人，一个值得大家追随的人，一个人物，一面旗帜。于是，从三百万到三千万，从三千万到手握三个多亿！才用了短短两三年时间。

"幸亏没有洗手不干！"她想。

现在的感受却和当初又不相同了。对钱的态度，不再像早期的想法那么单纯了，而是变得更加复杂难言了，如果硬要说，可能更像瘾君子对毒品的依赖吧。她没吸过毒,但她听说所谓毒瘾发作,其根源并不是什么药物让人上瘾,而是某种药物可以刺激人的神经中枢,让人感觉到极大的空前的快乐,一种现实生活中根本不可能有的快乐,大脑里的愉悦神经一旦尝过这种快乐后,就会迅速形成心理依赖,欲罢不能,视别的快乐如粪土。所以,所谓毒瘾其实是对某种稀有的快乐上了瘾。赚了很多很多钱——多到一辈子花不完,还要接着赚,这种情形,只能和毒瘾相似,相似点可能就是从中能感到巨大的快乐。有了三千万的快乐是手持三百万的时候不可想象的,有了三个亿的快乐就更是超凡脱俗,有了三十个亿呢?有了三百个亿呢?登上福布斯富豪榜的感觉又如何?"祝你快乐!""祝你开心!"这样的祝语之所以甚为流行,明明是因为人们的快乐体验普遍缺乏……很少有人认为,呼吸清新的空气是快乐的,看到自然美景是快乐的,品尝食物的香味是快乐的,父母双全是快乐的,与人为善是快乐的,健康活着是快乐的,负责任是快乐的,忠诚是快乐的,等待是快乐的……我们总是习惯于把双倍的快乐、额外的快乐、稀有的快乐、极品的快乐视作快乐,把极端的超验的绝对享受视作享受。这种对快乐的偏执迷恋,应该是一种病吧?这种病之所以难引起重视,就是因为它普遍,普遍得几乎是人的常态,无可厚非,剥夺什么都可以,凭什么剥夺我快乐的权利?恋爱的欲望,权力的欲望,获得金牌的欲望,出镜的欲望……这一切的背后,恐怕都掩藏着一个相同的心理机制:对快乐的贪求!

她想,有机会把这个难题抛给印真,看他怎么说,我就不信难不倒他。让印真为难,理屈词穷,也是令我迷恋的一大快乐?

哈哈!她笑了。

造纸厂那边的新设备可以马上进货并安装,停工的污水处理工程也可以接着搞了,工人们听到消息后,甚至喊了"巴兰兰万岁";芙蓉苑这边，房子还是走得很慢，很多人建议降价，巴兰兰鼓励大家"顶住"，道理很简单，中国人买房有一个全世界独一无二的消费心理，买涨不买跌，涨了会形成抢购的现象，跌了反而很少人买，所以至少要维持原价；巴兰兰也不想简单砸钱打广告，她有了另一个办法。

她立即召集了高层会议。

她直接给大家布置任务：

"尽快组织一台名为'君科之夜'的文艺晚会，请一两个顶级明星，再请四五个二三流明星，主题不是房地产，而是教育和慈善，向外界宣布，给裴城贫困山区的学校捐资一千万，找二十所学校，每所学校五十万，受捐学校代表现场上台领取支票，晚会向全市直播，门票一半出售一半赠送——赠送给谁？重点是购房者，比如限期五天内的购房者，时间定在寇伟书记能出席的时候，寇书记的公众形象干净清廉，所以必须请他出席并讲话，四套班子的领导都要一一请到，在裴城的都要出席……"

看到大家还有疑虑，她接着说：

"为什么不是直接打广告，而是掏钱搞慈善？我谈谈我的想法。第一，作为一个大公司，我们终归要做一些慈善的，就算摆摆样子也得做，每过一段时间就得表示一次，说好听一点，做慈善是为了彰显我们的公司实力，树立我们的企业形象，让我们的公司在消费者心目中有一定的美誉度，说难听一点，做慈善是为了抚平整个社会的仇富心理。但是，什么时候做以及如何做，这里面学问大了。眼下就是最好的时机，可以说是一箭双雕。拿一千万出去，既有了慈善纪录，又在最需要的时候借机宣传了我们自己，老百姓对我们有信心有好感，我们的房子就好卖了。第二，届时我们要请四套班子的领导出席，要请寇伟书记讲话，请领导们上台颁发支票，这又是一箭双雕，我们把慈善活动巧妙地转换成一项政治活动,第二天的媒体将会铺天盖地加以报道,而县级和乡镇一级的领导,是最喜欢关注领导行踪的——我说过,我们的消费人群主要是全市各县、各乡镇的大大小小的官员,他们关注领导行踪的同时也关注了我们君科集团,这是不是最有效的广告?第三,搞慈善有两种方式,一种是把钱捐出去就得了,不图名不图利,而我们是公司,我们是商人,我们的慈善说穿了还是广告,我们把一千万分成二十份,让受捐单位直接上台领取,这个过程是不是最大限度地发挥了广告价值?第四,给购房者赠送门票,一张门票仅仅二三百元,但我相信,购房者的购房欲望会大大增强,这算不算一个不错的促销手段?"

"好的,现在我任命巴梅梅为本次慈善晚会的总指挥,另外,后天我要去北京,我不在的这些天,公司事务由巴梅梅临时负责。"

散会后,巴兰兰留下妹妹。

妹妹事先并不知道这个任命,因而半是兴奋半是心虚,说:"姐姐,我担心会辜负你的信任。"姐姐说:"别虚情假意了!"妹妹有点委屈,因为她是的的确确感到心虚,用哭腔说:"姐姐,我真的担心自己做不好,辜负了你的一片好心。"姐妹俩到底是贴心的,姐姐就用长辈的口吻说:"巴梅梅同志,你得学会挑大梁了,以后我的工作重心主要在北京,裴城这边,不靠你靠谁?"妹妹看上去更紧张了,说:"你可千万别一下子撒手不管啊。"姐姐说:"别那么没出息好不好,硬邦点,先把这次的慈善晚会办好,我看看你有没有独当一面的能力。"妹妹的口气又变得低沉和不安了,说:"我会随时向你请示汇报的。"姐姐问:"候鸟的歌你喜欢吗?"妹妹说:"还行,有印象。"姐姐说:"这次慈善晚会,请哪些明星由你做主,但必须把候鸟给我请来,他是咱们K省人,歌唱得也不错,长相也过得去。"妹妹问:"你认识他?"姐姐不回答,又说别的:"还有,二十所学校,你和吴江商量一下,请他列一个名单出来,另外,其中一份要发给乐至县永宁镇九屋小学。"妹妹明白了,她知道那是华山家,更不敢多说什么,姐姐说:"我前两天去过九屋,华山和他嫂子结婚了。"妹妹只是点头,姐姐接着说:"华山现在是一个瘸子,他说车祸是刹车失灵造成的,刹车失灵的原因是有人在刹车踏板上捣了鬼,你估计是谁?"妹妹说:"我不敢猜。"姐姐大声说:"不是明摆着吗,还用猜?"妹妹谨慎地看着姐姐,姐姐还是很大声:"我一定要查个水落石出!要不然以后害到你我身上怎么办?"妹妹知道姐姐怀疑的人是谁,当然是巴东东,以为姐姐真的要一查到底,那就麻烦了,到时候妈妈一定要寻死觅活的!其实巴兰兰不过是虚张声势,并没想真的把凶手找出来,不说妈妈会怎么样,她自己,也是有一份私心的,她一直觉得弟弟这个人,就是爱玩爱吹爱胡闹,能力还是有一些的。

7

进京之前的一两天时间,巴兰兰做了很多事情,首先是和小蔡谈了话,征求了她的意见,她表示愿意和小蒋结婚,巴兰兰还带着小蒋去了一趟小蔡家,自己既是小蒋的领导,又是小蒋的家人,双方商量好年底之前结婚。

其次是见了寇伟。

寇伟仍旧住在办公室的套间里,还是拒不收礼,除了上面来人,绝不接受宴请,不抽烟不喝酒不上歌舞厅,三顿饭都是上单位饭堂吃，时间久了，没人敢简单地目之为古板、书呆子气了。就算真是古板、书呆子气，一个市委书记的古板和书呆子气和一个中学教师的古板和书呆子气不可同日而语，日子久了，人们不能不想起另外一些老词：操守、品格、清官……以及另外一些新词：优秀共产党员、先锋模范作用、好干部……用它们代替"古板""书呆子""假惺惺"这类随口的不负责任的说法，一开始会觉得不习惯，一年半载之后却蔚然成风，"寇书记"三个字几乎成了一个新生的词汇，仍旧含着些古板、书呆子、假惺惺的意思，却又更接近有操守、人品好、有党性、好干部、值得尊敬这些意味，还半含调侃，甚至含些自嘲，成为一个内涵十分丰富的词语了。

"他的靠山是谁？"

"这个人有什么背景？"

"他的官是怎么得来的？"

这样的问题也没人继续追问了。人们渐渐明白，这样的疑问其实很业余。英雄出招，各有路数。车有车路，马有马路。没有背景的人，干不到一把手这个位置。这是常识，官场是一架靠常识运行的机器，有水平的人，其水平就是不犯"常识错误"。如果没有背景，就一定是能力超群了？这个"如果"其实不存在，因为，再能力出众，也得经过组织人事部门的考察和任命。组织和人事方面的事情，不都是由主要负责人管的吗？所以，说穿了，所有官员看起来各有来历，其实就是一个来历。

事实上，寇伟不仅有背景，而且背景不凡。别人不知道，巴兰兰刚好知道。巴兰兰如今和叶阿姨的私交已到了无话不谈的地步，前不久在北京，叶阿姨告诉她："老头子上任前曾以副部长的名义去K省考察，当时中组部已经和他谈过话了，但外面还没人知道他是你们未来的书记人选，所以，所到之处都是没人搭理，冷冷清清，时任省委政研室主任的寇伟却不一样，从头跟到尾，而且对 K 省的情况了如指掌，要分析有分析，要数字有数字。你们书记当时就很喜欢他，但上任之后没机会马上用他，他既不跑官，也不埋怨，从不主动上门。也的确把这个人忘到脑后了，有一次我们在家里随便聊天，说起另外一个叫寇伟的人，才想起你们 K 省的寇伟，回去之后才提拔了。"巴兰兰一听，笑着说："哈哈，寇伟当官，这是唯一可能的路径，他运气好，这个唯一还叫他给碰上了。我左想右想，也没想到是这样。事实真是比想象来得奇特而生动。"叶阿姨说："我和老头子有个观点，就六个字：帮好人，做好事。"巴兰兰说："是呀，好人帮好人……"

掌握了这个底细，在巴兰兰眼里寇伟不再神秘了，问题也变得简单明了了，没错，寇伟就是一个书呆子，一个刻意和社会陋习保持距离的人，其目的还是往上爬，不见得是有所建树。但是，这样一个人，无论是官是民，还是令人尊敬。实际上，据她了解，大部分官员为官一方，最大的建树正是"没有建树"，平安无事才是最大最难的建树，在这个基础上，有那么两样说得过去的政绩工程，就 OK 了。

巴兰兰事先约好晚饭后去见寇伟，他还是穿着几十块钱一件的那种夹克衫，里面套着方格衬衣，站在二楼的电梯口笑眯眯地迎接她，由于个子高，又持了谦逊的站姿，所以看上去略略有些驼背。然后，两个人走向楼道，在楼道口，寇伟停下来，示意巴兰兰先行，巴兰兰摆手，寇伟笑着说："女士先行嘛。"于是巴兰兰便当仁不让，带头向深处走去。楼道不窄，她也是苗条的身材，却似乎把整个楼道占满了。寇伟跟在后面禁不住想，看来美女比胖子更占地方，前些天真的来过一个胖子，真的很占地方，大家还开过胖子的玩笑。楼道里的灯全数亮着，浅绿色的墙裙显得很老土，但也饱含暖意，办公室的门和上次一样也是敞开的,屋里的白炽灯瓦数不小,有些刺眼。和上次不同的是,地上铺了绿色的地毯,桌上有了台式电脑,显然刚刚使用过,桌面是一种极为养眼的草原风光。巴兰兰从包里取出一本书:《喧嚣的九十年代》,作为礼物送给寇伟,体现着君子之交淡如水的味道,还有一点天下兴亡,匹夫有责的意思。这样一个简单的礼物当然远不是官场的风格,因而才显得清新私密,既抹去了他的官员身份,又抹去了她的商人身份,多少还包含了"一对书呆子"的意味。寇伟拿在手上时,眼里有一瞬间的郑重,接着放在桌上,把事先泡好的茶递给她,重新又捧起书,说:"诺贝尔经济学奖得主,约瑟夫·斯蒂格利茨,听说过这个人,没看过他的书。"巴兰兰说:"书里有一句话,毁灭的种子是什么?第一个就是繁荣自身。"寇伟一听,放声笑了,说:"耸人听闻。"巴兰兰说:"是有点太悲观。"

寇伟没接她的话茬,她便知趣地换了新的话题,汇报了造纸厂的最新情况,向他保证,工人们的所有遗留问题全都妥善解决了,还向他汇报了芙蓉苑的销售情况,顺便谈了准备捐一千万给山区学校的想法以及筹备中的慈善晚会,请他出席等等,他的眉毛稍稍蹙了一下,接着就爽快表态:"一定去,一定去。"

这时她看见了启功的书法:

君子病无能焉
不病人之不己知也

这句话当时担心过,是不是太文气?现在看来,却觉得再适合不过了。"寇伟先生雅正"几个字,其实比孔子的话更值钱的,据说,启功很少给不认识的人如此题款的,否则,就要加钱,巴梅梅说,为了写这六个字,又多花了六千块钱,一个字一千。当然肯定不是启功先生直接要的,求字的人是见不着启功的。

"这幅字大家都说好。"他说。

"孔子的话更好。"她说。

"是呀,孔子是一个明白人。"他盯着墙上那句话。

"明白人?这个评价有意思。"她说。

"孔子的每一句话,不过是一个明白人的话,'三人行,必有我师''学而时习之,不亦乐乎?''仁远乎哉?我欲仁,斯仁至矣!'这些话多家常多明白嘛,我们却要把一个明白人说成圣人,于是大家都觉得那是圣人的标准,不做也无妨,做不到也不脸红,结果便是我们看到的情况:明白人和圣人一样稀有。"他说。

"这真是一针见血!"她说。

"乱说呢。"他无意中昂了一下下巴。

她才发觉他其实是颇为自负的。

"听说你要炒股了?"他问。

"是呀,正准备向你汇报。"她说。

"我可是股盲啊,连熊市和牛市都分不清。"他说。

"我也不太懂的。"她说。

"股票大概和懂不懂没关系,关键看运气吧。"他问。

"寇书记也相信运气?"她反问。

"我为什么不相信?我太相信了!"他笑了。

他笑的声音很大,表现出对她这个疑问的不解,反应有些过度。她在想,他如果不是运气好,绝对做不了市委书记这种官的。

"其实,炒股靠运气,是对股票的一种误解。"她说。

"愿闻其详。"他睁大眼睛说。

她从包里取出那份《北京番茄酱（000133）及番茄酱产业分析》的材料，递给寇伟一份，等他看了两眼，然后说："就以北京番茄酱为例吧，我的收购决定，完全建立在科学分析的基础上。番茄的主要适宜生长区域，集中在北纬34~50度之间，这个区域的气候既不会太潮湿，也不会太干燥，而且昼夜温差大，糖分比较足。中国的新疆、内蒙古、宁夏、河北等省区，欧洲的地中海周边国家，如意大利、法国、西班牙、土耳其，还有美国的加州等地，是番茄的最佳种植区，但是，最近几年，由于农业补贴减少、劳动力短缺、能源不足等原因，欧美的产量明显下降，可以预见，全球的番茄酱生产基地和加工基地将迅速向中国转移，这是千载难逢的好机会。同时又赶上咱们国家的国有企业改革，抓大放小，像裴城造纸厂这种规模的国有番茄酱生产企业，全国有几十个，各省市都急于甩包袱，眼下正是收购的好时机。把这些分散的小企业统统收购过来，有希望成为全球最大的番茄酱生产商，进而形成寡头垄断的格局。另外，番茄酱产品的消费空间巨大，以出口为主，传统的消费区域有欧洲、北美、中东、南亚、非洲等地，而且以美元结算！"

寇伟说："看来我对股票真有误解。"

巴兰兰说："你是政治家，不应该只懂政治，更应该懂经济。"

寇伟说："我哪里是政治家？屁都不是！"

巴兰兰笑了，"屁都不是"这样的话超出了他的风格。其实却是他心里有些不高兴，认为她在他面前说话有些放肆、有些狂妄。

"我老婆炒股，回头让她死炒北京番茄酱得了。"他笑着说，他迅速调整了态度，用这句半真半假的话显示着自己的亲和力。

"好呀，让她马上买。"她说。

他不接话，只是笑着点头。

第十一章

1

此次进京,她带上了小蔡,有两个原因,一是免得魏卓然和小蔡勾搭,二是找个医院帮小蔡修复处女膜。她和小蔡深谈过,小蔡对嫁给小蒋没有意见,只是担心自己的身子已经破了,到时候怎么解释?别的不说,光羞都羞死了。小蔡哭得不行,还说:"不如死了算了!"她就说:"明天跟我去北京,找家医院给你补上。"小蔡忙问:"真的能补上?"她说:"很小很小的一个手术,是去整容外科做的,半小时就能做好,很多鸡破一次做一次,就像补轮胎一样,一直都是处女,每次都能卖个好价钱。"小蔡扑哧一声,笑出了鼻涕,说:"兰兰姐,你说话好损的。"她说:"更损的我还没说呢。"小蔡堵住耳朵说:"我不敢听了。"她说:"明天跟我一起上北京。"小蔡放开耳朵,拍手说:"嗨嗨,你白说了!"她尖声重复说:"我说,明天跟我一起上北京,和我一样坐头等舱!"

现在,她和小蔡就坐在头等舱里。

"我第一次坐飞机就坐头等舱。"小蔡说。

"是呀，起点不低。"她点了点小蔡的脑门。

"遇到兰兰姐，是我的运气。"小蔡说。

巴兰兰想，怎么又是"运气"！

到了北京之后，正事没做，先去中日友好医院做手术。她像妈妈一样带着小蔡跑上跑下，办了手续，做了常规的妇科检查，小蔡进了手术室，她坐在外面的长条椅上等，闲得无聊，就看走廊上那些关于处女膜修复的宣传。

对面拉着两条横幅，分别写着：

还你一个无瑕女儿身

安全无痕　随做随走　不留记录

标语底下是一个宣传橱窗，里面有处女膜示意图，令她想起小时候在芙蓉溪边常玩的一种游戏：从芙蓉溪里捞出一捧泥巴，揉完了醒，醒完了揉，直到变得黏性很好，做成碗状，用铲子小心铲起来，平平地放在右手的掌心里，找一块平地，最好还有个虫子在奔跑，碗口朝下奋力扣下去，"咣"的一声，碗底就破成一个不规则的洞，响声大者，几乎能刺穿耳膜，但洞大洞小才是主要的，洞大者赢，洞小者输……处女膜的样子正像摔在地上的泥巴，她禁不住笑了，并想，上帝不嫌麻烦给女人造这么个东西，不知有何考虑？为什么女人的贞洁是可检查的而男人不是？上帝应该是男的吧？接着又往下想，处女膜的存在到底使贞洁变得更多了还是使谎言变得更多了？处女膜修复手术的生意看样子不错，不断有女孩来，多数是独自一个人来，既没有家长陪更没有男人陪，有些明明是快 30 岁的女人了，竟也来凑热闹，更糟糕的是，一个嘴里喷出蒜味的女人专门过来坐在她旁边，就像是物以类聚一样，问她："你还没做？"她竟还老实地回答："我在等人。"这之后她心情变得很糟，几乎想一扭身走掉，觉得这个世界一点都不可爱，不可爱的根源就是人——如果处女膜中央的那个小孔，是看世界的一个窗口，那么这个世界给人的感觉，不是脏而是奇怪，人怎么是那么奇怪的一种动物？爱谎言爱虚荣爱面子爱到了极点！准确地说，是男人！自古以来是"女为悦己者容"，现在还要加上一条，"女为悦己者补"！事实却是更可怕，大多数女孩来修复处女膜不是"为悦己者补"，而是源于恐惧，怕被男人轻看、乱想、污辱，"破鞋""烂货""骚 ×"这样的词语，会让任何一个女人立即无地自容……

小蔡歪着身子出来了，步子迈得很小，就像夹着个药丸，脸上泛着虚弱的红晕，她立即起身迎过去，而且马上有了恻隐之心，原谅了一切错误，包括"男孩子们的"，真的有种为人母的感觉，而且恍然是所有孩子的母亲。

她给季军打了电话，季军说，他就在医院门口。季军这边，还没找到合适的司机接替，再说她当时很生气，过后也就不计较了。

坐上白色的加长林肯，巴兰兰还是像母亲一样把小蔡揽在怀里，对季军说："明天我自己开车，你带小蔡去看看天安门。"

季军说："好的。"

小蔡说："我还要拍照片。"

巴兰兰："对，季军你别忘了带相机。"

季军说："好的好的。"

巴兰兰说："不许打小蔡的主意，她已经和小蒋订婚了。"

季军喊："真的？蒋师傅好有福气哟。"

巴兰兰说:"别急,给你找一个比小蔡还好的。"

季军说:"巴总,军中无戏言!"

小蔡说:"看把你臭美的!"

季军问:"小蔡你有没有妹妹呀。"

小蔡说:"有,还没生下呢。"

巴兰兰在北京等了10天之后,即1999年11月25日,K省君科集团与河北沧河集团签署了转让协议。此前特别召开的股东大会上,巴兰兰应邀向股东们介绍了自己对北京番茄酱的改革和经营设想,而河北沧河集团也持续表达了对北京番茄酱的悲观态度,既然是协议转让,双方又是一个愿打一个愿挨,股东大会用举手表决的形式,同意转让。于是,K省君科集团正式成为北京番茄酱的第一大股东。

次日,董事会发布了公告:

北京番茄酱责任有限公司日前收到控股股东河北沧河集团的通知,该集团于1999年11月25日与K省君科集团有限公司签署协议,将河北沧河持有的法人股3910.54万股(占总股本的26.55%),以每股7.67元的价格协议转让给君科集团,此次转让行为完成后,君科集团将持有北京番茄酱法人股3910.54万股,成为第一大股东,河北沧河不再持有北京番茄酱法人股。

这个公告发表在《证券报》的一个角落里。

几厘米之外就是股评人的分析:

从此次转让情况看,原有大股东对番茄酱产业失去了信心,新股东据了解是K省裴城市的一家私营企业,主营房地产,实力不俗，入主后会有什么新作为，将成为其基本面上能否扭转目前该股被动局面的关键。从技术形态上看，此消息对该股的短线走势影响不大，操作上建议以观望为宜。

协议签署后的第三天下午，巴兰兰就匆忙乘飞机回到了裴城，因为，慈善文艺晚会筹备顺利，为了确保寇伟书记可以拨冗出席，时间定在12月1日晚上。有很多事情，巴梅梅搞不定，来电话再三催姐姐，要她快点回来。

小蔡也和巴兰兰同机返回。小蒋开车来接，小蒋见了小蔡，有些羞答答，小蔡原本就伶俐，在巴兰兰的别墅里已经没少见世面，刚刚又在北京玩了多日，底下的手术也拆了线，在小蒋面前就有些小卖弄的样子，不避人，送给他一个吉列牌的电动剃须刀。小蒋看了一眼，红着脸说了声"谢谢"，就匆匆收起来。巴兰兰说："从今天开始，给你们两个放假，把我放下后你们就自由活动，快去准备结婚。"

直接到了公司，打电话叫来巴梅梅，听她汇报慈善晚会的筹备情况。"候鸟给你请到了。"巴梅梅说。"候鸟的条件是什么？"巴兰兰问。"唱两首歌，8万，包来回机票。"巴梅梅答。"给他加4万。"巴兰兰说。"干什么？让他唱三首歌啊？"巴梅梅问。巴兰兰笑了，拖长声音说："不是。"巴梅梅问："那是什么？"

巴兰兰便给巴梅梅讲了两年前认识叶阿姨的那天，在飞机上，候鸟骂她"鸡"的经过。她用目光问妹妹："现在明白我意思了没有？"巴梅梅轻声问："你要报复他？"巴兰兰点头，巴梅梅更轻声地问："你要让他做一回鸭子？"巴兰兰尖声笑了，给妹妹竖起大拇指，说："也许他早就是鸭子，给你讲，我在海南的时候，就请北京的一个女明星陪国土局局长睡过一觉，人家名气可比咱们的候鸟大多了。"

"姐，应该问他收钱才是。"

"狗屁，反了，我要让他做鸭子！"

"哈哈，我错了我错了。"

"脑筋还没学会转弯！"

"笨嘛！还有，我怎么跟人家开口？"

"他不是有助手吗？和他的助手联系。"

"好吧，无论如何我试试吧。"

半夜12点，巴梅梅打来电话，用灾难深重的口吻说："姐，这世界没救了，真的，我好难过好难过。"巴兰兰问："怎么了，马林有外遇了？"巴梅梅问："你身边没人吧？"巴兰兰说："没人，快，有屁就放。"巴梅梅说："我已经把候鸟的碟都找出来，放火烧了。"巴兰兰已经猜出妹妹卖什么关子了，便不吭声，等她说，"候鸟那个混蛋竟然同意了，说好提前一天来裴城。"巴梅梅说，巴兰兰问："你一个人吗？"巴梅梅说："我在阳台上。"巴兰兰说："这事，就天知地知，你知我知，听着没有？"巴梅梅说："还用说，我又不是傻瓜。"巴兰兰要搁电话，巴梅梅说："姐，我真的好失望，他是那么大一个歌星，不可能缺钱花的。"巴兰兰问："难道缺钱就应该当鸡当鸭吗？"巴梅梅在另一头，仍然是感触良多的味道，巴兰兰打着哈欠说："睡吧。"巴梅梅说："不过，人家一开始并没有同意，后来提出先看你的照片，我就把你的照片传过去了，看完照片才同意的。"巴兰兰说："掉价死了，好像我在出台一样。"巴梅梅笑疯了，巴兰兰挂断了电话。

巴兰兰正准备上床睡觉，徐行长来了电话，说他眼下就在她家附近有个应酬，马上结束，十分钟之内就到了，说着就挂了电话，理直气壮的样子。事实上，徐行长确实在附近，却在一家酒店里，和巴梅梅在一起，巴梅梅披着浴巾给姐姐打电话，虽然走远了几步，徐行长却一句没漏都听进耳朵了,通过这些话,徐行长至少能判断巴兰兰是一个人在家,于是催巴梅梅快穿衣服,两个人离开酒店分别开车回了家。而巴兰兰这边,倚在床上等徐行长来的时候,却是一脸愁绪的样子,心里有些沮丧,她想起来了,刚才自己没有拒绝徐行长,哪怕是假心假意的拒绝。电话里传来一个男中音的时候,她心里其实是兴奋的,且庆幸家里没人,小蔡放假了,魏卓然也没来。超过10分钟了,还不见徐行长的影子,她甚至有些焦急,还在骂他,骂他动作缓慢。她脑筋里像水银一样流出很多感慨,比如:和一个男人只做一次爱的可能是没有的,有一次,跟着就会有无数次,开了头就难收尾,决心是没用的;人,还是有个监督才好,哪怕家里有个保姆,也算是有了监督,人很难自己监督自己,就像一个政府,如果施政者和监督者是一波人,就很麻烦;任何轻佻的男女关系,一旦开始,都会迅速取得庄严的形式,发展为一种像模像样的恋爱……

门铃响了,她去开门。他竟然学年轻人的样子,举着一束新鲜的玫瑰花。她有些激动,看一眼他的光头,觉得它光得可爱了。

"这么晚了,哪来的花?"

"我转了好几个地方才买到的。"

"怎么想起买花了?"

"现在不是兴这个吗!"

她觉得他举着花的样子有点憨,好可爱。多位闺中秘友曾不约而同对她说,她对男人其实没有什么辨别力的,有可能爱上任何糟男人,此刻她也想,可能真是这样,我有可能凭着一丁点可爱之处就爱上这个男人,而且我每次爱上一个男人,都是真心的!没办法,我是一个商人,其实根本没有所谓商业理性。

"去洗洗吧。"她说。

"好的。"他的回答有些慢，因为他刚刚在酒店洗过澡，巴梅梅也是做爱前做爱后都要他洗的，这一点，姐妹俩是惊人地相似。

　　他在水龙头底下笑眯眯地站了两分钟，就挺着一肚皮亮晶晶的水珠出来了，问："我的领带呢？"她问："什么领带？"他走在她面前，用手在脖子间比画着，再说："我的领带，皮尔……卡丹！"她想起来了，说："破领带呀，我扔了。"他说："完了！"她问："谁送你的？"他说："还能有谁？你家巴梅梅！她……"他差点说错了话，说成："她刚才还问我呢。"她说："还皮尔·卡丹？皮尔·卡丹有什么了不起？上海恒隆广场都进不去！"他说："我不懂的，还以为皮尔·卡丹是最好的服装品牌。"

　　他刚和巴梅梅做过，所以显得并不急切，仍然学年轻人的样子，玩花活，从上到下用舌头亲她，让她觉得，他像个日出而作日落而息的好农夫。可是，他还没亲满一遍，她就受不了了。他就想，她去北京这些天，看样子没碰过男人。他不能再延误了，倏地像是从高处陷落了，并及时感叹：可真是锦绣天堂啊，如锦如绣的天堂。他下决心要好好享受，小口小口吃。她也是闭紧双眼，潜心享受的样子。

　　完了后他说他不走了。

　　她竟然同意了，她向来不喜欢男人一整夜陪在身边的，做完爱就想一脚把男人踹走，今晚竟然同意了，时间也的确是很晚了。

　　两人同时去洗完身子，回到床上后立即变得不正经了，他问："你请那么多女明星来，有没有哪一个肯出台的？"她先是心里一慌，然后说："女明星又不是鸡，出什么台？"他笑了，说："别闷我了，明星出台，在银行界早不是秘密。"她一想，是呀，他是行长，什么没见过。"明星们好不容易到咱们裴城了，裴城的银行家也该尝尝浑了。"她敲敲他的脑门，由于是深夜，响声很大。他依旧是恬不知耻的语气，说："你帮我牵牵线，钱我自己出。"她问："你喜欢哪个？"他说："哪个都行。"

她半天不说话了，他有些心虚，问她："你心里骂我是流氓吧？"她睁开眼，看着他，笑了，说："还真的没有，我倒觉得你们这些银行行长比较可爱，坏，但坏得坦率；无耻，也是无耻得坦率。"他大笑着说："应该这么说，坏加坦率，是更坏，无耻加坦率，是更无耻！"她指着他的鼻子说："还有些自知之明！"

又过了好一会儿，她还没睡着，他却像睡在家里一样扯起了呼，她悄悄坐起来，从他身上跨过去，蹑脚下楼去了小蔡房间。

2

先是《经济日报》刊出了北京番茄酱的改组新闻，接着K省和裴城的报纸也纷纷发布了"君科集团成为北京番茄酱第一大股东"的消息，标题都是大同小异，比如："我省女私营企业家巴兰兰斥资三个亿，成为北京番茄酱第一大股东""房地产商巴兰兰又有大手笔，裴城君科集团入主北京番茄酱"……这些文字，尤其是地方媒体的文字，有一个共同的倾向，就是一个字："捧"，把巴兰兰这个本来就已经声名不浅的女企业家，终究捧成了"时代偶像"。巴兰兰发现，在地方媒体眼里，这件事情远比自己的认识重要得多，这是一件给K省人民和裴城人民争了脸的大事，值得大书特书。一件单纯的商业事件就这样不可避免地带上了政治的含义，文化的含义。而且其效果远远超出了想象，接下来的几天，各路记者蜂拥而至，争相采访和报道君科公司和巴兰兰，几乎打响了一场"巴兰兰战役"。有一篇报道甚至用了这样一个标题："美貌也是生产力"，文中有这样的一句话："巴兰兰身上有一种以柔克刚、无坚不摧的阴性力量"……巴兰兰搞过房地产营销，又明白新闻是可以借来大肆炒作和拉抬股价的，当然很高兴看到这种局面，而且能做到应对自如，迎拒有度，让人们从她身上看到了偶像的气质、美女的魅力、儒商的风度……

此刻，全家人正聚集在巴兰兰的别墅里，给妈妈过生日，马林和巴东东在厨房里做饭，孩子和保姆在二楼玩，透过钢化玻璃，能看到他们像天使一样飘来飘去，四个女人在一楼客厅里打麻将，麻将是高档的骨牌，米黄色的，玉一样细润，在手指间发出灵雀般的轻响，巴梅梅说："这么好的麻将，我好想一辈子不干别的，就打麻将。"这句天真的玩笑，确实够天真的，却极为准确地说出了大家共同的心声，人人心里都在想，是呀，悠闲的生活才是好生活。有人不禁反过来又想，现有的钱难道买不来这样的生活？旁边的大电视里正在重复播放裴城电视台对巴兰兰长达一小时的访谈：

问：巴总，您收购北京番茄酱后，是否意味着君科集团将移师北京，并且改变公司主营业务，不再以房地产为龙头？

答：君科集团的永久总部是裴城，这是肯定的，但是，君科集团的业务有可能延伸到任何地方，北京、上海、甚至纽约、巴黎……而且有可能超出现有的房地产和造纸业，但是，超出并不是丢弃，也不是淡化，我们会优先发展房地产业和造纸业，同时择机扩大业务范围，比如这次的北京番茄酱。

问：这种多元化的经营，会不会造成主营产业不清晰，以及资源分散、管理混乱的缺点？换句话说，你有没有这样的担忧？

答：君科的产业还远远算不上多元，不过是房地产、造纸业和番茄酱生产业,所以我完全没有你所说的那种担忧,再说,我们的管理一直是高效有序的,我们有足够的整合能力,确保每一个产业成长壮大。

问:您成为第一大股东之后,北京番茄酱已经从每股7.5元涨到9.6元,是近阶段第一次变跌为涨,您本人是如何评价的?

答:说实话,这个消息当然令我高兴,但是,我也感到了前所未有的压力,因为,股价的变化包含着广大股民的鞭策,这说明股民对我本人和君科集团是有信心的,我们的确有一整套成熟的计划,会在未来两三年内,把北京番茄酱做成世界第一大番茄酱生产商,用优良的效益报答股民的信任。

问:听说你们的房子也卖得很好。

答:是呀,芙蓉苑一期的房子,近两三天出现了抢购的局面,有人担心我们会涨价,在这里我向政府和市民正式表态,芙蓉苑的房子一分钱都不会涨,接下来我们有决心把二期做得更好,同样不会盲目涨价。

问:可不可以问个私事?

答:问我的婚姻问题,是吧?

问:您猜对了。

答:这个问题比房地产和股票问题难回答多了。

问:您可以不回答。

答:要不我借机做个征婚广告吧?

问:这一段我们保证不剪。

....

马林和巴东东做好了一桌子菜,摆好了蛋糕,插上了五根大蜡烛,三根小蜡烛，然后，两个孩子、两个保姆和四个打麻将的人，一下子都到了餐厅，看见满桌的大盘小碟，纷纷发出兴奋的喊叫。餐厅紧邻厨房，因而热气弥漫，把妈妈的眼镜哈湿了，妈妈取下眼镜用手擦拭，大家还以为妈妈哭了。不过，接下来蜡烛点着，大灯拉灭，全家人齐唱"祝你生日快乐"的时候，妈妈真的哭了，少有的动情，几乎伤及肝肺。随后妈妈解释说："我想起你们的爸爸了，他命薄，没看到儿女们这么出息。"两个孩子嚷嚷着要吃蛋糕，妈妈急忙抹了眼泪，吹灭蜡烛，眼前一下子黑透了，静了几秒钟后低垂的吊灯重新亮了，巴东东把蛋糕按人头切开，每人一牙。吃着蛋糕说着话，说着说着主角就变成巴兰兰了，有一点吃水不忘挖井人的意思。巴兰兰就接茬说："你们可能不知道我经商的真正动力是什么，其实是妈妈——爸爸走得早，妈妈一个单身女人拉扯我们姊妹三个，多不容易呀。记得小学二年级的时候，我问妈妈要两块钱买铅笔盒，妈妈说没钱，下个月再买，我就哭，早上哭，中午还哭，晚上放学后，我刚回到家门口，便看见不远处有个货郎，妈妈向他走去时手上拿着自己的长辫子，妈妈已经把自己的长辫子剪掉了，剩下的头发齐齐地搭在肩上，像倒垂的稻茬子，妈妈回来后给了我两块钱，我立即就转身跑开，去买铅笔盒，一点没觉得妈妈辛苦，过了好久好久，再回忆起当时那一幕，才明白了妈妈的难处。"

这话不知是第几次说了，但大家仍做出刚刚听见的样子，而妈妈的眼睛又湿了，说："你呀，从小就是要什么马上就要拿到。"

巴兰兰自嘲地咧嘴一笑。

巴东东说："妈妈的生日，大家高兴点，尽量少说伤感的话好不好。我提议每个人出个节目怎么样？姐姐你带头唱首歌吧？"

巴兰兰脸红了，说："你们唱。"

大家露出相似的笑容，这笑是少有的居高临下，因为大家再一次看见了巴兰兰的短处,她几乎无所不能,独独唱歌不灵,总走调,还不是少量的走调。不过巴兰兰并不恼,她知道巴东东提议唱歌,不是为了让姐姐出丑,而是为了隆重推出自己的老婆,小夏不显山露水,却是最会唱歌的一个,天生一副好嗓子,而且专唱那种委婉迷离的情歌。小夏忸怩着硬不唱,一是不愿明着迎合丈夫巴东东,二是明白自己会唱的那些歌没一首是妈妈爱听的。"妈妈唱一个《梅花三弄》!"小夏来了个金蝉脱壳,妈妈心里正在哼哼这首歌呢,兰花指一翘一翘,还没出声,幽冷凄切的感觉已经有了。

妈妈说:"那我不客气了!"

唱:
红尘自有痴情者
莫笑痴情太痴狂
若非一番寒彻骨
哪得梅花扑鼻香
问世间情为何物
只教人生死相许
看人间多少故事
最销魂梅花三弄

白:
梅花一弄断人肠
梅花二弄费思量
梅花三弄风波起
云烟深处水茫茫
…………

这首流行歌曲等于被妈妈改写了，妈妈倒是不跑调，但句句都含着一己之私，把轻逸的部分唱没了，只剩下哀怨和苦辛，几乎是锈迹斑斑，因为浊重而尖锐，刺得人心里一揪一揪。巴兰兰打了个冷战，想走开又忍住了。

"女人是什么？"

巴兰兰问自己，回答还是一句老话："女人是情的动物！"的确，女人的一生是情的一生，在感情问题上，女人永远是井底之蛙，女人的经验总是再三地被证明"无用"。而男人不是，男人不会用感情思考问题，男人常常会把"无情"视作值得炫耀的东西，男人可以一边说"我多么爱你"，一边却拍屁股走人，比如华山，比如陈百川。而任何一个女人心里，情，总是最重的，一个阅人无数的女人一样会被"情"字所困，这个认识令她心痛欲裂，不仅是痛，更有莫名的仇和冤！正像妈妈刚才的声音一样。但是，奇怪的是，仇和冤似乎又是女人甘愿忍受的，甘愿忍受并不等于能够忍受，甘愿忍受其实是纸老虎，是一戳就破的，正是这甘愿忍受和不能忍受，共同造就了女人。此刻，当她看清楚自己在情上有所亏欠时，也看清了，富可敌国，未见得比一个情字重了多少。

3

芙蓉苑一期的房子真的形成了排队抢购态势，君科集团收购北京番茄酱的消息，加上限量给购房者赠送慈善晚会门票的促销手段，把裴城人民潜在的购房热情一下子煽动起来了，人们看到了一个城市的希望，看到了小地方小人物和大时代大世界之间的血肉联系，也看到了住房可以更宽敞、生活可以更美好、投资可以更积极的可能性，于是风气说改就改，观念说变就变，这种改变几乎发生在一夜间。

若干年后，当裴城的房地产价格一路飙升，房价居高不下，房地产业成为裴城的支柱产业，强有力地拉动了相关产业，消费市场变得相当活跃，GDP一路攀升，裴城经济全面进入前所未有的高速增长期，政府和经济界人士普遍认为，1999年末芙蓉苑一期的热销，是裴城政治、经济生活中的一个标志性事件。

候鸟提前一天到了裴城，住在虹桥大酒店3012房间。候鸟的助手说："可以到3012房间的。"巴梅梅说："还是来6011吧，这里是总统套间。"巴梅梅已经在总统套间里，全套的欧式家具，可以来回打滚的大床，挂着液晶电视的卫生间，意大利真皮沙发，火光艳艳的壁炉，让巴梅梅突然有些嫉恨姐姐了。为什么是妹妹，而不是别人在替姐姐拉皮条？为什么妹妹必须把姐姐的话当成毛主席的话，一句顶一万句？一切为什么不是反过来？最后这一问把她吓了一跳，急忙摆摆头，不再乱想。

"姐姐你快来吧，说好候歌星九点整过来。"她用房间座机给巴兰兰打了电话，巴兰兰说："你在那儿等我，我马上到。"她低头看表，八点整，自己一直在忙，还没顾上吃饭，却不知道饿，再过去撩开纱帘，外面灯光很亮，亮如白昼，甚至能看见老式房顶上的杂草，在瓦缝间随风摇曳，有的枯了有的还绿。一只很大的野猫在房顶上嗅来嗅去，几乎能听见它柔软的足音。她想，那肯定是一只怀春的母猫了，可怜见的。突然觉得自己也像那猫，待会儿有人会美死乐死的，自己在哪儿？放下窗帘，回身歪倒在宽宽的大床上，心情突然就坏了许多，不过最多坏了三分钟,她就振作精神,坐起来,打电话给前台,要了一些东西:一碟果盘、几样甜点、几瓶啤酒,摆在茶几上。

巴兰兰来了,外面是银灰色的长外套,里面是白衬衫、黑短裙,中间由红色腰带过渡,脚上是一双有些过时的黑色长靴,手上拎着羊皮的白色坤包,巴梅梅发出惊叹:"姐姐你好漂亮!比章子怡还漂亮!"巴兰兰看看自己,说:"三年前候鸟骂我鸡的那天,就穿这一身。这个包也是当时背过的。"巴梅梅说:"怪不得。"巴兰兰立即警觉地问:"怪不得什么?"巴梅梅笑着说:"不能怨人家,这一身真有点像鸡。"巴兰兰要揪巴梅梅的嘴,巴梅梅向后躲去,巴兰兰不依,终究把妹妹逼到沙发上,压住妹妹,揪住妹妹的嘴唇,边揪边说:"给你撕破,撕撕撕撕……破!"巴兰兰发现巴梅梅竟然眼泪汪汪的,不知道怎么了,赶紧松了手。其实巴梅梅深感自己一直以来,甚至是从小以来,被姐姐欺压了,一切方面都比不过姐姐,只配给姐姐提鞋,现在又多了一个拉皮条。

"真疼了?"

"当然!"

"娇气包。"

"来我撕撕你!"

"别撕我了,你留下,让候歌星伺候咱们姐妹俩。"

"不要不要。"

"你真的不想?"

"我不想!"

"真的?"

"我怕天打雷劈……"

"别装好不好?"

"要是让妈妈知道,肯定会气死的!"

"谁让她知道了!"

"头顶三尺有神灵,要是让爸爸知道了呢?"

"别跟我谈牛鬼蛇神!"

"姐姐,你一个吧,我保密。"

"不,就这一次,你知我知,天知地知。"

"没和人家商量。"

"来了再商量不迟。"

巴梅梅不吱声了,只觉得心跳突突。

巴兰兰扔下包,去了卫生间。

巴梅梅心跳得更厉害了,脸色变得惨白,突然,她果断地站起来,缓缓转过身,像刚才房顶上的母猫一样,用柔软的步子逃走了。其时电梯门正向中间合拢,只剩下刀子一样的细缝,巴梅梅鬼斧神工地挤进去,电梯便开始下降了,巴梅梅脸上挂着怪异的笑容,极力地克制着不笑出声来,把身旁的一对恋人逗乐了。电梯轻巧地一落一弹之后,巴梅梅第一个冲出去,三步之后便爆出了吓人的笑声,引来了大堂里所有的目光,大家看着她缩头弓腰如怀抱重物,一边还在笑一边蹒跚地移向门口。

巴兰兰从卫生间出来,不见了巴梅梅,左右喊了两声,知道是溜之大吉了,倒也不意外,由她去的样子,嘴上只是嘀咕着什么。

整九点,有人敲门。

巴兰兰开门,来人正是候鸟。

候鸟是远道而来的样子,背着帆布包,穿着一件浅黄的休闲西装,里面是简单的T恤,脖子上围着一条黑灰相间的格子围巾。

"你还挺守时的,踩着点来了。"巴兰兰说。候鸟一笑,露出白皙的牙齿，说："出工挣钱，不能不守时。"巴兰兰以主人的语气说："请坐。"他过去坐在沙发边上，她在他面前故意绕了一圈，试试他是否还认识她。"你比照片上还漂亮。"他说，他显然不记得她了。她拿了双纸拖鞋给他，自己也除去黑色长靴，换了拖鞋，说："我也是刚进门，忙得要死。"随后她点上烟，用眼神问他抽不抽？他答："我不抽，保护嗓子。"她说："你的歌唱得不错。"他问："你最喜欢哪一首？"她想了想，说："都还喜欢。"他说："我还是第一次这样……"她问："第一次出台？"他笑得很夸张，说："这个词不合适吧？"她拍拍他的大腿根，碰到了硬硬的东西，说："那你自己换一个词。"他说："交个朋友吧，不要你的钱，几万块钱你穷不了，我也富不了。"她说："不不不，我是商人，不喜欢欠人情债的，还是及时结清好。"他说："那我今天注定要沾光了。"他突然便反客为主，把啤酒倒满两个杯子，推给她一杯，与她一碰之后先仰头干了，顿显豪爽之气，她看着蛮喜欢的，一瞬间又找到了爱一个男人的理由，自己也一样干了，用手背抹抹嘴上的啤酒沫子。他又倒酒，急着要把自己灌大。她说："敲杠子，谁输喝一杯啤酒，脱一件衣服。"他说："好啊，敲杠子是我的长项。"于是，就用手指做杠子，在桌边敲，他喊："鸡！"她喊："鸭！"他说："哪有鸭？老虎、杠子、鸡、虫……喊错算输，你脱一件。"她笑着说："这次不算，重来。"于是重来，他又喊了"鸡"，她喊了"老虎"，老虎吃鸡，他输了，他喝酒并脱去西装，他喘了口气，邀她再来，这次她继续喊"老虎"，他换成了"杠子"，杠子打老虎，她输，她喝了啤酒，再解掉红色的腰带，等于没脱，只好再敲，果然是他的长项，他一出口又赢，她赖着不喝酒了，只脱衣服，自上而下解开了衣扣，衣服还在身上，一对乳房已经自动顶出来了，明晃晃的，他不由得吞了口唾沫，说："好美的胸！"她说："去！"她搁下衣服，再敲时，两个乳房上下抖动，珠联璧合，让他不知道喊什么了。她明知故问："你怎么不喊？"他说："挠得我眼花！"她问："是眼花还是心花？"他说："能花的都花了。"她说："再敲！"接下来，他全线溃败，连输几次，脱下短裤，就一丝不挂了，她说："明晚上唱歌，不给你准备麦克风了。"他问："为什么？"她指指他底下说："这不？你自己有的。"他爆笑如雷，她说："别光笑，还得敲，我还没脱完呢。"他说："我恐怕赢不了了。"她说："快来，敬业一点好不好？"他就忍住笑再和她敲，终于连赢两次，她也该脱内裤了，她一边脱一边说："明晚上也不用给你准备音箱了。"他用合作的态度问："为什么？"她不看他，说："你自己也有的，一模一样，两个，你自己检查一下。"他低头看自己时，她已经站起来跑向卧室，背影像一部欧洲电影里的经典镜头，那个女演员被称作"行走的欧洲大陆"，他误以为自己就在银幕里面，是隔壁一个正在偷窥美女的小男孩，除了偷窥，不敢越雷池一步⋯⋯

"怎么不来？"她喊。

"来了。"他走向卧室。

她爬展在大床上，像一条暮色中的河流。

"我想写首歌给你！"他说。

"真的？"她翻过身来。

"真的，一定要写。"他说。

"先来做爱吧，亲爱的。"她说。

"你再翻过去。"他说，他更喜欢她的背影。

她乖乖地翻了过去。

他跪在床边，埋下头，打算从她的脚心开始吻起，从脚心吻到脖子，从后面吻到前面，他告诉自己，四万块钱可不是好挣的。

12月1日晚上，"君科之夜"慈善晚会在涪江电影院如期举行。

巴兰兰穿一袭橘红色旗袍领长裙，流畅的线条，金色的底纹，实在是艳到了极点，又雅到了极点。她提前半小时在门口迎接来宾。裴城市的党政领导几乎全数到了，像开"两会"一样郑重其事，不同的是，大部分官员带着夫人，寇夫人也破天荒露了面，人很和善，又面含喜气，巴兰兰和她聊了好一会儿股票，巴兰兰说："一定要支持我呀，炒股就炒北京番茄酱。"寇夫人问得很细，比如，如何买进？如何抛出？巴兰兰说："到时候我给你打电话，让你进你就进，让你抛你就抛！"寇伟听见这话，凑过来说："这样炒股，是不是少了一点趣味？炒票，不就是玩嘛！"寇夫人把寇伟不客气地推远后，重回巴兰兰身边，巴兰兰掏出名片给寇夫人，说："嫂子，名片上有我电话，咱们保持二十四小时热线联系。"

　　魏卓然夫妇、吴江夫妇、徐行长夫妇先后都来了，雷主编也主动停下来，和巴兰兰攀谈了一会儿，也是问她关于股票的问题，巴兰兰还是融谦虚、傲气和幽默为一体的那句话："一定要支持我呀，炒股就炒北京番茄酱。"玩股票的人看来都有那么一股子劲儿，雷主编也是一听股票就走不动路了，黏住巴兰兰不放，有一堆问题要问，身后的吴江对巴兰兰抱歉地一笑，说："她前两年炒股亏大了，想把损失补回来。"雷主编不否认，说："是呀，前两年我是倒霉透顶，以为跌到底了，没想到还有地下室，更没想到地下室底下是地狱，而地狱竟然有十八层！"吴江终于忍不住了，对夫人说："咱们改天专门来请教吧。"雷主编脸一红，跟着吴江走了。正在准备婚礼的小蒋和小蔡也来了，两人已经是略显缱绻的味道，男女间那种情投意合一眼就能看出来，巴兰兰心想，小蒋也是可以"没羞"的，不等结婚就把人家姑娘的处女膜给破了。尽管那是假的。但只要他认为是真的，那就是真的。有时候，骗人和被骗也是那么美丽，以假乱真也是那么美丽。

所有该迎接的人物都到了之后,她回到电影院,看见无数颗后脑勺的一瞬间,她又在想:"天啦,现在这个电影院里集中了大部分和我有过床笫之欢的男人,他们的老婆都来了,如果允许那些女人一人撕我一把,我就立即变成手撕鸡了。"回到座位上的时候她仍然乱想:"这电影院里的人,全是好人!什么是好人?就是那些曾经做了坏事,至今没被发现的人,或者是,目前为止还没顾上做坏事的人。"

她坐了下来,她的左手是魏夫人,右手是寇夫人,她用余光看见吴江夫妇在后面一排,吴是局长,自然要比市级领导落后一排。而20位准备拿支票的小学校长又都比市级领导前了一排,这也是正确的,基层群众有时是踮起脚尖都看不见的,有时却是一眼就能看清的。这个巴梅梅,看来已经学成了,可堪大任!

主持人宣布,晚会开始。候鸟以川籍歌星的身份第一个出场。他毕竟是K省人,刚一露面就赢来不少掌声。他用低沉的嗓门说:"这首歌献给我美丽的家乡K省,也献给裴城的父老乡亲,献给最最美丽的巴兰兰小姐!"

最后这句话引来阵阵嘘声!

右侧的寇夫人把身子靠向她,对她微微一笑,以示祝贺。左侧的魏夫人则刚好将身子拉远了一些,表达出的俨然是"厌恶"二字。

候鸟连唱了两首老歌,都是声情并茂,谢幕时观众用掌声和嘘声再三挽留,他不得不退回来,喘着气说:"谢谢谢谢,想不到裴城的父老乡亲对我如此抬举,这样吧,我昨天到了裴城之后突然来了灵感,给唐代诗人李商隐的《夜雨寄北》谱了曲,还没顾上好好修改,干脆先给大家清唱一遍吧,但愿大家喜欢。"

静了一下,候鸟唱起来:

不　安

　　君问归期未有期
　　巴山夜雨涨秋池
　　何当共剪西窗烛
　　却话巴山夜雨时

　　除巴兰兰姐妹、候鸟和他的助手，没人知道候鸟的"灵感"由来有自：一夜的云雨，酿成了这首旋律新奇的歌曲……候鸟巧妙地反用了该诗的原意，又借巴山的"巴"字暗喻了巴兰兰，还隐约暗示出自己是有家室的。

　　巴兰兰哭了。

　　感动她的却还是一个"情"字！"情"，就一个字！多少钱也买不来的一个字。在"情"字面前，她认定自己其实是一个乞丐！

　　该颁发第一批慈善支票了。

　　主持人说："让我们用热烈的掌声，请君科集团总裁巴兰兰女士讲话！"

　　她半跑着走上台去。

　　她并不知道自己有多么艳惊四座，掌声告诉她了，由衷的掌声响彻每一个角落，这几乎是一个广受爱戴的国家领导人才有的待遇。

　　她举着麦克风说："我好紧张！"

　　又是掌声，她喘口气都是该鼓掌的。

　　她等掌声小了下来，再说："这次，我们拿出了一点钱，准备捐给山区学校，我知道，我们做得还很不够，我们以后会做得更好！"

　　掌声让她停下来喘口气。

　　她有很好的台风，她的表现完全符合她的身份："我们君科公司能有今天，全靠裴城老百姓的支持，全靠寇书记、魏市长，以及各级领导和各界友人的支持,借此机会,我要代表君科公司的所有成员,深深地感谢你们!"

她向后退去,又被主持人请回。

主持人邀请寇伟书记上台颁发善款。

巴兰兰和寇伟一同向第一批学校颁发做成纸牌的支票,每张支票上面都有一个数字:五十万元人民币,十张大支票被高高地举起来。

九屋小学来人了,不是华山。

巴兰兰知道,华山不会来。

次日,1999 年 12 月 2 日,有太多的人要见巴兰兰,媒体、受捐助学校、生意伙伴、同学、亲友、下属……包括寇夫人、雷主编、魏卓然、吴江、徐行长,还包括专程从上海赶来的英国人福润(英文名:Rupert Foogewerf)……所有拨打巴兰兰手机的人都听到了一个十分悦耳的回音:"你所拨打的电话已关机!"

当然,巴兰兰和候鸟在一起,在虹桥大酒店六楼的总统套间里,两个人赤身裸体抱在一起,像两只蛹,在整二十个小时里只做了两件事,一件是做爱,一件是补觉,睁开眼睛就做爱,做完爱就补觉,似乎这样的生活将会长期固定下来,一直到死。但是,做完第五次,候鸟实在无能为力了,巴兰兰显得有些强势,故意说:"过一小时我还要。"候鸟的脸都吓黄了,巴兰兰笑得很开心,半支着身子问他:"五次合起来有多少,有一小碗吗?"候鸟乏到骨子里了,仍然被她惹笑了,说:"你呀,世界上只有你才关心这个问题。""那就不关心了。"她下床去了。他侧身凝视壁炉里的火光,晃然觉得自己身在欧洲的罗马时代,自己拥有一个帝国,凌驾于一切之上,不可一世,四处布满专制的气息,但是,自己刚刚掠夺了一个敌国的美女,差点成为她美丽与淫荡的牺牲品……

"我要去见福润了。"

"福润是谁?"

"不是有个中国百富榜吗?一个英国人,代表《福布斯》在中国搞富豪排行榜,昨天在 D 市,今天来裴城,说是要和我见面。"

"有话说:排行榜,杀猪榜。"

"什么意思?"

"据说每次排行榜一公布,税务部门来去查税,一查一个准。"

"那可得小心点。"

"一个美女企业家的账,很多人都想查吧?"

"来查吧,我犯过所有的错误!"

"认错态度良好。"

"我经常公开讲,见了市委书记也讲——我犯过所有的错误!"

她穿衣服,真准备走。

他仍然赖在床上,还想睡一觉。

"你还回来吗?"他问。

"宝贝,我可能不回来了。"她说。

他没说话,有些伤感。

"东西在茶几上。"她说。

"什么东西?"他问。

"十万元的支票。"她说。

"胡闹!"他坐起来。

"嫌少了吗?"她问。

"说好不这样的!"他喊。

"人情债,还是清了好!"她看了他一眼,显得好无奈。

她打开门匆匆离去,不曾回头。

他继续躺着,闭上了眼睛。刚才,她那个无奈的表情真是绝了,倒像是一个穷人的无奈。他只有在心里感叹,这个女人不寻常!

他下了床,去看支票。

没错,十万!也不是假支票。

他轻轻放下支票,他觉得有些发窘,有些忐忑,有些伤心,有些绝望,但是,又觉得有些干净,有些放心,有些解脱,有些想笑,有些想哭……他实在说不清,这两种截然不同的心情,哪一种更强烈,哪一种更真实……

4

一出虹桥大酒店的旋转门,巴兰兰就立即进入工作状态了,她打开手机,快速找到福润的电话,打过去,用起自一瞬间的柔媚嗓音说:"福润先生,对不起,我一直和我们的市委书记谈话,所以没开手机。"福润用略略有些外国口音的普通话说:"我正在您的公司,和您的副总巴梅梅女士谈话,我们谈得很好。"她说:"好的,我马上就到公司,晚上我请你吃饭。"她边说边看表,已经到吃晚饭的时间了。

橘黄色保时捷已经三天没洗了,蒙了厚厚一层灰,令她有些难过,就像怠慢了自己的情人一样。她坐进车内,系上安全带。

这个瞬间,她要热情接待福润的决心突然增强了。她想,如果可能,福润的排行榜,还是应该争取上的。管它是否名实相符呢,管它"杀猪榜"还是"囚徒榜"呢,管它狗屁税务局来不来查呢!统统不管,能上就上!福润这个人和他的"富豪榜",这几年靠着中国特有的舆论聚焦轻而易举暴得大名,上了他的富豪榜,也许真的祸福难料,但是眼下对于拉抬"北京番茄酱"的股价,肯定有大作用。在中国做生意,靠的就是势,大势有了,财富自然就聚过来了。这是一个"概念""效果""名声""包装"的时代,也就是所谓的传媒时代,有了传媒的推波助澜,金钱就会滚滚而来。说实话,"北京番茄酱"的门朝哪边开,她都说不清楚,一个收购消息就已经把股价从7.5元拉升到了9.6元,而且这些天,始终保持着微幅上涨的良好势头。改"良好"为"大好",变"微幅上涨"为"凌厉飙升"就需要更像样的炒作。刚好,这个时候福润自动找上门了。

巴兰兰进了300平米的总裁办公室,再打电话给巴梅梅,让她带福润过来。福润来了,清清秀秀的,就是媒体上见过的样子。

"你很漂亮!"福润夸她。

"你也很帅!"她也夸他。

他们以西方的礼节大方地拥抱了。

"这间办公室,可以踢足球了。"他环视着总裁办公室,做着不可思议的表情,接着他就看见了那面盘了一条蛇的落地镜,大胆地向它走去,说:"嗯,你不怕它引诱你吗?在伊甸园里,它曾经引诱过亚当和夏娃的!"

巴兰兰说:"我记得,引诱的结果是,亚当和夏娃偷吃了伊甸园的苹果,然后,这一对人类最早的男人和女人就知道了羞耻,其真正的结果是,人类意识到造房子的必要性,一男一女要亲吻,要做爱,最好躲到房子里去,于是这个世界就成为现在这个样子,遍地高楼大厦,我们这些房地产商也有了用武之地。"

福润睁大眼睛,问:"你的说法很有道理,好像有言外之意!让我猜猜你的言外之意,是不是……人类知道了羞耻,学会造房子之后,不知羞耻的东西反而更多了，什么政治黑幕、金融黑幕，这样那样的黑幕，全都是躲在房子里完成的，人类需要重新回到阳光下，就像当初的亚当夏娃一样……我的理解对不对？"

她笑，说："哈哈，真聪明，我再补充一下，我的另一个意思是，人类对羞耻的认识其实停留在人类初期的水平，只知道性别的羞耻，更应该羞耻的东西却不羞耻，发动伊拉克战争的人不羞耻，策划金融危击的人不羞耻，偷人抢人不羞耻，假冒伪劣不羞耻，占着茅坑不拉屎的人不羞耻，三妻四妾的人不羞耻……"

他说："精辟，精辟。"

她说："我也一样，干过大多数不知羞耻的事情！"

他笑了，夸张地捧住了肚子。

她说："你看，我们两个第一次见面，我就说出了这样的话，同样不知羞耻！你应该知道的，不知羞耻差不多成为时尚了。"

他大力摇头，显出否认的神情，说："不不，我没那么悲观，我觉得中国的情况是这样的，做个不恰当的比喻，整个中国就像一个很大很大的建筑工地，你走进去，能够闻到所有的味道，水泥的、钢筋的、泥土的、化工原料的，包括很多说不清道不明的味道，但是，随着各项作业陆续竣工，乱七八糟的味道自然都闻不见了，只剩下花草的味道，阳光的味道，业主们安居乐业的味道，您说是不是？"

她说："我喜欢你这个比喻！"

他煞有介事地问："真的？"

她说："当然——好了，我们去吃饭。"

他说："好的，说好我请客。"

她说："我们中国人，地主之谊是必须尽的。"

他说："那好，入乡随俗。"

巴梅梅先去梅园点菜。

巴兰兰要带福润去看看夜景。

巴兰兰问:"你的普通话这么好,来中国很久了吧?"福润说:"我1990年到中国学习中文,后来又回到英国,1997年9月重新回到中国,在上海混日子,没混出什么名堂,结果打电话给老爸诉苦,我老爸说,你有没有搞明白,在中国你是谁?正是老头子的这句话提醒了我,是呀,在中国在上海,没人知道我是谁,那么,我先要想办法让大家知道我是谁。也就是说,我必须先出名,然后才好办。"巴兰兰哈哈大笑,说:"福润先生,你只要多说一些话,你的普通话就会露出马脚。"福润也笑,自嘲,开心,天真,泪花四溅,然后一边抹着眼泪一边接着刚才的思路说:"我搞中国百富榜,也是为了让真正有实力的企业家出名的,出了名,生意就更好做了。"她说:"恕我直言,对中国,你是只知其一,不知其二。"福润马上说:"请指教。"前面亮了红灯,巴兰兰看一眼福润才说:"说实话,我们中国人历来都有仇富心理,有一句老话,叫为富不仁,富有者一定是不仁的,所以谁出名谁倒霉。"福润说:"可是,据我所知,中国人其实是嫌贫爱富的,不是有笑贫不笑娼的说法吗?"红灯变成绿灯,巴兰兰变得有些难言了,只是说:"是呀,这两种情况都有,各走了一个极端。"福润说:"其实,在我们英国也一样,林子大了,什么鸟都有。"这话令巴兰兰觉得有了些面子,心情舒展了许多,福润又说:"我是学会计的,我以为,仇富心理虽然不可鼓励,却值得认真研究,你们这些富人手上的钱,占国民存款的80%,这实在太多了,老百姓会有被剥夺感的,他们不仇富仇谁?再加上富人圈子的素质的确有待提高,什么豪赌、包二奶、斗富……这样的事情大家听得多了,也难免会仇富的。其实,说穿了,老百姓仇的不是富,而是腐,腐败、腐烂、腐化、腐朽的腐,还有,当然是仇不公。"福润发现车子已经停下来了，看外面，没有了楼房和街道，只有一条闪亮的河流，巴兰兰说："我们去河边走走吧，我想多听你说说。"巴兰兰下了车，福润跟出去。

"这条河的名字叫芙蓉溪。"

"芙蓉溪？你的新楼盘叫芙蓉苑？"

"是呀，就在芙蓉溪边。"

"我下午已经去看过了，有很多人排队买房。"

"你刚才说得很好。"

"献丑了，献丑了。"

"哈哈，好地道的谦虚！"

"我喜欢中国，什么都学，书法、武术，包括谦虚！"

"你再说呀，我洗耳恭听。"

"我这次来K省，先去D市办了一件事情，顺便来了解一下贵公司的情况，因为新一年的《福布斯》中国富豪榜就要出炉了。"

"我有资格上榜吗？"

"我需要看看你的财务报表、交税的税单、土地证什么的。"

"如果我不允许你看呢？"

"那是你的权利，但是，有一些数据是公开的，比如，你刚刚用三个亿购买了北京番茄酱的3910.54万股法人股，占总股本的26.55%，而且，北京番茄酱的股价近日在持续上涨，光这一项，就充分表明了贵公司的实力。"

"如果三个亿都是借的呢？"

"没实力的人，借不来钱的。"

"说实话，三个亿，都是借的。"

"借的另一个说法是融资，从融资能力看一个公司的实力，一般不会错。"

"看样子,你已经选定我了?"

"明天还想去看看你的纸业公司。"

"可是,我有点怕,我已经够出名了。"

"不是更出名,而是做更大的事情,在更大范围内影响这个世界,我在中国出了名之后,再给我老爸打电话,他就是这么说的。"

"哈哈,又是你老爸。"

"不听老人言,吃亏在眼前。"

"可惜,我老爸早死了!"

"听说你妈妈在你的造纸公司做党总支书记?"

"你的功课做得够细哟。"

"是呀,我称得上是巴兰兰通。"

"不许打听我的隐私。"

"这个,我只知道你未婚……"

"帮我介绍一个英国小伙子怎么样?"

"此话当真?"

"嗨嗨,开玩笑呢。"

第十二章

1

再过两个小时,就进入二十一世纪了。巴兰兰刚刚回到D市锦江大酒店,手里捧着K省妇联授予的"K省十大杰出创业女性"的证书。她再次打新郎官的电话,还是那句话:"你拨打的号码不存在。"她相信,新郎官回北方干正经事去了。他从来没有主动给她打过电话,一个都没有,就算弃旧从新的消息,也不知给她一声,他的职业道德真令人钦佩。有人说,中国的鸡和鸭是最讲职业道德的,看来还真是如此。她把他的号码从手机上删除了,有些遗憾,同时也深感欣慰,心里说:好,好,从良好!接着又说,态度很郑重:"那么,以此为契机,我以后也改掉这一口,不玩鸭子了,永远不玩了!"说罢,茫然四顾,又觉得无聊,盯着房间的电话,足足盯了有三分钟,终于转过身找到电视机的遥控器,自言自语:"我一个人在酒店待一晚上,看会不会死人!"

电视里正直播新世纪的第一个元旦晚会,演员阵容很强大,赵本山正在演小品，她突然就记起了候鸟，她相信候鸟也会出来。刚这么想完，手机响了。一时，她确信是候鸟的电话，血都热了。却不是，是小蒋小蔡打来的。

两人今天在裴城结婚，她只好缺席了。电话那边闹哄哄的，她听了一堆感谢的话之后，哀伤又多了一层，不知哪里不对劲，似乎对自己当初的决定有了些后悔——让小蔡嫁给小蒋，既惹得属狗的魏卓然不高兴，又让一个对自己忠心恳恳的小伙子戴上了绿帽子。而且，这同样是黑箱操作，和杯酒释兵权一个道理。妈妈多次说她："你这个人没有是非观，好也是坏，坏也是好。"她突然醒悟，妈妈说对了。

她不让自己乱想了，去洗澡，准备上床睡觉。站在水龙头底下，跳过小蒋小蔡想候鸟。该死的候鸟，离开后也是没一个电话，和新郎官一样。她不得不抱着现成的恶意想，那么他是把自己当作鸭子的，和新郎官一样恪守职业道德。但是这么想时，她又觉得与事实不符，有些过分，似乎作践了什么。她曾再三回想起总统套间里的二十个小时，觉得昏天黑地的二十个小时里，真的不仅仅有肉体，真的有情、有义、有爱。她认认真真地幻想过，其实是认认真真地希望过，他回到北京后一直忘不了她，某一天又突然跪在她面前，说："亲爱的，我是来向你求婚的！"她会高兴地尖叫起来，像小姑娘一样扑进他怀里。她不由得悲叹一声，继续想，男人有钱，有一大堆美女踮着脚尖拧断脖子在眺望，女明星们排着队眼巴巴在等候，女人有钱却不同，最多能多玩几个鸭子！

她穿着白色浴衣出来了。

她准备躺在床上看电视，看到眼皮打架。

这时手机又响了。

她不想接，终究还是接了。

她立即听出是寇伟,"寇书记!"她不能不打起精神,寇伟说:"我也在 D 市,刚忙完,顺便来看看你,你在酒店吗?"她说:"我在酒店,锦江大酒店,1038。"他的声音有些发哑,好像是喝过酒的:"好的,我马上到。"

她不知道自己该怎么办?身上的浴衣,继续穿着?已经快十一点了,寇伟这个点来,只是看看她吗?他有无顺便色一把的打算?

她终究摇了头,还是觉得严肃一些好,便快速脱掉浴衣,换上了下午领奖时穿过的衣服,黑裙子,白上衣,差不多是职业装了。

他立即就来了。竟然拎着一瓶茅台。他说:"听说你的酒量挺大,一直没顾上跟你喝两杯。这瓶酒是刚才几个朋友喝剩的,还有大半瓶。"他嘴里真有酒气!从他身上闻出酒气,也算是奇闻逸事了!她说:"太好了,一直想和你喝酒,你不给机会。"他用稍稍有些发木的声音说:"不好意思。"她拧开酒瓶,问:"没有小酒杯怎么办,用茶杯喝可以吗?"他从裤兜里摸出两个小酒杯,低声说:"偷来的。"她大笑,说:"寇书记,你在 D 市完全是另外一个人,好可爱的。"他没接话,叹了口气。

她斟好酒,问:"就这么干喝?"

他显得有些贪酒,说:"干喝好,来,喝。"

两人一杯,就干了。

他抢过酒瓶,立即斟酒。

他的谈兴也很好,说:"刚才我们几个朋友边喝酒,边看元旦晚会,我差点和他们吵架了,你评评理,看我有理还是他们有理!"

她说:"好,我一定秉公而断。"

他说:"我的观点是,元旦晚会,相声小品太多,搞笑耍贫的节目太多,我不喜欢,我觉得我们这个时代,太没有郑重了。知识分子坐在一起，除了黄段子，还是黄段子，除了女人还是女人，知识分子也是太不郑重了。"

她问："他们的观点和你相反？"

他说："是呀，他们一致反对我，说我假，说我伪善。"

她说："寇书记，我站在你这边。"

他说："那好，来，干一杯。"

又干了，他还是抢先斟满了酒。

他说："我一向不喜欢相声和小品，所有的相声和小品我都不看，我觉得，一切都没那么好玩，没那么幽默，真的！我老婆也是我的死对头，她不是一般地喜欢相声，她会把相声的光碟买回家，一边看一边往死里笑。"

她默默地举杯邀他喝酒。

喝完一杯，他又说："说个没党性的话，我不喜欢这个时代，你肯定要问我为什么不喜欢，我的理由很简单，这个时代，没有郑重的东西了。只有轻佻，只有游戏。黄段子几乎成为一个产业了，把一切的一切都变成玩笑！"

她脸红了，她是最会讲黄段子的。

他没看见她脸红，还在说："除了玩笑，游戏，贫嘴，就是急功近利，哪有什么经济？所谓经济，不过是各级政府的政绩经济。"

她问："什么是政绩经济？"

他说："政绩经济就是对上不对下的经济，是空心经济。"

她端起酒，说："寇书记，敬你！"

他立即捧杯，独自喝了。

他又说："我在裴城真的不是做样子，我确实不喜欢那样的生活，纸醉金迷，钱权交易！糟糕的是，人人觉得我是假装的，我假装的目的是为了爬得更高。似乎人人变成流氓恶棍才是正常的——连一个小例外都不该出现。"

她说:"裴城人对你有误解。"

他自顾自又喝了一杯,说:"真是持志如心痛呀。"

她问:"你说什么?我没听懂。"

他说:"王阳明的话,持志如心痛!"

她看见他眼圈红了,为了掩饰,他的手重新伸向酒杯。

她压住他的手,说:"寇书记,别喝了。"

他埋头说:"我没事,我还能喝一些。"

她于是不管,任他加满。

他抬起头,看着她说:"巴总,我有一件事情想请你帮个忙。"

她心里一惊,说:"寇书记,你抬举我。"

他这时才喝了酒,说:"我知道你和夫人关系好,不知肯不肯帮我?我不想在裴城待了,我觉得难受,我在裴城完全是一个多余人。"

她说:"敢问寇书记,你的下一步打算是?"

他说:"我还是想回政研室。"

她笑了,说:"那怎么可以?酒桌上又会多一条段子的!"

他居然脸红了,说:"我还是喜欢搞研究。"

她说:"再想想,有没有更合适的?"

他就说:"最好去哪所大学当个书记校长。"

她说:"市委书记是一方诸侯,十个大学校长都换不来的。"

他说:"我不管,反正我是便宜得来。"

她想趁机说破那个秘密,话到嘴边却忍住了。当然,他既然这么说,表明他心里亮清,她是什么都知道,叶阿姨不会不告诉她的。

她说:"我真的不愿帮这个忙。"

他双手合十,说:"求你了。"

她说:"其实这个忙根本不算一个忙的,所以谈不上帮不帮,人家求之不得呢,有多少人盯着这个职务?起码有三百人吧!"

他说:"还是得帮,我求你了。"

她说:"寇书记,等你酒醒了再说吧。"

他说:"我绝对没说醉话!"

这时候,新世纪的钟声响了,窗外鞭炮声齐鸣,不远处的楼顶在放烟花,烟花的声音里有神秘的气息,似乎鞭炮是人放的,烟花是神放的,人和神在暗暗合作,共同把一个新的世纪,把"二十一世纪"高高地射向夜空。

他说:"我该回家了。"

她说:"我送你。"

他没有反对,但坚持打车,因为她喝酒了。在酒店门口足足等了半小时,才打上车,两人都坐在后面,却远远隔开,气氛很怪异。

他说:"我家里有一幅张大千的画,你带上。"

她说:"这种事,用不着的。"

他说:"总得开口说话嘛。"

她不吱声,心想,他也是懂这些的。

他说:"我请行家看过,真假没问题,而且是张大千的虎,张大千是极少画虎的,你知道为什么吗?他哥哥张善孖擅长画虎,号称虎痴,名气和画艺都在张善孖之上的张大千不愿压了哥哥,所以很少画虎,市面上难得一见。"

她说:"那就更要自己留着了。"

他说:"我这个人,没有收藏欲。"

她说:"我是商人,想问题总是特别简单,需要花多少就花多少钱,你这个事,也就是一个电话的事情,没必要送那么重的礼。"

他说:"那就你拿着。"

她说:"我不要,我只习惯行贿,不习惯受贿。"

他推了她一下,哈哈大笑。

两天后寇伟回到裴城,把张大千的《虎啸图》交给了巴兰兰,说明锦江大酒店的那番谈话,的确不是戏言,也不含其他意思。

巴兰兰把《虎啸图》带回家,展开看,越看越喜欢,决定自己留下,寇伟委托的事情,过些天去北京见了叶阿姨应该好开口。

关键是,在给叶阿姨说之前,要和魏卓然见一面,要和他讨论,寇伟离开之后,裴城政局会是什么情形?新的市委书记会是谁?

新世纪的头几天,大家都很忙,魏卓然有参加不完的会议,巴兰兰则有接受不完的荣誉,比如,1999 年福布斯中国富豪榜,巴兰兰以 10 亿人民币位列 50 名中的第 47 名;比如,进入 2000 年之后的连续一周,中国股市自上年以来的牛市行情仍在持续,而北京番茄酱也是日日上涨,从不久前的每股 7.5 元涨到元月 8 日的每股 15.4 元,涨幅超过 100%;比如,荣获 1999 年裴城十大杰出青年称号,裴城市政协甚至授予她一个"参政议政先进个人"的称号;比如,芙蓉苑的房子已经售出大半……

一堆好消息之后是一个坏消息:教育局局长吴江出车祸死了。第一时间听到这个消息时,巴兰兰的直觉感到很不好,她相信这不是一个简单的坏消息,绝非掉几滴眼泪、送一个花圈就能过去的。当时她正在 D 市的一家富人会所里和叶阿姨等人打麻将,她的任务是输,输得很惨,输得坦然,还要装成点子实在太背的样子。

"吴江的小车和一辆大卡车撞在一起,当时就车毁人亡,三个人都死了,除了吴江和司机,还有吴江包养的那个女人小萍。"

不 安

电话是魏卓然打来的。

她趴在麻将桌上,眼泪成行地流出来。叶阿姨和另两个麻友基本听清,有人出车祸死了,却不知具体是谁。不是自己家里人吧?

"谁呀?"叶阿姨推推她。

"一个朋友。"她没抬头。

"不是男朋友吧?"叶阿姨笑笑。

"我一个老师。"她抬起头,还是泪汪汪。

"那……没关系的……"

一听是老师,大家放心了。

"该你摸牌了。"叶阿姨帮她摸了牌,搁在她手边。

她竟然把那张牌亮明了,再把边上的另一张牌草草打下去。

"哎,你已经打过了。"大家齐喊。

她又收回那张牌,梦游一般,眼神突然变得空空的,像一个皮囊,原本是鼓起来的,里面的东西一时被人掏尽了,成空皮囊了。

"我不能打了。"她说。

"为什么?"

"不是一般的老师,是我的恩师。"

"好不容易打一次牌。"

"真对不起,找机会再陪你们。"

"没事,让她赶紧回去吧。"这是叶阿姨的话。

"那我走了,对不起。"她站起来。

叶阿姨把她送至楼梯口,低声说:"寇伟的事虽然好办,但要等机会,也不能随便塞个地方,帮好人,办好事,这个原则不变。"

她勉强一笑,说:"叶阿姨,谢谢您。"

叶阿姨更低声地说:"至于寇伟走了谁来接任,可能没那么简单,你们那个魏卓然,从排名第四的副市长到市长,才干了两三年,政绩又不算突出,民间舆论也不是很好。这年头,舆论的力量不可小瞧呀,尤其是民间舆论。最近的很多事情都是从民间舆论开始的,越闹越大,一发而不可收拾,一旦处理不当,就是滑铁卢。上次中纪委去裴城,目标就是魏,所以才让他去党校学习了几个月,为了让他避避风头,借学习的机会反省反省,也是对他本人的保护,更是对大家的保护,你懂不懂?"

她有些脸红,说:"这些话我会一字不漏告诉他的。"

叶阿姨说:"你就说,我给他敲警钟了。"

她还是红着脸,说:"好的好的。"

巴兰兰下到一楼,提前结了账,已经消费的加上预估的,扔下一把钱匆匆走了。车在外面,小蒋不在,于是给小蒋打电话,连打三遍小蒋才接。小蒋气喘吁吁从街对面跑过来,承认自己在网吧里打游戏,没听见手机响。她第一次向他发了火,说:"耳朵聋了?"小蒋很紧张,开了车却不敢问"去哪儿?"。小蒋犹犹豫豫向前开去,眼看到路口了,"回裴城!"她说,小蒋这才坚定地打好方向,直奔裴城。

她打电话给魏卓然,始终占线,于是改打吴夫人雷主编的电话,马上通了,她说:"嫂子,我在D市,刚刚才听说⋯⋯"那边在哭,哭声之外是很杂乱的背景声,她只好说:"嫂子请你节哀,我马上回去⋯⋯"那边突然安静了,没丝毫声音,定然是关机了,她来不及多想,重新拨魏卓然的电话,这次通了。

"小萍的身份暴露了吗?"

"暴露了,是吴江老婆自己暴露的。"

"事故现场还在吗?"

"已经清理了,交通要道。"

"大车的责任还是？"

"大车停在路边，是小车自己撞上去的。"

"司机喝酒了吗？"

"好像没有。"

其实她是顾不上悲伤和难过的，或者说，她的悲伤和难过，不过是恐惧和不安的假象而已。她早就想到了他借她的那五千万，当然是公款无疑，他活着不要紧，他突然死了，身边又带着二奶，车祸变成了丑闻，那么，丑闻的背后还藏着什么？还有多少女人？还有哪些经济问题？这将是媒体和大众最感兴趣的！

她打电话给巴东东，请他快去打听教育局的财务科长是谁？巴东东有些迟缓，她几乎在吼："所有的事情都放下，快去打听！"

她感觉自己从里到外都在抖。

她对小蒋说："开快点。"

小蒋轻踩油门，速度增至160。

她觉得自己的左眼又在跳，今天早晨左眼就使劲跳，她还念过从小就知道的口诀："左眼跳灾，右眼跳财。"她又拿不准这个口诀是否刚好被她记反了？还打电话问过妈妈，妈妈倒变得不迷信了，问："没睡好觉吧？"她一想，的确，最近总是睡不好觉，自从开始介入股票，开始心系K线图之后，就变得夜夜难眠了。但是她还是担心，担心"乐极生悲""物极必反"这些规律在她身上应验。现在，似乎真的要应验了。她这才相信，关键的时候，自己也是迷信的。虽然嘴上总说"不迷信"，"只捐学校不捐庙"，"不烧香不磕头"，"敢于冒犯任何神灵"，但是，骨子里还是迷信的。

"小蒋，左眼跳灾，右眼跳财，对不对？"

"好像是对的。"

"到底对不对？"

"我妈妈老这么说。"

"对了，你妈妈在裴城，你打电话问一下。"

小蒋就减速，打了电话。

小蒋的妈妈确认，是"左眼跳灾，右眼跳财"。

她沉默下来，长叹一口气。

她突然又想起了什么，打电话给巴梅梅，要她马上和集团的财务总监查查账，看看账上还有多少钱可以用？有没有五千万？

打完这个电话，还在紧张。

她知道，自己曾经冒过太多险，每一次都能涉险过关，目前为止，所有的坎也都顺利迈过去了，五千万的漏子，补上不就完了？可是，她还是十分紧张，有相当一部分紧张是有些离谱的、神经质的。借此她也相信，指挥三大战役的毛泽东，当时也可能相当紧张，取胜归取胜，紧张归紧张——其实人人都不敢确信，自己就一定是赢家。人人都是摸着石头过河，那河，到底有多深多险，谁都是没把握的！紧张的前提，不是别的，正是河呀！谁在河里，能不紧张呢？水性再好的人，一样紧张。

她想起了印真，就打电话给他。天啦，印真却是关机！她不禁想起了"好"那个字，偶然写出的一个"女"字加上偶然现身的一个男子，竟成了一个确定的"好"字，那么，在印真眼里，偶然是值得重视的，自己写"女"字是偶然，刚好有个独行的男子出现是偶然，两个偶然加起来又成了必然，那么可以用印真的方法思考：印真此刻的关机，也是玄机所在吧？天啦，所有的想法都归为两个字：紧张！

巴东东来电话说，打听到了教育局财务科长的名字，她安顿巴东东，把对方请到梅园，先陪对方喝酒，她一个小时后回到裴城。

见了教育局的财务科长，她开门见山地说："一个多月前，我向吴局长借过一笔钱，我猜可能是公款，请问你知道不知道？"

财务科长说："吴局长从教育局的账上暂借了5500万，是我们正准备发给全市各学校的图书资料购置款，我正愁得团团转呢。"

她问："5500万？"

他说："打了借条，在我个人手上。"

她问："可以看看吗？"

他是有备而来，从钱包里取出一张纸条，递给她。

她看了，说："好的，5500万，三天之内我就还给你，请你千万保密，任何情况下，都不要把吴局长动用过公款的事说出去。"

他说："没问题，我是吴局长提拔上来的。"

她说："那太好了。"

她看看表，说："我有急事先走一步，你和我弟弟再聊聊。"

他说："好的。"

她把巴东东叫出来，吩咐道："再陪他喝喝酒、说说话，多了解一些情况，另外，马上派人取20万元现金送来，封住他的口。"

巴东东点头说："你放心。"

她并没离开梅园，而是进了另一个包间，魏卓然已经在里面等她，一个人，孤零零的，抽着烟，面前摊着几张纸，在写挽联。

她走过去坐在他旁边，两个人相互看了看，都没说话，但是，她屁股一挨椅子就哭了，就像一对失去亲人的兄妹，突然见面后，悲伤和悲伤加起来，变成了成倍的悲伤，软绵绵的悲伤一下子变成了强有力的悲伤，他的眼泪也是亮晶晶的，在眼眶里直打转，差不多是哭了的样子。看见一个大男人也流泪了，她不忍心马上就说和叶阿姨见面的结果，况且也不是说那些的时候，最紧急的事情当然是灭火。"我刚见了财务科长,他说,吴局长借了5500万,有字据,我看了,的确是5500万,我答应三天内还他,我账上的钱差不多够了,还需要借一点。"她说。他软软地点头,说:"他从单位拿了5500万,我刚好是知道的,5000万给了你,500万给了我和他当年一同下乡的地方,万县茅坪镇银杏村,我也给了500万,用来修一条从茅坪镇到银杏村的山路,听说我们当官了,乡亲们来找了好几回,不给不行。"她说:"应该的。"他说:"我们都预备用你的利息把窟窿补上的。"她说:"那没问题,北京番茄酱走势很好。"他回到原来的话题上,说:"追悼会已经开始筹备了,雷主编那儿我安排人去做思想工作,尽量不让她嚷嚷,关键是小萍。"

"她家在哪儿?"

"广西玉林。"

"她家里人知道了吗?"

"还没联系。"

"能联系到吗?"

"她手机上有号码。"

"应该尽快通知她家里。"

"如果人家来闹,怎么办?"

"无非是花点钱呗。"

"花多少钱,我掏!"

"家里是城市还是农村?"

"还不知道。"

"你负责处理,还是我来处理?"

"你别管,我处理。"

"还是我处理吧,你一个大市长,树大招风。"

"也好，那只好辛苦你了。"

"阳光花园那套房子，户主是谁？"

"应该是小萍吧。"

"钥匙在哪儿？"

"手机和钥匙都在我这儿。"

魏卓然从包里摸出一串钥匙和一台手机，咣当一声放在她面前，她只是垂目看着它们，不敢伸手碰的样子，心里隐隐作痛。也正在这一瞬间，她才意识到了另一个死者的存在。此前她竟然没有分出一小份悲伤给小萍，仿佛她只是一只鸡而已。死者中其实还有一个司机，她也见过他的，却同样没怎么想起他。

"小萍的事我摆平，大局你多操心。"

"好，你也写幅挽联吧。"

"你怎么写的，我学习一下。"

魏卓然把刚才写好的挽联推给她，她轻声念出来：

此人竟萧条幸有桃李在人间
平生怀大志惜无气数于事业

她说："不错，我恐怕写不了这么好。"

他摸着后脑勺说："想破头了。"

她突然有了冲动，说："我来试试。"

他说："我先去看看灵堂布置好了没有，你换身衣服就过来。"

她说："好的，你去吧。"

魏卓然起身走了，看上去竟有些老态。

巴兰兰趴在桌上继续写挽联，心想不能输给属狗的，自己毕竟是

中文系高才生,而且喜欢舞文弄墨。一刻钟后,终于有了:

  能文能酒能育人遽去赴仙岛
  亦和亦介亦豪爽缘何抛旧友

她自己读了几遍,笑了。
她说:"超过魏市长没问题。"
她在梅园吃了点东西,然后回家换上黑衣黑裤,约上巴梅梅,一同到了她很熟悉的学林小区,又到了同样熟悉的吴江家。楼底下已经摆满了花圈,每一个花圈上都挂着一幅挽联,多数强调了吴江曾经的教师身份:

  想见仪容空有影
  欲闻教诲杳无声

  真不幸满园芳苗伤化雨
  最难堪一门桃李哭春心

  哲学常留弟子颂
  典型堪作后人师

  …………

吴江家的门半敞着,人出人进,脸上都有哀苦,大部分面孔都是陌生的,但所有人都认识巴兰兰,都主动跟她打招呼或给她让路,她看见魏卓然正弓着腰操一只大毛笔写挽联,他走哪儿都不忘挥挥毫,晒自己的书法,政办主任王茂林在给他侍墨,也是相当专业的样子。她礼貌地站在一侧看了两眼便离开了。

她还没给吴江上一炷香呢。

她一转身便看见了吴江的大幅遗像,笑眯眯的,牙齿半露,喜欢吃河豚的样子,养着二奶的样子,这样的念头并没有阻住她的眼泪,她哭得很厉害,悲伤且百感交集,眼泪哗哗哗地落在打过蜡的木地板上,巴梅梅急忙扶住了她,递给她纸巾。大家对她的一举一动都是充满好奇的,盯着她,就像欣赏一个演员的演技。巴梅梅按习惯点好三炷香交给她。她向来是不磕头不烧香的,今天怎么办?她问自己,并迅速做出了选择,坚持不磕头,只把三炷香插进遗像前的香炉里,对吴江行了注目礼。

"雷主编呢?"她问王茂林。

"在邻居家。"王茂林答。

"他儿子能回来吗?"

"已经从洛杉矶机场起飞了,明天能到。"

"挽联写好了?"魏卓然问她。

"写好了。"她摸出纸条,交给他。

魏卓然看了,说:"真好!"

接着,魏卓然就开始写她的挽联,大家都围拢过来,争睹大市长的书法,加上美女总裁的文采。写完正文,再写落款:"好友巴兰兰敬挽",魏卓然掷笔退后的瞬间,有人差点习惯地鼓了掌,突然想起在灵堂,才忍住了。

2

从吴江家出来，巴兰兰拉上巴梅梅要去一个地方，巴梅梅问："去哪儿？"巴兰兰说："去小萍的住处。"巴梅梅问："不是一起殉难了吗？"巴兰兰说："有钥匙，咱们去善后一下。"巴梅梅说："我不敢去。"巴兰兰说："怕什么，有我呢。"巴梅梅说："应该叫一个男的。"巴兰兰说："我从来不怕牛鬼蛇神。"

门开了，里面香气扑鼻。

巴兰兰大胆地走进去，摁亮了灯。

巴梅梅跟着她，缩手缩脚。

巴兰兰以榜样的样子大步走了过去，像回到自己家一样坐在沙发上，其实心里也是相当不安的，觉得这屋子几乎有太平间的味道，处处露着寒凉，墙上挂满小萍自己的照片，多为艺术照，巴兰兰就想：也许做二奶的女人，都有自恋倾向！但不能不承认，小萍的确是一个美人，一个简单、轻信、胆小的美人，男人们是喜欢这一类美女的，这样的女人通常被称作小女人，最能俘获男人心的就是小女人，然而，看得出，一个甘心做二奶的小女人，会是多么寂寞呀，墙上连男人的照片都不敢放，男人几天、几周、几个月不来一趟的时候，一个做二奶的小女人就只有和自己的玉照终日相伴了……

"做二奶的没好下场！"

"别这么说人家。"

"心疼她了？因为你也差点做了二奶？"

"巴梅梅你放肆!"

"对不起,跟你开玩笑。"

"怎么开玩笑呢?"

"姐,别看你幽默,有时候你是最开不起玩笑的。"

"那就谨慎点!"

"好的,知道了。"

"给,罚你用这些钥匙,把所有能打开的柜子都打开。"

"不怕侵犯别人隐秘?"

"咱们查一遍,没问题了,再把房子交给她家里人。"

"我估计,除了安全套,再查不出什么。"

"别那么多废话,快干活。"

巴梅梅拿着钥匙,蹑脚进了卧室。

巴兰兰继续坐在沙发上,摸出手机给华山打电话,没打通,关机,可惜没有别的电话。巴兰兰便也来到卧室,不小心咳嗽了一声,吓得巴梅梅爆出一声惊叫,巴梅梅耍脾气,将钥匙扔在床上,说:"不管了,你自己查。"

于是,巴兰兰拿起钥匙,先把一只最小的钥匙插入床头柜的锁孔,一拧便开了,拉开抽屉,看见里面有房产证,户主就是小萍——姓屠,屠少萍;另有两个首饰盒,其中有项链耳环手镯等物,都是常见的好东西;有两份存折,两处的钱加起来有20万;还有一厚沓子照片,装在一个牛皮纸信封里,把信封口撑破了,抽出照片粗粗一看,一概是吴江和小萍的合影,之所以锁在这儿,只有一个原因,小萍随时防备有人冲进来,搜查她和吴江姘居的证据。"做二奶多可怜呀!"巴兰兰心里又是隐隐一痛,这痛突然荡了开去,变成了对所有女人的深刻同情。是呀,是呀,女人为什么要做二奶?要做暗娼?要被男人养着?

就是因为这个世界的大部分权力和资源掌握在男人手里,女人总体上处于弱势。下岗工人是弱势群体,农民是弱势群体,低收入阶层是弱势群体,女人也是呀。反过来一想,却形成了坍塌效果,前面的想法又不成立了,女人是弱势群体,男人不也是弱势群体吗?男人要成为栋梁,成为港湾,成为合格的父亲和丈夫,成为成功者,同样不容易呀!这么说来,人人都是弱势群体了!细细一想倒也是对的。人人都是法西斯,人人又都是弱小者。对立统一,这个世界就是这样构成的。想不到,世界的底,人生的底,政治经济学的底,藏在一个小小的床头柜里!巴兰兰相信,此刻自己真的在怜惜这个女人了,自己好后悔没和她多一点来往。她把那些照片拿出来,把别的东西原原本本放回去,锁好抽屉。

巴梅梅果真找到了半盒安全套,拿过来问:"这些东西怎么办?"巴兰兰说:"带走,让小萍的父母相信自己的女儿是干净的。"

"没安全套就干净了?"

"老人家都是需要哄哄的。"

巴梅梅把安全套塞进自己包里,说:"我接着用吧。"

巴兰兰笑了,问:"马林用,号大了吧?"

巴梅梅过来狠狠掐了姐姐一把。

巴兰兰说:"交给你一个任务,尽快和小萍家取得联系,就说小萍在咱们公司上班,意外出了车祸,这套房子,包括房子里的每一样东西,都原原本本还给人家,尸体在殡仪馆,你跟她家里人商量,看怎么处理?"

巴梅梅问:"说在咱们公司上班,人家索赔怎么办?"

巴兰兰说:"你看着打发一下呗。"

"如果狮子大开口呢?"

"不会的,二三十万到头了。"

"二三十万少呀？跟咱们没一毛钱关系。"

"巴梅梅，你最近变得饶舌了。"

"不问问跟谁学的？"

"我掐死你！"

半夜，巴兰兰醒了，一看表才两点四十三分。撒完尿回到床上，脑海里突然闪出魏卓然写给吴江的那副挽联：此人竟萧条幸有桃李在人间，平生怀大志惜无气数于事业。这两句话初看没问题，细品时又觉得甚为怪异，此刻才看清楚，问题出在后一句上："平生怀大志惜无气数于事业"，"气数"这个词习惯用作贬义，如"气数已尽"，现在，用它来说一个好朋友，意思传达出来了，味道却很不对。魏卓然也是学中文的，后来拿到了经济学博士学位，喜欢书法，爱好古文，这个错误是不是故意犯的？看来他真的忘不了吴江不去机场送行的事情，甚至，甚至……车祸也不是简单的车祸？大卡车停在路边，小车怎么就直接撞上去了？而司机又是一个开了几十年车的老司机，既然没喝酒，又会是什么原因让他看不到前面的大卡车？上一次华山的车祸是有人在刹车上做了文章，这次会不会也有文章？越问自己，越觉得有可能。后半夜虽然睡着了，但始终是既像睡着又像醒着，早晨起来，脑瓜子很疼，要爆炸了一样，心急地打电话叫来巴东东，把自己的怀疑给他讲了，并注意观察他的表情，最后，交给他一个任务：看看撞坏的小车眼下在哪儿？检查一下刹车系统，有没有问题？巴东东要走，又叫住他，说："记住，要绝对秘密。"

洗脸刷牙的时候，巴兰兰终于能说清一个分别了，魏卓然和吴江，这一对好朋友，她有时候觉得他们是同一个人，分不清谁是谁，有时候又觉得大有不同，却难说清不同在哪里，现在可以"盖棺论定"了：吴江表面看起来更油滑，内心其实更单纯；魏卓然则是一个百分之百的官僚，什么都有一点，有好，有坏，有善，有恶，有雅，有俗，有硬，有软，有邪，有正，有谨慎，有大胆，有温和，有毒辣，有理想，有现实……所有的东西都像化学配方一样，恰到好处地融合在"一个"性格里，形成一种特殊的"官员人格"。自古以来的官僚，尤其是成功的官僚，都是这样，不把理想当成必不可少的东西，当成生命一样的东西，或者说，不把理想放在最紧要的位置，而是把生存看得重于一切，先生存，先存活，有了机会再谈理想，没机会拉倒。一个基本的道理是：人在官场，不能不受制于官场生态。每一个官员都是被官场生态主动塑造出来、被动挤压出来的，他们的生存空间有多么复杂多么可怕，肯定远远超出了普通人的想象。每一个混到足够位置的官员，一定都经历了炼狱般的磨砺。生存哲学，来自生存环境，这没办法。猫有猫的生存哲学，狗有狗的生存哲学，当然，人更有人的生存哲学，官员更有官员的生存哲学。想改变一种生存哲学，应该先改变生存环境。她多次去过欧洲，最令她感叹的是，那里的麻雀是不怕人的，在人缝里起降自如，放心极了，有时甚至会落在人肩膀上。我们这儿的鸽子，见了人都是一惊一乍的样子，人的脚步声一重，就会迅速打着翅膀飞起或跳开，别说麻雀……

这样想时，她反而没有轻视和怪罪魏卓然的意思了，却是生出了颇多同情，由衷的同情，而且和以往一样，有几分母性的气味。

3

华山的手机一直打不通，找到了原来他哥哥家那个座机号码，打过去才知道出事了,华山刚刚被乐至县公安局抓起来了,原因是:"非法吸收公众存款"。巴兰兰一听就明白,心想这是迟早的事,上次见面她就提醒过他,大范围地向村民借钱的做法已经不是普通的民间借贷行为了,而是违反了金融管制的有关法律和规定,这样的事情全国各地并不少见,但是,运气不好或者后台不硬,就有可能出事。

小伙子呀小伙子,她叹息。

她并没有立即驱车赶往乐至县,而是先找到寇伟,一方面,向他汇报和叶阿姨见面的情况,另一方面也请他帮个忙,要求乐至县把华山放出来。寇伟是容易见到的,不开会,就一定在办公室,无论是不是上班时间。

她先把叶阿姨的话告诉了他,强调叶阿姨的态度是"心疼"他的,不想把他"随便塞一个地方","虽然不难办,但要等待机会。"

寇伟一再说:"谢谢,谢谢!"

她说:"我也有个忙,得请你帮一个。"

他笑着说:"我乐意效劳!"

她把华山的情况讲了一遍。

他说:"这种情况确实是非法集资。"

她说:"我在银行待过,我知道,但是,有一个现实情况,党和政府可能并没有意识到,贷款难、回扣高的问题先忽略不计,单说这两年的国有银行商业化的改造,从去年开始,四大国有商业银行,开始了大规模的机构撤并,大面积地退出欠发达地区,全面退出乡镇市场,银行分理点纷纷撤走,广大乡村成了金融盲点。为什么?因为欠发达地区和乡镇市场,运营成本高,盈利性差,从商业银行自身的角度看,这是无可厚非的,但是——我记得你有一句话,'政府行为的道德倾向性',是呀,很多事情不能只讲效益,有些事情亏本也得做呀,是不是?效益要讲,'道德倾向性'也得讲!"

他的眼神是赞许的,频频点头。

她说:"如果不这么说,回到'效益'这个概念上,也是有问题的,融资渠道窄,贷款困难,会严重制约民营企业的发展壮大,总体上不利于整个国家的现代化事业。而且,这种情形下,有个事实不容回避:地下钱庄再度复活,华山是光明正大向大家借钱,地下钱庄则隐蔽得多,说实话我也借过地下钱庄的钱。"

他长叹口气,显得有些虚弱。

她又说:"据我了解,华山借来的钱,全部用来造福乡里了,没有非法占有,没有挥霍浪费,而且没有发生任何信用纠纷。"

他说:"咱们抽空走一趟。"

她急切地说:"寇书记,最好今明两天就去。"

他笑了,问:"是你什么人?"

她说:"是我原来的男朋友。"

他说:"怪不得。"

她说:"不,我是伸张正义。"

他笑了,说:"那好,明天去吧。"

次日,巴兰兰跟着寇伟赶往乐至县县城,到了县委门口,却看见了一支数百人的静坐队伍,分成两支巨大的阵营,左一支右一支,中间的通道是特意留开的,就好像全国的门神都集中在这儿了。有人正常地出出进进,见惯不惊的样子。寇伟等人把车停在远处,重新步行到大门口,凑近一看,正是九屋村村民。

树上拉着几条醒目的标语:

还我华山　回家致富

不 安

我们不是受害人

贷款无门　集资何罪

"把县委书记请出来。"寇伟对秘书说。

五分钟之后县委书记等人半跑着从里面出来了,见了寇书记,自是惶恐极了,低声说:"寇书记,我们正召开紧急会议研究对策。"寇伟问:"怎么不向市委汇报?"县委书记说:"人群是昨天中午出现的,我们想尽量不惊动市委。"寇伟问:"九屋村的情况,你了解吗?"县委书记说:"了解,很了解,我们曾想把华山这个人树为农村致富和乡镇企业的典型,但考虑到他的集资方式有问题,一直不敢宣传,但也没干涉,最近他的动作越来越大,范围也越来越广,建立了七八个秘密吸储点,利息是3.3%,差不多是存款基准利率的两倍。"寇伟问:"本人有没有非法占有、挥霍浪费的情况?"县委书记说:"没有,这个人群众基础很好,老百姓交口称赞,这也是让我们头痛的地方。"

巴兰兰站在不远处,看见了华山曾经的嫂子、现在的老婆,她确实比原来胖多了,坐在队伍的前面,用宽宽的草帽遮住半个脸。

寇伟说:"我做主,放人!"

县委书记说:"马上?"

寇伟说:"马上放,责任我承担。"

县委书记说:"好的。"

寇伟说:"你现在就宣布。"

县委书记转身面向一侧的静坐方阵,大声说:"同志们,这位是咱们裴城市委书记寇书记,刚才寇书记下了指示:马上放人!"

略略迟疑片刻，两边的方阵才先后响起掌声，有人率先把头顶的草帽扔向头顶，其他人全都效仿，于是现场一时变得异常混乱。

县委书记问："您讲讲话吧？"

寇伟摇头说："不用了。"

人群并没有马上离开，而是重新安静下来，一部分人觉得还没坐够，意犹未尽，一部分人则不相信县委书记的话，认为他在骗人。

县委书记换了个方向，面对另一侧的方阵，挥动双手，用手背做出退后的动作，说："好了，大家回去吧，寇书记的指示，我们当然要坚决执行，至于非法集资的问题，是一个比较复杂的问题，我们还需要进一步研究。"

人群仍然一动不动。

寇伟只好说话了，本来打算说几句客套话，却意外带出了血气方刚的味道："乡亲们，你们好！我了解华山同志的情况，他是一个好同志，虽然有非法集资行为，却没有装进自己腰包，也没有任何信誉纠纷，造福乡里，功不可没，这样的好同志我们当然要保护！错误归错误，保护归保护，同时，我们也要虚心检讨——老百姓为什么会非法集资？我们的银行在哪儿？贷款难、吃回扣的问题如何解决？"

掌声之后，人群退去。

接下来，应乐至县委要求，寇伟出席了临时召集的全县科级以上干部会议，发表了讲话，但拒绝了宴请，饿着肚子回到了裴城。

回去时，巴兰兰坐在寇伟车上。寇伟说："我今天的做法，是人治不是法治。"巴兰兰听懂了，只是笑。寇伟又说："本来，我想好通过法律途径解决问题，放人是肯定的，但有律师的辩护，从抓人到放人有一套完整的法律程序，并且向社会和媒体公开，以期引起重视，解决基层群众和民营企业贷款难的问题。"巴兰兰说："今天你是不得已才做出了立即放人的决定,原因有二,一是有我在旁边求情,二是如果不放人,静坐的人群不会轻易撤走。这种情况就是通常所说的'情大于法'。"寇伟说:"是呀,人情决定了人治。"巴兰兰说:"铁面无私,看样子很难。"寇伟说:"很难很难!"

回到裴城,巴兰兰陪寇伟在城外一个小饭馆里随便吃了碗面条,然后就各自回了家,刚准备躺下好好歇一会儿,接到了魏卓然的电话:"如果寇伟走了,来一个新人,那就要阻止寇伟走。"她当然明白魏卓然的意思,却还是故作糊涂地问了一句:"为什么?"魏卓然笑了,说:"再来一个人,恐怕没那么好对付。"

4

吴江的追悼会在殡仪馆举行,来了很多人,裴城师院的,教育局的,市委市政府的,据说各方并没有刻意动员,来人却十分齐整,平时大小事都拧着不露面的人,也公然出现了,把殡仪馆的院子挤得满满当当,大厅里盛不下,更多的人站在院子里。人们个个穿戴素朴,进门时又都领了一朵白花,别在胸前。

为什么会来了这么多人?

答案依稀就在人们的眼神里:一是期待,唯恐天下不乱,期待吴江死后,由一个同车死去的二奶牵出更多健在的女人,包括情人、情妇、姘妇,多多益善,多达二三十个,就像前不久某省的一个贪官那样,竟有五十个情妇,有一个还是著名主持人!当然最不能缺少的,是经济问题,受贿数额最好是几百万,甚至几千万!过去大家总说:

"咱们裴城从来没查出过一个贪官,说明咱们裴城才是全国最腐败的地方。"现在,终于有机会了,等着瞧吧;二是担心,尤其是官场那边,担心传说四起,谣言纷呈,有的没的,真的假的,素的荤的,鸡一嘴鸭一嘴,越说越悬乎,终究引起省纪委甚至中纪委的重视,派工作组前来调查,注定会引起多米诺骨牌效应;三是真心实意为死者感到悲伤,曾经是教授和副院长的吴江口碑还不错,很多同事、下属和学生,脸上挂着单纯的哀伤,只是这些人为数不多,寡不敌众,他们自己也显得心气不足,颇有些身处弱流的味道。

追悼会不光是人多,规格也极高,有特意拔高的倾向。由市长魏卓然主持,市委书记寇伟致悼词,四套班子的主要领导,包括纪委书记,没一个缺席的。当然,圈内人都明白,这是魏卓然一手安排的:用一个高规格的追悼会,压住甚嚣尘世上的民间议论,也向媒体和外界表明,本市领导层的意见是高度一致的,坚决维护吴江的清白,充分肯定吴江的政绩,绝口不提车祸中的第三位死者。熟悉历史的人甚至用了这样的说法:"魏寇合流",多么不同的两个人,在有些事情上也要精诚合作。"这便是政治,没有永远的对手,也没有永远的盟友!"有些人借此增长了见识,在心里暗暗生叹。

雷主编,吴江的老婆,已经是遗孀应有的样子,悲切,但平和,认可了一切,包括"车祸中并没一个名叫小萍的死者"。从美国赶回来的儿子搀扶着她,两个人站在吴江的巨幅遗像底下,向前来致哀的人们一一还礼。吴江的尸体损坏得太严重,没有拿出来供人们瞻仰。给人的印象是,这个人只是藏在某处而已。

追悼会之后,巴兰兰立即回到办公室,先约见了妹妹巴梅梅,听她汇报小萍家的情况,巴梅梅说:"小萍的父亲和弟弟来了,老实巴交的,一看就是农民,老头子只提了一个要求,把儿子留下继承姐姐的房产，顶替小萍的工作。我都答应了。"巴兰兰说："好的，你把巴东东叫来。"巴梅梅出去没多久，巴东东来了，她只给他递了个眼神，他便说："吴局长的车子撞成了一堆烂铁，我从收购站弄出来，请专业人员仔细察看过，没发现任何问题。"她猜出会是如此，说："那好吧，你去忙吧。"

  下班了，大楼里所有的人都走了，她一个人留在自己的总裁办公室里，一直坐到天黑，最初的暮色从窗外流进来，在细滑的木地板上铺了一层灰灰的薄膜，然后再轻轻飘起，里面含着侵蚀一切的力量，她故意不开灯，静静地抵御着，渐渐竟觉得有些架不住了。她觉得，眼前的世界突然分化成极为鲜明的两部分：一部分实，一部分虚，实者更实，虚者更虚，实的和虚的都是那么冰冷，那么难以信任。

  她做出了一项重要决定：

  退出北京番茄酱！

  北京番茄酱始终保持着较快上涨的趋势，计划中的一系列收购和改造，一样都还未能付诸实施，股价却莫名其妙地一路飙升，今天，元月22日，已经跃至21元，涨幅接近200%，那么，如今的3910.54万股法人股早已不是当初那个价钱了，而且肯定不难出手，争取赚回三个亿，赶紧把魏卓然和徐行长的钱还了，免得生出事端。至于北京番茄酱接下来是跌是涨，都和自己无关，涨了不眼红，跌了是万幸。

  她当即便给叶阿姨打了电话。

  "为什么？正往上涨呢！"

  "正是因为它一个劲地涨，才让我心里发虚，不寒而栗，我想不通它到底凭什么日日上涨？我们的所有计划都还在脑筋里。"

  "玩股票就是这样。"

  "我觉得，我不适合玩股票，最近这些天我是夜夜失眠，大把大把地掉头发,我还是老老实实做我的房地产,盖房子卖房子!"

"我猜,有人催账了吧?傻瓜,别忘了你手上有四千万股法人股,可以抵押贷款的,再贷出三个亿不成问题,要不要我帮忙?"

"叶阿姨,我真的想退出。"

"有飙升的大势做掩护,正是赚钱的时候,为什么急着退出?"

"叶阿姨,这一次我想做一个失败的商人。"

"太可惜,太可惜!"

"叶阿姨,你帮我找个买家,30%归你。"

"哎呀,我试试吧。"

千禧年的元月28日,仍然由叶阿姨牵线,巴兰兰把她仅仅持有两个月零4天的3910.54万股北京番茄酱法人股,以6.5个亿的价格顺利卖出。除过叶阿姨的30%,把魏卓然的一个亿加15%利息,徐行长的两个亿加15%利息(包括巴梅梅的5%),印真帮忙借来的一千万(不含紫檀家具)加15%利息一律付清之后,算算账,狂赚两个亿,两个月,两个亿,当然是狂赚了,比房地产强多了,但是巴兰兰下定决心,今生永远不再碰股票,专心做一个房地产商人,做看得见、摸得着的生意……

这种时候,她想起了陈百川。

"我还欠着他一千万呢!"

她想,我可不想挨骂,不想被小看,不想成为不守信用的人。更重要的是,我要告诉陈百川,他预料的事情并没有发生。吴江出车祸死了,差点引起一场灾难,但很快就转危为安,并没有任何工作组进驻裴城!叶阿姨是尊重游戏规则的,只是拿了30%的佣金而已。两个月赚了两个亿,完成了原始积累,以后可以一心一意做房地产。一切都还好好的,正如印真所说:一个"女"字加一个男子,是"好"!

陈百川在新加坡，他来过电话。

她含着笑把电话打过去。

"把账号给我，我给你还账。"

"炒股赚了？"

"我已经不炒股了，退出来了。"

"为什么？"

"见好就收，投机谁不会。"

"我估计,在中国即将加入 WTO 的利好推动下，股市目前的牛市行情还会持续一年半载的，你不应该这时候选择退。"

"当初不让我碰，现在又不让我退，都是你。"

"你真退了？"

"真退了。"

"斯坦福大学有个教授统计过，中国股市的股票年换手率是 400%，平均持股时间是 3 个月左右，你好像不够 3 个月吧？"

"我是两个月零 4 天。"

"新加坡证券交易所的股票年换手率是多少你猜？是 30.2%，平均持股时间是 3 年——换手率越高，说明投机色彩越浓。"

"你在新加坡炒股吗？"

"不炒，我不信任任何地方的股票。"

"我还以为，你只是不信任中国的股票。"

"到处一样,资本的性质不会改变——资本的性质就是少数人赚钱，多数人赔钱，多数人都是跟着疯子扬土，出了一身汗，才知道那个人是疯子。你刚刚做了两个月的疯子，趁大家还没清醒过来，突然抽身跑掉了。"

"这么说，我跑对了？"

"等大家清醒过来再跑,就来不及了!"

"可是,有人骂我傻。"

"你打算挣得更多,就有可能赔得更惨。"

"是呀,我是见好就收。"

"股民和赌徒一样,是最难见好就收的。"

"我这辈子,就赌这一回。"

"恭喜你,没把身家性命赌进去。"

"你失算了吧?"

"我很高兴看到你平安无事。"

"我是属猫的,九条命。"

"还是小心点!"

"以后我打算老老实实做生意,违法乱纪的事情一概不干。"

"别忘了你身上还背着原罪!"

"陈百川,你好讨厌,你就不能说点好听的吗?"

"好吧好吧,说点好听的。"

第十三章

1

更多的事情没有预兆，比如2001年9月11日，美国东部时间上午8点45分，一架波音767遭劫持，撞上纽约曼哈顿的世贸中心北楼，18分钟之后，第二架飞机撞上南楼，曾经的"世界第一高楼"就这样毁于一瞬。

当时巴兰兰正在办公室上网，这个消息让她觉得21世纪刚刚开始，或者说，21世纪真的开始了。理由十分简单而现成：从此刻开始，人类的安全理念受到极大挑战，就算有世界上最强大的军力，就算可以把航母开到任何角落，仍然无法保障自己的国土安全。自信的美国人从这一天开始不再盲目自信了，因为，战争可以是这个样子！天空晴朗，空气清新，蝴蝶在舞，青草在绿，世贸中心的南楼和北楼高耸入云，一切都是那么美好那么安详，可是，眨眼之间战争爆发了！这种没有任何预兆的战争，大概就是"恐怖主义"。无论称作什么主义，无论发动战争的是哪一位恐怖分子，有一点是肯定的，美国人开始全民恐慌了，并开始怀疑，美国的强大军备能否保护国民的安全？

巴兰兰一遍一遍地看着北楼和南楼相继被撞击的画面，总是看不够，似乎在偷着乐，小人气地站在袭击者一方，在对美国说："看你牛，看你傲，看你霸！"但心底下的确也在微微发颤，怀着由衷的沉痛和哀怜，想象飞机里的乘客——包括劫匪，那一瞬间会有多少惊恐，同样想象世贸中心南楼和北楼里的惊魂一刻……所有这些，都是人为的，是人对人的仇恨造成的……全部的沉痛和哀痛，都与此有关……

看到后来，视觉麻木了，内心也麻木了。再三重播的画面，倒有了强烈的游戏感，就像一个白痴意外发明的一个聪明的游戏！

中午有一个应酬，大家坐在一起，话题自然绕不开"恐怖袭击"——巴兰兰就临时编了两个笑料，一个是："地标性建筑的最新用途是什么？"大家不用多想，笑完了才回答："等待恐怖袭击！"另一个是："恐怖袭击的两个必备条件是什么？"这一问需要想一想，众说纷纭，但内容趋于一致，巴兰兰总结道："第一个必备条件是，完全没有预兆，受攻击一方完全没有防备；第二个必备条件是，无法做出有效还击，敌人在哪里？谁也说不上。"大家听了，一致赞同，有人说："照这么说，生活中的很多事情，都是恐怖主义了。"接下来大家不厌其烦地争着例数生活中有哪些恐怖主义。

其中一个就是"癌症"——很多癌症是没有任何预兆的，一旦检查出来，已经是晚期，所有的治疗方式都没有用，只有等死！

仅仅10天之后，9月21日早晨，君科集团全体员工列队来到第一人民医院，由公司出钱，进行一年一度的身体检查。巴兰兰亲自带队，巴梅梅留在公司处理日常事务。身穿白大褂的马林两边都熟，又是联络人，跑前跑后安排窗口。这天看病的人比平常多，体检的速度有些慢，一小部分员工下班前还没有检查完，需要次日再来。但是，下午五点，妈妈、巴兰兰、巴东东三人的全部体检结果已经出来了。妈妈的血压偏高，巴东东有些脂肪肝，而 B 超显示，巴兰兰的肝脏"明显增大"，"肝表面不光整""各叶比例失调""肚右侧实质内可见多发结节状及团片状低密度影，大者约 114×94mm，其内密度不均，有斑片状更低密度影，边界欠清"，医生的结论标准而清晰：肝右叶实质内结节状及团状占位；拟肝右叶原发性弥漫型肝 Ca 并门静脉主干及左、右支癌栓形成。

马林立即打电话给巴梅梅，让她马上回家，有要事相商。马林到家几分钟后，巴梅梅回来了。"什么事，神叨叨的？"巴梅梅问，马林只把化验单塞给她。曾在放射科工作过几年的巴梅梅扫一眼就明白了，眼泪一下子就落下来，低下头，沉默了好一会儿，才泪汪汪地问马林："怎么办？"马林坐在旁边，一声不吭。巴梅梅喊着问："怎么办？你快说呀！"马林才说："肝肿瘤已经侵犯到门静脉，介入、射频消融等手段已经难以解决，也不可能再进行根治性手术治疗。"巴梅梅问："姐姐怎么一点感觉都没有？"马林说："没有症状，不见得没有病。一般情况下，30% 的肝脏就足以维持人体的正常运转。肿瘤虽然已经侵犯到肝脏，甚至侵犯到血管，但只要有 30% 的肝脏没受影响，就不会表现出症状。"巴梅梅打断他，说："我问你怎么办？"马林说："你当过医生，你知道已经没办法了。"巴梅梅一把推掉桌上的玻璃杯，喊："不！宁可我死，也不能让姐姐死！"杯子碎了一地，马林取来工具默默收拾，刚把玻璃渣子扫成一堆，巴梅梅捡起另一个杯子，重新砸下去。马林睁大眼睛看着巴梅梅，有点不认识她了，结婚多年还没见她这么粗野过，借此他也看清楚，人家姐妹俩的感情的确不假。他把第二个杯子的碎片也扫干净，收走后，又回来，抱住妻子的肩膀，说："咱们快去告诉妈妈吧。"巴梅梅一听更不依，愤然推开他，喊："妈妈会疯掉的！"马林坐在旁边，束手无策，巴梅梅这才扑进马林怀里，哭着说："这个家里，缺了谁都可以，唯独不能缺姐姐啊。"马林摸着她的头，眼里才有了眼泪。

两人随即就去见了妈妈。

巴梅梅一进门,抱住妈妈就是哭。

妈妈慌了,问:"怎么了?"

巴梅梅把妈妈抱得更紧,哭得更凶。

马林低着头只是叹气。

妈妈小声问:"是不是,我的体检有问题?"

马林用力摇头,目光里含着暗示——是别人有问题。

妈妈谨慎地问:"谁的……有问题?"

马林说:"姐姐……是肝癌……"

妈妈一把推开巴梅梅,喊:"不可能,绝对不可能!"

马林把化验单递给妈妈。

妈妈一把打掉化验单,说:"我不看!"

马林说:"已经是晚期了!"

妈妈盯着马林,眼泪一点一点流了出来,并不多,却是红色的。

巴梅梅警惕地盯着妈妈。

"不,我不相信,打死我也不相信……"停顿两秒钟后,妈妈突然喊叫起来,声音极度变形,身体开始摇晃,巴梅梅急忙扶住妈妈,把妈妈抱在怀里,掐妈妈的人中,拍打妈妈的后背,有大滴的眼泪落在妈妈身上……

2

同一时间,裴城市委市政府设宴为魏卓然饯行——省委组织部今天上午已经正式宣布，魏卓然即日起调离裴城，转任另一个市的市委书记，寇伟留任裴城，市长暂缺，将通过选举产生，原来的第一副市长代行市长职责。这个布局显示了省委和组织部任用干部的灵活和巧妙，是寇伟和魏卓然双方共同的胜利。不过，裴城官场的解读更为具体：省委特意搬掉代表地方势力的魏卓然，显示了对寇伟的信任和支持，从现在开始，寇伟将成为真正的一把手，接下来，这个书呆子应该会有一番作为的。

宴会结束后，魏卓然和巴兰兰匆匆离去，两辆车一前一后驶离裴城市区，沿着涪江绝尘而去，一小时后，停在一座山庄门口。

此处依山傍水，幽静里半含荒凉，黑漆漆的夜空下，有一小丛一小丛的温暖，万籁俱寂中，白色的鹅卵石小径上，每一颗鹅卵石都是忧郁的。有人在门口等候，车子停在院门口，然后踩着凹凸不平的鹅卵石走向更深处，绕来绕去，终于在河边的一座别墅前停下来。别墅内已经亮着灯，四周的建筑物相距甚远，隐在婆娑的暗影中。有萨克斯管的声音传来，若真若幻。引路者打开门后，便悄然隐去。二人一进门就闻到了浓郁的香味，稍后才看到卧室和卫生间里都有鲜花，其余的香味肯定来自"鸡茸烩燕窝"——事先已经摆好在餐桌上了，正冒着丝丝热气。魏卓然说："我专门点的，鸡茸烩燕窝，你尝尝怎么样？"巴兰兰坐在漂亮的黄绫绣椅上，抓起镀金的筷子，夹了几丝吸满汤汁的燕窝，歪着脸，喂进嘴里，说："还不错，还不错。"魏卓然躺倒在沙发上，说："哎呀呀，咱们好久没在一起了。"巴兰兰顾不上理他，又喝了半口鸡汤，味道微辣，很可口。

"我今天忙了一天，一身臭汗，先去冲个澡。"她说。她在他面前脱光衣服，对着他，故意甩甩臀，才用碎步跑进卫生间。水龙头只吐气不出水，她就任它先开着，回身站在镜子前，向上捧一捧自己的乳房，嫌它们有些下垂。再仔细盯着自己的脸，露出一点惨然的表情，暗暗感叹，妈的，已经是三十岁的女人了！

外面的魏卓然此时收到一条手机短信，是王茂林发来的："君科集团今天体检，查出巴兰兰有癌症，肝癌，晚期，她本人不知道！"魏卓然赶紧拿上手机，跑出门，尽可能跑远，躲在一棵榕树后面拨通了王茂林的电话，问："会不会弄错了？"王茂林说："医院院长说的，不会错。"魏卓然问："肯定是晚期？"王茂林答："晚期，没救了。"魏卓然说："她看上去没一点问题，食欲很好，刚才还喝了半碗鸡汤。"王茂林说："我问过医生，这种情况很常见，肿瘤如果刚好在肝脏中央，还没有影响到周围的神经，就不会出现明显症状。"魏卓然说："无论如何，尽快做一次复查，把全市的肝病专家集中起来，进行会诊！"王茂林问："马上吗？"魏卓然犹豫了一下，答："明天一早。"

魏卓然回到别墅内，只听见水声响亮，哗啦啦的，打得他心颤，他坐在沙发上，刚要点烟，卫生间里传来模糊的声音："属狗的，进来，我帮你洗！"他软软地应了一声，坐着没动，直到她再一次喊，他才脱光衣服，走进雾蒙蒙的卫生间，"你怎么腰来腿不来的？想别的女人啦？"她虽然这样问，声调却是十分快活的，他站在她对面，碰着了她湿滑的乳房，却如同扎了一针，全身猛地一紧。她关掉水龙头，让他转过身，把凉爽的浴液打在他右肩上，然后再一把一把地抹开。透过自己脊背的连绵起伏，他才知道，这双手是多么纤秀迷人，多么举世无双，多么此时无声胜有声，突然便泪如雨下。她看不见他的表情，蹲下身，灵机一动，轻轻吹出半口气，一团温软的气流沿着他尾椎骨的弧度，滚了过去，她再轻轻一扳，将他的屁股旋过来，意外的是，他竟然一无反应。

"我今天没兴趣。"他说。

"你没兴趣就不管我啦?"她问。

他看着她,默不作声。

他打开水龙头,将她罩进水帘里,她尖叫,他不管,冲净她再冲自己,然后抱起她走出卫生间,直接进了卧室,把她平放在床边,自己盘腿坐在她身旁。她觉得他突然怪怪的,一眨眼像是换了一个人,问他:"有什么事情吗?"他继续看着她,眼圈红了。她坐起来,问:"属狗的,到底怎么了?"他撒谎说:"我突然想起吴江了。"她信了,说:"好快啊,他走了快两年了。"她想问他:"吴江的车祸到底有没有猫腻?"却终究问不出口。她想,这个世界,很多事情只好搁下不提了。他忍不住长叹了一口气。她不能不怀疑他刚才的话了,问:"你到底怎么了?像是天塌下来的样子!"他继续撒谎:"我突然觉得,活着好没意思。"她问:"男人,做不了爱,就会觉得活着没意思,是不是?"他说:"是呀。"她突然把他推倒,跨腿骑在他身上,但是,她失败了,她想尽了办法,他依然冷冰冰,只是用哀苦的眼神看着她。这时他的手机响了,有新短信来了。她在他上面,借着方便跳下床,帮他取来手机,礼貌地递给他,说:"看完关机,我早就关机了。"他便不看短信,直接关了机。她于是相信,这条短信一定有问题的,但也不去理会。

她把灯关了,再去扯开窗帘,让外面的光线透进来,再回到床上,和他躺在一起,渐渐还听见了涪江里的流水声,滔滔不绝。

"这样躺着比做爱好。"

"那就好,我不用惭愧了。"

"这样的夜晚,安安静静,情义无限。"

"你是诗人,我是俗物,我想不了那么多。"

"你倒有一点自知之明,不错。"

"自知之明还是有一点的!"

她伸手摸他的下面,还是软的。

"如果巩俐睡在你身边,它肯定早就勃起了。"

"那应该是。"

"不理你了!"

她翻过身,将身子滚向床边。

"我老婆也经常这样问我,一字不差。"

"你老婆问,你怎么回答?"

"我就说,这其实是一个伪命题!"

她在暗中笑了,没出声,后来她问:"为什么是伪命题?"

"伪就伪在,我和巩俐睡在一起的可能性是零。"

"如果睡在一起呢?"

"如果,也是伪命题。"

就这样,两人一直赤裸着,有一句没一句地聊着天,直到夜深了,魏卓然突然不吭声了,扯起了呼,推都推不醒,她想起他不看短信匆匆关机的样子,很好奇,下床绕至另一侧,拿上他的手机,出门,关门,躲进卫生间。

她蹲在马桶上,准备一边撒尿一边偷看他的短信。她有些紧张,这种小人气的事情她从来都不屑于干的,此刻却不由自主,一意孤行。她摁住开机键,屏幕由黑变亮。她开始撒尿,等手机的各项功能恢复正常。她直接打开收件箱,看到最后两条短信是王茂林发来的,一条是:已经说好,明天早晨复查。另一条是:君科集团今天体检,查出巴兰兰有癌症,肝癌,晚期,她本人不知道!她的脑筋好像坏掉了,几乎没看懂短信的内容或是看懂了却不以为和自己有关。她的身体倒是更灵敏一些,立即夹住了最后半截子尿,命令她仔仔细细再去看一遍，这次算是看明白了，但是，确凿无疑的字面意思流进心里后又出现了细小的误差，就像一个数学天才在绝不可能出错的地方出了错，得出了似是而非的结论：一个和自己同名同姓的女人得了癌症，肝癌，晚期，别人都知道了，她自己还不知道！她有点同情那个也叫巴兰兰的女人，心想，恐怖主义真他妈的无处不在！她开始流泪，一颗颗亮如珍珠，却不知是流给谁的？流给此巴兰兰的还是彼巴兰兰的？她心里有些急，像醉汉找不到家门那样的急，她便轻声告诉自己，尿尿，尿完尿再理论，却发现没一丝尿了，膀胱似乎在一瞬间锈死了，眼泪哗哗哗地往下落，她要求自己像个英雄，强迫自己静了两分钟，放松身体，果真就尿出来了，尿完之后再一次看那条该死的短信。她在心里嘀咕：魏卓然为什么突然变了一个人？原来如此！她没有离开马桶，忍不住重新看了一遍短信，这次才最终确信，得癌症的不是别人，是自己。"巴兰兰是谁？""是我！"她自问自答，这似乎是必不可少的一个环节，就像出国的时候，边检人员查验护照，确认护照上的照片和本人是否吻合。真是立竿见影，她马上便感到极度恶心，由衷的深切的恶心，她急忙站起来，预备好向马桶里吐，很快就有一大堆东西从喉咙里喷出来，满是鸡茸烩燕窝的味道。吐完后几乎站不起来了，扶着马桶，整个人变成一堆烂泥。"不！不！不要这样！"她命令自己。她扶着马桶，艰难但坚定地站起来。她发现了镜子，她想去照照镜子，她很想知道，此刻的巴兰兰是什么鸟样？她走到宽大的镜子前面，看见自己光着身子，像一个深夜里偷偷装嫩的老女人，五官是自己的，表情却是别人的，看上去极端熟悉，又极端陌生。她定定地看着镜子里的人，和那张熟悉极了又陌生极了的脸默默相对，突然就感到有气没地方出，心里好憋，憋得难受，快要爆炸了，而镜子里的人却不同，像是被惊呆了，又像是在看她的笑话，她有点恨那家伙了，想报复她，突然便伸手拨乱头发，让黑黑的头发四散开来，像个疯子……

她转过身，面朝卫生间的门。她觉得那不是出入卫生间的门而是通向地狱的门，跨过去就是地狱，就绝对回不来了。她的身体不由自主地向后缩去，浑身是汗。天啦，怎么回事？自己一进一出之间身份发生了360°的大转变，自己眨眼间成了俘虏，上帝手中的俘虏！她真想跪下来，向上帝哀求，哀求的话十分老套而八股："上帝啊，放过我吧，我宁愿放弃所有的财富，我宁愿变得一文不名，只要让我活着就好……"她没有听见上帝的回答，她也不相信上帝会放过她。事实上她从来不认为有上帝。后来她发现魏卓然的翻盖手机还在她左手上，这才松了一大口气。手机此时不单单是一部手机，而是她依然活在世上的物证。她借此相信自己还活着，还能活两三个月、四五个月，那么自己还需要活得有些尊严，自己不能让人笑话，自己至死都是一个英雄！她摆摆头，要让自己尽快清醒过来。她重新转过身，面对镜子，认真地理顺了头发，擦净了泪痕。她试着对自己笑了笑，再笑笑，就像取悦于某个男人。她发觉，微笑和微笑是易于达成和解的。果然，她觉得自己和什么东西和解了，和镜子中的那张脸和解了，和狗日的癌症和解了。

"那么……好吧！"她说。

她低下头，关了手机。

她突然不愿意裸着身子走出去，取下卫生间的浴衣，直接套在身上，扣好纽扣，系好腰带，蹑着脚，屏住呼吸，回到卧室，魏卓然还在扯呼。她把手机放回原处，又蹑着脚绕了一圈，回到床上，重新躺在刚才的位置上。

这一夜真是漫长极了，比身边的涪江还要长，比以前的三十年还要长。她闭上眼睛,想到了所有的事情,该想的事情和不该想的事情,全都自动流入思绪,她甚至仔细想过如何分割财产,巴梅梅多少?巴东东多少?妈妈会不会凭着男尊女卑思想,要求把绝大部分财产分给巴东东?要不要把一部分财产捐作慈善……

次日早晨,她没有在魏卓然面前表现出任何异常,有说有笑地在山庄里吃完了早点,自己开车,跟在魏卓然的车后面回到裴城。

她打开了自己的手机,看到巴梅梅来过电话,就打过去,笑着问:"巴梅梅同志,有什么指示?"巴梅梅的声音显然不正常:"姐姐,医院把你的B超单子弄丢了,今天要重新做一下。"她爽快地回答:"好的,我马上到。"

她直接来到医院,由巴梅梅和马林作陪,重新进了B超室。她躺好在B超床上,对一旁的巴梅梅说:"你来给我做吧。"

"我早忘了,不会做了。"

"骗鬼!"

"真的,姐姐。"

"那好,不为难你了。"

"我先出去了。"

"你在门口等我。"

B超室里,只剩下一个戴着口罩的中年医生和巴兰兰两个人。中年医生的眼神对巴兰兰一笑,开始缓缓移动扫描仪。巴兰兰说:"大姐,不瞒你说,结果我已经知道了,肝癌晚期,复查一下也好,不过,你要把情况毫无保留地告诉我。"中年医生吃了一惊,点头说:"好的,不会隐瞒的。"巴兰兰微微闭上了眼睛。

"肿瘤不小了吧?"

"还好,还好。"

"我怎么就没任何感觉呢?"

"您肯定太忙了。"

"告诉我,我还有多少时间?"

"这个,不好说。"

"大姐,求你了。"

"医生不能那么说的。"

"三个月?半年?"

"没问题,你这么乐观。"

扫描仪在她肚皮上缓慢滑行时,让她无端联想到了月球上的探测器,而且禁不住幻想,如果有一种器具,这么一扫,就能把肚子里癌细胞全数扫了出去,该多好!她立即意识到,这种想法过于哀戚过于软弱,便强行驱散了。

"好了,巴总。"中年医生说。

巴兰兰坐起来,对她一笑。

"好的,您还需要重新验血。"

巴兰兰说:"此刻我反而安静了,心里好安静好安静!"

中年医生说:"好佩服你!"

巴兰兰笑着出去了。

9月23日早晨,复查结果还没出来,大家都相信巴兰兰本人闷在鼓里,巴兰兰突然通知巴梅梅,下午两点召开公司全体员工会议,所有人都要参加。下午两点的会场上,人们看到了扛着摄像机的媒体记者,还看到了律师和公证员。巴兰兰穿着"君科之夜"慈善晚会上穿过的那件橘红色旗袍领长裙,也让大家感到异样。显然,所有的员工都到了,包括巴兰兰的家庭成员,妈妈,巴梅梅,巴东东……

"好的,咱们开会。"巴兰兰说。

整个会场立即一派肃穆。

巴兰兰微笑着环视会场，说："其实，今天的会议是一个新闻发布会，大家也许看见了，我还请来了记者、律师，还有公证员。"

底下有了细小的嗡嗡声。

"很多人可能听说了，咱们中间，某人得了癌症，肝癌，晚期。"巴兰兰说，现场先是陷入混乱，嗡嗡声大作，接着又在一秒钟内安静下来。巴兰兰的目光温和地从人们脸上缓缓扫过，"现在，趁我还清醒，我宣布我的遗嘱。"

嚷嚷声一时又响起来。

巴兰兰的声音十分冷静：

"第一、君科集团的全部财产作三七开处理，拿出30%做慈善，成立一个巴兰兰慈善基金会，由我母亲任基金会主席。还有七，留下70%继续做公司。由我妹妹巴梅梅接替我的职务，任君科集团总裁，原来属于我的股权，一分为二，也是三七开，七归巴梅梅，三归我弟弟巴东东。第二、君科集团要在两三年内完成战略调整，强调主业特征，走上专业化的道路，专心致志做房地产。第三、君科集团要向全社会郑重承诺，不赚100%的利润，也不赚40%的利润，只赚25%的利润，换句话说，君科集团要理直气壮地恪守高于25%的利润不做的原则！毫无疑问，在中国市场，房地产业从一开始就是暴利行业。房地产业内有一个可怕的行规：低于45%的利润不做！事实上，大多数房地产公司，只要一拿到土地批文，马上就有100%的利润！大家想想，这是什么概念？今天，我这个一只脚已经迈进地狱门槛的房地产商人要警告所有健康活着的同行们，趁你们还没有毁灭，赶紧醒悟吧，大家应该联合起来向全国人民承诺，高于25%的利润不做。第四、君科集团要把'高于25%的利润不做'这一条明确为自己的企业人格之一，大家注意到没有，我刚才用到了一个词：企业人格……是呀，一个企业也应该像一个人一样，有自己的人格，一个人没有人格，就麻烦，如果企业只知道赚钱，而不讲企业人格，那又是什么结果呢？一句话，企业也要有人格，要用人格规范约束自己，什么样的钱可赚，什么样的钱不可赚，什么样的利润可赚，什么样的利润不可赚……更重要的是，一个企业应该如何处理它和员工的关系，以及和整个国家的关系，甚至是整个世界的关系……我的话，听上去可能大了些，因为，我们君科集团目前还只是一个小地方的小公司！大家想想，一个跨国公司对这个世界的贡献和影响会有多大？所以，一个有抱负的企业，更要有企业人格！所谓人格，不见得是多么高不可攀的东西，而是一些基本的担当，基本的道义……总之，趁我们的公司还幸运地活着，要尽快建立自己的企业人格，来报答我们的国家，报答我们的世界。这件事情，是我在未来几年最想做的！现在，老天爷要招我回去，没办法了，那就留待大家做吧！"

有两个人带头鼓掌，接着很多人都跟着鼓了掌。不少人一边鼓掌一边流泪。有几个人甚至哭得昏死了过去，引起了局部混乱。

"也许，你们会认为，人之将死，其言也善！不，不，不，真的不是！去年我毅然退出北京番茄酱，就是逐步走向专业化、逐步完善企业人格的第一步。当然，有人会说我巴兰兰善于投机，退出北京番茄酱，顺便把牛也牵走了，全国股市的牛市行情突然就直转急下——不可否认，我这个人运气一向很好！但是，事实证明好运气也有用完的时候，我愿意把所有的好运气还回去，来和今天的坏运气交换……"

巴兰兰说不下去了。

人们看到这个铁血女人哭了。

巴梅梅跑过去扶住姐姐。

接下来是不可想象的场面——后来人们回忆，是巴兰兰的妈妈最先号啕大哭的。接着是巴梅梅，接着是造纸厂的整个方阵，他们的哭声如风行水上，既小心翼翼，又气势磅礴，有极强的号召力。全场的人不能不跟着哭起来。

这样的场面超出了巴兰兰的预料，她被深深地震撼了，也被深深迷惑了，她和大家一样，也在同情自己，可怜自己，对自己怀着千般柔情、万般不舍，她软软地倒在巴梅梅怀里，几乎哭死过去了，仿佛不用等到几个月之后再去死了。但是，最后的时刻，有一个小小的不起眼的无名的力量出现了，像一只小虫子，轻轻在她的心尖上咬了一口，令她疼了一下，又像是舒服了一下，她立即就豁然开朗，很容易便止住了哭，从巴梅梅怀里挣扎出来，扶住桌子坐端正，用自己的茶杯用力敲了敲桌子。

她用不可思议的柔美声调说："大家不要哭了，我还有几句话要说。我感谢你们，感谢每一个人！但是，不要为我伤心，也不要为我惋惜。我相信巴梅梅做得比我更好，把事业交给她我很放心，也请大家支持她的工作，就像支持我一样。我刚才也哭了，是的，我也会软弱，也会惧怕，但是，请记住我的笑容！"

没有鼓掌，也没有哭泣。

"请为我鼓掌好吗？"

于是，最热烈的掌声响起来。

她起身款款离去。

当日晚上，裴城电视台播出去了一条新闻：

> 市政协副主席、君科集团总裁巴兰兰
> **乐观面对癌症，当众宣布遗嘱。**

这条新闻几乎是新闻联播和K省新闻之后裴城新闻的唯一内容，巴兰兰的所有谈话一字未剪，原原本本播出来，引起了巨大轰动。

奇怪的是，这条新闻经过必要的编辑后，由裴城电视台送至省台和央视，迟迟未见播出。有内部消息说巴兰兰关于房地产的言论，有可能在房地产界甚至更大的范围内引起不必要的动荡和混乱，损害投资环境，不宜播出。

裴城的事实证明，这条新闻的确有很强的杀伤力，尤其是巴兰兰关于房地产的说法，引起了同行们的极大不满和老百姓的激烈议论。更大的混乱则发生巴兰兰身边，如她所料，她母亲不同意她的财产分割方案，认为应该刚好掉个过，巴东东百分之七十，巴梅梅百分之三十，道理很简单，巴兰兰既然没有结婚，并无子女，那就仍然是妈妈的女儿、弟弟的姐姐，继承财产的顺序应该如此：弟弟巴东东在前，妹妹巴梅梅在后。如果巴梅梅没有出嫁，也倒有情可原，问题是，巴梅梅现在是马林家的人。巴兰兰听说，巴东东甚至吆喝着要诉诸法律。妈妈更是声称，要死在巴兰兰前头。市委书记寇伟从D市请来了肝病专家，和裴城的专家组成一个十人医疗小组，加紧研究巴兰兰的医治方案。有几名基督徒找到巴兰兰，送给她一本《圣经》，告诉她，如果信靠耶稣，真心祈祷，肝癌就有可能不治自愈。同样，也有一些僧人、道士以及许多民间游医纷纷找上门来，坚称有办法治愈癌症。所有这些人都毫无例外碰了一鼻子灰，因为，巴兰兰和常见的富人和官员不同，从骨子里排斥宗教，任何宗教！她一向认为，世界上最不讲逻辑的东西就是宗教。有人说，中国人缺的就是宗教，就是信仰，她却不以为然，她觉得宗教不是救生圈，溺水者只要爬上去，就能得救。至于中国人到底缺什么，她也说不清，反正不是宗教，或者不单单是宗教。至于癌症，就更不是信了什么信了谁就可能治愈的。如果真是如此，那恰好说明了，宗教的胸怀比一个小家长大不了多少。混乱的事情还有很多，几乎可以写成另一部书了。

实在烦不胜烦，巴兰兰抓紧办完了大部分"善后事宜"，把手机交给巴梅梅，自己去印真那儿躲了两天，跟在身边的只有小蒋。

巴兰兰问："有没有轮回？"

印真想都不想，说："我不知道。"

巴兰兰问："到底有没有？"

印真说："不敢说有，也不敢说无，我真的不知道。"

巴兰兰又问："有没有菩萨？"

印真说："菩萨当然有。"

巴兰兰问："菩萨在哪儿？"

印真指指巴兰兰，再指指小蒋，说："你就是，他也是。"

巴兰兰问："怎么讲？"

印真说："人人都是菩萨，蛇也是菩萨，一切众生都是菩萨，没有高下贵贱圣凡之分，人我平等，众生平等，没有谁不是菩萨。"

巴兰兰问："那么菩萨保佑就是一句空话喽？"

印真说："不仅是空话，也是迷信！"

巴兰兰睁大眼睛："你也讲'迷信'这个词？"

印真说："是呀，我经常对我的弟子讲，要正见，不要迷信。"

巴兰兰问："那么佛是不是迷信？"

印真说："佛当然不是，佛从来不是神，神和神之间要打架的，佛不会和任何人打架，因为佛是无相的，佛不是一个崇拜对象。"

巴兰兰问："佛是什么？"

印真说："佛是佛法，是觉悟，觉了悟了就是佛，人人有佛性，你找到了你的佛性唤醒了你的佛性，你就是佛，你的心就是佛心。"

巴兰兰问："什么是佛心？"

印真说："多情即佛心。"

巴兰兰问："什么是多情即佛心？"

印真答："佛是最多情的，在佛看来，这个世界的万事万物都是有情物，有三个字叫：觉有情，觉……有……情！觉是动词，是一个动作，是一个行动，是悟的开始，当你觉出这个世界是一个有情世界，连骂你的人害你的人，都是有情的，都是可以宽容的，你的眼界就宽了，你就是一个佛了——试一试？觉一觉？"

巴兰兰做出"觉一觉"的表情。

她身后，小蒋也试着在做。

印真被两人认真而笨拙的样子惹笑了。

巴兰兰说："还真是不一样。"

印真再说："把心里的怨恨、惧怕、不安变为爱，变为多情，变为宽容，变为理解，试试看，此刻你爱谁？你宽容谁？你理解谁？"

巴兰兰似乎拒绝这样做。

印真的口气微微变得凌厉了："此刻你心里有什么你就是什么。此刻你打死也忘不了癌细胞，你就……不过是一个癌症患者！"

巴兰兰问："是呀，一个癌症患者能怎么样？"

印真快速回答："首先是，觉得癌细胞也是有情物！"

巴兰兰说："我……恐怕做不到！"

印真说："你可以，一定可以。"

巴兰兰只是摇头，意思是明摆着的："我做不到！"

印真看着她，神情含着鼓励。

巴兰兰说："不过，我想试试看！"

印真说:"你一定可以,因为你曾经做到过!这个世界在你眼里,是刚刚变得无情的。但是,我们对这个世界要有整体观,不能昨天它对你好,你就觉得它是有情的,今天它对你不好,你又觉得它是无情的,那太功利,太自私,那还不是真正的觉有情,如果你得了癌症,还觉得这个世界是有情的,这才是觉有情。"

巴兰兰欲言又止。

巴兰兰的眼眶明显湿了。

印真却不说话。

小蒋从裤兜里摸出软纸递给巴兰兰。

巴兰兰接过来,擦着眼泪说:"印真,谢谢你!"

印真微微一笑,说:"别客气。"

巴兰兰说:"你对我帮助很大,真的很感谢。"

印真说:"不不不,我也有迷的时候,我给你们讲个小故事,六祖惠能有一次乘船去见五祖弘忍,两个人说了半天话之后惠能要回去,弘忍去送,弘忍抢先拿到了桨,惠能也抓住桨不松手,说:迷时师渡,觉时自渡。"

巴兰兰说:"好吧,回去的时候我自己开车。"

印真和小蒋都哈哈大笑。

在简陋的客房里勉强睡了两夜之后,她还是觉得不对劲,心烦意乱,癌细胞似乎大面积转移了,钻进了所有的器官,连眼珠子里也含上了癌细胞,看什么都是病歪歪的,树上的鸟鸣都是病歪歪的,更别说什么"觉有情"。

于是告别印真,赶回裴城。

巴兰兰说:"我想去海南看看。"

小蒋说:"海南现在是最好的季节,天气凉快了。"

巴兰兰说:"咱们明天就去。"

小蒋说:"明天?好的。"

巴兰兰说:"你父母回去没有?"

小蒋说:"没回去,在裴城帮我带孩子呢。"

巴兰兰说:"想去你们五指山看看。"

小蒋说:"那就让我爸我妈先回去。"

巴兰兰说:"不用,我刚好想一个人单独待几天。"

小蒋说:"我妹就在邻村,让她来做饭。"

巴兰兰说:"我自己做嘛。"

过了片刻,小蒋说:"巴总,有个事还没办。"

巴兰兰问:"什么事?"

小蒋要说,却有些不好意思。

巴兰兰说:"快说呀。"

小蒋就说:"梅园的法人代表应该改过来了。"

巴兰兰问:"怎么改?"

小蒋说:"注册的时候写了我的名字。"

巴兰兰说:"那刚好,梅园的产权归你,以后由你独立经营。"

小蒋说:"那可不行,巴总。"

巴兰兰说:"在我最艰难的时候,你不离不弃,从海南跟我来裴城,要说有情,你是自始至终最有情的!梅园既然刚好是你的名字,就用不着换过来了,算我留给你的一点礼物,你和小蔡好好经营,一定会越做越好的。"

小蒋说:"你对我已经够好的了,房子是你买的,媳妇是你娶的,这辈子已经没办法报答你了,我不能再要那么多,真的巴总。"

巴兰兰感到车子有些摇摆。

"别哭哎，开好车。"巴兰兰说。

车子却缓缓停在了路边，小蒋趴在方向盘上抽泣起来。

巴兰兰笑了，说："你过来，我开。"

巴兰兰真的拉开车门，要下车。

小蒋说："我以为，还有机会报答你，想不到……"

巴兰兰坐定了，表情严肃下来，说："你去后面，我开！"

小蒋急忙擦净眼泪，握好方向盘。

巴兰兰说："我答应过印真的，回去我开车。"

小蒋半懂不懂，只好听由她了。

车子渐行渐快，手和脚都有一种全新的体验，似乎是第一次开车，开着别人的车，路两旁，大树的空隙里随时会闪出红花绿草，也是异常妖媚，在她心里竟引起了一再的惊诧！觉有情，她自然地想起了印真喜欢说的这三个字。她承认，现在，她眼里的世界真的都是有情物。她真的想试试，将癌症也看作有情物。

这时，小蒋的手机响了。小蒋听了两句，将手机递给巴兰兰，说："巴总，找你的。"巴兰兰知道是巴梅梅打来的，放慢了车速。

"姐姐，有两个人要见你。"

"谁都不见，我不想见任何人。"

"是华山和候鸟，两个人现在都在裴城。"

"你就说我去海南了。"

"真的？谁都不见？"

"不见，没兴趣见。我本打算明天去海南的，干脆现在就走。"

"我认为你还是应该抓紧看病。"

"不，把最后几个月的时间，留给我自己吧。"

"也许能看好的。"

"看好个屁，又不是感冒！"

"姐，无论如何，别跑那么远！"

"我去海南走走，过几天就回来，你把妈妈看好，别出事。"

巴兰兰挂断手机，还给小蒋。

小蒋问："巴总，咱们马上就走吗？"

巴兰兰说："马上就走！"

3

五年后重回海口，一座城市和一个人双双都持有对望的眼神。夕照下的云阵沉得很低，几乎拂着了椰子树和棕榈树的树梢。从海面上升起的蒸汽令整个城市仍旧像一个大浴室，又热又湿，即使是深秋时节，仍然有盛夏的味道。然而这正是记忆中的海口，五年前的海口。由城外进入城内，转眼间天就黑了。夜幕下的城市就像夜色中的女人，半是人半是仙，一颦一笑都含着白天所没有的韵味。由于是新派的海滨城市，骨子里透着热情和放浪，每一个角落每一缕灯光，都显出虚怀迎客的姿态。同时，整个城市又像一块巨大的挑食的海绵，专门吸食快乐，快乐！除了快乐别的一概不要，无论如何都填不饱的样子，有多少快乐都容得下，快乐和快乐相互吸引，衍生出更多的快乐，也顺便衍生出很多次生产品，比如，找到了一样快乐，紧接着又厌倦了这种快乐，于是再寻找新的快乐，一而再再而三地寻找又厌弃，丢掉每样新得到的快乐，终于发现快乐是无止境的，快乐的后面还有快乐，快乐失去之后，如同未曾拥有过快乐，于是就走向了反面……某家夜总会是巴兰兰过去相当熟悉的,还是老样子,里面半明半晦,传出不连贯的钢琴声,音不准,拖泥带水,大概出自校音师之手,每一个音符都诉说着"徒劳""残缺""背信弃义"这样的意味。接下来还经过了两处百川公司开发的楼盘,现在看上去并不过时,却很沧桑,前后不过几年时间,似乎已经隔了几世,自己经过再三轮回,如今竟是一个身患绝症的女人了。

在工业大道旁的一家五星级酒店住了下来,准备冲个澡早早睡觉,小蒋就在隔壁,几分钟后小蒋来敲门,要她接巴梅梅的电话。

巴梅梅在电话里哭。

"哭什么?"

巴梅梅还在哭。

"不说话,我挂了!"

"妈妈喝了敌敌畏,正在抢救。"

她没感觉,表情冷漠。

"姐姐,还是听妈妈的,把遗嘱改一下,我三,巴东东七。"

这时小蒋礼貌地退出去了。

她把手机搁在桌上,不听,任巴梅梅说。

隔了好一会儿,她又拿起手机。

巴梅梅一直在说:"为了妈妈,改过来吧!再说我也不要那么多钱,我当初跟着你干,就是想离开放射科,有一份工作就好了。"

她说:"巴梅梅我再说一遍,我留给你的不是多少钱,而是一个生机勃勃的公司!我要你做事,把公司做好,完成我未竟的事业!"

巴梅梅说:"姐姐,唾沫星子会把我淹死的,人人都说是我控制了你,谁都找不见你,市委书记找不见你,省委书记的老婆也找不见你,妈妈也找不见你,唯独我可以,不是明摆着吗,是我控制了你,三七开是我的意思！"

"把耳朵塞住，别听。"

"姐姐，你快点回来吧。"

她重新把手机搁在桌上，不理它。

后来，她拿起手机，那边没声音了。

她走出房间，把手机还给小蒋。

她对小蒋说："早点休息。"她正要退回去，突然又停下，从小蒋手中要回手机，快速拨着号，打过去，问巴梅梅："妈妈没事吧？"

巴梅梅哭着说："正在洗胃。"

她心里一闪，也哭起来："不要紧吧？"

巴梅梅说："马林说不要紧。"

她说："你要坚强起来，我不在你就是主心骨。"

巴梅梅说："你还是先回来吧。"

她皱着眉毛，把手机交给小蒋，说："你跟她说吧。"

小蒋接住手机，慌乱极了。

她冷着脸，回到隔壁的房间。

洗完澡，躺在床上，的确觉得累极了，连说一句话的气力都没了，还有厌倦，不想为任何事情发出半点言声的那种态度。加上肝区也在隐隐作疼，不是剧痛，却有很强的渗透力，秘密地传向每一根神经末梢。再摸摸额头，有些低烧。很显然，肝癌的症状从无到有，从不明显变得很明显了。她觉得好难过好凄惨，她也才明白，自己的英雄主义和乐观主义其实是假的，是做给别人看的，在背后，在内里，她就是一个既普通又软弱的小女人。就像窗外的这座城市，华丽与欢乐都是徒有其表。她突然有一种冲动，热乎乎的冲动，想自杀！禁不住问自己，为什么要等到受尽折磨、脱了人形再死？不如趁有能力自杀的时候断然自杀！她随便找了身衣服，穿上后立即冲出门，下了楼。

"我要去死！"她想。这个明确极了的想法以及夺门而出的架势，让她发现，她不怕死，或者没有想象的那么怕死，死，自杀，甚至是生命本来就有的冲动，其路径不是由外到内，而是相反，是从最里面、最深处发出的。

可是，她发现小蒋尾随着她。她一下楼就发现了，他穿着短裤，趿着拖鞋，是一种回到家的放松样子，或者是慌忙跟出来的。

工业大道上车和人都很多，街面上流动着繁荣的气息和虚荣的味道，她急于要远离，要去清净的地方。因为，高楼大厦坚如磐石、铜墙铁壁的样子，很令她恐惧，令她心生感叹：人的生命比任何一样东西都要脆弱。

她打了车，决定去海边。

"投海自尽倒不错。"她想。

她用余光看见小蒋也打了车。

她没有生气，而是笑了。

在第一海滨浴场，她下了车，没有向后看，也没有走向软汪汪的海面，街边是一字铺开的烧烤摊，有海鲜的味道，有肉腥气，有臭豆腐的臭味，更有榴梿的味道。她一边咽着唾沫一边找了个位置坐下来，她的出现引来了很多目光，大高子服务生更是曲意逢迎的样子，她心想，现在，全世界我只有一个敌人，只有一个，一个敌人，就是"狗日的癌症"！这个想法赶走了绝望，换来了忧伤。她开始满怀忧伤地点东西，点了羊肉、豆腐皮、花菜、鱼丸、土豆片、秋刀鱼、小黄鱼……"我闻见榴梿味儿了，有吗？"她笑着问，不掩饰馋的样子。服务生指指后面，说："旁边有水果店。"

"可以帮我买一颗吗？"

"可以，要一整颗？"

她自嘲地微笑，点点头。

服务生离开前，目光从她脸上扫过。

她看见小蒋藏在一棵樱桃树后面。

她想，难道他猜出我会自杀？

不一会儿，服务生抱着一颗大榴梿回来了。

"打开吗？"他问。

"谢谢。"她向他点头。

服务生双手向两边用力，撕开紧紧合在一起的榴梿壳。

"你有手机吗？借我用一下。"她问。

服务生笑着从裤兜里摸出手机，给了她。

她拨通小蒋的电话，说："喂，小蒋我看见你了，在樱桃树后面！"

小蒋从樱桃树后面走出来了。

"跟踪我干吗？"

"没有，没有。"

"叫我逮了个正着，还说没有。"

小蒋突然放松了，笑了。

服务生已经掰开了榴梿，两大瓣儿，云遮雾罩里，榴梿的瓤子微微隆起，黄和软合而为一，成为一种简单而又完美的样子，打破了形式和内容的界限，直接诉诸嗅觉和味觉，令她一时满嘴唾液，完全忘了癌细胞的存在。

"快吃哟快吃哟，馋死我了！"她的声音里满含唾液。她吃榴梿的样子完全像一只贪吃的母狗，一边吃一边禁不住发出哼哼声。小蒋看呆了，心里无限伤感。她用手势告诉小蒋：别坐着，快吃！于是，小蒋也学着她的样子吃起来。小蒋的姿态却是含着委屈和冤枉的，似乎他才是癌症患者。"今天这个情景,我以前好像经历过。"她满嘴油黄,边吃边说。他有些吃惊,想问:"是我吗?"却不敢这样问,她说:"就是我和你,就在这样的大海边。"他听得心惊肉跳,却只能装成木呆呆的样子。

"吃完榴梿,我就可以死了。"

他只是睁大眼睛看着她。

"真的,榴梿是吃不完的,吃了还想吃。"

他听不懂她的话,却很难过。

"多和少其实是一样的,有时候少就是多。"

他仍然听不懂,不敢摇头也不敢点头。

"我这三十一年,也值了!"

他低下头,不知道她还会说什么,不忍心听下去。

"真的,凭什么必须活到八十年岁?"

他抬头看她,眼里挂着泪。

"我们最不会说的两个字,就是:够了!"

他强作解人,向她点头。

"我活了三十一岁,真的够了!"

他全身发冷,不由得打战。

"够了,真的!"她把目光移向右侧的大海。

他便大胆地注视着她的侧影。

她知道他在看她,静了一会儿,站起来走向大海。

他犹豫一下,跟了过去。

海滩上有七八个少年男女,穿着各异的泳装,借着特有的氛围在尽情嬉闹,一个男生摸了一个女生一把,并立即转身跑掉,女生貌似生气地挥拳追打,发出清脆狂野的尖叫,态度坚决地要追上男生,俨然是希望男生回过头，胆子更大一些，而男生或者并不领悟，或者有更远的谋略，只是东跑西跑，后来跑到了汹涌上涨的潮水边，回过身，弓着腰，与女生形成对峙，两个人都做出半是拥抱半是撕扯的动作，虚与闪躲，突然，男生扭身追着正在迅速退却的潮水跑去，女生犹豫一下，也追进去，直到海水重新漫上来，淹去两人的大半个身子，巴兰兰期待的局面终于出现了：两个人拥抱在一起，久久没有松开……她早就泪流满面，恰如被一部电影中的某个寻常片段感动了……

她发觉自己在咽唾沫，就像刚才闻见榴梿的味道咽唾沫一样。她觉得这个瞬间好美，包括里面的诡计和盲目。她觉得人生就是美，最高的东西是美，不是别的。不是任何说辞，就是美，是种种的美，长远的美，瞬间的美。她也相信，味觉正常的人都是馋猫。没有哪个有味觉的人不是馋猫。只是有人故作不馋，或者好东西有限，有人把自己的一份让出来，咽着唾沫让出来。把如此殊胜的情景看作"过眼烟云"也是不对的，是另一种世故。为什么要把一切东西看穿呢？为什么非要看到那对小男女分手的一刻呢？就算分手了，就说明此刻是没意义的吗？原来，人类的思想里面，充满了恶俗和世故。人类其实是被文明害掉的，人类通常没有能力剔除自身文明中，糟粕的一面。

这一通想法之后，刚刚养成的对"觉有情"的认识又变得含混不清了。她有些着急，觉得对不住印真，却不知问题出在哪儿。

"小蒋，什么是觉有情？"

"就是以前看见会生气的事，现在不生气了。"

"哈哈，这么说倒简单了。"

"我是瞎说。"

"你说得对，就是这样。"

"有些事不生气难！"

不 安

"不，你要坚持，别把我绕乱了。"

"其实我不懂。"

"你懂的，就那么简单！"

次日早晨，巴梅梅又打来电话，催巴兰兰快回裴城，因为，妈妈虽然抢救过来了，性命无忧，却仍然念叨着要死在女儿的前面。

她想起一个地方：彩虹天桥。

"小蒋，咱们上街。"她喊。

小蒋发动了车子，胆子比以前大了，一出发就问："去哪儿？"她是乐于回答的口气："去彩虹天桥看看。"小蒋把车停在彩虹天桥附近，陪同她走上彩虹天桥。彩虹天桥是一座普通的过街天桥，上面却很热闹，摆满小地摊，都是一些人人用得着又犯不着专门买的小商品，比如蟑螂药、小剪刀、锅刷子、桃木梳子、鞋垫、袜子……有人拉着手风琴在卖唱，有人跪在地上作揖讨钱。有容貌相似的中年妇女靠在栏杆上，空着手，闲得无聊却又心中有数的样子，似乎不用举牌子不用开口，人人理当知道她们的身份。也有人摇摇晃晃，踱来踱去，显然不是过路客，他们有可能突然俯身向你靠近，像变戏法一般亮出一样东西，通常是相机或手表，问："要不要？偷来的，便宜！"

巴兰兰带着小蒋一声不吭走过天桥，正要拐弯下坡的时候，一个老乞丐挡住他们的去路，再三作揖，巴兰兰说："不作揖我就给！"那人说："不作不作……"只停了一秒钟，却又不由自主地作起来，巴兰兰皱皱眉，从包里摸出一百元扔给老头，老头明显一惊，拿在手上，等巴兰兰转身走了后，急忙举在眼前辨认真假，接着冲巴兰兰的背影喊："祝你长命百岁，万事如意……"有两个女乞丐看见了，迅疾从前面截过来，一左一右跪在巴兰兰面前，也是大幅度作揖，为了尽快逃离险境，巴兰兰只好快快再抽出两张百元大钞，弓腰扔在他们面前，然后匆匆走下台阶，气喘吁吁躲在桥底下。

她回头看着小蒋，对他一笑。

她抬起头扫视着天桥上过往的人影。

"帮我做人生最后一次假吧？"她说，鼻翼上冒出细汗。

小蒋猜不出，这次她要他做什么假？

"你去问问能不能搞到死亡证明和火化证明？"

小蒋站着不动，有拒绝的味道。

"应该有的，快去吧。"她推了他一把。

他变得不听话了，站着不动。

她又把他拉近一些，悄声说："我想提前死，你懂吗？"

他摇摇头，目光有些顽固。

她只好解释得更明白一些："不是自杀！是做个假，假装死了！我死了，我妈妈和我弟弟他们就不会胡闹了！这次懂了没有？"

小蒋叹了口气，重新走上天桥，很快就谈妥了，医院的死亡证明和殡仪馆的火化证明，各300元，各为一式三份，次日下午四点一手交钱一手交货。小蒋又回来，问了她的身份证号码、出生年月日等等，重新上了天桥。

次日下午四点，准时拿到了两份证明加一份丧葬收费专用发票，三样东西看上去都是真得不能再真。一份是打印的《海口市居民死亡医学证明书》，内容有姓名、性别、身份证号、年龄、死亡原因、死亡时间、家属签字、医院公章等等。家属签字是"蒋小平"，小蒋的名字。死亡原因是"肝功能衰竭"。另一份同样是打印的《海口市殡仪馆火化证明》，内容相似，少了"死亡原因"，多了"火化时间"和"编号"，编号是"009077"。还是有一份《海南省丧葬收费专用发票》，内容如下：火化者、年龄、火化日期、火化费用（大写、小写），是半赠送性质，600元之外再多收100元。

她久久地端详着它们，盯着每一项内容看，不由得点着头，那味道里有自嘲、有认输、有放松。就像一份迟到的战书——战事早已结束，战书不知出了什么差错，刚刚送至案头。身为败军之将的她，也只有摇摇头而已。

"我是第9077个死者。"

小蒋抿紧嘴唇，沉闷无语。

"死了不少人啊，已经是9077个了！"

小蒋不敢看她，看着别处。

"一家殡仪馆一年能烧上万人？太离谱了吧？"

"是呀，这是个漏洞。"

"不管它，我估计没人能看得出来。"

"他们如果问骨灰，怎么说？"

"就说，撒进大海里了。"

"人家可能不相信的。"

"不会不相信，我这个人向来喜欢别出心裁，连死亡的方式也不例外，把骨灰撒进大海，非常合乎我巴兰兰的性格，你说是不是？"

"人家会问，怎么说死就死了？"

"好多癌症患者都是没检查出来的时候好好的，什么症状都没有，一旦病情公开了，就顶不住了，三天两天就死了，不是病死了，是吓死了。我也一样，巴兰兰也有可能被吓死。再说，一个富人死得越早，人家越高兴。"

小蒋用力摇头，叹息一声。

她从包里一样一样地取出身份证、驾驶证、银行卡、家里钥匙，再摘掉耳环、手镯、戒指……独独留下了那只老式钢笔和那本手抄诗集，本想一并交出去的，抓在手上却舍不得，悄悄留在包里了，有种做贼心虚的味道。

小蒋看着那堆东西，纹丝不动。

——"这个手镯是和田玉，给小蔡。"

——"这枚钻戒最值钱，给我妈。"

——"这两个玉耳坠给我弟媳妇小夏。"

——"明天你先把我送进五指山，然后就回裴城。"

——"没事的，迟早是死。"

小蒋苦着脸，几乎要哭起来了。

巴兰兰却真切地笑着，指着面前那堆东西，说："这一堆东西，加上死亡证明、火化证明，就像另一个巴兰兰，一个始终罩在我身上的妖灵，多年来，她唯一的食粮就是我的血液和骨髓……现在我觉得好舒服，好轻松……我觉得死亡已经发生了，死亡很像是去粗取精的过程，有一种把多余的东西扔掉的感觉……"

"这样一来，你完全没有退路了！"小蒋说。

"除了死，我还有什么退路？"她问。

"你请得起全世界最好的医生，为什么不请？"

"我知道没用，我没那么糊涂！"

"哪怕试一试也好啊，那些钱，都是你自己辛辛苦苦挣的。"

"我自己挣的，所以我舍不得糟蹋。"

"你自己不糟蹋，别人就不糟蹋？！"

她奇怪地看着小蒋，心想他现在越来越敢于表态了，笑了笑，说："不会的，巴梅梅比我稳，也比我细，会做得比我更好，我适合创业，她适合守业，她只要按我的遗嘱做就不会有大问题，你也一样，规规矩矩把梅园做好。"

他说:"我担心……"

她问:"说,你担心什么?"

他说:"我担心……"

她替他说:"担心我走了,巴梅梅他们会强行收回是不是?不会的,我给巴梅梅安顿过了,以后你不要开车了,独立经营梅园。"

他说:"我不是这个意思。"

她问:"那是什么意思?"

他说:"我担心,我在裴城待不长。"

她问:"想回五指山?"

他看着她,默认了。

她说:"好男儿志在四方,事业在哪儿人生就在哪儿,再说,人其实是没故乡的,我的故乡在裴城?你的故乡在五指山?难说!"

他显得很有些迷惑。

"人的肉身可能有故乡,精神却没有,精神永远在漂泊,精神的故乡并不存在,为什么还要追逐它呢,追逐一个不存在的东西?"

他红着脸,勉强点了头。

她笑问:"这次明白了?"

他说:"巴总,我从你身上学到了好多东西。"

她笑了,竟然略显羞涩,说:"我身上坏的一面你也最熟悉,你可要记住,得始终保密啊,也不许跟小蔡说,包括最后的这个秘密……"

他说:"在我眼里你是完美无缺的。"

她说:"想不到你现在这么能说会道,你才是最会装的一个人啊。"

他说:"因为你现在不是老总了,我敢说话了!"

她拍了他一巴掌,说:"好啊你!"

他大胆地迎视着她。

第十四章

1

现在,巴兰兰一个人住在五指山深处的一栋竹楼里。这是小蒋的老家,名叫河顺村。河顺,可以拆开来解释,河,就是从村旁流过的水满河,黎族的母亲河;顺,说明河水曾经有过泛滥成灾的日子,因而,"顺"这个字定是祈求平顺的意思。这是巴兰兰的猜测,村里人也十分认可。小蒋的父母在裴城,家里正好空着,整整一栋吊脚楼,属于巴兰兰一个人。小蒋有一个姐姐和一个妹妹,妹妹彩云家就在邻近的黄花村,她每天骑车子来,给巴兰兰做三顿饭。转眼已经是第五天了。这五天里巴兰兰似乎只做了一件事情,就是睡觉。睡在厚厚的棉被里,听着蝈蝈的叫声和流水的潺潺声,加上风在稻穗上滚来滚去的声音,才觉得这是世界上最安心最惬意最天然的睡眠。精神在睡眠,肌肉也在睡眠。头在睡眠,脚也在睡眠。好的一部分在睡眠,病的一部分也在睡眠。一眨眼就睡着了,很轻松就睡着了,像一根草、一条鱼一样简单,睡着了又醒了,醒了又睡着了。她知道自己是一个病人,一个肝癌患者,但这个表述好像与事实不符。应该说,自己是一只有病的躲在此间疗伤的大型动物,比如大象那种又大又笨的动物,明白自己身上有病,但借着身体的硕大和思维的笨拙,不把那病,不把那不治之症,放在心上。能吃就吃,能睡就睡。活到哪天算哪天。大部分时间用来睡眠,就像病入膏肓的大象躲在洞穴里,本能地避免体力消耗,静观病情的变化。吊脚楼的主要材质是木头和竹子,四面漏风,处处可远眺,坐在床上可以看得很远。晚上,黑暗中的小山里似乎藏满了熟悉的召唤,林间的烈风发出和白天不同的粗重吼叫,有时候又骤然陷入死寂,几乎能听见野兽们咽唾沫的声音,但是,她只管睡觉,把睡眠平均地交给头,交给脚,交给手,交给肩胛骨,交给胸膈膜,交给心交给肝……

这已经是第五天了,前一天彩云就说好要带巴兰兰上山挖野菜。巴兰兰每天赞不绝口的野菜——雷公根、百花菜、四角豆、树仔菜、革命菜、卷毛菜、鹿舌菜、蘑菇、木耳……无论是清炒还是下火锅,都十分好吃,只用盐炒出来就十分好吃,据说这些野菜正是黎人多长寿的奥秘所在,而且满山遍野都有,很容易采摘。巴兰兰说:"彩云,你哪天上山采菜,我也去。"彩云说:"明天上午咱们就去。"

早晨,彩云来了。花头巾,银手镯,黑底白花的粗布上衣,黎族妇女的标准打扮,也有时尚元素,如白色的凉鞋、精致的电子表。

吃过早饭,两个人准备出发。彩云带来一身黎族服装,让巴兰兰换上。也是花头巾,银手镯,宽松的蓝花短袖衫,洗干净的白色旅游鞋。看上去纯然是一个黎族美女了。彩云背上了竹筐,巴兰兰也要背,彩云找了个较小的竹筐让她背上。在村中央碰着一个中年男人,很瘦弱,但目光锐利,看上去有些官相。

"黄村长。"彩云悄悄说。

巴兰兰说:"黄村长好。"

黄村长笑着说:"巴总,今天终于出来了。"

巴兰兰说:"是啊,睡饱了。"

黄村长得意地说:"我们这地方,就适合睡觉。"

巴兰兰说:"环保睡眠。"

黄村长微微一震,说:"是呀是呀,环保睡眠,有环保菜,环保鱼,环保猪,环保鸡,以后我们再加上一条,环保睡眠。"

村长家门口立着显眼的"村务公告宣传栏",顶上装有风雨棚,金属框架,玻璃板,版面设计也是正正规规,很见水平,头版是名人名言,二版是国际国内时事新闻,标题如:"北京当选为2008年奥运会举办城市""本·拉登是谁?""赖昌星案始末";三版是自我宣传,是一些遍布五指山的广告语,诸如"冬无严寒,夏无酷暑""南国夏宫""清凉胜境""负氧离子每立方厘米含量8000个,居全国首位""真正既避暑又避寒,既观光又疗养的度假胜地""纯天然野菜""无污染食品";四版是对五指山风物的详细介绍,如,"三月三""黎人长寿的秘诀""山兰酒的药用价值""五指山野生灵芝"……对"五指山野生灵芝"的介绍引起了巴兰兰的重视,因为她第一眼就看见了一段话中的一个字:癌!——"五指山原始森林中的野生灵芝属真菌类生物,富含蛋白质、三萜类化合物、氨基酸、维生素、微量元素等多种人体需要的物质。还含有丰富的多糖体和锗(锗含量高达800~2000ppm)。俄罗斯国家科学研究院的研究结果表明,锗是人体需要的稀有元素,锗元素化合物的活性具有明显的抗癌治癌功效。"

"野生灵芝,真有那么神吗?"她沉住气问。她给小蒋安顿过,不要让村民们知道她得了癌症,只说她是来山里休息几天的。

黄村长说:"河顺村是长寿村,90岁以上老人有15个,百岁老人有3个，据统计，河顺村近三十年里没一个因癌症死亡的例子。"

她问："一定和五指山灵芝有关吗？"

黄村长说："还有别的原因，比如，满山遍野的野菜，大多数野菜都含着许多人体需要的微量元素，尤其是碘和铁，还有酒呀茶呀……"

彩云悄悄扯了扯她的衣角。

两个人走出去十几步，彩云用余光向后面扫了一眼，才悄声说："他呀，爱说得很，话匣子一打开，三天三夜都倒不完。"

一出村子就是山，沟沟坎坎里，处处有青嫩的野菜，一边挖一边认，很快，巴兰兰就能叫出七八种野菜的名字：四棱豆、百花菜、鹿舌菜、野空心菜、野蒜……还记住了很多种药材：牛大力、益智、巴戟、砂仁、豆蔻、杜仲、紫株、催吐罗芙木、鸦胆子、广藿香、满山红、胆木……彩云对这些药材相当熟悉，因为，她除了种地和做家务之外，剩余的时间就总在山上采摘药材，拿到镇上或市里去买。

"山上的抗癌药材有137种。"彩云说。

又碰到了那个字：癌！

"这个数字是哪儿来的？"巴兰兰问。

"是从黄村长的宣传栏里看来的。"彩云笑了。

"137种，可真是不少啊。"

"我们这儿真的没人得癌症。"

"如果是真的，应该引起医学界的重视。"

"绝对是真的，这附近，从来没听说有人得癌症！"

"预防和治愈是两码事。"

虽然这么说，巴兰兰心里却热乎乎的，有按捺不住的求生本能，有一种抓住救命稻草的热望，死马当活马医，很想试一试，既然自己刚好身在五指山……突然也回想起，最近这些天身体并没有出现什么明显的状况，连低烧都没有，整个人好像已经死过去了，连身上的癌细胞也跟着死了……也许和137种抗癌药材相比，那种无意达成的平常心倒是更有用呢！然而，"137种抗癌药材""30年没有一例癌症"，这些说法实在诱人，不能不令她跃跃然，不能不令她产生活下去的奢望，哪怕只有万分之一毫的可能……她几乎要向彩云承认自己得了癌症，而且是晚期，却在即将说出口的当儿忍住了。这一瞬间有悬崖勒马的味道，她心里突然闪出一个清晰的声音：一旦有了活下来的念头，就立即变得低三下四，露出乞丐相来，不，我不要，我已经是一个死人！我已经死了！

快到中午，山间的雾气消散干净了，太阳稍稍毒了起来，两个女人背后的竹筐里分别有了半筐野菜，彩云说："该回家了。"

于是就下山回家。

不久又回到水满河边。

"彩云，敢游泳吧？"巴兰兰问。

"我正想呢。"彩云说。

巴兰兰取下竹筐，开始脱衣服。

巴兰兰先下水，立即冷得尖叫起来。彩云却是一下子跳进水里，并立即深深地蹲下去，似乎要快快把自己藏在水下。"彩云，你那两个东西好大。"巴兰兰说，彩云红着脸说："难看死了，像两只猪娃子。你看你的，像两只鸽子。"巴兰兰低头看自己的乳房，它们停在水面上，被一弹一弹的波浪掀动着，正有一股微风贴着水面吹过来，从乳房的上缘滑过去。"像鸽子？家鸽还是野鸽？"巴兰兰笑着问，彩云说："像……野鸽子。"巴兰兰正要说什么，却突然"哎哟"了一声，原来有一条小鱼从她胯下斜刺过去了，一条又细又长的鱼，在水面上一闪一闪地游下去了。"你看，鱼都想咬你一口。"彩云说。巴兰兰龇着牙,一点一点朝肩膀上泼着水,一边适应一边蹲下去。"彩云,其实我好羡慕你的。"巴兰兰说。彩云大声笑了,说:"我又黑又丑,有啥羡慕的?"巴兰兰说:"你那是健康!"彩云说:"健康不稀罕,人人都有。像你那样最好,又健康,又漂亮,又有钱。"巴兰兰不说话了,屈身向河中央游去,身姿十分好看,把彩云看呆了。在河对面,巴兰兰着了底,转过身,发现彩云还蹲在对岸。"彩云,你不会游泳吗?"巴兰兰问,彩云说:"我就会狗刨,你看。"彩云真的用标准的"狗刨"动作游过去,在巴兰兰身边停下。随即两个人又用各自的姿势游回来。这样来回游了四五遍,距放衣服和竹筐的地方越来越远了。

最后,两个人踩着厚厚的青草,从岸上走回来。彩云还是羞于和巴兰兰相比的样子,缩着肩膀,抱着双手,跟在巴兰兰后面。

"咱们每天来游一次好不好?"

"好呀,我跟你学游泳。"

"没问题,我教你,蛙泳、自由泳、蝶泳,我都会。"

"学会一样就行了。"

"怎么就学一样?"

"只要不狗刨就行。"

两个人又光着身子在岸上站了好一会儿,等太阳把满身的水珠吻干。太阳就在头顶,阳光半是热烈半是柔韧,从肩膀上滑下来,像水一样有流动感,漫向周身四处。巴兰兰很愿意这样站着,在这么好的阳光里一丝不挂地多站一会儿。仿佛这阳光才是治疗癌症的一帖良药。或者,这阳光是看破一切、深知内情的,故意用绰约的光和色围拢她美丽光滑的身体,像一个曾经在生活中出现过一次随即又神秘失踪如今又意外现身的好男人,令她怀着一种失而复得的激动,令她突然深信自己将死而无憾。

风是风

树是树

一切

都现了原形

一切

都如此简单

谜底

就在

谜团里

浑然无解

却又

一览无余

这几句诗是从心底里流出来的,就像此刻的风和阳光。巴兰兰很久不写诗了,那本手抄诗集,仍然有一小半是空白的。原计划要多写一些诗,好好出本诗集,因为始终忙碌,再三拖延下来,这似乎是此生唯一的遗憾了。

回到村里,又碰见黄村长。

黄村长说:"蒋小平刚来过电话,让巴总今晚6点等他的电话。"

巴兰兰说:"好的,谢谢您。"

黄村长说:"顺便在我家吃晚饭。"

彩云替巴兰兰回答:"村长,多做些好吃的!"

全村就这一部电话,在黄村长家。当晚6点,巴兰兰还是那身黎族服装,由彩云陪着来到黄村长家,准时接到了小蒋的电话。

小蒋说，市政协今天上午在政协礼堂为她举行了隆重的追悼会，政协主席主持追悼会，寇书记致悼词，来了很多人，礼堂里盛不下，外面也站满了人，很多人都哭了，小车停了有两里路。最后小蒋还说："华山也来了。"

接完电话，黄村长家的饭已经做好了，碗里面已经盛好了酒。摆了满满一桌子菜，蚂蚁鸡、竹筒饭、五脚猪、小黄牛、石鳞鱼……不用介绍，巴兰兰就能一一叫出菜名。黄村长家是四代同堂，90岁的爷爷奶奶，60岁的爸爸妈妈，一儿一女，一个15岁，一个13岁。黄村子说："我们黎族的风俗，主人是不作陪的，担心主人在，客人会拘束，吃不饱肚子，今天我们是熟不知礼，你可千万别客气，一定要吃饱喝好。"巴兰兰说："你放心，我不会客气的。"黄村长说："那就好，我代表全村人民先敬你一碗酒。"巴兰兰知道这酒名为山兰酒，是黎人用祖传的方法自己酿造的，度数并不高，接过来一口气就喝完了。大家等巴兰兰先动了筷子，才纷纷吃起来。巴兰兰看见黄村长给儿子和女儿使眼色，要他们给客人敬酒，于是儿子先端起一碗酒，敬给巴兰兰，却羞得不敢说话，黄村长就说："巴总，我儿子将来如果考不上大学，就去跟着你干，好不好？"巴兰兰先把酒喝了，然后说："没问题，没问题，儿子和女儿我都要了！"大家一看巴兰兰这么豪爽，两碗酒下去还没什么反应，于是每个人都轮流敬酒，彩云看她舌头有些大了，便在桌子底下用脚踢她一下，她佯装不知，来者不拒。巴兰兰心里明白，黎族风俗，客人喝醉，主人才高兴，所以，她干脆就放开喝了。彩云替她捏着一把汗，抢着帮她喝酒。黄村长便批评彩云："分不清里外。"彩云不管，还是抢着喝酒。喝到最后，两个人都是晕头转向。

2

一个月后小蒋回到河顺村，带来了追悼会的全程录像，还专门买了台DVD，放给巴兰兰看。巴兰兰首先看见的是自己的大幅遗像，笑呵呵的，她都不记得这张照片是何时何地由谁拍下的。遗像的四周包着黑绸子，底下铺着一层单株的白玫瑰，令她的笑容显得更加艳丽，如盛开的带着露珠的花朵，有点拿美丽为自己献祭的意思。转眼再一看，又觉得那美丽和笑容实在是冷若冰霜，透着另一个世界的寒意和孤寂。遗像上方是七个白色大字：巴兰兰女士千古，两侧是挽联：创一代风流，誉满天府之国；遗辉煌业绩，光照大江南北。礼堂四周摆满挽幛、花圈和花篮，镜头或快或慢地移动……

巴兰兰记住了一些有趣的挽联：

> 建桥盖房炒股，乃奇女子
> 侠肠孤胆柔情，是真名士
> （寇伟）

> 迷时师渡，觉时自渡，觉时亦迷时
> 无所从来，无所从去，如来又如去
> （印真）

> 疼你敬你爱你，你去哪儿了？

不 安

亦师亦友亦姐，我该怎么办！
（巴梅梅）

妈妈爱你
一路走好
（妈妈）

追悼会的确隆重极了，人们缓缓入场，步履迟静，每一张脸上都写着真切的哀恸，加上熟悉极了却也新鲜极了的哀乐，加上一幅幅词句恳切的挽联，巴兰兰突然有一种肝胆欲裂的感觉，禁不住自己给自己洒了一把热泪。

安静下来后，她开始半真半假地统计：谁来了？谁没来？谁在哭？谁哭得最伤心最动情？谁哭得有些虚情假意？谁又在笑？

某个瞬间，她突然觉得自己这个样，实在很无趣很小人，就急忙将正常播放改为"快进"，场面立即就有了一种很搞笑的味道。

她禁不住笑出声来。

小蒋奇怪地看着她。

她说："一只麻雀死了，就不会开追悼会。"

小蒋发现，她在抹眼泪。

小蒋已经正式接手了梅园的管理，因而只在河顺待了两天，就回裴城了。巴兰兰继续留在河顺，坚持每天游一次泳、每天喝一碗山兰酒，每隔两天上山采一回野菜，转眼又过了两个月，想象中的疼痛和消瘦并没有出现。

巴兰兰至今还活着，而且活得十分健康。在五指山深处的河顺村等到第二年的春天，肝癌的典型症状始终没有出现。夏天来临，巴兰兰离开河顺，到了海口，做了一次全身复查，B超仪看到的竟是一颗完全正常的肝脏。

医学描述如下：肝表面光整，肝左叶、肝右叶实质内密度均匀，边界清晰，胆囊显示清晰，未见异常密度影，胰腺实质内未见异常密度影，双肾形态、大小正常，腹膜后未见肿大淋巴结，腹膜腔及双侧胸腔未见积液……

之后巴兰兰没回河顺村，在海口住了一年，又到了北京，在西直门附近的一幢30层的居民楼里租了一套楼房，11楼，50平米，两室一厅。巴兰兰还有了一个新名字：沈阿华。沈阿华，真有其人，原本是河顺村的村民，在一次车祸中丧身，身份证没注销，在黄村长手上。后来黄村长知道了巴兰兰的真实情况，便把沈阿华的身份证送给她用，好在沈阿华的长相和巴兰兰有几分神似，年龄也相差无几。

在北京的生活就两个字，平凡，楼下就是早市，每天早晨都会被嗡嗡嗡响成一片的叫卖声吵醒，然后下楼买几样带露水的新鲜蔬菜，从此再不出门。有时候一连几天都窝在楼里，只要冰箱里还能找出可充饥的东西，就绝不迈出门槛半步。最奢侈的事情是打车去三里屯酒吧街喝喝啤酒，和陌生人聊聊天，或者到灯市口看场话剧，然后在电梯停运前赶回住地。小蒋的老板做得很好，梅园的生意没原来那么火爆，但也不错，每月都有三四万元的进账，其中的一半，都存在沈阿华的账户里，确保她的日常开支。不过，她已经习惯于过平凡的小日子了，她发现自己有了一个新的本领，精打细算，过小日子，却不觉得寒酸，情不自禁地愿意把日常生活中的点点滴滴都视作礼物，能张嘴吃——哪怕吃一颗酸枣，是礼物；能动手做——哪怕抠了抠痒痒，是礼物；能睁眼看——哪怕看见了粪便，是礼物；能倒头睡——哪怕噩梦连连，是礼物……所有这些礼物都不值钱，都是任何一个活人都不缺少的,但是对于死里逃生的人来说却不一样,和死亡相比,所有能够证明你活着的行为和事物,难道不是礼物吗?其实,任何一个活着的人都是富翁!拥有平凡的富翁!"平凡"不光是两个字,而是数都数不清的日常事物、日常风景、日常感受……她想,人类的问题其实就出在一些错误的认识上,比如"脱贫致富",其实,大部分人群压根就不存在"脱贫"问题,他们原本就是富翁,有饭吃有水喝有衣穿,贫到哪儿去啦?

事实也证明,巴兰兰把君科公司交给巴梅梅是正确的,巴梅梅最大可能地遵从了巴兰兰的"临终遗言",卖掉了纸业公司和矿泉水公司,走上了主营房地产的专业化道理,而且聘请印真为公司的文化顾问,开始尝试引入一些佛学思想,来塑造经营理念和企业文化……2003年"非典"结束后,君科集团正式进军北京,在北京北太平庄的一块空地上打下了第一桩,一座占地4.88万平方米,总建筑面积13万平方米的高档小区即将崛起。有一天,巴兰兰正巧从工地边上经过,忍不住下车看了两眼,差点和巴梅梅、叶阿姨和季军碰了个照面,就急忙转身逃走,钻进出租车溜之大吉。

回到小区,看见电梯口立着牌子:

电力紧张,本电梯暂停使用

巴兰兰已经从新闻联播上看到,最近几个月全国很多省市都在闹"电荒",中小企业众多的浙江、江苏等省开始对企业实行"计划用电",一些县市的商场晚上只能点起蜡烛营业;湖南全省开始拉闸限电,省会长沙,蜡烛和应急灯出现脱销;素有"不夜城"美称的上海外滩竟然关闭了大部分景观灯光;广东省宣布,对月用电量超过300

千瓦的居民增收电费……一般老百姓看不懂是什么原因导致突然大范围出现电荒，巴兰兰却马上明白症结在哪儿。房地产过热是主要原因，"征地卖地""盖房售房"不约而同地成为各地政府的"财政支柱"，造成了各种原材料和能源的空前紧缺，随着房价逐高，原材料和能源价格也一路飞涨，钢铁、水泥等重点耗煤耗电行业持续升温，造成煤炭消耗量和用电量、用电负荷疾速增长。但是，巴兰兰万万没料到，首都北京也闹起电荒来了。

楼梯口有七八个住户正扯开嗓子骂娘，巴兰兰想想，自己住得不算高，不过是11楼，便省了骂娘的力气，开始一层一层地往上爬。爬到第七层的时候，巴兰兰做出一个决定：不在北京待了，回五指山河顺村。当然，她心里知道这个决定和电梯无关，而是担心再一次和巴梅梅、叶阿姨他们在某一瞬间不期而遇。

还是躲远一点好，她想。

她立即打电话给裴城的小蒋"汇报"了想回河顺村的想法，小蒋表示同意，接着小蒋又建议："干脆在五指山市买一套房子。"

她想了想，说："可以。"

小蒋说："那就等我买了房子，收拾好了你再回。"

她说："好吧，你是家长，听你的。"

她知道小蒋在电话那边笑了。

当晚电梯就恢复使用了，巴兰兰和那个永远戴着袖套、怀揣一根短棍子的女电梯工私交不错，电梯工悄悄说："刚才是电梯坏了，和电力紧张没关系，上海限电，广东限电，全国到处可以限电，唯独咱们首都北京不能限电。"

巴兰兰笑着说："就是嘛！"

电梯工挥着短棍子说："你最好，没骂人。"

巴兰兰往后一躲，说："差点儿。"

女电梯工撒娇地说："坏！"

巴兰兰心里就想，如果真的离开北京，倒有点舍不得这个小区了，早市的嗡嗡声，手持短棍子的电梯工，都仿佛是不可丢弃的。

不过，2003年年底，巴兰兰终究回到了温暖的五指山，在五指山市的城边上用沈阿华的名字买了一座老式的四合院，住了下来。次年春天，小蒋处理了梅园，带着小蔡和两个孩子回到五指山市，住进另一套楼房里，准备在五指山市成立一个房地产公司。小蒋的想法简单而实用，给巴总开了七八年车，自己算是半个房地产通，而五指山市的房地产业竞争还不算激烈，正是下决心干一番事业的时候。

小蒋一家回到五指山之后，甚至着手给巴兰兰（沈阿华）介绍男朋友。巴兰兰（沈阿华）几乎同意和一个中年丧妻的男子见面，准备结婚生子，做一个简单俗常的女人，突然却听到了一个意外的消息，不得不改变原有的计划。

白象湾大桥某一天中午突然坍塌，造成大量人员伤亡和财产损失。经鉴定，是工程质量出了问题。巴梅梅立即被逮捕，获刑10年。

白象湾大桥是三峡移民工程的一部分，移民工程由国务院下属的一个领导小组直接管理，由一名副总理任组长，可见其规格之高、政治性之强。因而，白象湾大桥的倒塌就不单单是经济问题和工程质量问题，更是政治问题。被中央电视台焦点访谈栏目曝光之后，问题的严重性急剧升级，在全国范围内引起了一场载入史册的大讨论，国内各大报纸纷纷发表言论，对房地产过热现象，以及建筑界和房地产界的种种潜规则，如招标黑洞、垫资进场等等，进行了前所未有的公开的言词激烈的声讨。同时，国务院密集推出了一系列调控措施，比如，控制货币发行量和贷款规模；严格土地管理，制止乱占耕地；清理和整顿在建和新建的项目；4月25日，央行提高银行存款准备金率0.5个百分点；4月27日，央行史无前例地用电话通知各商业银行暂停"突击放款"；4月27日、28日，温家宝发表题为"推进银行改革是整个金融改革的当务之急"的讲话……一连串的紧缩政策和强大的舆论声威，以及渐成沸腾之势的民怨压力，迫使各级政府对房地产业的支持力度明显下降，楼市成交量急速萎缩，这样，"房地产的冬天"在春夏之交突然降临。

身在北京的君科集团现任总裁巴梅梅，被裴城警方带走了，回到裴城之后迅速被判了刑，算是对社会对舆论有了个交代。10年刑期不短也不长，据说量刑的时候还略略考虑了建桥当时，巴梅梅本人并非第一责任人的因素。

经过几天的深思熟虑，巴兰兰决定回裴城"负荆请罪"，把妹妹巴梅梅从监狱里换出来。巴兰兰把小蒋和小蔡叫来，态度郑重地告诉他们："我决定回裴城，顶替巴梅梅坐牢。白象湾大桥坍塌的责任，应该由我巴兰兰来负。"

小蒋说："你现在是沈阿华！"

巴兰兰说："我不是沈阿华，我是巴兰兰。"

小蒋说："没人知道你还活着。"

巴兰兰说："可是我真的还活着，这是事实。"

小蔡拉着巴兰兰的手，说："兰姐，你不能走。"

巴兰兰说："如果我不知道倒罢了，问题是我知道了，而且还好端端地活着，你们说，以我的性格，怎么可能藏在这儿一声不吭？"

小蔡说："已经有人在监狱里了。"

巴兰兰说："我就是要去把巴梅梅换出来，不为了别的，就为了负自己应负的责任，这个世界，每个人都应该负起自己的责任。"

小蒋说:"巴梅梅不见得高兴。"

巴兰兰问:"她为什么不高兴?"

小蒋说:"她会以为,你要收回财产。"

巴兰兰说:"不可能,我巴兰兰不是那样的人!"

小蒋说:"还有不高兴的人呢!"

巴兰兰和小蔡一起看着小蒋。

小蒋说:"最不高兴的人是巴东东,巴梅梅坐了牢,公司落在巴东东手里,这是他求之不得的事情,你突然出现了,他当然不高兴。"

巴兰兰说:"我才不管他呢。"

小蒋说:"有可能发生更坏的事情。"

小蔡说:"别卖关子,快一次说完嘛。"

小蒋说:"巴东东和黑道上的人很熟,万一他……"

巴兰兰问:"他会怎么样?"

小蒋说:"黑道上的人,什么手段都使得出来的!"

巴兰兰说:"我不怕,我最不怕的就是死!"

小蒋说:"你不怕,我们怕!"

小蔡替巴兰兰问:"你们怕什么?"

小蒋说:"我们是知情者啊……"

小蔡喊:"小蒋同志,你在写小说吧?"

小蒋的态度更严肃了:"我还没说完呢。"

小蔡问:"还有什么?"

小蒋说:"不高兴的人还包括叶阿姨、魏卓然、寇伟,白象湾大桥倒塌引起的一场虚惊刚刚平息下来,你突然一露面,又乱套了。"

巴兰兰赞叹:"小蒋,你现在很有头脑呀。"

小蔡睁大眼睛看着小蒋。

小蒋有些得意，说："所以不能小看我嘛！"

巴兰兰哈哈大笑，说："是呀，小看小蒋要犯错误的！"

小蔡推了小蒋一把，说："看把你得意的。"

小蒋脸一红，憨憨地笑了。

巴兰兰叹息一声，问："那就只好假装不知道了？"

小蒋和小蔡微微点头。

巴兰兰又问："这像我巴兰兰做的事情吗？"

小蒋说："你是沈阿华！"

小蔡也说："是呀，谁说你是巴兰兰！"

巴兰兰再问："我是沈阿华？"

小蒋和小蔡一致点头。

小蒋小蔡积极给巴兰兰（沈阿华）介绍男朋友，连续见过两个之后，她突然明白，自己不可能和任何一个男人结婚生子，在一个无人知晓的地方度过漫长的余生。如果这样生活一辈子，我此生最大的成就无非是"看破红尘""了脱生死"，这多么俗套老旧，多么不过瘾！我不是沈阿华，我是巴兰兰！我甚至不是巴兰兰，我是一个比巴兰兰更有奇气更有勇气的人，我一生都在追求别开生面、独树一帜，没必要那么瞻前顾后，那么"识时务者为俊杰"！再说，以沈阿华的名义生活，要撒谎撒谎再撒谎，撒不完的谎，果真和某个男人有了孩子，还要向孩子撒谎，孩子提出的大多数问题，都必须用谎言来回答。最近这些日子，我吃不好睡不好，连续几天都做一个相同的梦，曾经梦过的那个梦，梦中我一直在走，没完没了地走。我才明白，走，其实就是逃，一直在逃。逃，是多年以来我唯一做过的事情，也是以后唯一继续要做下去的事情。看上去稀松平常的梦境，却充满了只有我自己才能体味到的恐怖。因而，我的"挺身而出"也许只是一个自私的行为，不是为了别人，不是为了独树一帜，而是为我自己，把我自己放在一个无处可逃的地方……

她深知这些想法是说不出口的，小蒋和小蔡也肯定是听不懂的，她突然想起自己再三玩过的"失踪游戏"，于是事先从沈阿华的账户里取出3000元，再把沈阿华的所有资料，身份证、银行卡、房产证、房间钥匙、院门钥匙，统统留在桌上，锁好院门，将其中一把院门钥匙搁在门顶的一个凹槽里，悄然离去。

身上没有任何身份证明的巴兰兰乘火车回到裴城，先是打车把整个裴城看了一遍，裴城变化惊人，很多街道她都认不出来了，"裴城会客厅"已经完全成形，人气很旺，城里城外有了很多漂亮的居民小区，一眼能看得出来，房市仍然很热，并没受"紧缩"和"调控"政策的影响，房价已经突破了3000元大关，好一点的房子卖到4000元以上。君科公司的芙蓉苑三期已经隆重开盘，是全市最高价，每平米4300元！这说明，巴兰兰的遗嘱——"高于25%的利润不做"的遗嘱，完全没有得到遵守。一个死人的意志，太容易被违背了，她想。她没去见任何熟人，寇伟、印真、华山……妈妈、弟弟、马林……她也不征求任何人的任何意见，选择了最简洁的方法：投案自首！

诈死的事情并不新鲜，古来有之，只是，诈死者突然复活，复活的目的竟是主动承担"生前"的法律责任，这似乎是绝无仅有的例子。不过，裴城司法界并没有被这个法律难题难倒，在一星期之内就断然做出改判："巴兰兰还活着"既然是事实，那么她身为白象湾大桥坍塌事故的主要行为人，理应承担应有的法律责任。至于诈死行为以及使用虚假的死亡证明、火化证明等情节，经过一番讨论后，决定不以"诈骗罪"追加刑期。因为巴兰兰的诈骗行为只具备"虚构事实""隐瞒真相"这样的形式，并没有"非法占有公私财产"等实质，是没有受害人的犯罪行为，因而不能算"诉讼欺诈"。10年刑期维持不变，巴梅梅已经坐了8个月，剩下的9年多时间由巴兰兰接着坐。

由于巴兰兰"复活"并"主动领刑"引起的新闻效应持续升温，大报小报的记者以及一些神秘的来访者，每天都成堆成堆地候在监狱门口，要求和巴兰兰见面，一个月之后，巴兰兰被秘密转移到远离裘城的滋川监狱。

3

2008年5月12日下午14时28分04秒的汶川大地震，靠近汶川的滋川也是重灾区，滋川县城同样受灾严重。当时，住在三楼东侧单人牢房里的巴兰兰刚刚睡罢午觉，直起身子正要下床，忽然楼房开始晃动，她马上断定是地震，却完全没有逃生的念头，只是定定地坐着，微微仰起了头，看见窗户在静静地扭动，显得极为柔软，墙面像玻璃一样骤然裂开，裂缝顶端的房顶凶狠地砸了下来……她相信，这一次必死无疑，仍旧一动不动，只是驯顺地闭上了眼睛，意识的空间在一秒钟内缩小到接近零——极为清晰，那是一小方静谧的天蓝色湖面，只有小镜子那么大，却的确是湖的样子。她明白，这一小方蓝色湖面肯定是她记忆中的最后图景了。当它完全消失，此生即告结束。可是，紧接着那一小方珍罕的湖面又开始徐徐放大，再放大，迅速大到了漫漶无边。她发觉自己出不了气，鼻孔被热烘烘的气流堵住了，借此知道自己还活着，动动手脚，的确没怎么样。她用力睁开眼睛，觉得有一束亮光正从背后的缝隙里斜刺进来，扭头一看，果真如此，她轻松地爬起来,抖掉身上的重物,再试着从缝隙里钻出去,发现自己不在三楼而在一楼,三楼变成了一楼,抬眼望去,对面的山体正在大面积滑坡,青山仿佛被剥了皮,变得丑陋不堪,一棵大树被一块飞奔下来的巨石轻轻压倒,转眼化为乌有,而监狱四围的院墙齐刷刷趴在地上,大铁门也没了,飞腾的烟雾中,几个灰头土脸的犯人正攒集在一起,似乎要逃走,巴兰兰冲他们喊:"不要跑,快救人!"那些人仍在左顾右盼,这时一个警察不知从哪儿蹦出来,鸣枪示警,大喊:"不许跑,不许跑!"门口的犯人们突然就跑回来,开始合伙救人……

当天,部分活着的犯人由几名狱警带队,参加了滋水县城的救援活动。救人的过程里,巴兰兰心里冒出过一些话,有点像诗:

大地表面的
起伏
真的显示了
大地深处的运动吗?

此刻
定然是了

没错
这是地震
它碾碎了一切
但是
它自己
浑然不知

阿弥

　　陀佛

　　回到监狱，一位留下来救人的狱友送给她一件礼物——她的那本手抄诗集，救人时从废墟里顺手捡出来的，塑料封面明显残破了，内页则完好无损，她接在手上时，心头一热，差点掉下泪来，当狱友刚刚转身离开，她却突然觉得，拿在手上的这玩意有一种十分古怪的样子，不仅难看，而且沉重，甚至矫情，她略略犹豫了一下，便将它轻轻掷出，它在潮湿的空气里旋转着滑行过去，落在了瓦砾的另一边。

2009年9月7日—2011年9月18日
上海　桂林　珠海